中国抒情传统源流

陈国球 著

香江书系 · 香江文学
丛书主编　陈建华

中国出版集团
東方出版中心

图书在版编目（CIP）数据

中国抒情传统源流 / 陈国球著. —上海：东方出版中心, 2021.8
（香江书系 / 陈建华主编）
ISBN 978-7-5473-1830-0

Ⅰ. ①中… Ⅱ. ①陈… Ⅲ. ①文学美学－中国文学流派－文学流派研究－20世纪 Ⅳ. ①I209.7

中国版本图书馆CIP数据核字（2021）第079145号

中国抒情传统源流

著　　者　陈国球
策　　划　刘佩英
责任编辑　张芝佳　唐君宇
封面设计　周伟伟

出版发行　东方出版中心
地　　址　上海市仙霞路345号
邮政编码　200336
电　　话　021- 62417400
印 刷 者　上海盛通时代印刷有限公司

开　　本　890mm × 1240mm　1/16
印　　张　12.5
字　　数　269千字
版　　次　2021年8月第1版
印　　次　2021年8月第1次印刷
定　　价　68.00元

总　序

陈建华

2002年至2013年我在香港科技大学人文学部任教，这在我生命中留下了弥足珍贵的印迹。十二年时间不算长，也不短。记忆像一叠老照片，许多印象久经岁月浸泡而模糊起来，有关香港的碎片仍色调浓艳。幼时有几部港片到上海，如《绝代佳人》和《新寡》，其女主角夏梦倾动一时，听我父母与隔壁阿姨爷叔谈起，比起周璇不知要好上多少倍，那种惊艳倾慕的情态难以描摹。那时我在上小学，该看的电影《鸡毛信》《董存瑞》等都看过，轮不上看港片，因此最初闪现在我记忆里的香港是一种声音、一个名字。现在想起夏梦，脑中便浮现她的银幕丽影，这些形象都是到了香港之后接收与储存的。

20世纪90年代我在大洋彼岸的美洲大陆，其间时不时与香港发生关联，可说是种下了情缘。先是在加利福尼亚大学洛杉矶分校参加了李欧梵先生主持的中国现代文学的讨论班，开始读到张爱玲的作品，大受震动。小说里有几篇是讲香港故事的，她说是透过上海人的眼光来写的。我好似受了优待，读起来更觉亲和。其实她笔下的香港景物，像山坡上的豪宅或大学校舍、浅水湾的酒店，跟我的上海弄堂环境落落寡合，而她的稠软而富于嚼劲的语言，把我带回了家。她说她喜欢“雾苏”这个沪语，令我想起母亲，她说我

“雾苏”，是责备我龌龊邋遢的意思，但因为张爱玲喜欢，就仿佛点石成金，把我过去不快的记忆也变得甜蜜起来。

后来在哈佛大学，我的导师李欧梵是十足的“张迷”，又对香港情有独钟。在讲中国现当代文学与文化的公共课上，他以电影作教材，这在哈佛大学是首创；第一部就是香港电影《刀马旦》，后来还有《胭脂扣》。他在费正清东亚研究中心建立了中国文化研究的工作坊，请来了不少香港学者，如郑树森、陈国球等，我也开始认识他们。那时李先生在兴致勃勃地撰写《上海摩登》，书中由张爱玲的小说激发了他的现代性想象，提出上海—香港“双城记”，展望这两座亚洲大都会在新世纪中的“世界主义”风采。曾几何时，我也不知不觉在这“双城记”中扮演了一个角色。

回想我的香港岁月，说不尽光风霁月、赏心乐事，但大部分时间和心力花在了教育与学术方面。这里就最近二十年来香港的大学文科、学术机制与中国文学研究的发展谈点个人的感想与反思。

1997 年香港回归后恰逢全球化经济浪潮，香港的发展速度前所未有。或许可举地铁与大学为例，作个简单的比较。20 世纪初以来港铁系统共有东铁线、港岛线、观塘线、荃湾线、东涌线等五条线路，而自 2002 年至 2016 年新增了将军澳线、西铁线、屯马线、迪士尼线、南港岛线等五条线路，还不计在原来线路上延长或派生的短线。与过去百年相比，港铁的发展速度可谓惊人。

从大学系统看，最早的是成立于 1911 年的香港大学，历经半个世纪，方才于 1963 年有了香港中文大学，直至 1991 年有了香港科技大学。此后如雨后春笋，截至 2020 年 1 月，逐次增加了岭南大学、香港浸会大学、香港理工大学、香港城市大学、香港教育大学、香港公开大学、香港树仁大学和香港恒生大学，共有十一所法定的大学，这些学校大多为研究型综合性大学。数量不算多，近二十年来呈加速扩张趋势，那种力争上游的劲头令人瞩目。如树仁大学原先是树仁学院，恒生大学原先是恒生商学院，均属于私立学校。前几年这两校努力完善各项指标，先后向政府提出申请，经审核升格为“大学”。另外一个新势头是这些大学纷纷在深圳、珠海、广州等地设立了分校。

香港的大学体量有限，能量不小，顺应全球化潮流而追求国际化是一个共同特点。富于象征意义的是如果打开各校官网，就可以看到无不显示自己在“泰晤士高等教育世界大学”、“QS 世界大学”或“U. S. News 世界大学”排名榜上的位置。

很长一段时间里，港大作为香港唯一的大学，只用英语上课，至中大成立，宣称以中文为主教学，含有与港大对着干之意。科大是后出，以美式教育为主，采用多元开放的方针。科大要求用英语讲中国文学史，有人不以为然，觉得可笑。我在研究生班讲中国文学史，用的是普通话。同样有广东籍老师，也可用粤语上课。后来校方改革课程，加强英语授课，研究生写论文一律用英语，有的粤语课也不能开了。改革的理由是：培养人才应具世界眼光，应以海外市场为目标，要改变人才单向输入的局面。想想也没错，豪言壮语令人动容。

凡事不止一个面。科大人文学院分科不分系，分语言、历史、哲学、文学和人类学等学科，教师均为在美国获得学位或曾在美国大学执教的，且几乎清一色华人。学术上主要与美国的中国研究接轨，却具明显的本土姿态。教文学的有五六位，皆重视理论并从事跨学科研究，且强调各自的中国文学研究专长，同时在学术研究方面鼓励用双语写作。记得我入职科大不久，在《二十一世纪》杂志上发表了一篇文章，院长丁邦新嘱秘书从杂志上复印下来，放在我的信箱里。可见学术研究尊重自主选择，如在北美研究分析哲学已经寥寥无几，而在科大仍有一席之地。

只有五六个人专治文学，算一个小组吧，不消说不能跟港大、中大比，如果跟浸会或岭南的文学院比，也小得像麻雀。尽管如此，却五脏俱全，细碎而琳琅满目，学生写硕博论文在选题上十分自由，有的研究晚清“诗界革命”与南洋诗派，有的研究宋代“元祐”诗风，有的研究叶浅予漫画，有的研究鸳鸯蝴蝶派的《红玫瑰》杂志，简直是海阔天空，我也甘做“百搭”，乐收教学相长之果。

由于包容与开放，因此传统与新潮并行不悖，现代与后现代的缝接之处时时可见。其实香港的传统文化深有根底，如中大的中文教育与国学研究历史悠久，也是“新儒家”的重镇。但文学院有“文化及宗教研究系”，从“新批评”、法兰克福批判理论到“后现代”，一应俱全，相当西化、前卫，因此形成明显反差。李欧梵老师在那里授课，倡导跨文化研究，可谓一枝独秀。另如岭南大学有一百多年历史，是教学型大学，以“博雅”冠名，专注人文社会科学，曾被《福布斯》杂志评为“亚洲十大顶尖博雅大学”之一。另如浸会大学的文科也很强，文学院有饶宗颐国学院，由我的朋友陈致教授主持，令人赞叹不已。像这样的各种名目的文科机构在各校都有，如珠宝闪烁。

就中国文学研究方面说，最近看到一篇文章，讲 1949 年至 1979 年香港的中国现代文学研究，在史料整理与作家作品研究、文学史书写与鲁迅研究等方面都非常繁荣，并产生国际影响（李城希：《香港中国现代文学研究三十年，1949—1979》，载《文史哲》，

2020年第3期）。抗战之后至20世纪50年代，许多文人从上海来到香港，如戴望舒、叶灵凤、姚克、曹聚仁、徐讦、宋淇、刘以鬯、张爱玲等，打造了“双城记”的一段文坛传奇。当然不限于现代文学的研究，在古代文学研究方面也非常繁荣；也不限于1979年，尤其在新世纪都呈现加速发展的态势。

在香港从事中国文学教学与研究的绝大多数是华人，有的是“海归”，有的来自内地高校。每所大学都有中国文学的教学与研究，无论古代、现代，还是诗文、小说和戏曲，皆为专家耕耘的园地，犹如一张中国文学地图，在世界的中国文学的学术共同体中传播、流动与延伸。的确，在香港有关中国文学的学术活动频繁而多样，通过访问交流、国际会议和讲座等形式，尤其与内地学者保持密切的互动，在共同绘制这张地图。

还须提到香港大学教育的另一特点，即管治机制十分理性，规章制度的设置很细致。为了提升大学的国际竞争力，教育局不断改进管理手段，客观上起到了推进教育全球化的作用。大约在2010年前后，大学教育资助委员会对于科研项目的年度申请改变了以往优先资助几个重点大学的做法，放开让八所公立大学公平竞争。项目申请成功率影响到大学之间的实力评估，科大明显受到压力，于是想方设法加强项目申请环节，动员每个教师递交申请。另一环节是科研成果申报，各大学先后列出各地学术期刊的名单，国际上的如SSCI和A&HCI有章可循，主要是对大陆和港台地区的学术期刊排名，用以评估教员的学术成就。项目申请和科研成果都通过网上填表，表格愈趋精细，使人非常头疼。从某种观点看这些量化的做法与人文精神背道而驰，虽然引起质疑，但成为趋势，后来大陆有了CSSCI，台湾也有了THCI和TSSCI。

香港的大学图书馆联网系统对科研提供的服务是一流的。特别是馆际互借制度，如果需要的书本校没有，网上填一下，三两天就会送过来，不用掏一个铜板。如果借书逾期不还，电脑自动给你累计罚款，教授和学生一视同仁。有一回我放假后返校，几本书罚了两百多块。小我在嘀咕，大我说该罚，罚得应该，因为这个制度实在好。

那时我的朋友钱锁桥在城大，有一段时间我们走得近。我们谈起在香港教书做研究有得天独厚之处，如和东南亚近在咫尺，学术交流至为方便；用双语写作和发表，游刃于中西世界。虽然制度繁琐，竞争激烈，然而事在人为，如果安排得当，得项目资助而生产论文，届时结项又成书，照这么做事半功倍，岂不善哉。大约是他的林语堂研究获得大额资助，或许是那晚喝高了，我们说应该创造一个香港学派。过了几天提起此事，他说忘了，我也说没说过，于是哈哈一笑了之。

我认识刘佩英女士多年，一向佩服她的眼光与魄力。她告诉我她在策划一套“香江书系”，其“香江哲学”系列已经启动，此为“香江文学”系列，旨在为香港学人提供一个学术交流的平台，借以展示他们对中国文学的精彩想象与演绎，与读者分享探索的艰辛与欢快。我忝为主编，仅略叙我的香港记忆，对这套丛书由衷表达美好的愿景。

2021 年 6 月 29 日于上海兴国大厦寓所

目　录

前编：源流论

后编：分论

绪论："抒情中国"说

由几则旧闻说起

（一）

2009年7月，李欧梵在香港书展的系列公开讲座中，以"伟大的抒情传统在21世纪是否还有意义?"为题，讨论《老残游记》的情思和意境。① 人们对《老残游记》的关注向来在于其政治、哲学意味——"为中国的衰亡、帝国的末日而哭泣"，然而在李欧梵的心目中，它却是一部精彩的抒情作品，俨然一幅中国的山水画。刘鹗在自序中写道"灵性生感情，感情生哭泣"。《老残游记》超越山水意境，透视种种当代危机。李欧梵认为"抒情"的意义，就在于此。②

（二）

2006年，评论家张靓蓓在介绍台湾电影剪辑师廖庆松的成就

---

① http://www.hktdc.com/info/mi/a/tdcnews/tc/1X062U0I/1/香港贸发局新闻/李欧梵-伟大的抒情传统在21世纪是否还有意义.htm（浏览日期：2020-5-29）。

② 李欧梵的意见亦见于刘鹗原著，李欧梵导读《帝国末日的山水画：老残游记》（台北：大块文化出版公司，2010），第13—58页。

时，指出他经历了一个自“叙事逻辑”转向“情感逻辑”的过程，由此发展出以“中国诗化抒情传统”为依归的剪辑手法，着眼于捕捉、探索及呈现东方式的情感世界，碰触创作之神秘，而非西方逻辑的模式、结构走向。在接受访问时，廖庆松特别提到为电影《悲情城市》剪辑的意义，说：“那时候我很清楚地感觉到，我剪出的就是一种中国文学的抒情传统。”① 早在1992年，《悲情城市》的编剧朱天文接受《今天》杂志访问，表示这电影充溢“诗意”，属于“东方情调”；她大量引用学者陈世骧的论述作支持，说：“诗的方式，不是以冲突，而是以反映与参差对照。既不能用戏剧性的冲突来表现苦痛，结果也就不能用悲剧最后的‘救赎’来化解。诗是以反映无限时间空间的流变，对照出人在之中存在的事实却也是稍纵即逝的事实，终于是人的世界和大化自然的世界这个事实啊。对之，诗不以救赎化解，而是终生无止的绵绵咏叹、沉思与默念。”②

（三）

1999年春天，斯科特·波拉德（Scott Pollard）发表了题为“抒情的文化：阅读《诗经》后对西方文学的反思”的一篇文章。③作者自言是一个受西方批评理论训练的学人，明白“正典”的建构及拆解的意义。然而，他在大学讲授“世界文学”时，觉得以下一种“大叙述”有其魅力：文学源起于史诗与悲剧，构成一个自野蛮到文明、神性到人性、非理性判断到理性法则建立的连续体。如此

---

① 参考张靓蓓：《廖庆松：无为气的精神动力学》，见张靓蓓：《凝望·时代：穿越〈悲情城市〉二十年》（台北：田园城市文化公司，2011），第244页。

② 朱天文：《〈悲情城市〉十三问》，《今天》，1992年，第2期，第100页。

③ Scott Pollard, "Lyrical Culture: Rethinking Western Literature after Reading *The Book of Songs*," *College Literature* 26.2 (1999): 151 - 164.

这般去解释世界各地文学非常有效，直到他读到《诗经》，碰到中国源自抒情诗而非史诗的传统：《诗经》的"文"传统，一开始就是"高度自觉"与"天真"并存，而非简单稚拙的抒情民歌传统；也不是如西方的史诗与悲剧般显示文化自觉的连续性提升。于是，他重新思考阅读西方文学传统的态度和方法，发现中国式的抒情诗参照系其实可以带来阅读西方文学传统的许多可能，让人们重新听到原来被压抑但事实上是存在的声音。

三则资料中，李欧梵之论提示我们注意"抒情传统"论隐含了一个"时间"的框架。他意识到这个传统存在于过去的文化轨迹上，但他要问，至今还有意义吗？他的答案似乎是正面的：现代中国虽已进入"史诗"的年代，但"抒情"仍有其意义。《悲情城市》的例子说明现代艺术如电影，也有"普世"基准以外的文化要求，一种东方或者中国的"情调"足以让这些地区的电影独树一帜，与世界其他地区的作品争胜，而这"情调"的根源就是"抒情传统"。第三例则说明跨文化意识对本体文化的参照作用，被认定为源于史诗、悲剧的西方文学传统，在中国抒情文化映照下，幽微为之洞烛，长期被埋没的文化元素能够再次显现。由这三例看来，"抒情传统"论述，即使到了"后现代"的今天，还可以是文学以至文化研究的一股重要的力量。

现代中国文学研究的"抒情传统"论述，首揭于旅美学人陈世骧（1912—1971），以他在1971年离世前发表的宣言——《论中国抒情传统》为标志①，其后张扬于高友工（1929—2016）的

① Shih-Hsiang Chen, "On Chinese Lyrical Tradition: Opening Address to Panel on Comparative Literature, AAS Meeting, 1971," *Tamkang Review* 2.2 & 3.1 (1971.10 - 1972.4): 17 - 24.

几篇重要论文，最后总其成于 2002 年的《中国文化史中的抒情传统》长文。[①] 至于李欧梵提及的“史诗”与“抒情”的观念，其实源于捷克斯洛伐克汉学家普实克（Jaroslav Průšek，1906—1980）的著述；他在哈佛大学任访问教授时，李欧梵是班上的研究生。[②] 这几位学者的论述，重点容有差异，但其旨趣同在解说中国文学究竟有何特质，是否构成一个贯穿古今、自成体系的传统。当然，中国的诗词歌赋或者骈体散行诸种篇什，以至志怪演义、杂剧传奇等作品，本就纷陈于时间轨道之上，集部之学亦古已有之，然而以诗歌、小说、戏剧等崭新的门类重新组合排序、以“文学”作为新组合的统称，可说是现代的概念。亦只有在这个“现代”的视野下，与“西方”并置相对的此一“中国”之意义才能生成。于是“中国”的“文学传统”就在“西方文学传统”的映照下得到体认，或者说，得以“建构”。陈世骧毫不含糊地宣称：

> 中国文学传统从整体而言就是一个抒情传统。
> (Chinese literary tradition as a whole *is* a lyrical tradition.)

宣言的文本

作为一种论述的宣言，现今流传的陈世骧之文《中国的抒情传

---

① 高友工:《中国文化史中的抒情传统》，《中国学术》，第 3 卷，第 3 期（2002 年），第 212—260 页。

② 李欧梵把普实克的现代文学论文辑成《抒情的与史诗的》一书在美国出版：Jaroslav Průšek, *The Lyrical and the Epic: Studies of Modern Chinese Literature* (Bloomington: Indiana University Press, 1980).

统》精简扼要，语调坚定，具有鼓动人心的力量，故此常被征引转述，为各种延伸议论作前提，然而这流通的中文文本其实与陈世骧的英文原文颇有不同。文章原是1971年美国亚洲研究学会年会其中一个分组——"东亚文学的抒情传统"（The Lyrical Tradition in East Asian Literature）的开幕词，原题"中国抒情传统：其源起及广泛影响"（Chinese Lyrical Tradition: Origin and Pervasive Influence）。陈世骧在会议后不久猝然离世，同年他的学生杨牧（王靖献）把讲稿带到台北举行的国际比较文学会议宣读，题目改作"论中国抒情传统"（On Chinese Lyrical Tradition）。随后文稿发表于英文学刊 *Tamkang Review*，再由淡江大学外文系杨铭涂中译，刊于《纯文学》月刊。① 继后杨牧整理老师遗稿，辑成《陈世骧文存》；当中收入杨译《中国的抒情传统》一文时，杨牧曾加以修订。② 这就是后来学界引述以及讨论的主要依据。

正因为这篇文章经过翻译和删削，其中部分细节和行文语气已有所不同。首先我们必须明白，原文是一个会议分组的开幕致辞，并不是一篇按严格学术标准的要求而完成的论文。文稿第一段是客套话，说自己"抛砂引玉"，第二段声明他只作"引言"，把内容局限在"中国的抒情传统"而不涉及其他东亚文学传统。第三段才是杨牧删本的第一段，解释"比较文学"的目标。在20世纪70年代之初，"东西"或者"中西"比较文学只处于起步阶段，陈世骧

---

① 陈世骧著，杨铭涂译《中国的抒情传统》，《纯文学》，第10卷，第1期（1972年），第4—6页。

② 杨牧在书后的《编辑报告》中说："为了配合其他文章的体例，我自动把演［讲］稿式的上下文修订一次，只保存了原文最基本的意思，相信这样做是可以的。"见陈世骧：《陈世骧文存》（台北：志文出版社，1972），第268页。

是其中重要的先锋人物。在这个场合要多作点题——呼应“比较文学”的研究——也是必需的。原文第五段被杨牧删掉，陈世骧其实在这一段说明本篇“不能避免的危险”：致辞的时间有限，因此有可能会“苟简”或“过当”（oversimplification or overstatement）。由是可知陈世骧对此文的局限是自觉的。

再者，陈世骧在原文中又说明部分“东西比较”的论述会见于一位日本文学专家和两位韩国学者的报告。又陈世骧论及中国小说的部分并不完足，原文说明另有学者将就小说艺术与抒情精神的关系作深入精辟的讨论。覆检当日会议手册，可知与会者除陈世骧外，发表论文的学者有四位：李鹤株（Peter H. Lee），论文题目是“韩国抒情诗的形式”（Forms of the Traditional Korean Lyric）；克兰斯顿（Edwin A. Cranston），论文是《日本文学的抒情精神》（Lyricism in Japanese Literature）；米乐山（Lucien Miller），论文是《中国小说的抒情精神》（Lyricism in Chinese Fiction）；高远（Ko Won），论文是《韩国诗的抒情精神》（Lyricism in Korean Poetry）。由此可见陈世骧的发言本就有相对的详略安排。①

通行中文本另一个问题是对原文最主要的概念的翻译颇有“未达”之处。原文多次用“lyricism”一语，这抽象的词语几乎是不可译的，无论作“抒情主义”“抒情性”“抒情精神”都不理想。中文本在各处分别译作“抒情诗”“抒情体”“抒情文体”，把当中的抽象精神层面坐实了。更严重的是，原文的“tradition”一语，中文本在不同地方分别译成“传统”和“道统”，二者之间，其实有相当的差异。后来不少学者引用译本讨论时，就以陈世骧视“抒情传

① 有关美国亚洲研究学会 1971 年会议资料承哈佛大学许明德先生示知，谨此致谢。

统”为一文化“道统”深予发挥，甚而批判“抒情传统”论述的霸权倾向。这大概是因译文而生的错觉。

最后，杨牧删本以“所有的文学传统‘统统是’抒情诗的传统”一句收束，看来铿锵有力，颇具气势。然而，所谓“统统是”原文作“in a ‘pure’ sense”，当中可能有“限定范围”的意思——“若从其［最］‘精纯’之意义而言”。这样说就表示一般情况并非如此“精纯”。事实上，原文下面紧接的一句话就是：“我肯定这是夸张［之言］。”（I am sure this is exaggerated.）往下陈世骧还表示他是充分意识到“东方抒情传统”的局限及其真正的光芒。换句话说，他对自己所认知或者建构的“抒情传统”，并非毫无节制地推许。所谓“光芒”，应是指这个“抒情”的文学倾向，固然异于西方伟大的史诗与悲剧传统，却无须有半点愧色，反而以其辉煌成就更值得世人珍视。至于“局限”，大概是指它不能全面地支援这个传统以外的文学生态。

由此观之，陈世骧并无意图以“抒情传统”一语来概括所有中国文学史的现象。但另一方面，这个概念却颇能帮助中国文学在世界文学版图上作出有意义的定位。再者，正如上文所引波拉德之例，西方文学研究者可能因为接触到以《诗经》为代表的中国“抒情文化”，得以反省固有的诠释策略，从而对西方传统作出新的体悟；中国文学传统的诠解，或者也可以因应“中西对照”而掀动的“抒情传统”论说而别开生面。从这个角度来看，陈世骧这一篇不满五千字的发言，虽然算不上是颠扑不破的至理，但能够传诵经年，当中实有批大郤、导大窾之力，值得我们仔细阅读；尤其文章的原来立意，也应该如实揭出，以见传承与变动之迹。以下我们根据原来英文稿重新作出中译，改题“论中国抒情传统”，并稍加注释，以方便读者。[①]

新译陈世骧《论中国抒情传统》（1971 年美国亚洲研究学会年会比较文学讨论组致辞）

女士们、先生们，各位同道、朋友：

以下我要讨论的课题，也是作为这个讨论组的一个导言。或者，我应该称之为“引言”而不作“导言”，正如中文成语所讲的那样，让我“抛砖引玉”。考虑到我们即将讨论的是抒情精神这样优美精致的话题，在此情此境采用“砖块”的比喻可能不够典雅，那么，让我换个说法，我将抛之以“砂”，来引出讨论组诸位成员和在座杰出听众的美玉和宝石。

作为导言，我会把以下的讨论限定于中国抒情传统，或许从某种意义上说，这在中国周边其他远东国家的文学传统里也是非常典型的。因为中国传统在远东最为古老，所以即使它不那么典型的地方，也可能刺激其他传统发展出更多本身的特点来。

为了节省时间，我不会按照一般的历史顺序去说明中国抒情传统的起源和影响；又为了配合此间的旨趣，我会以比较的方式来突显其存在并且展示其重要性。

比较文学这门学科的主要关注点是：在不同文学之间寻找不管多抽象的共同点，或者共相，再进一步侦察双方的独特之处。经过具体例证的并举对照之后，彼此的独特之处会更清晰地显露。这比仅在单一传统下的观照，更能探得深意。因此，这样的工作不会止

---

① 杨彦妮、陈国球合译。

于发现双方的对等或关联之处，而是要创建新的体会和辨识。

当我们说起一种文学的特色为何时，我们已经隐含着将之与其他文学作比较了。而如果我们认为中国抒情传统在某种意义上代表东方文学的特色时，我们是相对于西洋文学说的。正是通过这种对照并观，我们发现中国抒情传统之卓然突显，发现在分析研究世界文学时这传统的更大意义会得彰明。

为了把珍贵的时间留给讨论组的诸位，我只会用少量时间去说明我的看法。因此，我将尽量简约，然而这样难免会有苟简或过当之虞，先请大家理解和原谅。

我想大家会同意，中国的古典传统之于远东的其他文学，就像希腊传统之于欧洲其他文学那样，在创作实绩和批评理念方面都处于开创性的地位。与欧洲文学传统——我称之为史诗的及戏剧的传统——并列时，中国的抒情传统卓然显现；我们可以同时在文学创作活动以至批评的经典著述中，得到证明。标志着希腊文学初始盛况的伟大的荷马史诗和希腊悲剧喜剧，是令人惊叹的；然而同样令人惊异的是，与希腊自公元前10世纪左右同时开展的中国文学创作，虽然毫不逊色，却没有类似史诗的作品。这以后大约两千年里，中国也还是没有戏剧可言。中国文学的荣耀别有所在，在其抒情诗。长久以来备受称颂的《诗经》标志着它的源头；当中“诗”的定义是“歌之言”，和音乐密不可分，兼且个人化语调充盈其间，再加上内里的人情关怀和直接的感染力，以上种种，完全契合抒情诗的所有精义。

接下来就是动人心魄的《楚辞》——我以为可以更恰当地译作“楚地哀歌”（Ch'u Elegies），它代表了抒情的另一个主要方向。之所以这么说是因为当中的代表篇章《离骚》，其宏阔的视界、丰富的神话、辉煌的景象与意境，无论就形式还是意旨来说，都非史诗也不是戏剧。然而通篇近四百行的诗句中——套用当代讨论抒情诗的一句话——“艺术家以与自我直接关涉的方式呈示意象”。那是詹姆斯·乔伊斯（James Joyce）这样一位敏慧天才为抒情诗所下的、为人广泛引用的定义。① 提到乔伊斯，我突然想起他还在某些奇怪的时刻发明了“中国式精神分析”（sino-psychoanalysis）和“中国式精神变态”（sino-psychosis）的说法，好像是特意要让中国研究受惠。众所周知，《楚辞》中的其他篇章全都是抒情体，如祭歌、颂诗、悼词、葬歌，或者其他主观的，激情地抒发一己之渴求、控诉、呐喊的韵文。

歌——或曰言词乐章（word-music）所具备的形式结构，以及在内容或意向上表现出来的主体性和自抒胸臆（self-expression），是定义抒情诗的两大基本要素。《诗经》和《楚辞》，作为中国文学传统的源头，把这两项要素结合起来，只是两要素之主从位置或有差异。自此，中国文学创作的主要航道确定下来了，尽管往后这个传统不断发展与扩张。可以这样说，从此以后，中国文学注定要以抒情为主导。抒情精神（lyricism）成就了中国文学的荣耀，也造成它的局限。汉代的两大类文学创作：乐府和赋，都延续并发扬了这一趋势。乐府回归《诗经》一脉，扩大了这古老的抒情回响。又正如“乐府”一名所暗示的，它把诗与乐歌合一的传统制度化下

① 詹姆斯·乔伊斯（James Joyce，1882—1941）在小说《一位年轻艺术家的画像》中讨论到“抒情的”“史诗的”“戏剧的”三种艺术形式的定义；原文是：“These forms are: the lyrical form, the form wherein the artist presents his image in immediate relation to himself; the epical form, the form wherein he presents his image in immediate relation to himself and to others; the dramatic form, the form wherein he presents his image in immediate relation to others.” *A Portrait of the Artist as a Young Man* (1916; Oxford: Heninemann Educational Books, 1986), 218.

来了。而赋所显露的抒情精神的优点，与其局限一样多；抒情精神已成为萦绕不散的一缕精魂。作为韵文与散文的奇异驳杂体，赋把个体于公于私的感兴抒怀，混入客观的描写和渺远的视境之中。无论从形式、风尚还是意图来看，赋都说不出一段史诗式的故事，演不出一幕戏。然而由于赋没有足以撑持繁重结构的故事情节、剧场扮演和动作，赋家的文学绝技的精髓，反而更靠近阿伯克龙比（Lascelles Abercrombie）观察所得的抒情诗要义：“透过语言中悦耳和令人振奋的音乐性，把要说的话有力地送进我们的心坎里。”① 我往往会这样解说：赋中若有些微的戏剧或小说的潜意向，这意向都会被转化，转成抒情式的修辞；赋中常见铺张声色、令人目眩神迷的词藻，就是为了要达成这抒情效应。

由是，乐府和赋拓宽并加深了以抒情精神为主导的中国文学传统的主流。这一局面贯穿六朝、唐代甚至更久远，而其他方面如叙事或戏剧的发展，都只能靠边站，长期萎弱不振，或者是被兼并、淹没。我们不消细说其间历史，我们只要留意，当戏剧和小说的叙事艺术极其迟缓地登场以后，抒情精神依然继续主导、渗透，甚或颠覆它们。所谓的元曲、明传奇，乃至清昆曲，每一部不都是由数以百计精妙的抒情诗堆成的作品吗？抒情精神在小说中常常是隐没不显的，然而当我们阅读传统的章回小说时，哪一个不曾对每部小说中点缀穿插的抒情诗留下深刻印象（又或有时被惹恼）？中国小说这一形式上的特征被认为是受到了印度的影响。然而，如果我们说，来自印度抒情诗的影响力植入的是一块本就非常肥沃的土地，

---

① “Lascelles”陈世骧英文原作误拼为“Laecalls”；Lascelles Abercrombie（1881—1938）是英国诗人批评家，其说见所著：*Poetry: Its Music and Meaning*（Oxford: Oxford University Press, 1932）, 47.

又或者说本土的抒情种子业已生根发芽，印度的舶来品适足以催熟它，这样的推论可以算是审慎的吧？我在这儿讨论的，不过是传统小说其中一项形式特征——在散文体叙述中遍插抒情诗。我相信，抒情精神如何渗透中国小说艺术，润色之、增美之，将会在米乐山教授（Professor Miller）① 的论文中有更精细和具体的说明。

我的总体意见是：经过以上的广泛回顾，如果说中国文学传统从整体而言就是一个抒情传统，大抵不算夸张。我认为这个简括的说法对我们研究世界文学，可能是有用的参照。由此，我们可以将中国文学的传统，以及大致一体的东方文学（因为前者或可在不同程度上代表了远东的文学传统），摆放在一个聚焦点下，与欧洲文学传统并置、区辨。这个聚焦点就在于并置中的东方抒情传统与欧西史诗及戏剧传统，因互相映照而突显的地方。证据历历可见，一边是原生的、足为范式的作品《诗经》《楚辞》，另一边是荷马史诗和古希腊戏剧，启动了两大文化的两个极其丰盛的文学传统。此二者我们习以为常地称之为“东方”（Oriental）和“西方”（Occidental），虽则从地理志与种族学来看，这命名方式实在有点别扭。

我很快就要结束发言，先留下这个想法请诸位思考：体认“抒情精神”为中国乃至东亚某些文学传统的精髓，或许有助于解释东西方之间在传统形式和价值判断上很多不同的，甚至相互矛盾的现象。时间只容许我们举例说明这遥遥相隔之两地的文学创作活动各自的特色。至于这些差异何来，基于哪些文化、历史、语言或者哲

① 米乐山（Lucien Miller）是陈世骧在加州大学伯克利分校的学生，1970 年以《红楼梦》的研究论文取得博士学位，后来在马萨诸塞大学任教，直到 2005 年退休。

学的复杂因素，在座都是饱学之士，或者我们可以稍后继续讨论——如果还有时间，诸位又对文化比较的议题感兴趣的话。就"文学"研究而言，目下我们关心的一个明显现象是：同一些复杂因素，因不同的着眼点而产生了迥异的基本"批评"观念。在此让我郑重申明，我绝不是说古希腊没有抒情诗，那里有萨福（Sappho）和品达（Pindar）的名篇。如果我们考虑到任何知识领域内的门类分界难免交叉重叠，我们会留意到希腊悲剧的合唱中有许多美丽的抒情时刻，甚而可以在荷马作品中摘出一些颂诗和隽语，视之为抑扬格（iambic）抒情诗的片段。然而，合唱在希腊悲剧中占不了主要的地位，比不上几乎构成每出元明戏剧全部内容的、数以百计的精致抒情诗；荷马也没有在史诗中大量掺入颂诗、隽语，像中国的章回小说塞满诗词韵句那样。有一点值得我们注意，在希腊哲学和批评理念中，史诗与戏剧是如此地先入为主，以至亚里士多德在他的《诗学》第一部第六、第七节中指出用抑扬格、挽歌体（elegiac），或用其他相类格律写成的抒情体韵文，"迄今尚无名称"。戏剧和史诗的高度主导地位，使古希腊的歌唱诗（melic poetry）相形失色，以至希腊人讲文学创作时，就一面倒地偏重叙事情节结撰、戏剧行动（dramatic action），或者角色塑造的考量。与此形成鲜明对比，中国古代的批评或审美关怀只在于抒情诗，在于其内在的音乐性，其情感流露、或公或私之自抒胸臆（self-expression）的主体性。对于孔子在《论语》中提及的"诗"之喜悦、哀怨、礼仪等，我们往往难以判定他是在谈诗的音乐还是诗的文辞。对于孔子来说，诗的目的在于"言志"，在于倾吐心中的欲望、意向或者怀抱，故此其重点就是情感上的自抒胸臆，而这正是抒情诗的标志。

因此，欧洲与中国批评传统的古典根柢可说截然不同。经历漫长岁月，自然衍生错综的变化，但最根本的批评倾向，不管怎样嬗递变形，却依然可以辨识。大略言之，以史诗和戏剧为首要关注点的欧洲古典批评传统，启动了后世西方讲求客观分析情节、行动和角色，强调冲突和张力的趋向，即使今日我们研究诗歌和其他文学作品，还有所追随。倾重抒情诗的中国古典批评传统，则关注诗艺中披离纤巧的细项经营，音声意象的召唤能力，如何在主观情感与移情作用的感应下，融和成一篇整全的言词乐章（word-music）。冲突和张力在中国某些杰作中也曾出现，也能一时打动读者，然而传统批评家对此并无多大兴趣。可以这样说，中国传统批评家在祖传的抒情精神启导下，会追求和谐；当他进入知性之域，他会追寻言外的寓意，好比音乐所能暗示的，不管是道德的还是审美的意义。故此，相对来说，说明、厘清、阐发都是西方传统的专长；另一方面，依实感实悟而撷精取要，以见文外曲致重旨，是中国或者东方传统之所尚。由是，雄辩滔滔的议论对比警策机智的立言，辨析审裁对比交感共鸣，就造成了东西方传统文学批评的差异。我相信以下克兰斯顿教授（Professor Cranston）① 就日本最富启发的批评术语“幽玄”的研究，会给我们一个很好的例证。然后，李教授和高教授（Professors Lee and Ko）② 将会精彩地宣示他们对韩国诗歌的实感实悟。

---

① 克兰斯顿（Edwin A. Cranston）于 1958—1962 年在加州大学伯克利分校攻读研究生课程，后来转校到斯坦福大学取得博士学位，之后在哈佛大学东亚系任教日本文学。

② 李教授即李鹤株（Peter H. Lee），先后任教于夏威夷大学及加州大学洛杉矶分校，曾于 1969—1970 年任加州大学伯克利分校访问教授；高教授即高远（Ko Won），原名高性远（Ko Sung Won），美国纽约大学博士，曾在纽约城市大学布鲁克林学院、加州大学河滨分校及拉孚恩大学（The University of La Verne）任教。

且让我作个总结：比较文学的目的是在伟大的传统之间寻找差异和相同或者互通的地方。一个存活的传统总是充满动力的；回应与对回应的回应总是不断发生。当这一切发生时，我们必须更进一步注意，这些传统之间在古代一个关键时刻展现出根本的差距，并不排除它们在后世交流中变得类同、有所共鸣，以及相互亲和。抒情精神在中国传统之中享有最尊尚的地位，正如史诗和戏剧兴致之于西方。然而在欧洲，抒情精神的评价从中世纪开始渐渐提高，经历文艺复兴，直到浪漫主义更赋予它最高的品位。在我们这个世纪，英国诗人兼评论家德林克沃特（John Drinkwater）可以宣称"抒情诗是'纯'诗质活力的产物"，因此"抒情诗（lyric）和诗（poetry）是同义词"。[①] 如果我们同意，并补充上柯勒律治的浪漫主义观点——所有成功的文学创作，不管是散体还是韵文，都可算是诗——那么我们也许可以回到古代中国的，或者说泛东方的立场，即从"精纯"之意义来看，所有文学传统都是抒情传统。我肯定这是夸张的。可是既然我们正在议论东方抒情传统，并给予它应有的重视，而我自己充分明白它的种种局限，一如清楚它的真正的荣耀，所以我就抛出了这最后一粒有吸引力的，但也许太过浪漫的砂子，来引出诸位讨论组成员的美玉，当然，也希望引出在座的亲爱的听众的很多块智慧的宝石。谢谢！

---

① 德林克沃特（John Drinkwater，1882—1937）论抒情诗之语见于所著：*The Lyric: An Essay*（1915；London：Martin Secker，1922），34. 以上所引 Joyce，Abercrombie，Drinkwater 等人之论，均见：Alex Preminger，ed.，*Encyclopedia of Poetry and Poetics*（Princeton：Princeton University Press，1965），460—470. 相信这《诗与诗学百科全书》是陈世骧撰写这篇发言时的主要参考资料。

前编

源流论

第一章
歌诗言志：闻一多、朱自清

“中国抒情传统论”的两位旗手——陈世骧和高友工，都对传统诗学上的“诗言志”一说非常重视。高友工说：

> 我们可以把中国言志传统中的一种以言为不足，以志为心之全体的精神视为抒情精神的真谛，所以这一“抒情传统”在中国就形成“言志传统”的一个主流。①

陈世骧也说：

> 我们的诗学思想一直到近世还是以言志抒情并韵律为基本观点。②

---

① 高友工：《文学研究的美学问题（下）》，见《美典：中国文学研究论集》（北京：生活·读书·新知三联书店，2008），第77页。

② 陈世骧：《中国诗字之原始观念试论》，见《“中央研究院”历史语言研究所集刊·外编第四种》（台北：“中央研究院”历史语言研究所，1961），第912页。

究竟“抒情”与“言志”如何构成关系，值得我们注意。事实上“诗言志”在中国诗学传统中，是一个常被称引但意义繁杂多端的概念。直到20世纪的文学论述，此说还不断被检视。1908年鲁迅（1881—1936）的《摩罗诗力说》就有这样的议论：

> 如中国之诗，舜云言志，而后贤立说，乃云持人性情，三百之旨，无邪所蔽。夫既言志矣，何持之云？强以无邪，即非人志。①

鲁迅宣示的是“反抗”和“挑战”的精神，对“儒服之士”以“无邪”来限囿诗之“志”的内容，表示不能接受。当中，他就是以“志”等同“性情”；“言志”好比释放“性情”，而“持”“强以无邪”，则是“性情”之压抑限制。鲁迅这种“反抗挑战”的精神，可说是新文化运动的先导。后来陈独秀（1879—1942）的《文学革命论》（1917）中的革命军旗，上书“推倒雕琢的阿谀的贵族文学，建设平易的抒情的国民文学”等三大主义，虽然深刻程度有所不及，但气若长河，其整体方向大抵相同；“抒情”在这个意义底下，也和鲁迅的“言志”一样，是一种解放的力量，反抗各种陈旧思想的束缚。②

文学革命随着五四运动、白话文运动成功定鼎。到了20世纪30年代大家回首为革命志业书写历史，例如周作人（1885—1967）的《中国新文学源流》（1932）就是其中有大影响的文学史书写。

---

① 鲁迅：《摩罗诗力说》，见《鲁迅全集》（北京：人民文学出版社，1981），第1卷，第69页。

② 陈独秀：《文学革命论》，见《陈独秀选集》（天津：天津人民出版社，1990），第48页。

他把新文学运动上接明代公安三袁，视为“言志派”，其对立面是“载道派”，包括主张复古的前后七子、清代八股文和桐城古文等，两种潮流在中国文学史发展上互有起伏，不断往复循环。周作人的论述源于他对散文——尤其是公安派的“小品文”——的观察；在他而言，“志”就是感情，“言志”即是抒情；而“道”是“思想”“目的”。[①] 从文学革命的立场看，前者代表解放、自由，后者是牢笼、枷锁；这是自鲁迅、胡适、陈独秀以来的革命论述。但周作人的“言志抒情”却开出了现实以外的另一个空间——“艺术的世界”。这片“自己的园地”其用如何，则是后话了。

周作人应用传统批评术语“诗言志”和“文以载道”来划分互成对立的文学思潮，严格来说并不准确，也惹来钱锺书的批评，指出“诗言志”和“文以载道”本来分属两个系统，各有其规律与使命，并不构成对立。[②] 然而，周作人之说因为简明扼要，又可将新文学运动上接中国文学传统，甚至比胡适的白话文学史观更易取信，有助社会大众肯定白话文替代文言成为文化主流的现实，故能风行一时。

值得注意的是周作人正式将“言志”和“抒情”两个术语放在同一语意场中，使得这两个术语变成互可替换的概念。钱锺书的

---

① 周作人：《中国新文学的源流》（上海：华东师范大学出版社，1995）。周作人《论小诗》说：“本来诗是‘言志’的东西，虽然也可用以叙事和说理，但其本质以抒情为主。”可见他的“言志”即“抒情”的观点；见杨扬编《周作人批评文集》（珠海：珠海出版社，1998），第86页。

② 《中国新文学的源流》出版不久，钱锺书就撰写书评指“诗言志”和“文以载道”二者分属诗、文两个范畴，各有其规律使命。见《中国新文学的源流》附录3，第81—87页。周作人后来对钱锺书的书评有所回应，说：“我这言志载道的分派本是一时便宜的说法，但是因为诗言志与文以载道的话，仿佛诗文混杂，又志与道的界限也有欠明晰之处，容易引起缠夹。”见周作人：《中国新文学大系·散文一集·导言》，见《周作人批评文集》，第205页。

批驳似乎没有改变这种社会认同。直到朱自清以其对语义学的敏感（这是理查兹（I. A. Richards，1893—1979）等的西学影响），加上上承乾嘉汉学的研究方法（朱自清曾借用西方的术语“philology”以统称，译作“语史学”[①]），写成《诗言志说》，才把周作人的二分术语推翻，区辨“言志”与“抒情”；后来再进一步改造成“言志”与“缘情”对举的新辩证组合。与朱自清此文相关的还有闻一多的《歌与诗》一文，对中国文学的传统又有与周作人不同的诠解。两人的论述，可说为“抒情传统”规划了方向和范围，有必要仔细观察。

朱自清的《诗言志说》写于1936年底，发表于1937年6月由清华大学中国文学会编的集刊《语言与文学》；[②]《歌与诗》写于西南联大时期，在1939年刊载。[③] 朱自清在文中曾经提及闻一多的意见，这时《歌与诗》还未发表，相信这些意见得到诸朋友的讨论。《诗言志说》还引用了清华大学中文系极受尊重的文字训诂学专家杨树达的研究，来说明“诗”字与“志”字的关系。杨树达擅长“声训”，以为“声近义近”，从字之“声”可以寻源得义；其学理根据是：

> 盖文字根于言语，言语托于声音；言语在文字之先，

---

① 朱自清以“语史学”译“philology”，以涵盖传统的文字、音韵、训诂，以至考据等学；参考朱自清：《〈语言和文学〉发刊的话》，见《朱自清全集》（南京：江苏教育出版社，1988），第4卷，第464页。

② 朱自清：《诗言志说》，清华大学中国文学会编《语言与文学》（上海：中华书局，1937），第1—44页。按《语言与文学》的主编者实际是闻一多，见闻黎明、侯菊坤编：《闻一多年谱长编》（武汉：湖北人民出版社，1994），第438页。

③ 闻一多《歌与诗》原载1939年昆明《中央日报》副刊《平明》第16期；收入孙党伯、袁謇正主编《闻一多全集》（武汉：湖北人民出版社，1994），第10册，第5—15页。

> 文字第是语音之徽号。[①]

杨树达《释诗》一文就以“诗”字“从言，寺声”或“从言，㞢声”，与“志”字的“从心，㞢声”相同，“㞢、志、寺，古音无二”，得出“诗”即“志”的结论，证成《说文解字》“诗，志也”之说。[②]

杨树达的声训学方法，可说是一种“追源”的研究。这种追源可以是知识趣味的追寻，也可以是牵连国族情怀的精神探索，杨树达在《形声字声中有义略证》一文说：

> 由余上方之所讨论，知吾祖先文字之制作实有极精之条贯存于其间。惟后人漫不经心，此种条贯尘翳数千年，不曾显见于吾辈之目前。缘此，竟有不克负荷之子孙敢于废弃汉字之说。若吾人将此种条贯理会明白，使国人知祖宗制作之精，将油然生其爱国之心。[③]

考据实证的研究，其背后的精神泉源原来是对“吾祖先”的崇敬、“爱国心”之焕发。杨树达为“诗”字追源时，也提到有一位想象中的“造文者”，但大抵上没有过多的浮想联翩，所论还是限定在文字训诂专业的范围之内。同样由“诗”出发，朱自清和闻一多的

---

① 见杨树达：《形声字声中有义略证》，见《积微居小学金石论丛》（上海：上海书店，1996），第 1 卷，第 28 页下—40 页上。又参杨树达：《字义同缘于语源同例》，见《积微居小学金石论丛》，第 1 卷，第 40 页上—58 页下。

② 杨树达：《释诗》，见《积微居小学金石论丛》，第 1 卷，第 21 页下—22 页下。

③ 杨树达：《形声字声中有义略证》，第 39 页上。

追源溯流，其想象的空间就开阔得多。

闻一多也主张“诗”与“志”为同一字，不过，他再就其“诗字”声旁的“㞢声”发挥，以为这是“从止下一，象人足停在地上”，“本训停止”；“志”字本义就是“停在心上”，也可说是“藏在心里”。于是闻一多以为“志”有三义：记忆、记录和怀抱；由于前二义，闻一多再推论“诗”即“史”，以记事为本质；“诗”之外另有本质是“抒情”的“歌”。于是，《诗经》以前是“歌抒情、诗记事”；《诗经》是诗与歌合流、“志（情）事并重”的时代。再往下到《古诗十九首》时，则重在“抒情”，“事”被淡化成“境”，这又呼应了“志”为“怀抱”的第三义。文中闻一多安排了许多书证，但证据的解读和串联则运用了非常丰富的想象力；更有趣的是文末闻一多特别点出：

> 知道当初诗即是史，那恼人的问题“我们原来是否也有史诗”也就有解决的希望。

可见中国文学传统中是否有“史诗”，对当时的文学研究者来说是一个“恼人的问题”。

闻一多要为中国文学传统追溯源头的想法，又见于《歌与诗》以后完成的《文学的历史动向》（1943）、《四千年文学大势鸟瞰》（未刊稿）、《中国上古文学》（未刊稿）等几篇文章。他希望“在世界文学中定中国［文学］之地位，和在整个文化中定中国文学之要点”。① 环顾各个古老文明，他发现在公元前一千年中国和以色

---

① 闻一多：《中国上古文学》，见《闻一多全集》，第10册，第37页。

列歌唱抒情短诗，而印度和希腊则在歌中讲故事。[1] 他以为中国和其他三个民族一样，“在他开宗的第一声歌里，便预告了他以后数千年间文学发展的路线”；从《诗经》开始，文化和文学都定型了：

> 从此以后二千年间，诗——抒情诗，始终是我国文学的正统类型……诗，不但支配了整个文学领域，还影响了造型艺术，它同化了绘画，又装饰了建筑和许多工艺美术品……它就是宗教，是政治，是教育，是社交，它是全面的生活。[2]

中国传统集部之学本是诗文并重，周作人建构的“言志”“载道”循环起伏论更是以散文为主的文学史观。闻一多从现代出发回溯传统，从世界视野省察中国文学，“诗”的位置就因其抒情性质而突显出来。不过，他补充说：

> 中国文学史的路线南宋起便转向了，从此以后是小说戏剧的时代。[3]

闻一多这些观点可以说是陈世骧等“中国抒情传统”论述的雏形，

---

① 闻一多:《文学的历史动向》，见《闻一多全集》，第10册，第16—17页。余英时认为闻一多的说法类似卡尔·雅斯贝尔斯（Karl Jaspers，1883—1969）的“轴心时代”（The Axial Age）说，见余英时:《轴心突破和礼乐传统》，见《知识人与中国文化的价值》（台北：时报文化，2007），第69—96页。

② 闻一多:《文学的历史动向》，见《闻一多全集》，第10册，第17页。

③ 闻一多:《文学的历史动向》，第18页。

尤其是有关宋元以后叙事文学兴盛的现象，更是“抒情传统”论所不能回避、必须与之协商的问题。

回看朱自清的《诗言志说》，当中对于“诗”字之训释，没有许多增益修订。他把焦点放在“诗”与“志”在古代文献中出现的语境和时代脉络，随着历时轨迹检视先秦到两汉时期的“献诗陈志”“赋诗言志”“在心为志发言为诗”几种现象。他发现在这些历史时段中，“诗言志”的意义基本上在于“讽”“颂”，或者“教化”的范围之内，与一己的“抒情”无关。最后朱自清又以“作诗言志”一节，追踪以《古诗十九首》为代表的五言诗盛行以后，“诗”之义和“言志”的范围如何扩大，“言志”可以专指或兼指“抒情”。同时他又为“以诗抒情”的现象溯源，他的两点观察是：

第一，在诗乐分家以后，“诗只重义而不重声”，这时“以诗抒情”的观念已经出现，但还不甚被人注意；

第二，以诗抒情，可能《楚辞》的影响大而《诗经》的影响小；“因为到汉末止，除《韩诗》及《汉书·艺文志》外，就无人提到《诗经》的抒情作用。”①

此外，朱自清又直接评论周作人以“言志”与“载道”对立的讲法，认为他把“言志”等同于“人人讲自己愿讲的话”式的“抒情”，意义变窄了；朱自清以为这是“新文学运动”带来的影响。

朱自清的《诗言志说》完成以后不久，他再写成《诗比兴说》(1937)；后来在西南联大时，分别再写了《诗教说》(1943) 和一

① 朱自清：《诗言志说》，第 30 页。

篇论“正变”的文稿，[①] 然后他再重写《诗言志说》一文，预备把这几篇相关的文章合成一集，这就是后来单行本的《诗言志辨》。[②]

拿《诗言志说》和收入《诗言志辨》的《诗言志》一章来对照，我们发觉除了资料更为丰富、部分资料的解读有所修订之外，最值得注意的是新版对“抒情”意念的补充阐发，以及命名方式的更新。在1937年的论文中，朱自清在检讨“言志”在不同语境底下的意义时，一直以“一己”的“抒情”这个意念作为对照比较的基础，以揭示“言志”的非个人的、关乎“政教”的含义。在新版的《诗言志》中，朱自清补充了《楚辞》歌咏“一己之穷通”“抒中情而属诗”的意义，也更详细地析述六朝人论诗“志、情含混”的现象。大概因为用心于六朝文学批评，朱自清发现陆机“诗缘情而绮靡”一语正好切合自己的论述要求；原来“抒情”一语，他认为是外来的译语，[③] 所以新版中都把它一一替换成“缘情”。[④] 再由这新得的术语，他正式判定：“‘言志’跟‘缘情’到底两样，是不能混为一谈的。”[⑤] 事实上，在今天讨论中国文学，究竟应沿

① 朱自清曾把论“正变”的文稿送《清华学报》，但未有刊出。

② 单行本《诗言志辨》于1947年8月出版，为“开明文史丛刊”之一；收入《朱自清全集》，第6卷，第125—307页。

③ 朱自清既说“抒情诗”是“我们现代译语”，又说“‘抒情’这词组是我们固有的，但现在的含义却是外来的”，见《诗言志辨》，第172页。

④ 他在1942年发表的《诗的语言》一文的第三节标题作“诗缘情”，开首一句就是：“诗是抒情的。”见《朱自清全集》，第8卷，第340页；可见他在当时认为“缘情”与“抒情”相通。

⑤ 朱自清：《诗言志辨》，第158页。他在一份“中国文学批评”课堂讲义中又重申：“近来文学批评里常把言志与载道对言，以为言志是个人的抒情，而载道是文以载道。载道，为‘五四’以来所反对。但最近又主载道，不过所载之道不同。但是，言志实即载道，二者不应对立。”见刘晶雯整理《朱自清中国文学批评研究讲义》（天津：天津古籍出版社，2004），第1页。

用陆机的“缘情”观念，还是用有更广泛意义的“抒情”概念，是有进一步讨论的空间的。不过，朱自清之对举“言志”和“缘情”，却成了后来中国文学批评史讨论的定式之一。这也是值得我们注意的。

闻一多和朱自清对中国文学传统都作出了开阔的思考，但目标和方法却有所不同。闻一多要把中国文学放在世界的地图上，并尝试为中国文学史以“抒情的诗歌”为主潮的特点作出“起源论”的解释；朱自清则为“诗言志”这一个文学批评的术语作出历时性的（diachronic）以及历史化的（historicized）考索。闻一多从事的是文学现象的探索，以至文学史的建构；朱自清关心的是批评意念如何为具体语境和历史脉络所“多重限定”（overdetermined），采取的是文学批评史的立场，以文学意识形成的公共言说为观察对象。然而，闻、朱二人之论都有一个抒情传统在，只是其存在于朱自清论述中较为幽微隐约而已。

第二章
大道多歧：鲁迅、朱光潜、沈从文

要理解“中国抒情传统”论述如何在现代中国文学研究的环境中酝酿成型，其实还有许多线索可供梳理。要重塑这个研究谱系，我们也可以从陈世骧北大时期的前辈朱光潜（1897—1987）说起。朱光潜与朱自清等在20世纪20年代初同在白马湖春晖中学任教。1925年朱光潜到苏格兰爱丁堡大学及法、德等地留学，1934年回国应胡适之邀在北京大学教书，课余组织“读诗会”、主编《文学杂志》，其间两位朱先生还时通音问，往来讨论，文学思想的交互影响，不难想见。从朱光潜的早期论述我们也可以看见当时视野比较开阔的知识分子如何省思中国文学传统。朱光潜在爱丁堡时期写的一篇《中国文学之未开辟的领土》（1926），就提到中国“抒情诗最早出现”，“长篇叙事诗不发达”；中国文学的特点就是“偏重主观，情感丰富而想象贫弱”，“在抒情方面，中国诗远非西诗所及”；又认为中国的戏剧不发达，虽有《西厢记》《琵琶记》《桃花扇》等，但“其中诗的成分多而剧的成分少”。[①] 在这

① 朱光潜：《中国文学之未开辟的领土》，见《朱光潜全集》（合肥：安徽教育出版社，1987），第8卷，第134—143页。

篇早期的文章中，朱光潜表达的只是一些零散的观感；后来他再有两篇相关的文章，《中西诗在情趣上的比较》（1934）和《长篇诗在中国何以不发达》（1934），[①] 就他理解的中国文学现象作出分析。朱光潜在比较中西文学传统时，指出中国欠缺悲剧、史诗，以及在哲学层次上不够深刻等，他表现出一种不无遗憾的感慨。例如说：

> 我爱中国诗，我觉得在神韵微妙格调高雅方面往往非西诗所能及，但是说到深广伟大，我终于无法为它护短。[②]

我们看到朱光潜的感慨之所生，其依据都是"抒情传统"论述的范围，只不过具体判断不完全相同而已。

朱光潜虽然在北京大学时是任教于外国语言文学系，但他对中国文学仍是一贯的关切。他在留学欧洲期间已撰写了《诗论》的初稿，因为这一书稿而受到时任北大文学院院长的胡适赏识，招聘他入外文系，还要求他在中文系讲课。在多年后朱光潜回顾自己的著述时表示：

> 在我过去的写作中，自认为用功较多，比较有点独到见解的，还是这本《诗论》。我在这里试图用西方诗论来

---

① 朱光潜：《中西诗在情趣上的比较》，见《朱光潜全集》，第3卷，第74—86页；《长篇诗在中国何以不发达》，见《朱光潜全集》，第8卷，第352—357页。

② 朱光潜：《中西诗在情趣上的比较》，第79页。

解释中国古典诗歌，用中国诗论来印证西方诗论。①

这本书不单是朱光潜的重要作品，也可说是现代中国诗学研究的划时代著作。朱光潜对中国诗学传统的历时研究（diachronic study）无大兴趣，例如讨论“诗的起源”，其处理方法就和闻一多以至后来的陈世骧都不同；他不谈“诗的有音无义的时期”，甚至认为“诗的起源实在不是一个历史的问题，而是一个心理学的问题”。②值得注意的是他的并时研究（synchronic study）方式，看来与高友工的文学理论研究是同一方向；只不过高友工的辨析功夫更加细腻，理论工具更加精巧。当然朱光潜的研究带有克罗齐的理论色彩，而高友工的主要学理背景还是分析哲学，但两人的论述基点实在有相当程度的契合。

朱光潜的文学研究与“抒情传统”论述相关涉之处，更可以从他常用的两个概念见到：“情趣”和“境界”。“情趣”在朱光潜笔下，相当于“情感”或者“feeling”，有时又简化作“情”；“情趣”与“意象”（又即是“景”）的融合，即是“情景交融”，就可以成“境界”。“境界”一词源于王国维，朱光潜说：

诗的境界是理想境界，是从时间与空间中执着一微点而加以永恒化与普遍化……在刹那中见终古，在微尘中显

---

① 《诗论》初稿完成于1931年前后，以后多番修订，1942年由重庆国民图书出版社出版，1947年正中书局出版增订本；1984年北京生活·读书·新知三联书店再增修重版，又收入《朱光潜全集》，第3卷，第1—331页。引文见第331页。

② 朱光潜：《诗论》，第216、11页。

> 大千，在有限中寓无限。①

中国古代诗学对“诗境”“意境”，或者“境界”自有其体认和发扬的传统；朱光潜以西方美学以至文艺心理学作出疏释诠解，是衔接古今的有效尝试。然而，“境界”既是无限，人人所得所好不一定相同。朱光潜在一篇写给中学生看的短文中推崇“静穆”之境，由之引起一场争辩，其辩论对手是鲁迅。

1935 年 12 月朱光潜在《中学生》杂志发表了一篇题为《说“曲终人不见，江上数峰青”——答夏丏尊先生》的短文，回复夏丏尊提出钱起《省试湘灵鼓瑟》收尾两句“究竟好在何处”的问题。这两句诗朱光潜在三年前收入《谈美》的文章《“超以象外，得其环中”——创造与情感》中已经评论过。当时他以包括这一联在内的例句，说明“情感是综合的要素，许多本来不相关的意象如果在情感上能调协，便可形成完整的有机体”；钱起这两句诗的意象虽然看似不相干，但“都可以传出一种凄清冷静的情感，所以它们可以调和”。② 三年后，朱光潜想借这两句诗解释“艺术的最高境界都不在热烈”，“超一切忧喜”“泯化一切忧喜”的“静穆”才是“诗的极境”，他从中国文学传统中举例说：

> 这种境界在中国诗里不多见。屈原、阮籍、李白、杜

① 朱光潜：《诗论》，第三章《诗的境界——情趣与意象》，第 49—73 页。

② 朱光潜：《“超以象外，得其环中”——创造与情感》，见《朱光潜全集》，第 2 卷，第 69—70 页。

> 甫都不免有些像金刚怒目、愤愤不平的样子。陶潜浑身是“静穆”，所以他伟大。①

朱光潜最初关注的是情感的结构作用，如今他的重点是诗的“境界”。

鲁迅的文学观与朱光潜所标举者大不相同。他在 1936 年 1 月在上海《海燕》月刊发表的《题未定草》的第七篇中，对朱光潜的讲法加以批评反驳，说所谓“静穆”只是“虚悬的‘极境’”，钱起的两句诗不过是为了切合“省试”之题目要求而作，并不神奇；全诗并不“静穆”，钱起个人也不免有“金刚怒目”的时候。鲁迅认为论文要“最好顾及全篇，并且顾及作者的全人，以及他所处的社会状态”，他的结论是：

> 历来的伟大的作者，是没有一个“浑身是‘静穆’”的。陶潜正因为并非“浑身是‘静穆’”，所以他伟大。②

二人的不同意见好像只是批评方法（论诗能否从“摘句”着眼）和审美判断（“静穆”是否值得标举、陶渊明是否“浑身静穆”）的差异，然而论辩背后所牵及的文学思想和时代意义却相当繁富；近年学界就有深入讨论，比较重要的意见包括以下几种：

第一，论辩关乎当时的“京派”与“海派”之争。是主张

① 朱光潜：《说“曲终人不见，江上数峰青”——答夏丏尊先生》，见《朱光潜全集》，第 8 卷，第 396 页。

② 鲁迅：《题未定草·七》，见《鲁迅全集》，第 6 卷，第 430 页。

“人生之艺术化”与主张“革命文学”两种文学观的对立。①

第二，论辩可以追溯到学术史上的汉宋之争。桐城派“重视文章内在的逻辑力量”、晚清新宋学以“西学义理来深发宋儒之论”，这些是朱光潜的文艺心理学所承继的传统因子；鲁迅的学术实践则源自清代乾嘉朴学之风，并吸收西方的科学精神，“较少作抽象的人性心理演绎”。两人的争辩也预示了现今中国学术环境中文学理论与文学史无法对话的状况。②

第三，论辩双方代表了传统与现代的对话的不同方式。朱光潜在“后五四时代”实行“反‘反传统’”，借用现代的学理来重建中国诗学“求美求善”的传统；鲁迅则“求真求实”，以历史主义的精神“祛魅”“启蒙”。③

以上的讲法，对我们理解这次辩论的意义都很有帮助。事实上，鲁、朱之辩也是情感如何安顿的问题。鲁迅敏锐的情感触觉，鲁迅之忧世伤时，让他看到《野草·题词》（1927）所说的“地火在地下运行，奔突”，他绝对不可能安然面对“天地有如此静穆”；④ 他的沉痛，无异于屈原所讲的“发愤以抒情”。朱光潜则以陶渊明《时运》诗序的“欣慨交心”为理想，认为他“没有因苦闷而落到颓唐放诞”，正是由于“他把自己的胸襟气韵贯注于外物，使外物的生命更活跃，情趣更丰富，同时也吸收外物的生命与情趣

---

① 高恒文：《鲁迅对朱光潜“静穆”说批评的意义及其影响》，《鲁迅研究月刊》第 11 期（1996 年），第 40—46 页。

② 查屏球：《说理、说事、说梦——由一联唐诗的争论引出的学术思考》，《江苏行政学院学报》，第 4 期（2004 年），第 116—123 页。

③ 胡晓明：《真诗的现代性——七十年前朱光潜与鲁迅关于“曲终人不见”的争论及其余响》，《江海学刊》，第 3 期（2006 年），第 183—190 页。

④ 鲁迅：《野草·题辞》，见《鲁迅全集》，第 2 卷，第 154 页。

来扩大自己的胸襟气韵”;[①] 这是两种不同的“抒情”形态，也是面对艰难时世的不同对应方式。

“情”何以“抒”? 在现代中国的处境下，的确是一个严肃而又难以回避的问题。沈从文（1902—1988）的一些相关思考也值得我们注意。

沈从文在 1935 年《大公报 · 文艺》发表《新诗的旧账》，开篇就说：

> 诗的用处照古义说是“言志”，照如今解释是“抒情”。[②]

这个讲法与周作人之说无异。1940 年他为《国文月刊》写了总题为《习作举例》的文章三篇，分别题作《从徐志摩作品学习“抒情”》《从周作人鲁迅作品学习抒情》，以及《由冰心到废名》。这时他在西南联合大学师范学院任教“各体文习作”，这些“举例”就是其中的课堂讲义；从中我们更清楚地见到沈从文在这个时期对“抒情”的理解。他指出徐志摩作品给我们的感觉是“动”，但这“动”却得自“境”：

> 一切优秀作品的制作，离不了手与心。更重要的，也

---

① 见朱光潜:《陶渊明》，见《朱光潜全集》，第 3 卷，第 249—266 页。这篇文章发表于 1945 年，是朱光潜相当用力完成的文章，后来更收入 1948 年正中书局的增订本《诗论》作全书最后一章。鲁迅指他只是摘句为评，没有顾及“全篇”、“全人”，以及“社会状态”；朱光潜在多年后写成这篇完整的论文，大概算是一个学术的回应。

② 沈从文:《新诗的旧账——并介绍诗刊》，见《沈从文全集》（太原：北岳文艺出版社，2002），第 17 卷，第 94 页。

许还是培养手与心那个“境”，一个比较清虚寥廓，具有反照反省能够消化现象与意象的境。[①]

他又认为鲁迅与徐志摩的相同处，在于“情感黏附于人生现象上”；只是后者“热”而前者“冷”。然而，沈从文又看到徐志摩和鲁迅对人间万事的现象都有“莫可奈何”之感，以“求孤独”作为“对现象执缚的解放”。[②] 这时期，沈从文应是在思考文学抒情的各种样式：周作人抒情写心“从内面写，如一派澄清的涧水，静静地从心中流出”；鲁迅“抽抒个人情绪，徘徊个人生活上，亦如寒光闪闪，有投枪意味，中必透心”；冰心、朱自清、废名“同样用清丽素朴的文字抒情，对人生小小事情，一例俨然怀着母性似温爱……作品中无不对于‘人间’有个柔和的笑影。”[③]

不单散文如是，论短篇小说也是“抒情”。沈从文 1941 年在西南联大国文学会演讲，对于由诗出发的“抒情”之义，有深一层的剖析：

短篇小说的写作，从过去传统有所学习，从文字学文字，个人以为应当把诗放在第一位，小说放在末一位。一切艺术都容许作者注入一种诗的抒情，短篇小说也不例外。由于对诗的认识，将使一个小说作者对于文字性能具特殊敏感，因之产生选择语言文字的耐心。对于人性的智愚贤否、义利取舍形式之不同，也必同样具有特殊敏感，

① 沈从文：《从徐志摩作品学习“抒情”》，见《沈从文全集》，第 16 卷，第 257 页。

② 沈从文：《由冰心到废名》，见《沈从文全集》，第 16 卷，第 272 页。

③ 沈从文：《由冰心到废名》，第 274 页。

> 因之能从一般平凡哀乐得失景象上，触着所谓“人生”。尤其是诗人那点人生的感慨，如果成为一个作者写作的动力时，作品的深刻性就必然因之而增加。①

诗之为诗，是因为诗人能耐心选择“文字”以“抒情”；而选择过程中的“耐心”和“敏感”，可以由对“文字”而延伸至对“人生”。缘于此，文学作品得以“深刻”。这是我们对沈从文的抒情论述依逻辑序次而作的串联。但沈从文的文学感应可能远超于此，我们或者应该把以上引录沈从文的几个关注点并置——“手”“心”“境”“抒情”“文字”“意象”“现象”“人生”“人性”“感慨”“深刻”，然后思考其间的各种可能的相互作用力和效应。踏入20世纪40年代，沈从文作品风格有了一种看似突然的转向，②就如他在《水云》（1946）一文中回顾说：

> 我还得在“神”之解体的时代，重新给神作一种光明赞颂。在充满古典庄雅的诗歌失去价值和意义时，来谨谨慎慎写最后一首抒情诗。

在进入要写“最后一首抒情诗”的境地之前，我们见到沈从文的上下求索，他在散文《烛虚》（1940）中说：

---

① 沈从文：《短篇小说》，见《沈从文全集》，第16卷，第505—506页。

② 参考张新颖：《20世纪上半期中国文学的现代意识》（北京：生活·读书·新知三联书店，2001），第九章《从“抽象的抒情”到“呓语狂言”》，第225—248页。贺桂梅：《转折的时代——40—50年代作家研究》（济南：山东教育出版社，2003），第二章《沈从文：文学与政治》，第106—133页。

> 在有生中我发现了“美”，那本身形与线即代表一种最高的德性……凡知道用各种感觉捕捉住这种美丽神奇光影的，此光影在生命中即终生不灭。但丁、歌德、曹植、李煜便是将这种光影用文字组成形式，保留得比较完整的几个人。

又在《生命》（1940）一文中说：

> 我正在发疯。为抽象而发疯。我看到一些符号，一片形，一把线，一种无声的音乐，无文字的诗歌。我看到生命一种最完整的形式，这一切都在抽象中好好存在，在事实前反而消灭。①

从“事实”转到“形式”，由“形式”奔向“抽象”，再由此深入到“抒情”的真谛，这时沈从文的创作，例如小说《看虹录》（1943）、《摘星录》（1943），散文集《烛虚》（1941）、《七色魇集》（1943—1946），“用人心人事作曲”，② 应是“抽象的抒情”的表现，这是沈从文更严肃认真的思考：在信仰解体时代，如何以最简朴而又最完整的抒情，来照亮生命。

正式把这种生命乐章之演奏形式标示为题的《抽象的抒情》一文，却未必是这个课题的正面演绎。这是沈从文曾被查抄的“未写完的遗作”，大概写于1961年。沈从文在文中的所思所感，其实非

---

① 沈从文：《水云》，见《沈从文全集》，第12卷，第128页；《烛虚》，见《沈从文全集》，第12卷，第23—24页；《生命》，见《沈从文全集》，第12卷，第42—43页。

② 沈从文：《〈看虹摘星录〉后记》，见《沈从文全集》，第16卷，第343页。

常具体而不抽象。他相信：

> 凡是有健康生命所在处，和求个体及群体生存一样，都必然有伟大文学艺术产生存在，反映生命的发展、变化、矛盾，以及无可奈何的毁灭。[①]

他指出传统文学艺术所形成的种种观念，往往支配了我们今天的个人哀乐爱恶情感，约束限制或鼓舞刺激到民族的发展。由于文学艺术能够对社会对人生产生如此长远巨大的影响，就会被有意识地拿来、争夺来为新的社会观念服务，“新的文学艺术，于是必然在新的社会——或政治目的制约要求中发展”。沈从文承认这是必然的，正常的。他的疑虑只是这种约束的力量，会过分加重作家的道德责任，“而忽略产生创造一个文学作品的必不可少的情感动力”。在这些思潮往返起伏之间，沈从文并没有作出任何强力的申诉，但他有一个深刻的体认：“他的存在太渺小了。”他喃喃自语：

> 事实上如把知识分子见于文字、形于语言的一部分表现，当作一种“抒情”看待，问题就简单多了。因为其实本质不过是一种抒情。特别是对生产对斗争知识并不多的知识分子，说甚么写甚么差不多都像是即景抒情，如为人既少权势野心，又少荣誉野心的“书呆子”式知识分子，这种抒情气氛，从生理学或心理学说来，也是一种自我调

① 沈从文《抽象的抒情》，见《沈从文全集》，第16卷，第527—528页。

整，和梦呓差不多少，对外实起不了甚么作用的。①

我们说这篇文章写来非常具体，每下判断都有可作逻辑前提的事实根据。然而，这不完整的整篇文章其实有许多互为抗衡的论述或者思念存乎其中。比方说，“偶然”与“必然”，“毁灭”与“永生”，“适时”与“不朽”，“社会目的”与“文学艺术目的”，“道德”与“情感”，“知识”与“权力”，等等。当然其中最重要的，可能是“以文字创造经典”与“不过是一种抒情”的交锋。即景以言，沈从文自不得不判定前者之为“妄想”，后者之为“洞见”。

① 沈从文：《抽象的抒情》，见《沈从文全集》，第16卷，第535—536页。

第三章
宇宙诗心：宗白华、方东美

鲁迅与朱光潜之争论“静穆”，沈从文之冥思“抽象”，或者展示了文学在特定时空的一种当下的反应，然而这些言说及所寄寓的思想，却与连绵的抒情传统——无论是“发愤抒情”，还是“缘情绮靡”——相呼应。鲁迅愤慨激越之情深，朱光潜泯化忧喜之意广。沈从文与朱光潜共为“文学守望”，① 他寄托“抒情”于“抽象”之域，其沉痛实不下于鲁迅的“金刚怒目”，而泯化之思更不止于朱光潜所追求的“浑身静穆”。在历史转折的时刻，在时局社会之外想望文学艺术的“境界”，我们不必马上判定为逃避、遁隐。将当下的动荡衔接传统的连绵，应是抒情论述的主要贡献。与朱光潜同为中国美学大家的宗白华（1897—1987），以及宗白华的东南大学及中央大学同事、朱光潜的同乡同学方东美（1899—1977），也在20世纪三四十年代从生命美学的角度，从中国传统智慧中，开发出“诗者，天地之心”的意境论，沟通了抒情论述与哲学及美

---

① 参考薛磊：《论沈从文与朱光潜的文学守望》，《安徽农业大学学报》，第19卷，第2期（2010年），第90—95页。

学。有了这个论述基础，后来高友工虽然从分析哲学切入，但也能隐隐然与中国传统的形而上境界相通。

宗白华是五四运动高潮中成立的“少年中国学会”的创始期会员，认同“本科学的精神，为社会的活动，以创造少年中国”的宗旨。在思想上，他又倾心欧洲哲学，尤其柏格森（Henri Bergson；1859—1941）的“入世精神”。在文学上，他非常支持当时留学日本的郭沫若的诗创作，自己也受冰心影响写下《流云》系列的小诗。当时他对诗的体会是：

> 用一种美的文字——音律的绘画的文字——表写人的情绪中的意境……
>
> “诗的意境”就是诗人的心灵。①
>
> 诗人底文艺，当以诗人个性中真实的精神生命为出发点，以宇宙全部的精神生命为总对象。文学的实现，就是一种精神生活的实现。②

在宗白华笔下，与“诗”相关联的概念包括属于形式表现的“文字”和物质以外的“精神生命”，诗人的“心灵”和诗的“意境”。

1920年至1925年，宗白华在德国留学；回国后受聘于南京东南大学（后改名为中央大学）哲学系，与吴梅、柳诒征、胡小石、李长之、牟宗三、方东美等为同事，并开始撰写《美学》《艺术

① 宗白华：《新诗略谈》（1920），见《宗白华全集》（合肥：安徽教育出版社，1994），第1卷，第182—183页。

② 宗白华：《新文学底源泉》（1920），见《宗白华全集》，第1卷，第186页。

学》等讲学提纲。然而，他在美学的重要影响，还是源于20世纪三四十年代发表的《中西画法所表现的空间意识》（1936）、《论〈世说新语〉和晋人的美》（1941）、《中国艺术意境之诞生》（1943；1944年增订）、《中国诗画中所表现的空间意识》（1949）等篇。其中《中西画法所表现的空间意识》与《中国诗画中所表现的空间意识》二文的意趣大概相近，都是从中西对立的框架内体认中国艺术的特色。例如指出：

> 中国绘画以书法为基础……书画通于舞，它的空间感觉同于舞蹈与音乐所引起的力线律动的空间感觉。
>
> 西画通于雕刻建筑的意匠……画家兢兢于研究透视法、解剖学，以建立合理的真实的空间表现和人体风骨的写实。①
>
> 西洋画法上的透视法是在画面上依几何的测算构造一个三进向的空间的幻景。一切视线集结于一个焦点……而中国“三远”之法，则对于同此一片山景“仰山巅，窥山后，望远山”，我们的视线是流动的，转折的。由高转深，由深转近，再横向于平远，成了一个节奏化的行动。②

《论〈世说新语〉和晋人的美》是当时六朝研究的重要篇章之一。这篇文章最为人所乐道的“发现”是：

---

① 宗白华：《中西画法所表现的空间意识》，见《宗白华全集》，第2卷，第143—145页。

② 宗白华：《中国诗画中所表现的空间意识》，见《宗白华全集》，第2卷，第435页。

> 晋人向外发现了自然，向内发现了自己的深情。
>
> 晋人艺术境界造诣的高，不仅是基于他们的意趣超越，深入玄境，尊重个性，生机活泼，更主要的还是他们的“一往情深”。①

就在这些观察的基础上，宗白华完成了“抒情传统”论述发展过程中起着路标作用的文章：《中国艺术意境之诞生》。

文章初刊于1943年3月《时与潮文艺》创刊号，次年1月文章的“增订稿”在《哲学评论》发表，这也是现在通行的版本。宗白华的主要论点是设定艺术意境位置于人心，而创生在人与自然相触互动之后：

> 艺术家以心灵映射万象，代山川而立言，他所表现的是主观的生命情调与客观的自然景象交融互渗，成就一个鸢飞鱼跃、活泼玲珑、渊然而深的灵境；这灵境就是构成艺术之所以为艺术的“意境”。②

这是中国传统诗学所谓“情景交融”的一种诠释。宗白华在此以“生命情调”来注解属主观的“情”，而客观的“景”则或为“山川”，或为“自然景象”，又或者是“万象”；而交融所致的是“灵境”“意境”——“灵”与“意”指向物质、实在以外的层次。这方面的思维其实正是日后高友工讨论“美感经验”时提出的“美

---

① 宗白华：《论〈世说新语〉和晋人的美》，见《宗白华全集》，第2卷，第274—275页。

② 宗白华：《中国艺术意境之诞生》（增订稿），见《宗白华全集》，第2卷，第361页。

的境界”的基础；高友工的贡献在于运用细密的、逻辑的、分析的语言，来解释这从“心境”到“境界”的经验历程，又借用卡勒（Jonathan Culler）的术语“inscape”来说明这一“情景交融”的状况：

> 在意义彻悟的瞬间，形式呈现为整体，表层表现了深层。①

把宗白华与高友工的论述并置，我们不难见到其中颇有契合之处。

宗白华又用心讨论“客观的景物”在他的“意境”论中的意义。他以为：

> 艺术意境的创构，是使客观景物作为主观情思的象征。②

然而他所征用的“客观景物”却“不是一个固定的物象轮廓”，而是“大自然的全幅生动的山川草木，云烟明晦”，因为主观的情思是无穷尽的，要由“全幅生动”的大自然来象征。于此，一方面我们可以见到“情”与“景”其实有主次之别，“山水成为抒情的媒介”③；另一方面，所谓“客观景物”，如果以“全幅”及“生动”

---

① 高友工：《文学研究的美学问题（上）：美感经验的定义与结构》，见《美典：中国文学研究论集》，第 36 页。

② 《中国艺术意境之诞生》初稿原文作：“意境是使客观景象作我主观情思底注脚。”分见《宗白华全集》第 2 卷，第 330、363 页。

③ 宗白华：《中国艺术意境之诞生》（初稿），第 330 页。

为条件，则其“实在”的性质，亦须重估。在宗白华的诠解中，“山川大地是宇宙诗心的影现”，而画家诗人的“心灵活跃”，本身也就是“宇宙的创化”。于是，“艺术家禀赋的诗心，映射着天地的诗心”，有如《诗纬》之云：“诗者，天地之心。”[①] 至此，天地宇宙与诗人画家，同具“诗心”，都是创化灵动的。

至于艺术境界的实现，宗白华以为“端赖艺术家平素的精神涵养，天机的培植”，然后“在活泼泼的心灵飞跃而又凝神寂照的体验中”，完成“心境”中的那“空灵动荡而又深沉幽渺”的艺术境界。这就是“丘壑成于胸中，既寤发之于笔墨”的情况。[②] 可见“心境”之呈现，可说是这个艺术过程最重要的环节。于此，我们又可参照高友工对“人化”（personification）和“物化”（objectivization）的解释：

> 客观现象最后可能完全与自我价值融为一体。我们可以视之为外物“人化”（personification）或“主观化”，以与自我人格交流，表现深入的情感。也可以视为自我人格体现于外在现象中，这则是一种“物化”（objectivization），或“客观化”。但二者都做到一种“价值”与“现象”合一的中文中所谓“境界”。[③]

高友工之说，其实与宗白华所论述的艺术过程中的审美活动大抵相同；值得注意的是高友工提及的“价值”元素，并以之为美感经验

---

① 宗白华：《中国艺术意境之诞生》（增订稿），第363页。

② 同上，第364—365页。

③ 高友工：《文学研究的美学问题（上）》，第36页。

的重要构成部分。

然而宗白华论述更有一种“超越”的性质。在他笔下，宇宙天地、诗人画家、艺术品相互映照而显现生机。篇中特别引述倪云林的咏兰绝句：

> 兰生幽谷中，倒影还自照。
> 无人作妍暖，春风发微笑。

认为这首诗最能表现出：

> 空寂中生气流行，鸢飞鱼跃，是中国人艺术心灵与宇宙意象“两镜相入”互摄互映的华严境界。[①]

我们留意到，这首诗同时也是宗白华当时在中央大学的同事方东美早前一篇文章《生命情调与美感》的重要引例。

方东美是桐城派大家方苞第十六世嫡孙，与朱光潜为桐城中学同学。和宗白华一样，他早年就参加了“少年中国学会”。1921 年金陵大学毕业后留学美国，研究西方哲学；1925 年起在南京东南大学（后改名中央大学）任教。1948 年转到台湾大学哲学系执教至退休。[②]《生命情调与美感》发表于 1931 年中央大学出版的《文艺丛刊》第 1 卷第 1 期。不难发觉，宗白华论述的许多概念和术语，

---

① 宗白华：《中国艺术意境之诞生》（增订稿），第 375 页。

② 刘述先：《方东美传》，见《现代新儒学之省察论集》（台北：“中央研究院”中国文哲研究所，2004），第 211—232 页；沈清松：《方东美》，见《冯友兰·方东美·唐君毅·牟宗三》（台北：商务印书馆，1999），第 41—77 页。

甚而举证，同见于方东美的著述之中。例如宗白华所屡用的“生情情调”一语，是方东美本篇的标题。倪云林的咏兰诗，也是方东美用以说明文章主题的诗例：

> 宇宙，心之鉴也；生命，情之府也。鉴能照映，府贵藏收，托心身于宇宙，寓美感于人生，猗欤盛哉……宇宙之清幽自然，生命之空灵芳洁，意境之玄秘神奇，情绪之圆融纯朴，都为此诗字字道破，了无余蕴。①

方东美论“生命情调”与“美感”，与宗白华论“艺术意境”，所涉及的范围相若，但重心显然不同。方东美关心的不是如宗白华所聚焦的“艺术”如何呈现“意境”。他在文首说明：

> 本文所欲论列者，既非哲学上抽象思想，亦非艺术上特殊理论，其要旨乃在以“坐客”幽情，鉴赏乾坤戏场中几出生命诗戏之韵味而已。②

换句话说，他想揭示宇宙中的生命境况中所表现的生命情调。文章的主体比较三种“生命情调”——希腊人的、近代西洋人的、中国人的。稍后发表的《哲学三慧》（1938）有更多的哲学以至文化的

---

① 方东美：《生命情调与美感》，见《生生之德》（修订版）（台北：黎明文化事业公司，2005），第157页。

② 方东美：《生命情调与美感》，第154页。

比较,[①]《生命情调与美感》一文则以“美感”为重心。他的方法,是从“艺术意境”去追溯中国人之宇宙观念,这是他常称引的《庄子·知北游》所云:“圣人者原于天地之美而达万物之理”,其理据是:

> 中国人播艺术之神思以经纶宇宙,故其宇宙之景象顿显芳菲蓊勃之意境……中国人之宇宙,艺术之意境也。[②]

方东美讲意境的目标在于说明“生命的创造”同于“宇宙的创造”,也就是以生命情调体现于艺术神思来解释宇宙,与宗白华以解释“艺术意境”为目标,方向并不相同。二人所同的是肯定中国人的宇宙充满生机,诗心与艺境可以体现天地之创化。回看紧守逻辑语言的高友工,同样提出“抒情精神”所到达的“境界”:

> 艺术在此不只予人美感,而且显示了个人生命的意义。也许我们可以说伟大的艺术是能予人这种智慧、这种悟感的艺术……这时美感实与真理、道德融为一体。也许

---

① 中西比较的视野是当时知识界对中国文化省察的一种常用的框架,方东美的《哲学三慧》正式刊布于宗白华主编的《时事新报·学灯》,1938 年 6 月刊,文章附有副题:《中国、哲学与文化精神之比较》。这种三分对照的方式,同时也见于宗白华的一些论述,如《介绍两本关于中国画学的书并论中国的绘画》(1932),以及《论中西画法的渊源与基础》(1934),其主要倾向就是为中国文化在世界版图上定位。分见《宗白华全集》,第 2 卷,第 43—48 页;第 98—112 页。

② 方东美:《生命情调与美感》,第 171 页。

我们可以名之为慧觉。[1]

这些话看来有似出诸方东美之口。

宗白华与方东美论述的另一不同之处是，宗白华非常关注“中国艺术意境”的“结构”；《中国艺术意境之诞生》的最后一节就此作专门讨论，这篇文章可被视为“艺术理论”（theory of art）最重要的表现。这个立场如果用高友工的讲法，则是“美典”的探讨。宗白华在文中引用《易经》“生生不已”之说，解释艺术与宇宙映照所见之勃发生机，并说明艺术的结构问题，指陈“秩序”“节奏”“象征”等在艺术创作的重要性，也从不同层次去解释中国艺术中“虚白”的意义。虽然本篇一直站在“形而上”的位置发抒议论，到了文章的这一节可以见到宗白华如何使“道成肉身”，正式从“秩序”的环节切入艺术的“形式”：

> 艺术意境之表现于作品，就是要透过秩序的网幕，使鸿蒙之理闪闪发光。这秩序的网幕是由各个艺术家的意匠组织线、点、光、色、形体、声音或文字成为有机谐和的艺术形式，以表出意境。[2]

综观宗白华的论述，能够从不同角度对中国艺术意境作直观式的诠解，往往深得神髓，让人惊叹。但如果读者只把目光停留在于

---

① 高友工：《中国文化史中的抒情传统》，《中国学术》，第3卷，第3期（2002年），第220页。

② 宗白华：《中国艺术意境之诞生》（增订稿），第369页。

他所讲述的“鸢飞鱼跃”的画面、“空灵动荡”的缥缈之境，以为他不问世事，只图遁隐于艺术空灵之中，可能就错过了潜存于论述之间的百般感慨。本篇写于1943到1944年，是时抗日战争尚未结束；“增订稿”开篇就提到：

> 现代的中国站在历史的转折点。新的局面必将展开，然而我们对旧文化的检讨，以同情的了解给予新的评价，也更形重要。就中国艺术方面——这中国文化史上最中心最有世界贡献的一方面——研寻其意境的特构，以窥探中国心灵的幽情壮采，是民族文化底自省工作。①

所谓“民族文化底自省”，其动力——或者说“压力”——实在源自一种感时忧国的情绪。上文曾引述宗白华的另一篇文章《论〈世说新语〉和晋人的美》，也发表在1941年抗战时期的《时事新报·学灯》上；作为这个副刊的编者，宗白华在编后语补充解说：

> 我们这时代是个甚么时代？……我们设若要从中国过去一个同样混乱、同样黑暗的时代中，了解人们如何追求光明，追寻美，以救济和建立他们的精神生活，化苦闷为创造，培养壮阔的精神人格，请读完编者这篇小文。但是血战三年的现代中国，究竟应该怎样建筑我们新生命的基础，我们的新国家，这要问面对着大时代，背上负着历史

① 宗白华：《中国艺术意境之诞生》（增订稿），第360页。

使命的现代中国的战士！①

从文学艺术看到追求光明、追寻美以对抗黑暗的精神力量，宗白华的观点与陈世骧论述《文赋》时的感怀相近。虽然他们的遭际不一，人生旅程迥异，但对文化传统的当世意义，都有深刻的体味。这些体会应就是“抒情传统”论述的精髓部分，值得我们珍视。

① 宗白华：《〈论《世说新语》和晋人的美〉等编辑后语》，见《宗白华全集》，第2卷，第288页。

第四章
原诗原兴：陈世骧

“中国抒情传统”作为现今中国文学研究的重要论述体系之一，有两个不能忽视的标记：1971 年加州大学伯克利分校东方语文学系教授陈世骧（1912—1971）在美国亚洲研究学会年会比较文学讨论组的发言——（本书中译为）《论中国抒情传统》，以及 2002 年已从普林斯顿大学荣休的高友工教授以中文发表的《中国文化史中的抒情传统》，两文撰写时间相隔有三十年。前者的流通中文译本是不到五千字的宣言式短文，后者则是洋洋洒洒的四万余字大文章，内容当然会详略不同，但都是两位学者在经历漫长的学术旅程后，对中国文学以至文化的省思，其思想的记录也是“抒情传统”论述思潮中最有代表意义的铭刻。

《论中国抒情传统》一文是陈世骧晚年之作，原以英文作为研讨会的开幕发言宣读。中文本先是由淡江大学外文系杨铭涂翻译，于 1971 年在台湾出版的《纯文学》月刊 10 卷 1 期发表；后来经陈世骧弟子王靖献（即诗人杨牧，早年笔名叶珊）删订，与另外九篇论文收入《陈世骧文存》，于次年 7 月由志文出版社出版，作为《新潮丛书》第 11 种。翻开书底折页，我们看到出版社对《陈世骧文存》的介绍如下：

> 陈世骧教授去年五月病逝美国加州伯克利，学界震悼。陈世骧在北大做学生时，即着手编选翻译现代诗，品鉴当代风流人物的歌诗；中年以后，任教加州大学，桃李无数，影响深远，是学院的重镇，也是文坛的诤友。结交夏济安，为当代文学开创越洋写作，互通声气的局面；在创作和研究上直接间接受他鼓舞的包括张爱玲、聂华苓、郑愁予、痖弦、商禽和叶珊。此书乃陈世骧历年中文著述的结集，有哈佛大学杨联陞教授和哥伦比亚大学夏志清教授的序，及华盛顿大学（西雅图）王靖献教授（叶珊）的跋。①

从这一段书介可见当时读书界对陈世骧的重视，一方面固然是因为他的文章展示出古典文学研究的新观念，另一方面就是这些研究论述之传入华文学界，在于他在美国执教以后，通过与夏济安等的交往，与台湾学术圈和文坛中人互通声气。至于往昔求学于北京大学、任北大和湖南长沙大学讲师的事，书介中着墨不多。陈世骧对港台学术的影响，大概始于1958年首次到台湾大学进行系列演讲。他的讲题分别是：

(1)《时间与节律在中国诗中之示意作用》；

(2)《试论中国诗原始观念之形成》；

---

① 见陈世骧：《陈世骧文存》（台北：志文出版社，1972）封底折页，《本书简介》。

(3)《中国诗之分析与鉴赏示例》;

(4)《宋代文艺思想之一班》。

除了第四讲，其他几个演讲的内容都见于后来发表的长论文。第一篇改写成《时间和律度在中国诗之示意作用》，于同年出版的《“中央研究院”历史语言研究所集刊》发表，内容主要是提出阅读中国诗的一种新方法和观点，认为以这方法和观点，可以解释“诗与非诗的分别”，甚至“好诗与坏诗的分别”。[①] 第三篇演讲词则在夏济安等主编的《文学杂志》以同题刊登，以一万两千字的篇幅，解说五句二十字的杜甫《八阵图》；这一篇文章与夏志清发表于1956年的《评彭歌的〈落月〉兼论现代小说》，被视为台湾以“新批评”“细读”的分析方法探讨文学作品的“先锋”。然而，陈世骧在文中再提出一种中国式的“静态悲剧”观念，其意图已超出“实际批评”，而是进入中西文学传统对照的理论视野。[②]

至于第二讲修订为1961年发表的《中国诗字之原始观念试论》，探讨的更是陈世骧长期思考的重要课题。现代学者以“诗”字作为讨论中心的研究，在陈世骧以前，先有杨树达的《释诗》(1935)一文，继后有朱自清的《诗言志说》(1937)，以及闻一多

---

① 陈世骧:《时间和律度在中国诗之示意作用》，《“中央研究院”历史语言研究所集刊》，第29本(1958年)，第793—808页。

② 陈世骧:《中国诗之分析与鉴赏示例》，《文学杂志》，第4卷，第4期(1958年)，第4—16页。陈世骧曾在所撰《〈夏济安选集〉序》提到这篇文章，说:“略用西洋‘新批评’的加重内析方法，但推及西洋近代某种对悲剧的精微理想，在其试验的戏剧形式中并未成功，而在中国诗篇杰作，像《八阵图》那样精绝短章，倒确实体现了那种悲剧的精神。”夏济安:《夏济安选集》(台北：志文出版社，1971)，第7页。

的《歌与诗》（1939）。陈世骧的论说，在前人的基础上发展，自有“后出转精”的优势，但值得注意的还不是陈世骧如何利用“比较文学”和“比较文字学”去解决一个文字学的个案，重点是陈世骧整个思考的方向和态度，特别是他的关怀所在。① 从1951年开始的十多年间，陈世骧分别撰写了以下几篇相关的论文：

（1）1951：In Search of the Beginnings of Chinese Literary Criticism（《探求中国文学批评的起源》）；

（2）1961：《中国诗字之原始观念试论》；

（3）1966：Early Chinese Concepts of Poetry（《中国诗之早期观念》）；

（4）1969：*The Shih-ching*：Its Generic Significance in Chinese Literary History and Poetics（《〈诗经〉在中国文学史与诗学上的体类意义》）。

把这几篇论文串联起来，以作观察，就可以见到陈世骧学术的一个重要指向：从文学批评切入，以体认中国文学传统的特征为目标。他之研究“诗”字，其始就是思考诗作为中国文学的早期样

① 陈世骧表示：“现在我们想试着探求‘诗’字原始构成的因素，援引较可适用的比较文学和比较文字学的方法，看出它最初的得形成义，有其根本的特点，和其他古文化的类似产物有所不同，而又有所相通。因而它在传统的解释和沿用中也有各种异同。”见《中国诗字之原始观念试论》，《“中央研究院”历史语言研究所集刊·外编第四种》，第899页。有关“诗”字的字源，后来周策纵有更周密的讨论，见：Chow Tse-tsung，“The Early History of the Chinese Word *Shih*（Poetry），” Chow Tse-tsung，ed.，*Wen-lin: Studies in the Chinese Humanities*（Madison：Dept of East Asian Languages and Literature，University of Wisconsin Press，1968），151－209.

式，其进入中国文化意识的过程和意义，再从这意义源起的关联意识，解释中国文学传统的发展方向：

> 试看……初始“诗”字大概是怎样得形立义；然后再往后看，中国后来传统中，为了“诗”字有如是的原始意义和范畴建立时如此的经过，而发生种种影响。①

经过他的一番考查，他认为“诗”字的字形构造，显示出上古时代的一种以言抒志的活动，如何由自然顺性的行为转成意识、观念，而他以为这是中国文学批评的最早表现。② 他又认为中国人的“诗”字，与西方如亚里士多德《诗学》中的“poetry”大不相同。后者有抽象的“制作”（making）之含义，盖与“工艺”（craft）可比拟，故可以包容史诗及戏剧的体类；而中国“诗”字却指向“艺术”（art）之本质，是早期创造意识的宣示，从本源、性格和含蕴上来看都专指“抒情诗”（lyric）。③ 由于“诗”是中国最重要的文学体式，于是陈世骧又根据“诗”的“原始意义”，来侦测中国文学传统的特色及其源流变化：

---

① 陈世骧：《中国诗字之原始观念试论》，第 904 页。

② Shih-Hsiang Chen, “In Search of the Beginnings of Chinese Literary Criticism,” Walter J. Fischel, ed., *Semitic and Oriental Studies: A Volume Presented to Professor William Popper* (Berkeley: University of California Press, 1981), 52 - 53；陈世骧《中国诗字之原始观念试论》，第 899 页。

③ 陈世骧：《中国诗字之原始观念试论》，第 899 页；Shih-Hsiang Chen, “The *Shih-Ching*: Its General Significance in Chinese Literary History and Poetics,” *Bulletin of History and Philology, Academic Sinica*, 39.1 (1969.1): 376。中文本见王靖献（杨牧）译《原兴：兼论中国文学特质》，《香港中文大学中国文化研究所学报》第 3 期（1970 年），第 138 页。

> “诗”字之成形得意……从原始上就有着一个明确的意象，简单的综述，即是“蕴止于心，发之于言，而还带有与舞蹈歌永同源同气的节奏的艺术”……我国古来的诗，即就《诗经》而论，是多于抒情的短章，而希见叙事的长篇……所以我们的诗学思想一直到近世还是以言志抒情并韵律为基本观点，著为诗话恒见片语已足，发为议论，也多为一时感发的短文。①

在处理过“诗”字在语源上的意义之后，陈世骧再考察《诗三百》之合成一集，究竟各个诗篇之间有没有一些共同的基础，而得以构成一个“体类”（genre），于是又以“诗学”中的“兴”义为观察点，从“兴”字的字源入手。他以为：

> 如果我们能详细探究出“诗”和“兴”这两个字的意义，并把这两个字结合讨论，即有希望求得《诗三百》的原始面目。此一原始的特征使《诗经》里的作品保有共通的文类典型，即使《三百篇》各具殊异的趣味，看似游离，其原始面目必趋于一。②

陈世骧论《诗经》的文体意义一文英文原题应作《〈诗经〉在中国文学史与诗学上的体类意义》，但他的学生王靖献（杨牧）把这篇文章中译时，改题《原兴：兼论中国文学特质》。我们把中英

---

① 陈世骧：《中国诗字之原始观念试论》，第 911—912 页。

② Shih-Hsiang Chen, “The *Shih-Ching*”, 377 - 378；王靖献译《原兴》，第 139—140 页。

文题合观，就会见到陈世骧的立意。[①] 他是企图从“兴”字的字源意义，追溯上古诗歌所具有的共通特性。他以为远古初民感应天地山川而融入音乐、歌舞的浑成之美而生的“抒情性质”（lyrical qualities），其痕迹遗存散落于后来的“三百篇”中，是为充斥于《诗经》中的“兴”的元素；此一元素正是“三百篇”可被归为同一体类的线索，而“兴”所代表的“抒情性质”又成为后世诗学传统（poetic tradition）所企盼追慕的艺术目标。[②]

由以上的简括勾勒，我们可以见到陈世骧致力探索远古中国文学的初始境况之余，同时又念念不忘凭借这些“追源”行动所得，以印证或推断中国文学发展的方向和轨迹。据他的理解，中国文化意识从起源阶段已离不开“抒情性质”，往后发展出的文学传统，就是一个“抒情传统”。

陈世骧这种对中国文学传统的关怀，最直接的表现当然是晚年所撰的宣言《论中国抒情传统》；但在此以外，以下这几篇文章也很值得注意：

（1）1952：“Chinese Literature” in *Encyclopedia Americana*（《美国百科全书・中国文学》）；

（2）1953：The Cultural Essence of Chinese Literature（《中国文学

---

① 陈世骧在译文前特别加上“作者引言”，说明“今兹译文，语藻文格，亦多任出心裁；至予覆参订正，只顺其笔势，添减润色，舒发言泉，另成体性，不复回照原篇。是则兹译校定，存原旨而有新面目，就正于方家，非徒翻复重出也。”见《原兴》，第135页。

② Shih-Hsiang Chen, “The *Shih-Ching*,” 391；王靖献译《原兴》，第241—242页。陈世骧又在中译本“作者引言”说：“本文稍以比较文学方法，探索我国诗歌创造之初型。胚胎所具，复因枝振叶，以见其对后世传统文学之影响。”见《原兴》，第135页。

的文化本质》）；

（3）1959：《中国诗歌中之自然》；

（4）1961：Chinese Poetry and its Popular Sources（《中国诗与民俗之因缘》）；

（5）1971：《中西文学的相互影响》。

《美国百科全书》的《中国文学》一则，是陈世骧为外国普通读者介绍中国文学而写，《中国文学的文化本质》则是他在1949年左右应联合国教科文组织（UNESCO）之邀，为文申论中国文学和文化的意义。两篇都是向世界发声的文章，故此其论述有其必要的取向——一方面以鸟瞰的方式，述介中国文学史以至各种文体的发展，另一方面从中国文学的表现归结到中国文化的特征，让不同国家不同文化地区的读者对中国有所认识。事实上，《中国诗歌中之自然》及《中国诗与民俗之因缘》二文也是从中国诗的特点对以上两篇之论述作出补充。大体而言，陈世骧认为文学尤其是诗歌，是中国社会得以维系团结的一种力量（a unifying force）——维系人生与自然、文人与民俗；这种力量在文化上就外现为“文”，或者是“尚文”的精神；至于其内在的根源，就是诗所言之“志”，所抒之“情”。

《论中国抒情传统》是陈世骧的心源求索之总结，在中国文学研究上划出一条重要的航道，世人亦以此为陈世骧的代表性论述。然而，要了解陈世骧对中国文化的关怀，其实不能仅选取这篇短文的片言只语为论。我们有必要参详他论“诗”、论“兴”的大文，更要结合他对中国文化之“尚文”精神的发挥，看他如何理解中国文学的社会功能和文化意义。关于这些不同的面向的综论，陈世骧其实还有一篇少有人注意的发言，题作《中西文学的相互影响》(1971)。当中一再展示出他对“中国抒情传统”的信念：

> 我们的诗歌大传统，早就解脱了叙事结构的负担，而直抒对人间、对自然的，亲切而又广大的感情。

陈世骧体会到的是“抒情精神”的直接深入根柢本质的力量——感情之无间地往返于人心与人世，而不假途于一个“叙事”的结构。他更以为中国文学因为具备这种抒情精神，故能够发挥现代之意义：

> 我敢说现今我国文学传统之所以影响西方文学之创造者，正是因为我们这抒情的精华。甚至可以说在世界的文化界和青年界正高呼以新人道主义对抗科技文明过度发展的今天，从我们的人本主义出发的抒情文学传统，正将不断地更强烈地影响西方文学创作。[①]

由于《中西文学的相互影响》是陈世骧在台湾青年文艺营的一次发言，所论难免予人“大而化之”的感觉，然而细按他的主要中国文学研究的论述意旨，再加上当时他所亲历的美国文坛的表现，[②] 他

① 陈世骧：《中西文学的相互影响》，《幼狮月刊》，第205期（1971年），第22页。

② 他在伯克利的学生中，有美国诗人史耐德（Gary Snyder），其正是深受东方文化的影响，在作品中对现代文明作出许多深刻的思考；参考钟玲《史耐德与中国文化》（北京：首都师范大学出版社，2006）；蔡振兴：《史耐德与生命书写/诗学》，《欧美研究》，第38卷，第3期（2008年），第473—501页。

所讲的都不是“空言虚辞”。

事实上，陈世骧对中国抒情传统的体会，本就是从“文学”与“历史社会”、“诗”与“史”等的辩证思考而来。在他的人生旅程以至学术经历中，充满历史转角带来的感喟。他早年在北京大学外文系修习，与何其芳、卞之琳、李广田、林庚等相往还时，是老师艾克敦（Harold Acton）眼中的一位腼腆文学青年。艾克敦和陈世骧结下的师生情缘，成就了中国新诗的第一个英译本。[①] 抗日战争让陈世骧离开北平，40 年代初赴美以后，还不念念不忘同窗卞之琳，写下《战火一诗人》（A Poet in Our War Time，1942）。[②] 战后他以英译陆机的《文赋》开展探索古典传统的道路；这位原本优游于新诗与现代文学批评的文坛新锐，回到文学传统中以立命安身。值得注意的是他以“文学作为对抗黑暗之光”（Literature as Light Against Darkness）作为英译《文赋》的题目，以及他和在南京中央研究院工作的逯钦立通信时说：“国内大杌陧，而兄能静心澄思，钩寻典籍，益见修养之深，不胜佩慰。”[③] 时维 1948 年 12 月。一年前他的原配夫人姚锦新因为对时局的不同见解而与他离异，返回中国。大约同时，他在伯克利和艾克敦老师重遇，二人再度合作，翻译满纸黍离麦秀之思的《桃花扇》一剧为英文。正如艾克敦在回忆录中追忆，陈世骧的学术其实寄寓了他当时对中国政局时势的关

---

① Harold Acton and Shih-Hsiang Chen, *Modern Chinese Poetry* (London: Duckworth, 1936)；又参：Harold Acton, *Memoirs of an Aesthete* (London: Methuen, 1948).

② Shih-Hsiang Chen, "A Poet in Our War Time," *Asia* (New York) 42 (1942.8): 479 - 481.

③ 陈世骧、逯钦立：《关于文赋疑年的四封讨论信》，《民主评论》，第 9 卷，第 13 期（1958 年），第 362 页。

怀，以及离散在外而又心系故国文化之感情。[①] 又如他晚年给友人杨联陞写信，论及自己刚发表的文章《论时：屈赋发微》说："吉川兄见之曾来函称为'迥绝冬烘之说，为之拊掌称快'……今寄兄闲览，文词希平正，然实大有感而发，背后用意，兹为兄知心道之也。"杨回信云："吉川善之曾著《推移の悲哀》一文，于吾兄所论，自然深具同感。我辈久羁异国，'虽信美而非吾土'，自亦不可谓逢时。"[②] 我们知道陈世骧逝世前不久，北美"保钓"浪潮方发，他任职的伯克利是旅美华人抗议示威的主要场域；国族文化认同的起伏变化以及时世推移，种种悲怀莫遣，可能尽压在陈世骧庄严肃穆的文章纸背之下。于是，陈世骧穷究"诗"与"时"的源起、重溯中国文化的"尚文"与"抒情"的精神，自有其考掘文史知识以外的意义。

---

① Harold Acton, *More Memoirs of an Aesthete* (London: Methuen, 1970), 263 - 265；又参考：Cyril Birch, "Harold Acton as a Translator from the Chinese," *Oxford, China and Italy: Writings in Honour of Sir Harold Acton on his Eightieth Birthday* (New York: Thames and Hudson Inc., 1984), 43 - 44.

② 杨联陞：《追怀石湘》，《传记文学》，第 19 卷，第 6 期（1971 年），第 19 页。

第五章
内向美典：高友工

“抒情传统”论述的另一位旗手高友工（1929—2016），究竟有没有直接受过陈世骧的影响，我们还不是很清楚。他从台湾大学中文系毕业后，到美国哈佛大学攻读博士课程，论文由陈世骧的“知音”杨联陞指导。然而他正式发表的各篇长文短论，却未曾提及陈世骧其人其文。① 他之受到华文学界的重视，先是因为他与梅祖麟的学术论文被译成中文，在台湾的重要文学期刊《中外文学》发表：

（1）1972：《分析杜甫的〈秋兴〉：试从语言结构入手作文学批评》；

（2）1973：《论唐诗的语法、用字与意象》（上）、（中）、（下）；

① 高友工修满博士课程学分后，在西岸斯坦福大学谋得教职；以两年时间完成论文，取得哈佛大学博士学位，然后转到普林斯顿大学任教至退休。据郑毓瑜指出，高友工在斯坦福期间，陈世骧来此客座讲课，高友工也是座上的听众之一；参考郑毓瑜：《姿与言：诗国革命新论》（台北：麦田出版，2017），《后记》，第 322 页。

（3）1975—1976：《唐诗的语意研究：隐喻与典故》（上）、（中）、（下）。

这三篇高、梅合写的唐诗论文，契合了当时大陆地区以外的华文世界对文学研究与批评新方向的探索热潮，由此更奠下了高友工在台港学界的声望。当然，真正产生大影响的还是他在1978到1979年回到台湾大学客座讲学的时候，这一年他写下引发“高友工震荡”的三篇论文：①

（1）1978：《文学研究的理论基础——试论“知”与“言”》；

（2）1979：《文学研究的美学问题（上）：美感经验的定义与结构》；

（3）1979：《文学研究的美学问题（下）：经验材料的意义与解释》。

高友工在哈佛大学念的是历史，研究北宋末年的方腊，但其后的学术发展却与历史学颇有距离。据他自己回忆，他在1947年入北京大学读法律系，当时的大一国文老师冯文炳（废名）的课给他的印象特深；1948年举家移居台湾以后，次年入台湾大学，转入中文系。他敬重的老师包括周祖谟、王叔岷、台静农、郑骞、方豪、方东美等，但影响最深的还是董同龢和沈刚伯两位老师：前者的专

① 1978年11月5日，高友工在第三届比较文学会议上宣读论文《文学研究的理论基础》，在讨论中台湾师范大学余玉照就以“高友工震荡”一语来形容当时高友工的影响，参见高天生：《谈文学理论与文学批评——与高友工教授一席谈》，《书评书目》，第71期（1979年），第76页。

长是语言学，高友工从他所得的是“客观的方法”“科学的方法”，这在稍早的几篇唐诗论文中表现得已经非常明显；后者在台大讲授世界通史和英国史等，教会高友工明白学问以外还有更高的价值，使他想到要把握住“文化价值”，这一方面对高友工的学术发展愈往后愈显重要。高友工说自己“真正的兴趣还是在文学”，但他的师承和进路却是多元的。① 他在美国进修时，英美思想界的主流是分析哲学，这给了他很大的冲击。在分析哲学基础上的语言哲学、知识论和方法论，可说是高友工的文学和美学研究的出发点。然而，高友工一边应用分析哲学作为论学工具，另一边又不断强调分析哲学的不足，以为这种方法“君临”西方哲学是“最大的悲剧”。② 他自己的解释是：

> 我想最后要建立的理论体系，应该不只可以解释中国的文学现象，同时也可以解释其他的文学现象。所以我认为一个纯粹的中国理论体系是不够的，至少还要包括世界上几个主流。至于方法呢？我猜想最主要的还是要从分析哲学下手。虽然我个人反对分析哲学，但反对的态度是这样的：如果以它为最高的价值，我反对，但如果是以它作为方法，那没问题，还是学术研究的基础。原则上我接受分析哲学的方法，也就是能够厘清定义、合理推论，能够遵照这些原则，你才能定出批评的范畴、原则等种种理论

① 高友工：《美典：中国文学研究论集》（北京：生活·读书·新知三联书店，2008），《自序》，第 19 页；高天生：《谈文学理论与文学批评——与高友工教授一席谈》，第 77、84 页。

② 高友工：《文学研究的理论基础——试论“知”与“言”》，见《美典：中国文学研究论集》，第 6—7 页。

间架。[1]

因为高友工相信分析哲学在方法上是严谨的、可依赖的，但他同时又相信英美分析哲学界的视野太扁平，没法深入经验世界之中，在文化价值的探索面前更显得软弱无力。然而，他的文化归属和文学资源离不开中国传统，这个传统的文化价值又是身在海外而要讲授中国文学者所不能回避的问题，高友工的策略就是用力开发分析哲学之所未及之境，借用当中的语言理论和行动理论，对人文活动中的经验和价值作仔细的推敲。明白了高友工的学术取向和关怀，再回看上述三篇文章，我们可以领会他的思虑所在。他以“文学研究”和“文学批评”的体认和辨析作起点，而最关键处是“经验之知”的探索。

高友工在《文学研究的理论基础——试论“知”与“言”》一文中以专节讨论“文学研究”与“文学批评”的分野；在接受杂志访问时，他又反复谈到“文学批评”的意义。“文学批评”在高友工眼中是“纯粹的美感活动”“创造活动”，用“感性观念”来象征美感过程的心象。事实上，高友工所体认的就是中国传统文学批评的特征。他指出过去中国文学批评可以“用一个字、一句话或一首诗，来表现他们对文学的直觉反应”。批评家面对原有作品正如艺术家面对他的原有的“心境”，“艺术家把他的‘心境’写成了诗，而批评家把他读‘诗’的‘心境’写成了‘诗评’，故此浓缩却仍是感性的”，因此高友工名之为“抒情式的批评”（lyrical

① 高天生：《谈文学理论与文学批评——与高友工教授一席谈》，第 87 页。

criticism)。[①] 由此观之，高友工关注的是艺术——以诗为例——过程中的美感经验。中国传统文学批评的重心和艺术创造一样，就是“心境”“心象”“美感经验”之所在，只是后者以创作者为着眼点，而前者以作为阅读者的批评家为着眼点。至于“过去半世纪执批评界牛耳的‘新批评派’”，号称以“文学作品本身”为对象，他不以为然。他认为他们只是集中于“比较能客观观察到的读者对作品的感应”，其贡献是“能以分析的方法来剖解个人的主观经验，而在客观事实（作品）中找到证据”。换句话说，“新批评派”其实是要研究一位“理想读者”——批评家自己——对作品的感应，因此，“主观经验”仍是最重要的。从这个角度看，高友工以为传统的文学批评对这“主观的美感经验”的把握，并不见得逊色于“新批评派”。[②]

虽然高友工指出他不会提倡“恢复中国的传统批评方法”，但他认为过去的传统批评可供今人用“分析方法”去研究发掘，以了解当时的“风尚、趣味以及理想”，从而“使我们文学的视野扩大”；它虽不能“突然改变我们的趣味、修养”，但对我们有“潜移默化”的作用。他认同弗莱（Northrop Frye，1912—1991）之说，以为“文学批评是一种人文教育”。[③] 他又说：

> 我们从事文学批评研究的人，都希望文学批评能使人的眼界扩大，不是要限制人的眼界，而是给他更大的眼

---

① 高友工：《文学研究的理论基础——试论“知”与“言”》，第 16—18 页；高天生：《谈文学理论与文学批评——与高友工教授一席谈》，第 81—83 页。

② 高友工：《文学研究的理论基础——试论“知”与“言”》，第 17 页。

③ 同上，第 17—18 页。

> 界，使他有更多的选择的自由。其实整个人文教育的目的，也是在扩大人的视野。①

以立说的位置来说，高友工从事的是“后设”研究。他不追求“再体验”文学批评的过程，而用心于“解释”这经历中的要紧处，所以他会把重心置于文学鉴赏时的美感经验。我们更要留心的是，高友工以美感经验为核心的研究实在导源于他对中国传统的一种理解，同时也是对西洋传统的“知识论”之力有未逮、在今日甚至危机已呈现的一种认识；他以“经验之知”入手是认为中西传统需要有对话的平台，即是说以中国传统为基础探讨“美感经验”，实可以扩展西洋“知识论”的领域。

这个思考方式成为高友工论述的一个特征：一方面怀着建立可以超越个别文化体系、兼容中西传统的普遍理论架构的雄心，另一方面处处以中国文学以至文化现象为念。《文学研究的美学问题（下）：经验材料的意义与解释》一文就对上述三篇理论文章的立说基础和态度有清楚的展示。在他的论述当中，突出了可以并列的“抒情传统”与“描写、叙述传统”两个系统——前者以“表现心境”为理想，而后者则以“模仿创造物境”为理想。按高友工的理解：

> 任何伟大的文化必然地会包括这两种传统，但也必然地会有所偏爱。

① 高天生：《谈文学理论与文学批评——与高友工教授一席谈》，第 86 页。

不过他又补充说：

> 我个人根本对中西文化比较这个题目没有太大的兴趣。我的兴趣毋宁是贯注在几种不同的思辨、表现的方式……各种的表现方式在它最简单的形式阶段可能在任何一个成熟的文化中出现。

这正是分析哲学之基本态度的反映。

然而高友工在文中又另举一种“文化史”的论述方式：

> 文化的演变必由简单日趋复杂，而各种条件的交综错离就形成无数的文化的“复合结构”，这就不是每一个文化都能共有的了。我们可能做的只是忠实地描写这些结构，而观察它们在一个文化中的相互影响与排斥，以及它们的消长兴衰……但勾画这一种文化的“形态、结构”的全图是文化史家的工作了。

看来好像高友工只准备处理抽绎约化后的理论问题，复杂的文化现象就留待“文化史家”去研究。不过，高友工“抒情传统”论述开展阶段的这一组论文，对这个传统在中国文化上的表现已有所关注。他表示：

> 我们也可以把中国言志传统中的一种以言为不足、以志为心之全体的精神视为抒情精神的真谛，所以这一“抒情传统”在中国就形成“言志传统”的一个

主流。

在这个传统中，“诗言志”由以“语言表达个人愿望”的简单观念发展为“以艺术媒介整体地表现个人的心境与人格”的美学理论，它的核心义是“在个人心境中实现他的理想”。他又以为：

> 中国抒情传统从《诗经》开始就在有意无意地建立一套有丰富象征意义的直觉形象的典式。①

诸如此类的讨论其实都是文学史和文化史现象的观察和判断。事实上，高友工的论述确乎体系严整，理论深曲，然而它不单没有排斥过去曾被视为“前现代的”“过时的”中国文学现象——诸如“印象式批评”“琢丧自然的律诗”等，更隐隐然以产生这些现象的传统作为论述架构的基点。这个尊重传统立场又能配置一个符合“现代性”外观的论述，深深吸引了饱受西学冲击的中国文学研究者。② 三篇论文在当时造成“震荡”效应的主要原因在此。再而是高友工在台湾大学客座年间，一辈年轻学者以至研究生，深受启发，尤其他的“抒情传统”论述，亦因这些年轻学者的宣扬和发展而带来深远的影响。③在此我们可以就此课题作进一步的追踪。

高友工正式提出“抒情传统”的论述，大概比陈世骧《论

---

① 高友工:《文学研究的美学问题（下）》,《美典：中国文学研究论集》，第59—89页。

② 例如徐复观不能接受颜元叔的“新批评”，但却非常欣赏高友工的论述，曾经撰文誉之为“台湾三十年来所见最杰出之文论”。见徐复观:《从颜元叔教授评鉴杜甫的一首诗说起》,《中国时报》，1979年3月12日、13日。又参考高大鹏:《介绍高友工先生的文学思想》,《书评书目》，第80期（1979年），第16—23页。

③ 这一部分我们另有专节交代。

中国抒情传统》稍晚几年。1975—1976年，黄宣范译出高友工和梅祖麟合撰的英文论文《唐诗的意义、隐喻与典故》，改题《唐诗的语意研究：隐喻与典故》，在《中外文学》分三期连载，当中就有“抒情诗”（lyric）与“抒情冲动”（lyrical impulse）等的讨论，高、梅以为在中国诗歌的传统中，五言绝句最能代表“抒情诗”。[①] 又林顺夫在1978年出版的《中国抒情传统的转变——姜夔与南宋词》，提到其指导老师高友工论“抒情传统”的专著快将面世，[②] 大概他们师生间已有不少的讨论，可惜这本专著应该没有真正完成。1978—1979年，高友工在台湾客座时撰写的《文学研究的美学问题（下）》，又有讨论“抒情诗”的专节，但改以“律诗”作为“抒情诗之典型”；当中大略讨论律诗“自有的‘美典’（esthetics）”，并“视之为抒情精神的核心”。[③] 回到美国以后，他继续发挥这种以“文体”结构作为“抒情精神”载体的思路，写成“*The Aesthetics of Regulated Verse*”（《律诗的美典》），在1982年一个研讨会上宣读，正式探讨“抒情美典”的一种表现。[④] 然而他的“美典”论述的成熟期应以下列三篇文章为代表：

---

① 高友工、梅祖麟著，黄宣范译《唐诗的语意研究：隐喻与典故》（上）、（中）、（下），分见《中外文学》，第4卷，第7、8、9期（1975—1976年），第116—129、66—84、166—190页。英文本出版比中译晚三年：Yu-Kung Kao and Tsu-lin Mei, “Meaning, Metaphor, and Allusion in T'ang Poetry,” *Harvard Journal of Asiatic Studies* 38.2 (1978.12): 281-356.

② Shuen-fu Lin, *The Transformation of the Chinese Lyrical Tradition: Chiang K'uei and Southern Sung Tz'u Poetry* (Princeton: Princeton University Press, 1978), 19.

③ 高友工：《文学研究的美学问题（下）》，见《美典：中国文学研究论集》，第85页。

④ 文章正式出版于1986年：Yu-kung Kao, “The Aesthetics of Regulated Verse,” Shuen-fu Lin and Stephen Owen, eds., *The Vitality of the Lyric Voice:* Shih *Poetry from the Late Han to the T'ang*, (Princeton: Princeton University Press, 1986), 332-385.

（1）1988：《试论中国艺术精神》；

（2）1991：*Chinese Lyric Aesthetics*（《中国抒情美典》）；

（3）2002：《中国文化史中的抒情传统》。

我们依正式出版的次序排列这三篇文章，看来前后相隔的时间颇远。然而从各篇最初发表的时间，以及文章细节所显示的线索，我们会发现三篇文章本是一脉相承。其中《中国文化史中的抒情传统》一文在结尾部分，提到“诗书画三绝”的话题，这分明是《中国抒情美典》初稿宣读时的会议主题。这个会议在 1985 年 5 月于纽约大都会博物馆举行。《试论中国艺术精神》则原是高友工在 1986 年 12 月的另一个会议上发表的论文，其内容可与《中国抒情美典》互为补充，其征用的理论资源也基本相同。1987 年暑假，高友工再到台湾作一连四次的系列演讲，《中国文化史中的抒情传统》文中也多次提到四次演讲的情况。种种迹象可说明这篇以中文写成的论文虽然晚至 2002 年发表，但其中心思想之成型大概就在 20 世纪 80 年代中后期。当然这一个版本应该是高友工多年思索同一问题，并作过多番修订增润的成果，可以作为讨论的主要根据。

这篇内容广泛、长达四万余字的论文值得我们注意的有以下几点：

第一，高友工对他所提出的“抒情美典”论作出有系统的解说，尤其界定和厘清“抒情传统”“抒情精神”和“抒情美典”几个相关观念的层次和范围，更显示出他的分析哲学之理论根柢。高友工以为中国有一个以“抒情诗”为主而形成的传统，这就是中国的“抒情传统”。“抒情诗”成主导本来是中国文学史的现象，但这传统酝酿出来的“抒情精神”却无孔不入、浸润深广，以致自古代雅乐以迄后来书法、绘画都有所体现；由是此一抒情精神乃成为中国“抒情传统”的中流砥柱。高友工又认为“抒情传统”与“抒情精神”已经频有说者，但只是“空洞的概括”，他个人愿意从美学的角度作解释，于是有他所创发的“抒情美典”说。高友工以“美典”翻译通常译作“美学”的“aesthetics”一词，因为他觉得此词常用以指一个创作者或者欣赏者对创作、艺术、美以及欣赏的看法，而这些看法在文化史中往往形成一套艺术的典式范畴，故称之为“美典”。换句话说，“美典”是指某一种审美观点超越个人好尚而进入了文化传统的集体意识，成为一种可以传承的典式，并起着规范的作用。一个“抒情传统”自有一套“抒情美典”，虽则不是所有的“抒情传统”中的诗篇都符合“抒情美典”。高友工的解释是：

> 这一方面由于抒情传统是较广义的，而抒情美典也可以说是我们假设的一个理想架构。另一方面又是因为传统不断在演化，它所表现的美典也有阶段、层次的差异。①

第二，高友工声明“抒情美典”是“假设的一个理想架构”。这一点非常重要，我们在阅读高友工的论述时必须有这个预先的警觉，才不致误解其中“假设”和“理想”的性质；但我们又不应过度推衍，以为高友工只是随个人意向而对作品或现象作解释。事

---

① 高友工：《中国文化史中的抒情传统》，《中国学术》，第3卷，第3期（2002年），第213页。

实上，他对“读者反应”“解构”这些学派的方向并不认可。[①] 他认为“美典”“蕴藏在作品本身，而由经对作品的欣赏而传播”。这众多欣赏者，尤其是艺评家所留下的欣赏心得以至相关的论述，是可供分析的“客观现象”，而透过分析就可以“进而推想艺术家主观的创造过程”，以至创造过程中的“美感经验”。这也就是研究“抒情美典”的进路，因为“抒情美典”是以“自我现时的美感经验”为作品的本体或内容，而这经验之保存方法是“内化”（internalization）和“象意”（symbolization）。然而，他又承认另有一种以艺术作品的“展现”（display）和“代表”（representation）为探索进路的“叙述美典”。“抒情美典”以“创造过程”为重点，着眼于“经验”；而“叙述美典”的重点是创造的“成品”，着眼于“目的”。但高友工提醒我们不要视之为简单的“二分”，因为两种美典是“两种不同的观点和视野，层次不同，目的也不同”。他又认为这两种“美典”关联到两种人生观，可以是个人信念的选项，也可以是不同环境制约下之个别抉择，所以不是必然互相排斥的。然而，高友工又相信个人的决定“往往受文化的影响和限制”，因此有必要在中国文化史的脉络下讨论“抒情美典”，从而认识“抒情传统”。他说：

> 讲抒情传统也就是探索在中国文化（至少在艺术领域）中，一种内向的（introversive）价值论及美典如何以绝对优势压倒了外向的（extroversive）美典，而渗透到社

---

① 见高友工：《中国文化史中的抒情传统》，第 214 页。又参高友工：《试论中国艺术精神》，《美典：中国文学研究论集》，第 151 页。

会的各阶层。[1]

第三，高友工长于思辨，对“抒情美典”在理论层面所牵及的元素以及其关联互动，都能作出细致而深刻的归纳或推演，整理出这个“假设的理想架构”；然而高友工也意识到“理论不能只在真空中存在”，“有了历史的现象，理论架构才有了例证，而免于空疏”；换言之，如果没有了具体历史的印证，高友工的“理想架构”无论多么体大思精，只会是个人私有的玄想。因此，他希望把“抒情美典视为一个文化演化的产物”。[2] 因此，中国抒情传统的演变，以及相应的中国文化史关联的提出，就成为高友工美典论述的成熟期之重要标志。在相关的三篇论文中，可以见到高友工如何追踪中国的“抒情美典”在文艺史上的表现，并提出了不少可以发人深思的见解。《中国文化史中的抒情传统》一文从第二节开始，分别探讨“先秦以迄六朝美典之萌芽”、“唐之律诗及草书二美典之对应”，以及“五代及宋之绘画美典的合流”。如果衡之以现代已成专门之学的中国诗史、书法史、绘画史、音乐史等，一定会觉得高友工的叙述和分析非常疏略，甚至选择讨论的对象不足以代表这些艺术的历史表现。可以说，这种批评其实是错认了高友工的论述宗旨，也不明白他所谓“美典”的意义。我们必须注意到，高友工是在追踪已进入文化传统集体意识的艺术典式，而这些典式表现在“创作者甚至欣赏者对创作、艺术、美以及欣赏的看法”。他认为在中国的抒情传统中，他所归纳的“抒情美典”，在不同时期寄寓于

---

① 高友工：《中国文化史中的抒情传统》，第217页。

② 同上，第212、217页。

不同的艺术门类中，适时顺势地演变发展。因此，他是以艺术的理论——代表当时的“看法”——作为观察的对象，而不是在析述艺术史的现象。比方说，先秦时期的诗歌和音乐，作为抒情艺术都有可观的成就，但最早建立系统理论的是当时的音乐，所以他就以音乐为论；又如讲“草书美典”以唐代为重心，目的不在讲唐代张旭、怀素的草书，而在于唐代张怀瓘、孙过庭的书法理论。[①] 这些文艺理论经过高友工以“抒情美典”的理论框架加以诠释以后，仿佛显出更深远的意蕴。

第四，“抒情美典”论如何与文化史或思想史关联，似乎是高友工最没有信心的环节，不同的文章都说过要“留给文化史家、思想史家去解决”。[②] 事实上，他就曾经征引徐复观、牟宗三和余英时的言论，来支持自己的历时性论述。高友工认为徐复观论孔子和庄子的艺术精神、牟宗三论中国道佛儒具有“境界形态的意味”，都可以说明中国思想“很早即由客观的物或天转向主观的心和我”，而这就是以内省、心境为重的“抒情美典”的背景。不过，以思想的进路而言，徐、牟的新儒家思想基础是“超越的形而上学”，而高友工所赖以切入的分析哲学往往回避形而上学，两种思路之间颇有缝隙；所以他之借用徐、牟，其实主要是在形式和方向上尝试曲径通幽。余英时以中国传统的“士”为观察中心，看“士”这个阶层与思想史以至其他历史变化的关联，由此提出了“四次突破”说——以为中国文化在“春秋末季到战国中期”“汉魏之际”“唐宋之际”“明清之交替”四个时段曾经出现重大的突破；高友工借

① 高友工：《中国文化史中的抒情传统》，第 227—231，246—249 页。

② 《中国文化史中的抒情传统》，第 227 页。

用这个框架来观察“抒情美典”的产生和演变，其实漏洞颇多。[①]当然，高友工的尝试还是值得我们尊敬的，因为他为中国的艺术精神和审美意识作了许多认知结构上的梳理，他也明白我们不应停留于内部史（internal history）的层面去理解其中的演变，提醒我们要把这些演变置放于文化史的脉络中。这未完的志业，或许是“美典”说在未来可以发展的空间。

① 请参拙文《从律诗美典到中国文化的抒情传统——高友工“抒情美典论”初探》，《政大中文学报》，第10期（2008年），第79—82页。

第六章
远方声音：普实克、宇文所安

以上几节追溯了陈世骧和高友工的“抒情传统”论在现代中国尤其是新文化运动以还的文学研究史上的渊源，以下我们稍为转向，聆听来自远方的声音。陈世骧和高友工心目中的“抒情精神”（lyricism），看来是两个方向的复合体，一是中国传统“诗言志”加上“诗缘情”的概念，另一是西方由“抒情诗”（lyric）传统所发展出来的抒情意蕴。西方文学的抒情诗也有悠久的历史，但无论是其疆域、具体内涵，还是其在体类的等级阶次诸环节，抒情诗都是一直变动不居的。[①] 至于西方文学的“抒情精神”的发扬，则是浪漫主义勃兴以后，才明显有溢出体类框架的表现。尤其德国浪漫主义的文学作品中，不少散文叙事体都洋溢着抒情精神。当然19世纪现实主义兴起，韵文以外的抒情精神一度被淹没；[②] 直到欧战

---

① 有关西方抒情诗的定义、体类特征、历史演化等，可参考：David Lindley, *Lyric* (London: Methuen, 1985); Scott Brewster, *Lyric* (New York: Routledge, 2009).

② 弗里德曼（Ralph Freedman）的名著《抒情小说》中有《抒情传统》（The Lyrical Tradition）一章，对诗歌以外的抒情精神的焕发过程作历史的追踪，很有参考价值。见：Ralph Freedman, *The Lyrical Novel: Studies in Hermann Hesse, Andre Gide, and Virginia Woolf* (Princeton: Princeton University Press, 1963), 18–41.

前后，西方存在普遍对现代文明失却信心的现象，文人作家上下求索追寻出路，这时结合了各项庞杂元素的抒情精神再度弥漫，并展开了现代主义以还的各种文学和艺术的表现。[①]不过，陈世骧和高友工并没有对西方的抒情诗以至抒情精神作深入的探讨，他们心之所系，还是在于中国文学和文化传统，以中国诗学作为基调，再征用西方抒情诗的一些比较容易规划出来的定义，[②] 作为现代视野的标志。这与朱自清在《诗言志说》中一直以“抒情”作为讨论的术语，有同等的意义。以下我们要讨论的普实克，却是在西方文学传统中滋育成长的学人。他主要是从西方的“lyricism”的角度，来追索中国文学的“抒情精神”；他对“中国抒情传统”的诠解，当然别具意义。

普实克（Jaroslav Průšek，1906—1980）是捷克斯洛伐克著名汉学家。他和夏志清就夏著《现代中国小说史》的言论交锋可说是海外的中国现代文学研究史上的一次重要事件，也象征西方学界现代文学研究的新阶段。不过，普实克的研究范围实在远远不止现代文学。他毕业于布拉格的查尔斯大学，主修古希腊、拜占庭与罗马帝国史。后来他的研究兴趣移到中国，先后到瑞典和德国修习，写成有关先秦北狄部族研究的论文；1932 年再获奖学金到中国和日本游

---

① 比方说，东方的诗歌传统就被西方的现代性借以为补苴罅漏之用；参考：Michael Sugimoto，“‘Western’ Lyricism and the Uses of Theory in Premodern Japanese Literature，” *Comparative Literature Studies* 39.4（2002）：386－408.

② 陈世骧的重要参考对象是《诗与诗学百科全书》中的“抒情诗”一则；见：James William Johnson，“Lyric，” Alex Preminger，et al. ed.，*Encyclopedia of Poetry and Poetics*（Princeton：Princeton University Press，1965），460－470. 高友工的参照系则是弗莱的《批评的剖析》；见：Northrop Frye，*Anatomy of Criticism: Four Essays*（Princeton，Princeton University Press，1957）.

学。在华期间，他和各种不同阶层、不同地区的中国人来往，亲身体会这远国的鲜活语言，于是他更倾心于中国的口语文学传统，留意白话文运动以来的新文学。1937 年回国后，他积极推动中国文学的翻译和研究，其中与诗人马提修斯（Bohumil Mathesius，1888—1952）合作翻译的中国诗歌，很受读者欢迎；即使在纳粹德国控制的黑暗岁月里，不少波希米亚与摩拉维亚地区的知识分子都从李白、杜甫诗中得到心灵的安慰。这些远方的声音，转成捷克斯洛伐克抒情空间的一部分，是欧洲以外最重要的文化资源。①

普实克的研究面向极多，著述丰盛；② 其中流通最广的是《中国历史与文学》和《抒情的与史诗的：现代中国文学研究》。③ 其中后者英文原版由李欧梵编选，1987 年由李燕乔等译成中文出版，改题为《普实克中国现代文学论文集》。④ 普实克的中国文学研究有两个最重要的特点：一是他深受捷克布拉格语言学会（Prague Linguistic Circle）的学术传统影响，具体表现在他从结构系列的角度解读文学运动以及其中的文学作品；另一是他承接了 18 世纪末捷克民族复兴运动以来的波希米亚浪漫精神，从马哈（Karel Hynek Mácha，1810—1836）为代表的浪漫主义，到 20 世纪二三十年代的

---

① 参考：Marián Gálik，"Two from Czech Babel：Mathesius and Průšek in Sino-Bohemian Literary Confrontation，" *Archiv Orientální* 63（1995）：94－111.

② 参见：Boris Merhaut，"Jaroslav Průšek Bibliography 1931 － 1956，" *Archiv Orientální* 24（1956）：347－355；"Bibliography of Academician Jaroslav Průšek 1956－1965，" *Archiv Orientální* 34（1966）：574－586.

③ Jaroslav Průšek，*Chinese History and Literature*（Dordrecht，Holland：D. Reidel，1970）；*The Lyrical and the Epic：Studies of Modern Chinese Literature*（Bloomington：Indiana University Press，1980）.

④ 李燕乔等译《普实克中国现代文学论文集》（长沙：湖南文艺出版社，1987）。此书有郭建玲新译再版，题为《抒情与史诗：现代中国文学论集》（上海：上海三联书店，2010）。

“捷克诗性主义”（Czech Poetism）等“前卫”（avant-garde）文艺当中，体味所蕴含的解放力量。缘此，他对中国文学长河底下汩汩流动的“抒情精神”乃有其深入幽微的感应。

在普实克众多的中国文学研究著述中，有一篇综论性质的文章很值得我们注意。这篇题为《中国文学大纲》（1966）的连载长文一开始就从汉语的特质说起：单音节成词、母音充足而辅音简单、以声调辨义、语法关系由语序或变换质词（particles）显示……这些都被普实克归结为宜于创作抒情诗而非史诗式文学的根本原因；在他看来，中国文学的主要倾向是“抒情的”，也就“理所当然”了。事实上，普实克就是从这个角度去了解《诗经》《离骚》以还的中国文学，特别关注诗词、古文，甚至戏曲、小说的抒情成分。[①]

我们都知道，“史诗”“戏剧”“抒情诗”的三分法是西方文学分类的基础。三种类型各司其职，各有其基本活动的空间；在这种分划的前提下才可以进而观察所谓“跨类”的活动。根据这三分理念观察西方文学，会见到“史诗”类和“戏剧”类文学的主导地位，而由于“史诗”类和“戏剧”类活动又占领了大部分“文学”与“现实”的互动空间，西方的“抒情”文学活动偏处狭小的范围，似乎没有很大的问题。然而，从这种角度去观察中国文学，就不得不格外留意，许多在西方属于“史诗的”和“戏剧的”文学活动，如何及为何能够以“抒情的”方式来完成。因此，普实克特

① Jaroslav Průšek, “Outlines of Chinese Literature,” *New Orient* 5 (1966): 113－120, 145－151, 156－158, 169－176. 普实克在文章标题下注释道：“我们杂志的下一期将刊登一篇关于《亚洲与非洲文学百科全书》的详细报告，此书是捷克东方学学者的集体著作，将于1967年用捷克语出版。本篇论文是相关各国文学的导论之第一篇，我们预备在以下数期继续刊登此一系列比较重要的导论文章。”

别究心于中国文学“对现实的抒情感知”趋势（tendency towards lyrical perception of reality）。[①] 他选择白居易——不少现代中国文学史书写中的“现实主义诗人”——作为讨论中国文学抒情传统的例证之一，也就可以理解了。

在《读白居易诗札记》（1958）中，普实克介绍了著名的《与元九书》“文章合为时而著，歌诗合为事而作”的主张，细察这位诗人如何发挥他的“抒情精神”，写出直面“社会现实”的诗作。普实克又以布拉格学派的精微结构主义方法，细致分析了白居易的《新丰折臂翁》；他认为白居易呈现了一系列“非常繁复的现实”（very complex realities），聚合了诗人、士兵、乡人、折臂翁等的声音和情绪，以复杂的程序统摄于单一的时间面（single time-level），于是繁复的现实并没有侵夺全诗的“抒情统一性和同构性”（lyrical unity and homogeneity）；他甚至以源于德国歌剧作家瓦格纳（Richard Wagner, 1813—1883）的术语“总体艺术品”（*Gesamtkunstwerk*）来形容白居易的这种作品。普实克又借白居易——也连及杜甫——的“社会诗”，来推求中国抒情诗如何以小总多，他认为中国诗人固有之能力来自“情景交融”的诗学锻炼：

> 长久以来，中国抒情诗一直在探索如何从自然万象中提炼若干元素，让它们包孕于深情之中，由此以创制足以传达至高之境或者卓尔之见，以融入自然窈冥（the *mysterium* of Nature）的一幅图像。其背后的基本假设是艺术家具备敏锐的观察能力，能于毫末照见大端，深入自己

① Jaroslav Průšek, “Outlines of Chinese Literature,” 114.

> 意想向读者表达的情景。诗歌的目标是成为芸芸经历大自然的同类体验之本质或精华，好比画于画家之为用。这种取态使艺术家究心于摘选各种现象中之典型，将之归约为最基本的特性，以最简洁的手段作表达。①

在普实克眼中，这固有的诗学传统也可以施之于社会现实的把握。换句话说，他以为“抒情的”方法在中国文学传统中，已成为一种全面的表达工具（universal vehicle of expression），因而中国文人就可安然采用此一方法，而不必仰赖“史诗的”写作去刻画现实或者深入事理的真相。②

普实克选取了杜甫、白居易等为论，正如王德威所说，“有意无意碰触到中国诗学里的一大话题，即‘诗史’的观念和实践”③。普实克或者未意识到杜甫“号为诗史”的意义，但他肯定中国文学可以“以诗为史”，是因为中国文学传统中特有的“抒情诗”书写方式。他另有一篇题为《中国与西方的史学和史诗》（1961）的文章，当中指出中国史学不关注具体史事情节和来龙去脉的分析，而着意彰显历史的通则原理，重视史事予人的情绪感喟，以至戒惧教训。普实克认为这些史学观念相通于中国以“抒情诗”为主导的文

---

① Jaroslav Průšek, “Some Marginal Notes on the Poems of Po Chü-i,” *Chinese History and Literature*, 80.

② 普实克在另外一篇题作《在中国文学革命的语境中对照传统东方文学与现代欧洲文学》（1964）的文章中，再以杜甫为例作说明，见：“A Confrontation of Traditional Oriental Literature with Modern European Literature in the Context of the Chinese Literary Revolution”, *The Lyrical and the Epic*, 85.

③ 王德威《有情的历史——抒情传统与中国文学现代性》，《中国文哲研究集刊》，第33期（2008年），第122—123页。

学传统。[①] 事实上，中国诗学中的“诗史”观，是基于以缘情言志为本的“诗”，可以在“人情”的层面，深深地切入“史”的世界之中。[②] 普实克从中西对比而发现贯通中国史学与诗学的文化特征，可供我们进一步思考。

如上所述，普实克所作中西对比的两个基点就是“抒情的”与“史诗的”，这也是李欧梵编选普实克的现代文学著述所采用的书题。中国现代文学以小说叙事体为重心，取代了传统文学诗歌的地位，就好像是以“史诗的”文学替换“抒情的”文学一样。[③]然而，正如李欧梵在《抒情的与史诗的：现代中国文学研究》一书前言中所描述的：普实克的现代中国文学研究其中一个重要主题是发掘“新文学”与古代文学传统的关联；鲁迅、郁达夫作品中所蕴含的强烈主观情绪，固然源自“抒情传统”，即使最为“史诗的”作家茅盾，普实克也注意到其小说创作中充斥主观元素，“抒情的”与“史诗的”元素并非简单的替代关系而是互成辩证。李欧梵认为普实克在个人气质上或许会偏于“抒情的”一脉，但在智性层面则两线并重。[④] 最能反映普实克这种情怀与智虑之微妙结合者，就是他于 1956 年在巴黎举行的第九次青年汉学家会议上宣读的名篇——

---

① Jaroslav Průšek, “History and Epics in China and in the West”, *Chinese History and Literature*, 17 - 34.

② 陈国球《浅谈〈本事诗〉与“诗史”——张晖〈诗史〉序》，载张晖《诗史》（台北：学生书局，2006）。

③ 参考：Jaroslav Průšek, “Introduction to *Studies in Modern Chinese Literature*,” (1964) *The Lyrical and the Epic*, 41.

④ Leo Ou-fan Lee, “Foreword,” *The Lyrical and the Epic*, viii - x.

《中国现代文学中的主观主义和个人主义》。①

对于普实克来说，中国的“新文学”与“旧文学”的差异实在太大了。他在《中国现代文学中的主观主义和个人主义》中指出，从语言形式（新的“国语”取代“文言”及“旧白话”），文学体式和题材（旧诗词、章回小说、戏曲转变为新诗、现代小说、现代戏剧），到人生观（悲观主义替换了和谐乐观），都让他“简直不能相信这两种文学同出于一个民族”。普实克的新文学观基本上与当时（20 世纪 50 年代）大陆的正统文学史观相同，认为新文学的革命方向冲击和解放了旧时代旧社会的封建思想和制度对文学的种种限囿；他对左翼作家的推崇和赞赏也基本相同。② 然而，在相同评价之上，普实克的分析和诠解却往往独具只眼。他对中国现代文学最有创见的论点就是在这宛若河汉的“新”“旧”文学之间看到一条关联的线索；他发现在文人文学传统中不息传递的“抒情精神”和相连的“主观主义”，也在“新文学”中有所传承：

> 主观主义、个人主义，与悲观主义以及生命中的悲剧感结合在一起，再加上反抗的倾向，甚至自我毁灭的趋势，就是从 1919 年五四运动直至抗日战争爆发的这一时

---

① 文章在一年后正式刊行，见：Jaroslav Průšek, “Subjectivism and Individualism in Modern Chinese Literature,” *Archiv Orientální* 25 (1957): 261 - 286。

② 捷克斯洛伐克在 20 世纪三四十代经历残暴的纳粹德国统治，二战后受苏联影响；普实克和当时多数的知识分子，包括布拉格学派的文学理论大师穆卡洛夫斯基，都对政治和思想的“解放”充满了盼望和期待；一直到 60 年代中期“布拉格之春”思潮出现以前，普实克都是坚定的共产主义者。参：Marián Gálik, “Jaroslav Průšek: A Myth and Reality as Seen by His Pupil,” *Asian and African Studies* 7.2 (1998): 151 - 161.

> 期中国文学最突出的特点。①

在文章中可以见到普实克的努力寻索。韩愈的古文、明代黄淳耀的日记、蒲松龄的诗文小说、《红楼梦》、《浮生六记》、《老残游记》，以至宋明理学，都是他的审察对象；他的目的就是要梳理出这种“主观主义”的发展源流。正因为普实克求索之心迫切，加上客观环境所限，所能征集的资料难说完备，只能求诸当时流通载籍，论说自然有其偏蔽或者疏漏之处。② 中国现代文学研究经过大半个世纪的积累、修正和发展，我们今天实在不难看到普实克著述的各种漏洞和疏失；然而，他对文学的传统与现代在断裂与关联之间的关注，对中国现代文学的主观情绪之弥漫、抒情精神之渗透、人生观照之悲慨激越等的“发现”，均能启迪后进；③ 此外，普实克文中就新旧文学之间文类的等级阶次重组、传统诗文让位于小说等之观测与判断，至今已成为现代文学研究的共识。

---

① Jaroslav Průšek, “Subjectivism and Individualism,” 263.

② 有关普实克的“主观主义”与“个人主义”论述的质疑，可参阅：Ingo Schaefer, “Remarks on the Question of Individuality and Subjectivity in the Literature of the May Fourth Period,” Marián Gálik, ed., *Interliterary and Intraliterary Aspects of the May Fourth Movement 1919 in China* (Bratislava: Publ. House of the Slovak Academy of Sciences, 1990), 21 - 43.

③ 普实克的学生高利克（Marián Gálik）列举曾受过《中国现代文学中的主观主义和个人主义》一文影响的文学研究著述，包括：Leo Ou-fan Lee, *The Romantic Generation of Modern Chinese Writers* (1973); Janet A. Walker, *The Japanese Novel of the Meiji Period and Ideal of Individualism* (1979); Wolfgang Kubin, “Tradition and Modernism in the 20th Century Chinese Novel” (1984); Leo Ou-fan Lee, “The Solitary Traveler: Images of Self in Modern Chinese Literature” (1985); Don Price, “Diary as Autobiography: Two Modern Chinese Cases” (1989); Ingo Schaefer, “Remarks on the Question of Individuality and Subjectivity in the Literature of the May Fourth Period” (1990). 见：Marián Gálik, “Jaroslav Průšek: A Myth and Reality as Seen by His Pupil,” 155 - 156.

普实克对中国文学的“抒情精神”的体认，还有一些相关重点值得在此补充。他在不少篇章指陈中国古代文学的抒情精神一直延续发展，在新文学中得到更新发扬，而这种抒情精神的表现与西方一战后出现的某些文学思潮相近：

> 类似的一波抒情精神浪潮在第一次世界大战以后也席卷了欧洲文学，对［西方］传统的客观形式也起了同样的分解作用，尤为明显的表现是打破了19世纪经典小说的形式。取代严谨的“史诗性”结构的，是“纯抒情”或“抒情—史诗”（lyrico-epic）元素的自由组合。①

普实克一直关注当代欧洲文学和艺术的发展，而且对这些当代的变化方向基本上是肯定的，例如他对达利（Salvador Dalí，1904—1989）的超现实主义画作有相当正面的评价，指他的“前卫”（avant-garde）作品中的现实虽然有所变形，但此变形正是由个人取向、艺术原则与现实之间的互动而产生。② 在研究中国文学作品时，他的“陌生化”阅读带来不少新鲜的观察视点。例如刘鹗《老残游记》的某些场面的处理，在他眼中就近乎达利的手法；又如鲁迅的作品如《野草》，以至更早期的小说《怀旧》等，更被他

---

① Jaroslav Průšek, “A Confrontation of Traditional Oriental Literature with Modern European Literature in the Context of the Chinese Literary Revolution,” *The Lyrical and the Epic*, 84.

② 有关达利艺术与“抒情精神”的关系，可参考 Kim Grant, *Surrealism and the Visual Arts: Theory and Reception* (New York: Cambridge University Press, 2005), 13－72.

奉为“前卫”之作。[①] 对于这些中西方现代文学的类同表现，普实克并没有，也不容易，说是由于直接接触而生的影响，[②] 他的解说方式比较迂回：他认为中国“新文学”的“抒情的”表现源自传统，而中国传统文学恰恰具备同于西方当代文艺的“抒情精神”；故此，中国现代文学的表现是“古代中国传统与现代欧洲情怀之凑泊汇聚”。[③] 不过西方当代与古代中国又如何曲径旁通，普实克却未有交代。我们知道两者虽然时空相隔辽远，可有其交汇之处；实际上，西方现代前卫思潮以至现代主义文艺往往汲取了欧美以外的文化资源而得到新的滋润，比如中国的“气韵生动”说，就曾予庞德（Ezra Pound，1885—1972）等的“漩涡派”文艺运动（Vorticist movement）深刻影响。[④] 中国的抒情传统，在一定程度上可以支援西方现代思潮从“外向”转成“内向”的发展。由此观之，普实克对中国“抒情精神”的感应，并非凿空而来；他之所思离不开身处的文化境况，所感亦难免与本土文化关怀相萦系。远方响起的声音，或许就是当下心灵求索旅程的凭依。

倾慕这远方歌声的西方学者，自然不限于普实克一人。现今西方汉学界的另一位重要人物宇文所安（Stephen Owen，1946— ）

---

① 见：“A Confrontation of Traditional Oriental Literature with Modern European Literature in the Context of the Chinese Literary Revolution,” “Reality and Art in Chinese Literature,” “Lu Hsun's ‘Huai chiu’,” Jaroslav Průšek, *The Lyrical and the Epic*, 57, 82, 89, 108 - 109.

② 普实克在《叶绍钧与契诃夫》一文指出：“现代中国作家与欧洲作家的关联并不在于直接的影响。” 见：“Yeh Shao-chün and Anton Chekhov”, *The Lyrical and the Epic*, 193.

③ Jaroslav Průšek, “A Confrontation of Traditional Oriental Literature with Modern European Literature in the Context of the Chinese Literary Revolution,” 84.

④ 参见：Qian Zhaoming, *The Modernist Response to Chinese Art: Pound, Moore, Stevens* (Charlottesville: University of Virginia Press, 2003). 又参考：David Peters Corbett, “Laurence Binyon and the Aesthetic of Modern Art,” *Visual Culture in Britain* 6.1 (2005): 102 - 119.

对中国文学传统的感应也很值得我们注意。宇文所安现任教于哈佛大学东亚系及比较文学系，重要著作包括：《孟郊与韩愈诗》（*The Poetry of Meng Chiao and Han Yü*, 1975）、《初唐诗》（*The Poetry of the Early T'ang*, 1977）、《盛唐诗》（*The Great Age of Chinese Poetry: the High T'ang*, 1980）、《追忆：中国古典文学中的往事再现》（*Remembrances: the Experience of the Past in Classical Chinese Literature*, 1986）、《迷楼：诗和欲望的迷宫》（*Mi-lou: Poetry and the Labyrinth of Desire*, 1989）、《中国文论：英译与评论》（*Readings in Chinese Literary Thought*, 1992）、《晚唐诗》（*The Late Tang: Chinese Poetry of the Mid-Ninth Century*, 2006）等。宇文所安在他的众多著述里并没有刻意讨论中国文学的"抒情精神"，然而其中却不无可堪比拟的思考。我们可以他的随笔集《追忆》中的一篇《断片》为例，稍作说明。

宇文所安在本书的中译本再版前言中说：

> 《追忆》是尝试把英语"散文"（essay）和中国式的感兴进行混合而造成的结果。在我的学术著作里，无论是在中国还是在美国，这本书都产生了最广泛的吸引力。这一"成功"很有意思，因为《追忆》可以说代表着在一种英语文学形式里对中式文学价值的再创造。①

这个说明"很有意思"，解释了宇文所安在中、西语言和文化间游

① 宇文所安著，郑学勤译：《追忆：中国古典文学中的往事再现》（北京：生活·读书·新知三联书店，2004），第1页。

走的意向和信心；他认为“文学价值”是有文化内涵的，故有“中式”（和“西式”之别），而这“中式文学价值”是可以在另一种语言文化的载体中“再创造”出来的。这些观念也反映在宇文所安近年对“世界文学”的思考之上。① 《追忆》旨在（以英文）析述中国文学的一个中心思想：追求“不朽”。宇文所安认为“正如我记得［前人］，我亦盼望被［后人］记起”（As I remember, so may I hope to be remembered.）的想法，仿似中国文人与“过去”及“未来”所立下的契约。《追忆》一书从各种不同的角度去诠解古典中国文学有关“过去”的种种经验，如怎样回忆、怎样可以被回忆等等。②

《断片》是这个“回忆”论述框架的其中一章，宇文所安以为“断片”是“过去同现在之间的媒介”，它的类属和表义功能值得思考。③ 然而，细读这一章，我们会见到溢出“回忆”论述的意义。宇文所安的立论始于一个中西文学传统的对比。他说：

> 西方的文学传统倾向于把要表现的内容绝对局限在作

---

① 宇文所安近年主讲的课程包括“跨文化书写：世界的文学”（Writing Across Cultures: Literatures of the World）等；他又在《现代语文学》上发表有关“世界诗歌”的讨论，见：Stephen Owen, “Stepping Forward and Back: Issues and Possibilities for ‘World’ Poetry,” *Modern Philology* 100.4 (2003.5) “Toward World Literature: A Special Centennial Issue”: 532 - 548.

② 德国理论家施泰格（Emil Staiger, 1908—1987）在 20 世纪 40 年代也曾以“追忆”（remembrance）作为“抒情的”风格的标志，而以“表现”（presentation）及“张力”（tension）分属“史诗的”和“戏剧的”。见：Emil Staiger, *Basic Concepts of Poetics* (University Park: Pennsylvania State University Press, 1991). 宇文所安在《追忆》一书中不断模塑中国文学的“特质”，或可以与中国文学之“抒情的”表现作系联。

③ Stephen Owen, *Remembrances: The Experience of the Past in Classical Chinese Literature* (Cambridge, Mass.: Harvard University Press, 1986), 67. 又参酌三联版中译本《追忆》，第 76 页。

品里，就像《伊利亚特》中阿喀琉斯的盾牌一样，自身就是个完满的世界。中国的文学传统则倾向于强调作品同活的世界之间的延续性。

《圣经》可以视为西方传统中的原型书……它是有形的、可以随身携带的“逻各斯”（Logos），相当于上帝心目中的生活世界……［在中国］最能体现人的思想和一个人的个性的要数《论语》……由于这些言辞是片断不全的，我们的注意力就被引向那个已经一去不复返的生活世界。

如果说，西方的诗人暗地里希望自己能跟那位造物者（the One）一样，可以成就复杂宏大的设计甚或营造世界，那么，中国的诗人则暗地里希望能成圣人。诗人的话语同孔夫子的说话一样，都是为了把读者领向某种隐而不露的深处；它们只是从一个生命个体存活于其世上之丰富多姿的过去所残留下来的断片。①

把作品看作一个自足的整体，作家创作好比神之创世，这是习见的西方论述。以此为参照观察中国文学，宇文所安看到这些篇章本身并不圆足，却是充满暗示的断片——可以暗示过去、暗示整体、暗示整体瓦解成断片的过程。中国的文学作品不是外在世界的模仿，而是活生生的世界整体的一部分。宇文所安以其对几篇诗作的精彩细读，为我们揭示“断片”如何“充足地”（sufficient）引领我们朝整体延续下去。他机智敏锐的触觉、精辟的穿透能力，让他游刃

---

① Stephen Owen, *Remembrances*, 67 - 69;《追忆》，第 80— 84 页。

于字里行间。作为一位西方的汉学家，他这种以审美能力见长，而不再在文字训诂或历史考辨等语文学领域发挥的表现，确是别具一格。[①]

然而，作为西方文化所滋育的汉学家，宇文所安的论述思维实在又有和普实克等相通的地方。从宇文所安的引喻来看，中国文学可能是一个庞然的整体，而出身于另一个文化空间的读者，如宇文所安、普实克等，往往就所知所见而作触类旁通的感应。换句话说：他们从中国文学的"断片"去领会中国文学史的"整体"。普实克的捷克结构主义训练，促使他对文学的"复杂整体"特别关注，[②] 他从鲁迅作品看到其"前卫"性质，或者从白居易诗看"抒情精神"，让一直在中国文化中浸润成长的我们讶异不已，有人甚或以为比拟不伦，以为他只见一端不及其余。[③] 事实上，普实克就是凭这些"断片"去感知中国文学的"抒情传统"，他写成的《中国现代文学中的主观主义与个人主义》等论文，反而能够补足本土的现代中国文学史论述。同样，宇文所安的"断片"论述，也拓宽了中国诗学论述的思考空间。

另一方面，宇文所安的中西传统比照方式，实无异于普实克，也近乎陈世骧和高友工等的"抒情/叙事"的对举。例如高友工区

---

① 正因为他是汉学界的异军，他的阅读方式也备受正统汉学家非议，如《追忆》就遭受林理彰严厉批评，见：Richard John Lynn, Review on *Remembrances*, *The Journal of Asian Studies* 46.3 (1987.8): 650 – 651.

② 普实克在批评夏志清的《现代中国小说史》的书评中，要求文学史家"真诚努力地去把握整个复杂过程（whole complex process），并以客观无私的方式将这复杂过程呈现"，见：Jaroslav Průšek, "Basic Problems of the History of Modern Chinese Literature and C. T. Hsia, *A History of Modern Chinese Fiction*," *T'oung Pao* 49 (1962): 404.

③ 李欧梵曾经批评普实克以中国新文学与欧洲"前卫"思潮相比拟之不合理。参：Leo Ou-fan Lee, "Foreword," *The Lyrical and the Epic*, x.

辨以“模仿创造物境”为理想的叙述传统和以“表现心境”为理想的抒情传统，而宇文所安则判别西方文学作品自足的传统与中国文学作品虽不圆足却充满暗示的传统；两人的说法有许多共通的地方。宇文所安对审美主体在阅读过程的追踪，更可以和高友工的“经验之知”、“内化”和“象意”、“境界”等“抒情美典”论对读。当然，我们也必须明白两人的理论资源并不相同，宇文所安本人对“抒情传统”论的标签大概也不会坦然接受。不过，我们可以透过相关论述的视野和关怀所在，进一步体会“抒情传统”论在中国文学研究中的位置和可能的发展空间。

第七章
仿佛有光：蔡英俊、吕正惠

“抒情传统”论述虽说其来有自，但最为兴旺的发展，还在于台湾的中国文学研究之上。当中又以蔡英俊（1954—　）和吕正惠（1948—　）对此论述的阐释和发扬贡献特大。1978 年高友工在台湾大学客座讲学的时候，蔡英俊、吕正惠两人仍在台大攻读研究所课程，问学亲炙的机会不少。高友工当时在《中外文学》发表的《文学研究的理论基础》《文学研究的美学问题》等文，倾动学界，造成“高友工震荡”；然而，这几篇文章所征用的理论和表达言说比较专精奥衍，一般读者往往只能望洋兴叹。蔡、吕两人以具体的中国文学事例充实发皇这个论述框架，写成可读可感的《抒情精神与抒情传统》与《中国文学形式与抒情传统》（原题《形式与意义》）两篇文章。[①] 此两篇是为《中国文化新论・文学篇》的第一卷《抒情的境界》而写；《中国文化新论》是台湾联经出版公司于

① 蔡英俊：《抒情精神与抒情传统》，见蔡英俊主编《抒情的境界》（台北：联经出版事业公司，1982），第 67—110 页。吕正惠：《形式与意义》，见《抒情的境界》，第 15—65 页；后改题《中国文学形式与抒情传统》，收入吕正惠：《抒情传统与政治现实》（台北：大安出版社，1989），第 159—207 页。

1982年出版的十三卷丛书，其中《文学篇》占两卷，分别是《抒情的境界》与《意象的流变》；撰写者主要是当时台湾中文学界的新锐，视野宽阔而不尚虚文，出版后极受欢迎，对台港地区的文学研究有相当深远的影响，而蔡、吕两人的文章也同时成为中国文学研究的重要参考文献。

从蔡英俊和吕正惠的文章我们更容易看到“抒情传统”论述之历史脉络和理论开展的空间。蔡英俊在《抒情精神与抒情传统》一文中试图串联陈世骧与高友工的论述，例如说“唐诗是中国抒情文学发展的巅峰，而律体诗更是这种抒情精神的核心”，“［宋元以后］抒情的美典依然是传统士大夫共通的意识形态”，这当然是高友工的文学史判断之承袭；说《楚辞》是“‘楚’的悼亡诗”，以汉赋“侈丽闳衍”来说明“境界和语言的双重探索”，正是陈世骧论述的接续。[①] 文中所资理论如乔伊斯（James Joyce）、卡勒（Jonathan Culler）等对抒情诗的界说，亦同于陈、高之所本。陈世骧《论中国抒情传统》对中国文学中表现的抒情精神只作提纲挈领的点评，高友工的几篇美感经验论则是依理论架设来选取文学史样本，所论当然不能周全。蔡英俊能够统汇两家之说，循中国文学史的发展过程——从《诗经》到诗歌发展黄金时期的唐代——加以申论发挥，让熟习中国文学的读者更容易进入“抒情传统”论述的轨迹。相对来说，吕正惠《中国文学形式与抒情传统》的历时性质没有那么强，主要就中国文学的各种体类立论。但这篇文章与过去讨论中国文体的著述如薛凤昌的《文体论》（1931）、蒋伯潜的《文体论纂要》（1942）等非常不同；此前的讨论重点主要是从形式及

---

① 分见蔡英俊：《抒情精神与抒情传统》，第97、83、96页。

功能角度考虑分类的问题，吕正惠所作的却是在现代体类（genre）理论支援下，试图探索语言形式与文学意义之间的关系。更重要的是，吕正惠“以阐述中国文学的抒情特质的立场来探究各种诗歌形式和这一抒情特质的关系”。因此，吕文原题《形式与意义》中的“意义”的具体指向就是“抒情特质”的表现。比方说，高友工提出律诗是“抒情诗之典型”，以为“‘律体’自有一美典”，并写成一篇理论精微但文学史实证不算周全的《律诗的美典》（Aesthetics of Regulated Verse）长文。这是中国文学史研究一个非常重要的判断，值得学界共同讨论。吕正惠基本上认同高友工的讲法，但他的论述语言和方式平易而顺畅，先从绝句五七言的语言秩序各有相应的经验表现倾向——五言绝句是“本质主义”、七言绝句是“印象主义”——开始，再接引到律诗如何将两种倾向汇聚成最适宜的诗体，以具体的文本分析证明“［律诗］这种组织经验的基本模式，最大的贡献是为中国人的情感主义提供一种最佳的表达方式”。他又指出，中国文学追求形式的过程是要把感情表现得“本质化”，使感情具有本体意义，成为人生之中最重要的（甚至唯一重要的）“实体”，而这种倾向就是中国抒情传统的重大特色之所在。[①] 当然，吕正惠所讨论的不止诗歌，还包括了“文”——先秦两汉之文、骈文（以六朝为主）、古文（以唐、宋为主）和小品文（以明、清之际为主）。整体而言，他非常有效地向读者解释了中国的“抒情传统”如何从古代主要文学体类的语言形式的种种追求积渐而成。

在理论层面，我们也见到蔡、吕二人对“抒情传统”论发展的

① 分见吕正惠：《中国文学形式与抒情传统》，第170、173、176—177页。

贡献。从陈世骧到高友工，“抒情传统”论述有两个重要着力点：一是文学过程中“语言”所占的位置，另一是有关文学活动的“主体”的作用以及与“主体性”相连的“价值论”问题。前者可说是现代文学研究中“语言转向”的体现，早在朱自清、朱光潜等前驱的论述中已启动了这个方向的思考；后者则是中国诗学传统的现代发扬，“言志”说、“缘情”说的提出就是其中具代表性的标记。蔡英俊和吕正惠就这两个要点作出了更清晰、更连贯的演绎。蔡英俊在《抒情精神与抒情传统》开篇指出，文学创作是“以语言文字为对象”的一种“组织的构成活动”，故同时是一种“秩序的追寻与创造的活动”；他再以“秩序”来解释文学类型，这些“秩序法则”反映了某种特殊的美感设计、效用和美的理念；文学类型背后的抽象理则，除了关乎艺术特质，甚至可以“传达某种人生的体验”而“表彰某种价值信念”。因此，“抒情诗”虽是一种文学类型，属于这种文类的作品所共有的秩序理则、美的理念，却可以超越文学之域而显现为一种“抒情精神”。中国文学传统既以“抒情诗”为主流，则其美感设计、美学原理应可以充分表露这个文化传统的秩序感和价值观。按照这个思路逻辑，“抒情传统”不单是中国的文学传统，更是中国民族文化的传统。简言之，蔡英俊形塑“抒情传统”的程序就是由具体语言形式推衍抽象秩序法则，再由此侦测文学的内涵精神与文化价值，伦次井然而脉络清晰。随后，读者或会追问这个论述架构的具体内容和细节，例如：抒情诗的形式表现出怎样的秩序？这样的秩序如何体现抒情精神？吕正惠的《中国文学形式与抒情传统》正可以为这些追问作回应。正如上文指出，他对中国的诗文各体与“抒情精神”的关系作了不少精彩例释。在理论层面，吕正惠的贡献是从文化本质的角度，解说“抒情传统”的根源。他指出中国人是“唯情”的，中国文人有一种“感情本体世界观”，以为感情才是人生中唯一的“真实”；中国文学“追求形式的过程中最重大的课题”是把感情表现得“本质化”，使感情具有本体意义。他的结论是：“中国抒情传统是由‘感情本体主义’和‘文字感性’交织而成的。”①

蔡英俊和吕正惠这两篇文章可说为“抒情传统”论述奠定了基础，其后我们可以见到这个论述在许多方面推动了台湾的中国文学研究的发展。例如文学批评史就是其中一个耀眼的领域，因为“抒情传统”论作为现代向传统回眸的论述，有必要从历史找到支援，以宣明其说渊源有自；对古代批评论说的重新检视和诠释，就是这些中国文学研究新锐企图融合古今视域的一项重要行动。蔡、吕两人之后就在这方面有重要申述。1986 年蔡英俊完成了《比兴、物色与情景交融》一书，以“抒情自我”“美感经验”“在现实世界实现一个想象世界”等现代诗学概念，诠解与《诗经》相关的“比兴”说、六朝的“物色”和“形似”观，以至南宋至清代王夫之的“情景交融”论；将传统诗学观念带到当下，可说是高友工的“经验之知”及抒情美典论，与中国文化传统的关联思考的一次大型演练。② 1987 年吕正惠发表《物色论与缘情说——中国抒情美学在六朝的开展》，以六朝的“物色”论和“缘情”说为观察对象，借此说明这两个观念“是中国抒情传统的基础，也是后代抒情美典

① 分见吕正惠：《中国文学形式与抒情传统》，第 177、176、200 页。

② 蔡英俊：《比兴、物色与情景交融》（台北：大安出版社，1986）。

的源头”——这也是高友工论断的充实和发挥。①

蔡、吕两人以至他们的同群，在中国文学研究的探索上，努力开拓今古相接的通道，至前面仿佛若有光，引领一代学人前进。这些不同的发展，下文续有交代。

① 吕正惠：《物色论与缘情说——中国抒情美学在六朝的开展》，发表于 1987 年 12 月的“以文心雕龙为中心的中国文学批评研讨会”，见中国古典文学研究会主编《文心雕龙综论》（台北：学生书局，1988），第 285—312 页。后收入吕正惠：《抒情传统与政治现实》（台北：大安出版社，1989），第 3—34 页。

第八章
境界再生：叶嘉莹、柯庆明

从现代的中国文学研究史来看，20世纪八九十年代台湾的文学批评研究，可说是继三四十年代郭绍虞、罗根泽、朱自清等的文学批评盛世以后的另一个“黄金时期”。可以说，这阶段台湾的中国文学研究的视野更为开阔。这个文学批评研究史的第二个“黄金时期”的出现，与当时的文化政治——如中文学科受到西方文化与文学理论的猛烈冲击、知识分子企图从传统文化寻觅普遍意义以适应现代性的状况、以文化认知建立自信和尊严等——息息相关，我们在此不暇深论，只依循“抒情传统”论述的线索勾勒其学术影响之大概。

在这个氛围内的十多年间，除了前面讨论的蔡英俊与吕正惠的探索外，我们还可以见到相关研究的不少著述，比较重要的几篇包括：

（1）1987：龚鹏程《从〈吕氏春秋〉到〈文心雕龙〉——自然气感与抒情自我》；

（2）1987：龚鹏程《论李商隐的樱桃诗——假拟、代言、戏谑诗体与抒情传统间的纠结》；

（3）1987：柯庆明《中国古典诗的美学性格——一些类型的探讨》；

（4）1992：张淑香《抒情传统的本体意识——从理论的“演出”解读〈兰亭集序〉》；

（5）1996：萧驰《从“才子佳人”到〈红楼梦〉——文人小说与抒情传统的一段情结》；

（6）1999：柯庆明《从“现实反应”到“抒情表现”——略论〈古诗十九首〉与中国诗歌的发展》。

这几篇文章的作者当中，我们先把焦点放在柯庆明（1946— 2019）身上，因为他的著述可说是“抒情传统”论述在台湾发展过程中最能起串联作用的。

柯庆明在 1977 年出版的《境界的再生》的自序中说：

> 文学作品，基本上是一种寻求生命的深化与自由表现之心灵的反映。当这种追求达致某种阶段的圆融自足，呈现为具某种程度的生命之深化与自由表现的心灵状态，“境界”于是发生……
>
> 在这一本书里笔者企图：一方面透过文学批评，了解某些中国文化的中心精神与风貌；一方面透过古典文学作品的例证，阐释某些普遍的文学现象与问题。因为任何中国古典文学的合宜的探讨，其结果必然同时是中国古典文化与一般文学批评问题的综合讨论。①

① 柯庆明：《境界的再生》（台北：幼狮文化事业公司，1977），第 2—3 页。

这两段话其实也指向了现代的“抒情传统”论的关怀所在。“抒情传统”论述，正是企图借助现代的文学批评理念去重新诠解中国文学以至文化；而中国文学思想中最能作为中国文化表征的，就是透过语言文字最适切的方式表现主体“心灵”的生命探索而达致美善的“境界”。在高友工的论述中，“境界”常被用来说明“情景交融”的完成，而且以为当中往往“反映一种价值”，“艺术在此不仅只予人美感，而且显示了个人生命的意义”。[①] 吕正惠对此的诠释是：

> 中国人把他的感情本质化、本体化，从而达到一种极为特异的“感情本体世界观”……若要换成较简单较通行的术语，则无过于王国维的“境界”二字。[②]

“抒情传统”论述之重视“境界”，可以说明这个论述系统与传统诗学的关系非常密切。柯庆明的批评著述，除了其本身的学术意义之外，也为我们提供了追踪这个传统与现代关系的线索。早于1967年，柯庆明就写成《论王国维〈人间词话〉中的境界，有我之境、无我之境及其他》；[③] 20世纪70年代末，他的另一本批评论文集也题作《境界的探求》。[④] 1980年，柯庆明发表《现代中国文学批评

---

① 高友工又借用Jonathan Culler的术语“inscape”与“境界”作对译，见《文学研究的美学问题（上）》，见《美典：中国文学研究论集》，第36页；《中国文化史中的抒情传统》，《中国学术》第3卷，第3期（2002年），第220页。

② 吕正惠：《中国文学形式与抒情传统》，第177页。

③ 柯庆明：《论王国维〈人间词话〉中的境界，有我之境、无我之境及其他》，《新潮》，第14/15期（1967年），第4—34页；收入《境界的再生》，第51—84页。

④ 柯庆明：《境界的探求》（台北：联经出版公司，1979）。

述论》长文，文中以“史传批评”及“境界说”作为现代中国学术界评论文学之主流，并以此讨论台湾自 1949 年以后的文学研究发展。[①] 就“境界说”而论，他举郑骞和叶嘉莹为代表；[②] 两人都是柯庆明在台湾大学中文系就读时的老师，其中叶嘉莹的著述量更大，影响更广远。

叶嘉莹（1924—　）在 20 世纪 40 年代受业于北平辅仁大学国文系教授顾随；1954 年开始在台湾大学中文系任教，陆续发表诗词的赏析文章，并提倡从“兴发感动”的角度阅读文学作品。这些早期文章结集为《迦陵谈诗》（1970）及《迦陵谈词》（1970）出版，深受年轻学生欢迎。[③] 然而，叶嘉莹的文学鉴赏并非完全一空依傍地只凭直观感受，例如她在 1965 年发表的《杜甫七律之演进及其承先启后之成就》，就是以坚实的文学史资料为基础；稍后完成的《杜甫秋兴八首集说》，更见其爬梳剔抉文献的功夫。[④] 再者，叶嘉莹的说诗论词还有其传统诗学的依据，那就是王国维的《人间词话》及其“境界说”。[⑤] 1959 年她完成《由〈人间词话〉谈到诗

---

① 柯庆明：《现代中国文学批评述论》，《近代中国》第 15—18 期（1980 年），第 153—187、170—187、152—157、176—191 页。这篇论文加上《梁启超、王国维与中国文学批评的两种趋向》等篇，后来收入同题的专书《现代中国文学批评述论》（台北：大安出版社，1987）。柯庆明此书可说是台湾学界研究现代中国文学批评发展史的重要论述。

② 柯庆明：《现代中国文学批评述论》，第 95—98 页。

③ 叶嘉莹：《迦陵谈诗》（台北：三民书局，1970）；《迦陵谈词》（台北：纯文学出版社，1970）。

④ 叶嘉莹：《杜甫七律之演进及其承先启后之成就》，《大陆杂志》，第 30 卷，第 1、2、3、4 期（1965 年），第 16—24、27—30、24—30、23—27 页。收入《迦陵谈诗》，第 1 册，第 56—128 页；《杜甫秋兴八首集说》（台北：中华丛书编审委员会，1966）。

⑤ 参考叶嘉莹：《我的诗词道路》（石家庄：河北教育出版社，1997），《前言》，第 16—19 页。

歌的欣赏》,[①] 1969年又发表《从〈人间词话〉看温韦冯李四家词的风格》《谈诗歌的欣赏与〈人间词话〉中的三种境界》两篇。[②] 叶嘉莹对于王国维的全面研究，还见于1980年正式出版的《王国维及其文学批评》。我们可以说，叶嘉莹说诗的动人处，正因为她从王国维处领悟得“兴发感动”的力量。

在《王国维及其文学批评》中，叶嘉莹特立《〈人间词话〉境界说与中国传统诗说之关系》一章，说明中国诗论中对“心”“物”之间“兴发感动”作用的重视，“实在有着悠久的传统”；从观念上的“比兴”“言志”说，到《毛诗序》《乐记》，到陆机《文赋》、钟嵘《诗品序》、刘勰《文心雕龙》，以至宋以后由严羽到王渔洋、王国维的论说，都与此相关。她更着意分析严羽《沧浪诗话》的“兴趣说”、王渔洋的“神韵说”在“感发”作用的体悟中的异同；再将二人之说与王国维“境界说”作比较：

> 沧浪之所谓“兴趣”，似偏重在感受作用本身之感发的活动；阮亭之所谓“神韵”，似偏重在由感兴所引起的言外情趣；至于静安之所谓“境界”，则似偏重在所引发之感受在作品中具体之呈现。[③]

这些分析诠解既是中国文学批评史的专业研究，也是叶嘉莹对个人说诗风格的一种省思，试图在传统与现代之间寻找自己的位置。

---

① 叶嘉莹:《由〈人间词话〉谈到诗歌的欣赏》,《迦陵谈诗》，第2册，第316—326页。

② 三篇文章见叶嘉莹:《王国维及其文学批评》（香港：中华书局，1980），第355—363、363—450、450—458页。

③ 叶嘉莹:《王国维及其文学批评》，第333页；又参第335—336页。

正如上文所说，“抒情传统”论述与“境界”的概念有密切的关系，叶嘉莹强调的“兴发感动”又是以“境界”说为理论的主要来源；因此，她虽然不是“抒情传统”的吹号手，但应该会认同这个论述方向。事实上，叶嘉莹在1991年发表的《进入古典诗词之世界的两支门钥》就提到前时陈世骧的《论中国抒情传统》，以及近期张淑香的演讲稿《抒情传统的本体意识》。叶嘉莹在文中说：

> 中国之韵文一向是以抒情为其主要之传统的。关于中国诗歌之抒情传统，本质上就是一条感觉与感情的系带，它系连了个人与社会，并扩充到自然界。而当这种浑然一体之情，从时间上纵地延展下来，就产生了连绵不断的历史意识，透过记忆之长流，把现在与过去结成了一体，并奔向了未来。①

这里的意见，主要是从张淑香的文章而来，② 但也表示出叶嘉莹对抒情论述方向的理解和认同。她自己更宣称此一论述，与她“一向以兴发感动之作用来说诗的论点甚为相合”。③ 观此，叶嘉莹之说诗与“抒情传统”论述的思考方向可以说是同一的。

叶嘉莹在台湾教学时，直接影响了受业的学生，其中柯庆明、张淑香等都得其沾溉。她在20世纪60年代末离开台湾到北美任教，然而，在很长一段时间内她的著作还是在港台出版。她以传统

---

① 叶嘉莹：《进入古典诗词之世界的两支门钥》，《我的诗词道路》，第128—129页。

② 张淑香的演讲后来正式发表；见张淑香：《抒情传统的本体意识——从理论的“演出”解读〈兰亭集序〉》，见《抒情传统的省思与探索》（台北：大安出版社，1992），第44页。

③ 叶嘉莹：《进入古典诗词之世界的两支门钥》，第129页。

学问作基础，发挥个人的感发联想，以纯熟流畅的语言出之；她的诗词论述感染了大量的年轻学子。当70年代初颜元叔以强悍的姿态把他掌握的美国“新批评”方法运用到中国古典诗词研究中，作出不少新颖说解的时候，叶嘉莹针对这种风气，发表《漫谈中国旧诗的传统——为现代批评风气下旧诗传统所面临之危机进一言》，批评颜元叔的反历史倾向，指出诗之多义与说诗联想应受文化传统制约。颜元叔则以《现代主义与历史主义——兼答叶嘉莹女士》一文回应，认为叶嘉莹的主张是“历史主义”复辟，跟不上现代的进度。[①] 两人各不相让，但似乎叶嘉莹赢得学界更多的尊重。如果结合“抒情传统”论述的发展来观察这阶段台湾学界引入西方理论以研究中国古典文学的论争，就会明白这不是面对西方文化或迎或拒的简单反应；我们应该视之为中国文学研究在现代转型过程中的种种探索与反思下的一些表现。

再回看柯庆明著述与“抒情传统”论的关涉。1958年陈世骧在台湾大学的演讲《中国诗之分析与鉴赏示例》，柯庆明还未及到现场聆听；但他早期的文章颇有向前辈致敬的意味，却又留有异议的空间。1973年他在《中外文学》发表《试论几首唐人绝句里的时空意识与表现》，先借用陈世骧文章所构想的“诗人在无限的时间和空间的流动里，纯粹完全地由赤裸裸的个人孤独地面对着无穷的大宇宙”来解说王之涣的《登鹳雀楼》，并注明“陈先生在该文认定这是中国显示的悲剧意识的一种样态”。到下文自己解释杜甫

① 叶嘉莹：《漫谈中国旧诗的传统——为现代批评风气下旧诗传统所面临之危机进一言》，《中外文学》，第2卷，第4期（1973年），第4—24页；第2卷，第5期（1973年），第30—46页。颜元叔：《现代主义与历史主义——兼答叶嘉莹女士》，《中外文学》，第2卷，第7期（1973年），第36—48页。

《八阵图》时，就开始补充申述陈世骧的讲法，提出个人的见解。[①]1975年柯庆明发表《悲剧情感与命运——陈世骧先生〈中国诗之分析与鉴赏示例〉一文中若干论点之再思》，正式就陈世骧的中国悲剧论作出检讨。更全面的思考见于1977年刊布的《论悲剧英雄——一个比较文学的观念的思索》，以及1983年的《论项羽本纪的悲剧精神》。[②] 这些长时段的探索，可说是中国文学传统的现代考察之又一重要试验。由王国维到朱光潜、陈世骧，以至高友工，都为中国文学是否存在悲剧或悲剧精神作过不少考索，并以不同方式提供了有意义的答案。

柯庆明的思维倾向是通观衢路，不偏执于一。他在肯定中国存在一个"抒情传统"之余，也认为中国文学内不乏如项羽、诸葛亮、林黛玉等"悲剧英雄"。论中国诗歌，他也会提出抒情诗外，别有"叙事诗的传统"，[③] 他在1987年发表的《中国古典诗的美学性格——一些类型的探讨》中将"言志诗"和"神韵诗"对举，也是这个思路的一种演化。"言志诗"与"叙事诗"都是面对社会现实的表现；而"神韵诗"分明在艺术空间、美感经验中回转不

① 柯庆明：《试论几首唐人绝句里的时空意识与表现》，《中外文学》，第1卷，第11期；第2卷，第1、2、4、5期（1973年）；第130—155、28—43、182—191、47—56、166—179页；全文收入《境界的再生》，第205—299页。

② 柯庆明：《悲剧情感与命运——陈世骧先生〈中国诗之分析与鉴赏示例〉一文中若干论点之再思》，《中外文学》第5卷，第2期（1976年），第98—107页；《论悲剧英雄——一个比较文学的观念的思索》，见文学评论编辑委员会主编《文学评论·第四集》（台北：书评书目出版社，1977），第1—68页；又见《境界的探求》，第31—107页；《论项羽本纪的悲剧精神》，见柯庆明《文学美综论》（台北：大安出版社，1983），第151—339页。

③ 柯庆明：《苦难的叙事诗的两型——论蔡琰〈悲愤诗〉与〈古诗为焦仲卿妻作〉》，《中外文学》，第10卷，第4、5、6期（1981年），第78—108、82—94、162—173页；又见《文学美综论》，第83—150页。

息，表现的是抒情精神。[①]

柯庆明对“中国抒情传统”最正面的讨论，在于1999年发表的《从“现实反应”到“抒情表现”——略论〈古诗十九首〉与中国诗歌的发展》一篇。《古诗十九首》是“抒情传统”论述的一个重要讨论点，由高友工到蔡英俊、吕正惠都认为这一组诗为中国诗歌立下了“抒情美典”。柯庆明没有怀疑这种见解，他指出其中的“抒情表现”的基础，实在是一种“现实”消解——使读者不必去面对作品中蕴含的现实困境，而流连于“兴象”或“情景交融”的表现。他认为：

> 这正是中国古典诗歌，由“言志”往“神韵”，由“现实反应”往“抒情表现”的纯粹化发展。

不过，他没有因此就简单地认同中国诗歌这个发展；反之，他以为《古诗十九首》的丰富性和趣味性，在于“现实反应”与“抒情表现”仍在“相互颉颃拉锯的状态”，因而充满了各种的表现的可能；这组诗之为千古绝唱，或许是因为：

> 在“抒情表现”中，或者往“抒情表现”的发展中，仍然保持相当程度的“现实反应”。[②]

---

① 柯庆明：《中国古典诗的美学性格——一些类型的探讨》，见汉宝德等著《中国美学论集》（台北：南天书局，1987），第187—257页。文中列举了四种类型：言志诗、神韵诗、格律诗、格调诗。然而，格律与格调，与言志及神韵并不在同一层次。因此，根据柯庆明所立的框架，能和“言志诗”对举的是“神韵诗”，而不是其余两种。

② 柯庆明：《从“现实反应”到“抒情表现”——略论〈古诗十九首〉与中国诗歌的发展》，原刊《纪念许世瑛先生九十冥诞学术研讨会论文集》（台北：文史哲出版社，1999）。又见柯庆明：《中国文学的美感》（台北：麦田出版，2000），第153—180页；引文见第174、206页。

由此看来，柯庆明虽然承认中国诗歌发展史上确以“抒情表现”为主流，但他认为这种倾向的“不纯粹”反而是一种优点，可见他对“抒情传统”抱有一种存疑的态度。我们又注意到，对“抒情传统”的发展心存戒惧，其实在这个论述牵动热潮之初就同步萌生，吕正惠和蔡英俊两人的论述就有这种意见。

吕正惠认为诗词散文等中国正统文学到宋元以后逐渐僵化，必须“突破抒情主义的倾向”，才能表达人生的真相。宋元以后的新形式——小说戏剧，就能够“扩大经验范围”，“逐步显现其生命力”；到了清末民初“正式取得了正统的地位”，由新文学运动“正式宣告他们的合法性”。[①] 这是把“五四”的文学史观应用到“抒情传统”的论述之上。至于蔡英俊的批评更指向战国末期的宋玉，以为他开始了“以抒情为基调的卑弱文体”，“成为中国文学传统里的大包袱”。他又指出回顾“抒情传统”的意义，其实也是“对于当下情境的思量与调整”；“传统的时空环境已经飘然远去”，“只是吟风弄月、感时伤春式的单纯抒情风格似乎不再属于我们所有”，故必须有“更深刻的批判与抗衡”，以支撑这种理想的要求。[②] 这是从现代性的追索角度来反思。观此，我们又回到近现代以来中国知识分子在面对“现代化”洪流时的种种反应，而其间的焦虑感，如影随形，总是挥之不去。

---

① 吕正惠：《中国文学形式与抒情传统》，第 206—207 页。

② 蔡英俊：《抒情精神与抒情传统》，第 99—102、107—109 页。

第九章
理论演出：张淑香、萧驰

就“抒情传统”论作正面发挥者，又有两个特例值得讨论：张淑香与萧驰。

张淑香（1948— ）早期以《李义山诗析论》（1974）一书展露出她的批评才华，受到学界注目。这本由硕士论文修改而成的专著，是台湾中文学界借用西方批评方法，包括新批评、神话批评等，从事古典文学研究而获得正面评价的例子之一。[①] 1981年她发表《论“诗可以怨”》一文，采取陈世骧《中国诗之分析与鉴赏示例》一文的“静态悲剧”说以解释中国文化的悲剧意识——“怨”：“恒透过人与自然的对照，而生出悠悠的宇宙性的悲哀”。与西方悲剧意识对照，张淑香以为“怨”是“一种温和节制的悲剧情感而非强烈的生命力与意志力之奔迸激扬”，是“向内收敛蕴蓄的情感而非向外发出的行动与力量”；表现于中国文学中便“自然形成一种接近于‘诗’的特质，一种抒

---

① 张淑香：《李义山诗析论》（台北：艺文印书馆，1974）。

情的传统”。[①] 张淑香对“静态悲剧”和“诗的特质”的理解，基本上反映了陈世骧的“抒情传统”论之立场——试图以现代的方式去诠解中国文学，从中西对照当中建立中国文化的身份。

我们知道，“抒情传统”论述其中一个基础论点就是建立“抒情精神”与“中国文化”的关联。陈世骧先有《中国文学的文化本质》（1953）作为他溯源研究的根基；高友工原意只想搭建一个“经验之知”的理论架构，却不得不从牟宗三、徐复观的中国思想、文化、艺术的著述取资，以作“抒情美典”的说明。我们也可以从方东美、宗白华等对中西文化分野的观察，看到与“抒情传统”论相通的思考。在张淑香的论述中，这个文化关切的立场更为明确，而这又是她在《论“诗可以怨”》中长篇引述唐君毅的《中国文化之精神价值》的原因。[②] 1992 年张淑香正式发表的一篇力作《抒情传统的本体意识——从理论的“演出”解读〈兰亭集序〉》，对这关键问题有更深入的发挥。

承接以“东西文化形态的差异”说明中国人文传统的论述方向，张淑香试图进一步解说中国文化的本源。她先从中国的“创世神话”中所暗示的“世界万物是一种血缘同体的联系”出发，说明中国文化中的“集体共同存在的感通意识”：

> 不但人与人之间，声息相通；即自然之物色，亦莫不与人相感相应。而当这种浑然一体之情从时间上延展，就

---

① 张淑香：《论“诗可以怨”》，原刊《台静农先生八十寿庆论文集》（台北：联经出版事业公司，1981），第 705—728 页；又见张淑香《抒情传统的省思与探索》（台北：大安出版社，1992），第 3—39 页。

② 见张淑香：《论“诗可以怨”》，见《抒情传统的省思与探索》，第 34—35 页。

> 产生了合纵的历史意识。透过与时俱存的记忆之长流，过去与现在融为一体，并奔向未来……中国传统中所体会的悠悠宇宙，原是个有情天地，生生不已的根源，因此才有“情之一字，所以维持世界”之说。而也就是由此同一根源，化育了中国的抒情传统。①

“有情天地”“生生不已”等说，也是我们讨论过的方东美，以至他的同群晚辈唐君毅的论述概念。方东美以“诗意”“艺术意境”解释中国人的宇宙观，唐君毅则以“情”为中国文化本源。张淑香以这些思想概念为“抒情传统”建构其“本体”的根源。这是“抒情传统”论述发展中的一项重要的固本工程。

张淑香这篇论文的主干部分更针对王羲之的《兰亭集序》作出精微的解读。首先张淑香读出其中作为“抒情传统”理论的意义，指出文中的“情”，与其他论述中的“言志说”与“缘情说”只指向“兴感”“兴怀”的层次不同；此间的情是“兴感”之“由”、“兴怀”之“致”，“是生命内容与本质之情，是一种对生命存在的整体意识”，可以称之为“抒情传统的本体意识”，她认为：

> 讨论中国的抒情传统，必须回到此一情的自本自根意识，才算真正探入本源，掌握到抒情传统的根本精神。

与此同时，张淑香认为《兰亭集序》的文本本身可以作为此理论的

① 张淑香：《抒情传统的本体意识——从理论的“演出”解读〈兰亭集序〉》，《中外文学》，第20卷，第8期（1992年），第85—99页。又见张淑香：《抒情传统的省思与探索》，第41—62页；引文见第44—45页。

一次“演出”：

> 《兰亭集序》由记述一个主体性的实际经验开始，继而经验内化，进入自我生命的观照与反省，发现断裂、矛盾与困惑。然而正因为这一番低回曲折的体验，才使自我能够超越人与人之间的隔阂，时空的限制，进而印证古今如一，感悟人性永恒普遍相通之致，最后在认同于人类的集体生命中，达致内在的和谐统一与自由，实现了“于一暂之中发现永恒”之说。①

张淑香又认为这“演出”的过程中，等于从“抒情传统”的立场，说明了“文学的产生、文学的创作过程，以及文学的意义与功能”等理论面向。她再依据这诠解所得，与高友工、蔡英俊、吕正惠等的“抒情传统”研究对话，以为他们的论说还有待《兰亭集序》的印证，才能完整体现。因此，她认为《兰亭集序》应被纳入文学理论的系谱，与《诗大序》、陆机的“缘情说”、刘勰和钟嵘的“物色论”等同列，这个论述系统才算圆足。

张淑香这篇论文写来条贯分明，推衍有度，对《兰亭集序》的诠解更具创意；尤其是她能把握“序文”的后设功能，读出其中的理论意义。然而，我们据此又会推想，如果张淑香能结合现在流传的各篇兰亭诗作出研析，所得可能更多。无论如何，张文可说是“抒情传统”观念之诠释能力的一次精彩“演出”，在“抒情传统”的众多论述中，别树一帜。

---

① 张淑香：《抒情传统的本体意识》，第 52、53 页。

萧驰（1947— ）与“抒情传统”论述的关系更有可述之处。萧驰早期研究“诗歌美学”，远赴美国深造以后，师从何谷里（Robert Hegel），以《作为抒情飞地的园林：〈红楼梦〉之文类研究》一文取得华盛顿大学博士学位，[①] 其后任教于新加坡国立大学。1999 年及 2003 年先后出版《中国抒情传统》及《抒情传统与中国思想》，奠定了他在“抒情传统”论述研究领域的地位。[②] 他的研究课题既然以“抒情”为主，参酌自陈世骧到高友工所开展的“抒情传统”论述似乎是理所当然的事。然而，萧驰在其博士论文中，并没有借重陈、高的著述。全文没有提到陈世骧，稍稍提及的是高友工被收入浦安迪（Andrew Plaks）编的《中国叙事》中的《中国叙述传统中的抒情境界——〈红楼梦〉和〈儒林外史〉读法》一文。[③] 他的博士论文有部分扩充改写成中文论文发表，后来收入《中国抒情传统》之中。我们可以其中《从“才子佳人”到〈石头记〉：文人小说与抒情传统的一段情结》一篇为例，[④] 作一检视。

萧驰这篇论文视野宽广且见解独到，为小说史研究开辟了一个新方向。他将《石头记》（《红楼梦》）置于“才子佳人”小说传

---

① Xiao Chi, “The Garden as Lyric Enclave: A Generic Study of *The Dream of the Red Chamber*” (St. Louis: PhD dissertation, University of Washington, 1993).

② 萧驰：《中国抒情传统》（台北：允晨出版社，1999）；《抒情传与中国思想——王夫之诗学发微》（上海：上海古籍出版社，2003）。

③ Yu-kung Kao, “Lyric Vision in Chinese Narrative Tradition: A Reading of *Hung-lou Meng* and *Ju-lin Wai-shih*,” Andrew H. Plaks, ed., *Chinese Narrative: Critical and Theoretical Essays* (Princeton: Princeton University Press, 1974), 227 - 243. 萧驰博士论文全篇引述此文共 4 次。

④ 萧驰：《从“才子佳人”到〈石头记〉：文人小说与抒情传统的一段情结》，见《中国抒情传统》，第 275—320 页。在期刊发表时题目原作：《从“才子佳人”到〈红楼梦〉》，《汉学研究》，第 14 卷，第 1 期（1996 年），第 249—278 页。

统的脉络加以分析，认为“才子佳人”小说高扬了“一个特别的抒情传统”，一个属于“唯美主义”、“退避主义”、“沉湎于艺术和感性生活的传统”。一方面，文人作家倾向以他们的“纯美诗才”——“穷尽汉语语言文字之特长”——作为小说内容和情节的重心；另一方面，以律诗为代表的抒情诗所具备的“对仗原则”（parallelism；文中又作“骈偶法则”），又成为这一类“才子佳人”小说的结构方式，“暗示着一种对世界的先验的理解”，“体现出一种宇宙合理化的信念”。至于《石头记》的特色是：既把“骈偶原则”发挥至“登峰造极”，是“最诗化的小说”，同时也表现出对“抒情诗情结”的颠覆，以“散文化的市井社会”冲击当中的“美学化宇宙观”；尤有进者，它更是“哀挽”与“反讽”的结合，既嘲讽诗化的和谐世界，又哀悼此美好世界之消逝。①

于此，萧驰所着意勾勒的“抒情传统”是较为偏狭的一种形态，与视“诗言志”为“抒情”源头的论述不完全相同；然而值得注意的是文中对抒情诗与文人生活经验种种关涉的探究，展示了“抒情传统”在中国文化脉络中所发挥的作用。萧驰所取资的基础理论，主要是浦安迪、宇文所安，以至卢庆滨（Andrew Hing-Bun Lo）等对“骈偶法则”的文化观测，而不及征用陈世骧或者高友工的言说。事实上，在萧驰完成博士论文以前，高友工已就相关议题发表了不少论述。由此可见萧驰当时的“抒情”论并非源自陈、高之说。直到撰写《中国抒情传统之谱系研寻》作为《中国抒情传统》的“代序”时，萧驰意识到自己的学术思考与高友工的“抒情传统”论之间的亲和性，激发了他有系统地深入高友工著作，

---

① 萧驰：《从“才子佳人”到〈石头记〉》，第285—288页。

以之为旧作补强。[①] 到了 2001 年，萧驰将博士论文修订为《作为抒情飞地的中国园林：〈石头记〉之文类研究》正式出版，当中高友工的论述已成为全书的理论支柱。[②] 继后，萧驰沿此路往，进一步探析“抒情传统”在中国文学史尤其是诗学史上的表现，成为近期“抒情传统”论述的重要代表。[③]

---

① 例如：原刊《文学遗产》的《论“文行之象”》收入《中国抒情传统》时，就补入了高友工的论述。见萧驰：《论“文行之象”：中国古代文论研究中一个被忽视的传统》，《文学遗产》，第 3 期（1995 年），第 4—12 页；参见《中国抒情传统》，第 149—170 页。

② Xiao Chi, *The Chinese Garden as Lyric Enclave: A Generic Study of* The Story of the Stone (Ann Arbor: Center for Chinese Studies, University of Michigan, 2001). 余国藩在评萧驰书时就先从高友工的论述开始；见：Anthony Yu, Review on *The Chinese Garden as Lyric Enclave*, *Harvard Journal of Asiatic Studies* 63.1 (2003.6): 316 - 331.

③ 萧驰在 21 世纪继续深化“抒情传统”的探索，先后发表多篇文章，如：《“书写声音”中的群与我，情与感——〈古诗十九首〉诗学质性与诗史地位的再检讨》，《中国文哲研究集刊》，第 30 期（2007 年），第 1—40 页；《嵇康与庄学超越精神在抒情传统中之开启》，《汉学研究》，第 25 卷，第 1 期（2007 年），第 95—129 页。

第十章
颠覆传统：龚鹏程、郑毓瑜

“抒情传统”论述在20世纪80到90年代初最为兴盛。尔后台港学界尤其古典文学研究者对“中国文学抒情传统”这个概念更罕有异议，大都以此为研究工作的前提。[①] 然而，到了21世纪，却出现了不少新的发展，有不同程度和角度的反省出现。其中龚鹏程（1956— ）在2008年和2009年先后发表《不存在的传统——论陈世骧的抒情传统》和《成体系的戏论——论高友工的抒情传统》，对陈世骧和高友工的著述作出极为严苛的批评，[②] 看来是要把“抒情传统”整个概念推翻。然而，若我们从这个表面层次阅读龚鹏程的文章，可能把握不住他的批判精神。这两篇文章大抵有如龚鹏程文题所讲的“戏论”，本是一种“方便说法”；其要义不在于那些猛烈但不一定精准的弹射批驳，而在于他对依循陈、高之说

① 蔡英俊在《比兴物色与情景交融》中说：“近代学者一致肯定，中国文学传统本质上是一抒情的文学传统。”（第18页）这种说法可说是当时的共识。

② 龚鹏程:《不存在的传统——论陈世骧的抒情传统》，《政大中文学报》，10（2008. 12）：39—50；《成体系的戏论——论高友工的抒情传统》，《美育学刊》，第4期（2013年），第51—63页。

而树立樊篱，以致论述陈陈相因现象之不满，寄望中国文学研究的思考空间可以拓宽——比如说，论中国的抒情文学不能以西方浪漫主义以还的抒情诗概念规范之；讨论文学现象不能简单化约，必须留意其面相背后的繁富底蕴。

龚鹏程这个思路，其实早在20世纪80年代时也已经有很清晰的表现。当蔡英俊、吕正惠开始发扬陈、高二人的“抒情传统”论的时候，龚鹏程以一篇《从〈吕氏春秋〉到〈文心雕龙〉——自然气感与抒情自我》参与讨论。龚、蔡、吕等是前面提到的台湾文学批评研究黄金一代的中军人物；龚鹏程这篇文章是他们论学切磋中的一次精彩示范。[①] 文章的讨论对象是蔡英俊在《比兴物色与情景交融》中的论点。蔡英俊把“抒情传统”的论述，置放在中国文学批评史的框架中思考，从传统诗学的论述话语及其意旨的历史变化，展示其中抒情精神；他的历史考索，其中一个要点就是“抒情自我”的发现。蔡英俊认同牟宗三等对“魏晋名士”的观察，以为这时期“个人主义”兴起，发现和肯定了“自我价值”；这个“自我”的内容，就是“情”，表现在文学创作上，也就是“诗缘情”。这时的“抒情自我”摆脱两汉所强调的“社会群体的共同意志”的局限，转而成为“诗人面对人生情境时极力呈现的创作主体”。[②] 这个论述路向，也是承接鲁迅以还视魏晋为“文的自觉”之始的观念而来，只是进一步突显了其中“抒情”（或者“缘情”）的意义。

---

① 龚鹏程在文末附注说：“论文如果也可以有一点私人的抒情意义，则我希望能借这篇文章来纪念我与蔡英俊论学之谊。”见《从〈吕氏春秋〉到〈文心雕龙〉——自然气感与抒情自我》，见《文心雕龙综论》（台北：学生书局，1988），第345页。

② 蔡英俊：《比兴物色与情景交融》，第18—52页。

龚鹏程锐意挑战的是这源自“五四”思潮的诠释系统，认为魏晋之言缘情，并非全是新变之论，当中源自汉代思想者实多。据他的诠解，《吕氏春秋》已表现出“对个体生命的重视”，对“情欲”的肯定；汉代思想共识中又包含了“气类感应”的宇宙观，汉儒在先秦所认识到的“道德主体”“认知主体”以外，进一步认识到“感物而动之心”的“感性主体”。龚鹏程又引用唐君毅论董仲舒之说，以为“天实有爱恶喜怒哀乐之情，表现于寒暑与春夏秋冬……以接于吾人形体。其情乃不只为人心之所知，亦人之形体之所感，而未尝与人之形体一日相离”；这就是“天人感应的世界”，又是一个“有情的世界”。龚鹏程认为：

> 细察此一有情之世界，吾人当可觉知汉人恒以一抒情的自我，与四时山川、天地鬼神相感发。①

因此，“抒情自我”之发现在于汉代，而非如蔡英俊所讲的魏晋时期。

龚鹏程文章的另一个重要论点是质疑“言志”与“缘情”之二分，认为汉代往往以“情”为“志”，情志本就合一。他再进一步借用高友工之说，以为“美感经验”也是“价值之表现”，因此“道德理想”也可以看成一种美的境界的实现；再从汉代“气类感应”的哲学来说，人与天地万物的交会感通，其经验内容就同时是道德的，也是美感的：

---

① 龚鹏程：《从〈吕氏春秋〉到〈文心雕龙〉》，第324—325页。

> 依气类感应的宗教情趣，可以开显道德与美感两端，但虽两端而合一……美之与善，不仅觌面相亲，抑且属于同一活动。①

他就是据此而判定《诗大序》看似矛盾的“抒情”与“王者政教关怀”，其实就是这“情”与“志”两端的合一。

同期龚鹏程另一篇以“抒情传统”为题的文章是1988年发表的《论李商隐的樱桃诗——假拟、代言、戏谑诗体与抒情传统间的纠葛》。这篇文章的主旨是以李商隐的“假拟、代言、戏谑诗体”为例，指出传统解诗在方法论上之困境：一方面以诗人生平遭际解说诗意，另一方面根据对诗的了解去追踪诗人经历事迹，演成循环论证。他认为这种解诗方法背后的大原则是“诗言志缘情”“吟咏情性”，也就是“抒情传统”的基本信念；但这信念显然无助于阅读“假拟、代言、戏谑诗体”一类的诗作。因此，他提出一个新的思考点，要承认作品本身“可以因其文字结构而自成一独立的世界”，明白李商隐这类诗：

> 不再着意于抒写作者自我的情怀、展示作者心境的真实。它努力地用语言构筑一个情境，在其中做一次戏剧性的演出。而由于它可以脱离自我，“假扮”一下，所以无形之中它又有点游戏的性质。作者可以借着这样的拟代幻构，让本我暂时得以舒放，戏谑嘲谐

① 龚鹏程:《从〈吕氏春秋〉到〈文心雕龙〉》，第330—331页。

一番。[1]

他感到可惜的是“文学的虚构性本质，在抒情传统中，一直没有被正视”，故所以要呼吁“必须重新对诠释方法作一反省与检查”。

把龚鹏程这篇论文摆放在陈世骧、高友工以还的“抒情传统”论述脉络中，可以有以下这些观察：

第一，他相信中国文学中有一个“抒情传统”，认为“中国文学的基本信念”是“抒情言志”，传统的批评是依照“抒情原则设计”的。

第二，他又认为中国文学另有“与抒情言志传统相对的另一美学典范”；在魏晋缘情言志成为主要思潮的同时，“似乎也有一种客观主义兴起，以作品为一独立之世界，可以与作者分开来讨论”。

由第一点，我们可以见到陈、高宣扬“中国文学传统就是抒情传统”的论述，至此已被认受为不争之“事实”；龚鹏程要争辩的是这个“抒情传统”之外别有一非主流的传统，这是第二点所讲的以作品为一种独立的语言结构，不必寄存作者心意的美学典范。我们可以注意到龚鹏程所倡议的新思考点，其实与朱自清、朱光潜，以至陈世骧、高友工等开出的思路有着共同的基础，属于“语言的转向”的“现代性”大浪潮底下的见解。事实上，陈、高等的思

---

① 龚鹏程：《论李商隐的樱桃诗——假拟、代言、戏谑诗体与抒情传统间的纠葛》，《中国书目季刊》，第 22 卷，第 1 期（1988 年），第 33—46 页。又见龚鹏程《文学批评的视野》（台北：大安出版社，1990），第 193—219 页；引文见第 211 页。

路，就是企图在“语言结构”本位的思潮之内，思考如何解释中国文学的文化本质，探索此一重视内省经验、讲求含蓄意蕴的传统，可以在什么意义下接应陆离光怪的外在世界，而能继续保有其文化传统的价值观。龚鹏程的诘问可能显示出这一论说随着普及化而来的一种被简约的趋势——“抒情言志”被约化为“自我内在心灵的表白”，“将文学类同于供词或史事”。[①] 这番质疑提醒我们留意“抒情传统”论述是否有能力解释文学上的虚构或者游戏的成分；这些诠解的可能，在陈、高的论说中只略具规模，[②] 或者可以成为往后继续开发的空间。

无论如何，经过龚鹏程的诠解与究诘，“抒情传统”论并没有因此而失却其解释能力，反而是适用范围更宽广，中国的文学传统因而显得更为繁富多姿。例如后来郑毓瑜的“抒情传统”论有更新的发展，虽然不见得都受龚鹏程之论直接影响，但其进路和思维方向，确可以从龚说见到一些征兆。

郑毓瑜（1959— ）在 2003 年发表《诠释的界域——从〈诗大序〉再探“抒情传统”的建构》，2004 年发表《身体时气感与汉魏“抒情”诗——汉魏文学与〈楚辞〉、〈月令〉的关系》，2005 年发表《从病体到个体——“体气”与早期抒情说》，一连三篇文章，都以“抒情自我”，或者“个我”在“抒情传统”中所占位置

① 分见龚鹏程：《论李商隐的樱桃诗》，第 198、216 页。

② 例如陈世骧分析杜甫《八阵图》时所揭示的“静态悲剧”论，高友工剖视《儒林外史》与《红楼梦》的“抒情视景”等，都可以视为局部的回应。

为探讨对象。[①] 郑毓瑜认为自陈世骧及高友工之后，接续的研究者为“抒情传统”建立了一个属于创作层面的“感兴”论述，着重“抒情自我”的发现，强调内在、主观的“优位性”。[②] 后来龚鹏程提出“抒情自我”研究不应只聚焦于汉末魏晋以后的发展，列举汉代的“气类感应”思想营造出的“有情世界”和当中的“感性主体”，拓宽了“抒情传统”论述的空间。郑毓瑜同样有感于抒情传统的研究“可以上溯远古，可以自六朝往下发展，中间这一大段时期相形之下就受到忽略”，[③] 故此她着意探析这些未见细致讨论的时段，特别对“抒情自我”研究以“内在、主观”为重之偏向作出纠正。我们可从其中《诠释的界域》一文看到郑毓瑜的探索方向和贡献。

郑毓瑜以中国文学批评史上的一篇经典文献《诗大序》为讨论的出发点。《虞书》“诗言志”及《诗大序》“在心为志，发言为诗”是“抒情”诗学的源头；一般的理解就如孔颖达所说，“作诗者所以舒心志愤懑而卒成于歌咏”。郑毓瑜重新考察《乐记》、荀

① 郑毓瑜：《诠释的界域——从〈诗大序〉再探“抒情传统”的建构》，《中国文哲研究集刊》，第23期（2003年），第1—32页；《身体时气感与汉魏“抒情”诗——汉魏文学与〈楚辞〉〈月令〉的关系》，《汉学研究》，第22卷，第2期（2004年），第1—34页。两文又见郑毓瑜《文本风景——自然与空间的相互定义》（台北：麦田出版，2005），前者改题《〈诗大序〉的诠释界域——“抒情传统”与类应世界观》，第239—292页；后者见同书，第293—343页；《从病体到个体——“体气”与早期抒情说》，见杨儒宾、祝平次编《儒学的气论与功夫论》（台北：台湾大学出版中心，2005），第417—459页。此外，郑毓瑜又在2006年发表《抒情、身体与空间——中国古典文学研究的一个反思》，为相关研究作阶段性的综合讨论；见《淡江中文学报》，第15期（2006年），第257—272页。

② 郑毓瑜：《〈诗大序〉的诠释界域》，见《文本风景》，第279页；《身体时气感与汉魏“抒情”诗》，《文本风景》，第296页。

③ 郑毓瑜：《〈诗大序〉的诠释界域》，第240页；又参《身体时气感与汉魏“抒情”诗》，第296页。

子《乐论》等相关文献，指出“诗言志”原来的具体语境是“乐教”，礼乐歌舞一体而为教化之用，以达至身心自然而然的中和有节、文质相和。因此，她不同意高友工将“诗言志”理解为“以语言表达个人愿望”或者“以艺术媒介整体地表现个人的心志与人格”；以为高友工据“抒情传统”精神的引申，强调创作是作诗者的一种自我满足、一种没有实利目的的自我实现，是忽略了《诗大序》原有“主文而谲谏”的“社会实践性”。她又质疑陈世骧《原兴》推断“兴”为合力劳动者的“邪许之声”，相当于抒情歌诗的讲法；主张从“用诗”的角度去理解，以为“比兴”是“引譬连类”，是凭联想推理以认识世界的方法。缘此她又不认同历来“抒情传统”的研究从《诗经》的“比兴”来推演“情景交融”的理论发展，也不赞同从创作的角度讲“感兴”。

郑毓瑜似乎推翻了“抒情传统”论述的大部分理论前提，但她却从引用者（诠释者）的角度再出发，以为“引譬连类”的思维实际参与了“抒情传统”的建构。譬如“伤春悲秋”之抒情，不一定萌发于“个我”的感兴，很可能是依已有的“自然常识”而来。她根据《淮南子》“言天地四时而不引譬援类，则不知精微”之说，指出：

> 用在文学书写中的引喻、譬类，其根本实涵括于一个固有的世界观、宇宙观……“天—人”“时—事（物）”“物—我”之间必然早就有相互系联、建构好的档案纪录。①

---

① 郑毓瑜：《〈诗大序〉的诠释界域》，第266—267页。

例如“悲秋”文学中的节候风景，与《夏小正》《周书·时训》《吕氏春秋》《礼记·月令》等所建构的“凉风至——寒蝉鸣——鸿雁来——玄鸟归——霜始降——草木黄落”系列一脉相承。所谓“触景伤情”，其凭借是“知识记忆”，于是“个我”的抒情也得从“共识”结构定义。[①] 又，有关这种“类应”式的抒情，在《身体时气感与汉魏“抒情”诗》一文中，郑毓瑜有更多的发挥。再加上《从病体到个体》一文，她进一步颠覆过去“抒情传统”论述予“感性主体”的“优位性”，把感应的场域由“心”移向“身”，通过身体与外在环境的“物类相应”、“同频共振”的观念，解释天地物我相互开放的可能，而所谓“抒情自我”不再是一个向内封闭的个体，也不是“感物”过程的主导者，物、我之间有着动态的交遇对话。经过郑毓瑜的诠解，“抒情”活动已难分主客，“自我”由“人、我”和“物、我”之间的协调所形塑。[②]

由此观之，郑毓瑜并没有否定过去有关“抒情传统”的认知，只是透过重新定义，为这个论述系统打开一条新的通道；换个角度来看，“抒情传统”的相关论述也为郑毓瑜的思考提供了坐标。

回顾“抒情自我”的探索，由陈世骧继承闻一多对上古以诗歌抒发情绪的推测想象、高友工从“经验之知”的角度作理论的架设、蔡英俊与吕正惠将理论的设定置入批评史的脉络、龚鹏程再据以开拓其于思想史的空间，到郑毓瑜从“类应”及“身体观”的

---

① 郑毓瑜：《〈诗大序〉的诠释界域》，第264—269页。

② 郑毓瑜：《身体时气感与汉魏“抒情”诗》，第307—309页；《从病体到个体》，第417—459页。又参考郑毓瑜《抒情自我的诠释脉络》，见《文本风景》，第15—29页。

角度重新定义，这段追索的历程及其发现，[1] 实在可与泰勒（Charles Taylor）考掘西方的“自我”之根源作比照和对话。[2] 再者，经过这些论者的努力，中国文学史、文学批评史，以至思想史上的不少关键课题也有了更深刻的诠解。“抒情传统”论述所具备的解释能量由是也可以清晰显现。

① 2001 年张淑香亦有文章就《离骚》中出现的“抒情自我”原型作分析，可以补足追索的范围；见张淑香《抒情自我的原型——屈原与〈离骚〉》，见台湾大学中文系编《台静农先生百岁冥诞学术研讨会论文集》（台北：台湾大学中国文学系，2001），第 47—74 页。

② Charles Taylor, *Sources of the Self: The Making of the Modern Identity* (Cambrige, Mass.: Harvard University Press, 1989).

第十一章 今之视昔：黄锦树、王德威

前面提到，21 世纪“抒情传统”论述出现了许多新视角。其中比较重要的著述包括蔡英俊的专著《中国古典诗论中“语言”与“意义”的论题——意在言外的用言方式与“含蓄”的美典》和论文《抒情美典与经验观照：沉郁与神韵》，萧驰的专著《抒情传统与中国思想：王夫之诗学发微》和系列论文如《嵇康与庄学超越精神在抒情传统中之开启》《论阮籍〈咏怀〉对抒情传统时观之再造》，张淑香的文章《抒情自我的原型——屈原与〈离骚〉》等，都在相当程度上深化和开阔了“抒情传统”的研究。此外，如郑毓瑜的另辟蹊径、龚鹏程“戏论”这个传统之“不存在”，加上颜昆阳的《从反思中国文学“抒情传统”之建构以论“诗美典”的多面向变迁与丛聚状结构》和《混融、交涉、衍变到别用、分流、布体——“抒情文学史”的反思与“完境文学史”的构想》等文对“抒情传统”的偏蔽和盲点作出批判，又可见到“抒情传统”

论述经历反思后的变化。① 然而，这个论述系统在近期更有一个值得大书特书的发展，就是现代文学视野的介入。其中又以黄锦树和王德威的论述最有代表意义。

黄锦树（1967— ）是马来西亚华人，在台湾完成他的高等学位课程，并一直在台湾任教，同时从事小说创作和评论。作为马来西亚华人在台湾，他的身份、位置与批评视角，让他的现代“中国”文学论述有一种灵动，而别具魅力。他在2006年出版的《文与魂与体：论现代中国性》是很好的例证。书写中的喻象，如“魂在”“幽灵”“病体”“租借”“债务”“救赎”等，与意想所喻示的“中国性”之间互相征逐，好比在日照下萦绕的缕缕炉香。黄锦树的“抒情传统”论，也可以作如是观。

发表于2005年的《抒情传统与现代性：传统之发明，或创造性的转化》一文，虽然未有收入《文与魂与体》，思路却一以贯之。《文与魂与体》的《绪论》提出：“‘魂’与‘体’在现代的‘文’中的重生，其中规模最大的事件大概是抒情传统在现代文学中的重生。”② 在《抒情传统与现代性》一文中，黄锦树对此就有具体的说明和引申。文章副题“传统之发明，或创造性的转化”是内容重点的说明，也是他要拆建重整“抒情传统”概念的预告。他先以现代小说的“创造性转化”开篇，借用陈平原和普实克对新旧

---

① 蔡英俊：《中国古典诗论中“语言”与“意义”的论题——意在言外的用言方式与“含蓄”的美典》（台北：台湾学生书局，2001年）；《抒情美典与经验观照：沉郁与神韵》，见林明德策划《中国文学新境界：反思与观照》（台北：立绪文化，2005），第173—206页。颜昆阳：《从反思中国文学“抒情传统”之建构以论“诗美典”的多面向变迁与丛聚状结构》，《东华汉学》，第9期（2009年），第1—47页。颜昆阳也是20世纪八九十年代台湾“中国文学批评研究”黄金一代的领军者之一。

② 黄锦树：《文与魂与体：论现代中国性》（台北：麦田出版，2006），《绪论》，第8页。

文学转变过程中“诗骚传统”（或者“抒情传统”）曾起重要作用的观察，解释现代文学中所显现的“诗魂”：

> 在文类重组过程中，诗……即使在它最幼稚的阶段，抒情传统已然起着作用；散文更几乎承接了抒情传统的所有预设……小说方面……至少抒情小说是全然脱离不了关系。①

在他笔下，“抒情传统如幽灵般重返［现代］，虽然书写的体制格式已然面目全非”。基于这个认知，黄锦树再深入汪曾祺和沈从文的文论和作品，展示他们之“以诗为尊”，以及对“言志”“志之所之”精神的继承，并以此为应对现世政治的技艺。大概这就是他要说明的“抒情传统”之“创造性转化”。

然而到其后的两节论述，黄锦树笔锋一转，说：

> 但那往往被归类为因的中国抒情传统，其实也是个现代建构——在现代学术视域学术条件下的发明。②

接着，黄锦树就从陈世骧的《中国诗字之原始观念试论》《原兴》等几篇论文，剖析其中的“本源论”——“建构一个特殊传统之起源”，并凭所建构的“起源”以澄清或确认其“本质”，以及该本质“存续的合理性”。然后黄锦树再指出高友工的“抒情美典计

---

① 黄锦树：《抒情传统与现代性：传统之发明，或创造性的转化》，《中外文学》，第 34 卷，第 2 期（2005 年），第 159 页。

② 黄锦树：《抒情传统与现代性》，第 165 页。

划”较完整地建构了抒情传统的“大叙事”——以语言学、诗学和美学为“上层架构”，以文学史为“下层构造”，“本质上为后继者提供了一个庞大的、可向哲学美学延伸的解释框架，以及一个普被接受的关于中国文化以诗为主体之自身逻辑的合法化叙事”。他认为在这框架之内，蔡英俊、龚鹏程、颜昆阳、吕正惠、张淑香、柯庆明等“中文系出身的学者”各自建构了不同的“美典”。据此，他的研判是：

> 如果美典是有多个选择的选项，那显然道出它的诠释空间未被穷尽，它还在建构中，处于半开放的状态。①

正因这个论述“未被穷尽”，黄锦树就可以进一步扩张其诠释空间；他从“抒情美典”包含的伦理以及美学的“规范性”，窥探其指涉的政治意蕴，并推论说：“唯情的本体论之货币的另一面即是政治的本体论。”由此而往，黄锦树再将他研究中的胡兰成，② 形塑成为“选项”之一，认为他也发明了一个“近似的传统”，构筑了一个“包含宇宙论、庞大的理论体系”，而且这个体系“毫不保留的政治性”，是“政治的审美化，审美的政治化”的表现。③

黄锦树往往用“发明”而不用“发现”来指陈由陈世骧开始的“抒情传统”论述，其实可说是他对陈世骧等论述的一种“体

---

① 黄锦树：《抒情传统与现代性》，第 172 页。

② 黄锦树先前已发表两篇讨论胡兰成的文章：《世俗的救赎——论张派作家胡兰成》，《中山人文学报》，第 13 期（2001 年），第 63—83 页；《胡兰成与新儒家——债务关系、护法招魂与礼乐革命新旧案》，《中山人文学报》，第 14 期（2002 年），第 87—109 页。

③ 黄锦树：《抒情传统与现代性》，第 178—182 页。

认”。正如王德威所指出的，这是对论述“姿态”的体认：识别其以“抒情姿态”论述“抒情”，正是一种“从无到有”的抉发。①黄锦树又称“抒情传统”论者之所为是“大叙事”，这当然是他本身的论述策略使然。事实上，黄锦树何尝不是在进行“大叙事”？何尝不是在“发明”一个以“现代”包笼“从前”的“抒情传统”论述？他的建构工程，很大程度是为了解说如“魂在”般缠绕他的“中国性”。然而，就因为他的“发明”，“抒情传统”论述就新增了若干可以系联的线索；由陈世骧、高友工，到徐复观、牟宗三、方东美、宗白华、朱光潜，连接到如唐君毅、胡兰成，由此再逼近张爱玲，以及朱西宁、朱天文、朱天心等，再加上他述及的沈从文和汪曾祺，整个论述的空间就得到了很大幅度的拓展。这是黄锦树对“抒情传统”论述的重要贡献。

同样从“现代”出发，但思考的覆盖面更为宽广的是王德威（1954—　）的“抒情”论。王德威讨论中国现代文学之始，是从中国的写实小说传统与“逼真”（verisimilitude；或译“似真”）观念切入的。他在 1982 年完成的博士论文就是以茅盾与老舍的早期作品为中心，讨论写实小说的“逼真”问题。② 这个切入点让他对文学语言与语言指涉、书写与真实、文本性与历史性，种种离合依违的“之间”之义，有深刻的思考。经过十年的沉潜厚积，“逼真”的文化政治意义在他的英文著作《二十世纪中国的虚构写实主

① 王德威：《“有情”的历史：抒情传统与中国文学现代性》，《中国文哲研究集刊》，第 33 期（2008 年），第 85—86 页。

② David Der-Wei Wang, “Verisimilitude in Realist Narrative: Mao Tun's and Lao She's Early Novels” (Ph. D. dissertation, The University of Wisconsin-Madison, 1982).

义：茅盾、老舍、沈从文》中，更能引重致远。[①] 就在这本讨论“写实”的力作中，王德威发“批判的抒情”（critical lyricism）之论，以说明沈从文的文学思想及其意义：

> 沈从文提倡诗意绵延、有容乃大的写实小说，并借此提出面对现实的另一种方式……［沈从文］强调诗的“神性”，意在唤醒文字无限可能的暗示力与隐喻力……语言的诗意潜力不仅在形成一个文本的乌托邦而已；语言更可在别无出路的现实困境里，焕发人为的选择、形塑现实的意志。知其不可为而为之，这是有强烈伦理承担的选择，也是沈从文对“五四”人本与人道主义思潮的贡献。[②]

深入沈从文的文学生命，王德威体悟到“诗意”与“写实”之共生、“抒情”与“现代”之相济。朝着这个方向，他继续勘测“抒情精神”在“大时代”——或者说“史诗时刻”——所能释放的力量。“抒情”虽不似“革命”“史诗”之雄浑劲健，但其荏苒流动，自可沦肌浃髓，或者澡雪精神，疏瀹心志。王德威的《史诗时代的抒情声音——江文也的音乐与诗歌》，就探索台湾作曲家兼诗人江文也（1910—1983）的文化想象，看他如何应和沈从文、宗

---

① David Der-Wei Wang, *Fictional Realism in 20th-Century China: Mao Dun, Lao She, Shen Congwen* (New York: Columbia University Press, 1992)；中文版见王德威《茅盾·老舍·沈从文：写实小说与现代中国小说》（台北：麦田出版，2009）。王德威注意到沈从文作品的时间也不会太晚，1987 年他已经发表了《初论沈从文：〈边城〉的爱情传奇与叙事特征》。

② David Der-Wei Wang, *Fictional Realism*, p. 20;《茅盾·老舍·沈从文》，第 42 页。

白华等的思想：

> 通过抒情的模式描述中国现实，他们不仅质疑了现实主义的优越地位，也同时重划了抒情传统的界限。在融会修辞/声音形式和主题内容的时候，他们试图模塑人类情感无限复杂的向度，以因应任何道德/政治秩序的内在矛盾。抒情话语使他们将语言与声音的创造性与人类知觉的自由性置于优先地位。①

在《国家不幸书家幸——台静农的书法与文学》一文中，王德威见证了历经丧乱的台静农，以旧体诗的书写“疏解他的郁愤与忧患”，“跳脱肤浅的新文学和国族论述”，以书法“介入历史，并反省‘现代’的意义”，在淋漓的笔墨之间抒情写志，“传统”转成应接“现代”的一种力量：

> 在人生无尽的丧乱里，以白纸黑字“写出”一个抒情的空间……启动表意文字与编码文字、本体的渴望与存在的追寻、历史的回归与历史的离散的对话。②

王德威还撰写了《抒情与背叛——胡兰成战争和战后的诗学政治》，比黄锦树更深一层的搜索胡兰成的“抒情化”的政治诗学，

---

① 王德威：《史诗时代的抒情声音——江文也的音乐与诗歌》，《台湾文学研究集刊》，第3期（2007年），第1—49页。

② 王德威：《国家不幸书家幸——台静农的书法与文学》，《台大中文学报》，第31期（2009年），第1—46页。

剖析他的另类“情迷中国”论述，揭露“他的抒情理论离不开虚构层次”；王德威更认为胡兰成激化“情之正”与“情之真”的张力关系，得出“情之变”的结果。在王德威看来，胡兰成的“叛逆且善变”的荡子美学，反而是中国的“现代”精神“最不可思议的指标之一”。①

王德威在思考“抒情”于“现代”之大用的过程中，迄今所发表的最重要文章就是长达五万字的《“有情”的历史——抒情传统与中国文学现代性》。这篇文章以沈从文、陈世骧、普实克三位于20世纪中期的著述为论述重点。王德威认为他们三人立场和发言位置有异，但都不约而同地在“现代”的境况中召唤“抒情”、重新认识“抒情传统”。

从这三人的撰述指涉及关联出发，王德威分别在两个文学场域作出探索。“抒情”于今被视作西方文学体类中的“抒情诗”（lyric）之所延伸的“lyricism”的同义词。缘此，王德威考察了西方20世纪文学和文化理论中有关“抒情”的重要论述；从卢卡契（György Lukács，1885—1971）、本雅明（Walter Benjamin，1892—1940）、阿多诺（Theodor W. Adorno，1903—1969），他看到“抒情的”与“史诗的”辩证；从海德格尔（Martin Heidegger，1889—1976）、保罗·德曼（Paul de Man，1919—1983）、蓝崔卡（Frank Lentricchia，1940— ），他察觉到凭借“抒情”出入于“时间”及“历史”的可能与不能之间的吊诡。令王德威引以为憾的是，这些“抒情”论述所涵盖的议题，在现代中国文学研究中还未见有足够

① 王德威：《抒情与背叛——胡兰成战争和战后的诗学政治》，《台湾文学研究集刊》，第6期（2009年），第29—76页。

的开展。他发现从晚清开始，从文学革命再而革命文学，主体意识的舒展一直依傍着西方的“浪漫”模式，后来文学史在书写这些时期的文学活动与成果时，也往往以“浪漫主义”作为诠释的根据。于是，“‘抒情’或被归为浪漫主义的小道，或被打入传统文人的遗绪”。然而，他认为各种名目的“‘浪漫’并不能圆满呈现现代中国文学的抒情表述”；因为现代中国文学的“抒情”，实有其“传统”的资源。“五四”新文学虽然以打倒旧文学为职志，但从周作人、朱自清、闻一多，以至朱光潜、宗白华、梁宗岱等的论说，可以见到当中“对抒情传统其实频频回顾”，试图予以“现代”的体认。

不过，中国的“现代”之途，不见得是风光明媚、岁月静好的；“现代”与“抒情”之间的撞击，大概是王德威诗学发展过程中的枢纽。《“有情”的历史》架设了一个极为宽阔的现代场景，再把沈从文、陈世骧、普实克置放其中，看他们如何进入历史知识和历史经验；其实，王德威何尝不是通过“抒情”的时间之旅，思考他所面对的“当下”与“历史”的纠结？作为一个现代文学的研究者，他用心跨出他的步履，求索于中国文学的现代与传统之间，例如从湘西子弟的“抽象的抒情”上溯楚大夫的“发愤以抒情”；又例如比照“抒情”何以作用于“史诗”的现代，又含蕴于“诗史”传统的意识之中。他不能认同时下现代文学研究者只在“革命”“启蒙”“国家”“欲望”“后殖民”“反帝国”等议题中打转，而“吝于或怯于‘抒情’”：

殊不知情与志、情与辞的复杂结合，正是文学之所以为文学的关键……“抒情”，不是别的，就是一种“有

> 情”的历史，就是文学，就是诗。[1]

贯通“情志”与“情辞”，照明“诗”与“史”之对话，一直是王德威心之所系。他这一系列文章，揭示了现代文学向历史纵深开拓的一条通道；而超过半世纪的“抒情传统”论述，也正式跨越“古典”的界限，向“现代”负责。

---

① 王德威:《“有情”的历史》，第129页。

后编 分论

第十二章　陈世骧

一、“抒情传统论”以前：陈世骧早期文学论初探

陈世骧（1912—1971）是现代中国文学研究常常提到的名字，尤其他的《中国的抒情传统》一文，更是脍炙人口。在大陆以外的中国文学研究者，或多或少都曾受这个论述传统影响。然而，大家反复征引者不外是收录于《陈世骧文存》中的十篇论文，似乎没有多少人留意陈世骧的学术道路；他对“抒情传统”的认知过程如何，他的学术思维有什么时代和文化的基础，也少见考论。本文有意以陈世骧的学术历程为研究对象，希望通过这个研究，一方面可以进一步理解“抒情传统”这一现代诠释传统缘何而生，其诠释能力与其生成过程有无关系，其未来发展的前途如何；另一方面，试图透过一位经历大时代变化的华裔学人的学术心路，了解中国文学研究的文化政治，从而思考现今学人在障碍更多的学术路途上，应如何向前迈进。以此而言，本文离目标还很遥远，只能充当这个研究计划的预备工程之一。

陈世骧，字子龙，号石湘，河北人。1935 年北京大学外国语言文学系毕业，留校任讲师。抗日战争全面爆发后离开北平，在长沙

湖南大学任教，1941 年转赴美国，在哈佛大学及哥伦比亚大学从事教研工作，1945 年受聘加州大学伯克利分校，曾任该校东方语文学系系主任，又筹办比较文学课程。①他的著述以中国古典文学研究为主，兼及中国当代文学以至翻译研究，文章散见各学刊或论文合集。其中十篇中文著作和译文由弟子杨牧（王靖献）编选入《陈世骧文存》；②大部分以英文写成的论文还未结集，因而流传不广。③

① 有关陈世骧生平概况，可参考商禽：《六松山庄访陈世骧教授问中国文学》，见《从真挚出发》（台中：普天出版社，1971），第 1—18 页；史诚之：《桃李成蹊南山皓——悼陈世骧教授》，《明报月刊》，第 68 期（1971 年 8 月），第 14—22 页；谢朝枢：《断竹・续竹・飞土・逐宍——陈世骧教授谈：诗经・海外・楚辞・台港文学》，《明报月刊》，第 68 期（1971 年 8 月），第 23—30 页；杨联陞：《追怀石湘——陈世骧选集序》，《传记文学》，第 19 卷，第 5 期（1971 年 11 月），第 18—19 页；夏志清：《悼念陈世骧并试论其治学之成就》，《传记文学》，第 19 卷，第 5 期（1971 年 11 月），第 16—23 页；杨牧：《柏克莱——怀念陈世骧先生》，《传统的与现代的》（台北：志文出版社，1974），第 218—232 页；Cyril Birch，"Obituary：Shih-Hsiang Chen, April 23rd, 1912 - May 23rd, 1971," *Journal of American Oriental Society* 91. 4（October-December, 1971）：570 - 571；Charles Witke，"Shih-Hsiang Chen：In Memoriam," *Tamkang Review* 2. 1（1971）：1 - 2；Harold Acton, *Memoirs of an Aesthete*（London：Methuen, 1948）。陈子善曾指出陈世骧于 1932 年在北大毕业，1947 年开始任教伯克利，见陈子善为简体字版《陈世骧文存》（沈阳：辽宁教育出版社，1998 年）写的《本书说明》。本文提到陈世骧的毕业年份主要根据白之（Cyril Birch）所撰讣文，并参考艾克敦的《唯美者回忆录》（*Memoirs of an Aesthete*, London：Methuen, 1948）。

② 陈世骧：《陈世骧文存》（台北：志文出版社，1972）收入中文论文 8 篇，英译中论文 2 篇；简体字本由陈子善校订，增收中文 2 篇，英译中 1 篇，于 1998 年出版。

③ 杨牧在《陈世骧文存》的《编辑报告》中曾说明陈世骧的英文著作"委由加州大学 Cyril Birch 教授编辑"（第 268 页）；又参杨牧：《柏克莱——怀念陈世骧先生》，见《传统的与现代的》，第 230 页。今白之（Cyril Birch）已从加州大学退休，此一英文专集仍未面世，大概这个计划不会实现了。陈氏的中英文著作目录见：Alvin P. Cohen，"Bibliography of Chen Shih-hsiang, 1912 - 1971, Part I：Writings in English," *Chinese Literature: Essays, Articles, Reviews* 3. 1（Jan., 1981）：150 - 152；C. H. Wang and Joseph R. Allen, III，"Bibliography of Chen Shih-hsiang, 1912 - 1971, Part II：Writings in Chinese," *Chinese Literature: Essays, Articles, Reviews* 3. 1（Jan., 1981）：153 - 154. 这两个目录其实并不完备，尤其 1941 年离开中国以前的著作均没有记载。

陈世骧与现代文学

陈世骧的学术成就无疑是远赴美国以后才渐渐显现的，但他去国以前的经历，不仅是一位有影响力的海外华裔学者的学思道路的起点，更是20世纪三四十年代文学研究思潮如何变奏的一个样本，值得我们注意。可惜相关的记载比较少；最常被提及的是他与英国诗人艾克敦（Harold Acton，1904—1994）联合英译了第一个现代诗的选本——《中国现代诗选》（*Modern Chinese Poetry*）。[①]事实上，陈世骧在北京大学读书以至担任讲师期间，非常积极参与当时的文学活动。他的先后同学辈包括“汉园三友”——同系的卞之琳、李广田和哲学系的何其芳；他自己也有小说、散文和诗歌的创作，但至今已不易见了。[②]从现存资料可知，他是当时在北平慈慧殿3号朱光潜家中进行的“读诗会”的常客，与会者包括北京大学的沈从文、梁宗岱、冯至、孙大雨、罗念生、周作人、叶公超、废名、卞之琳、何其芳、徐芳，清华大学的朱自清、俞平伯、王了一、李健吾、林庚、曹葆华，以及林徽因、周煦良，等等。[③] 1935年12月6日《大公报·文艺》第55期还刊登了陈世骧写给主编沈从文的信，

---

① *Modern Chinese Poetry*（London：Duckworth，1936）.

② 目前经眼的陈世骧作品，散文有《北大外景速写》，见《北京大学卅五周年纪念刊》（北京大学1935年12月版），又见陈平原、夏晓虹编《北大旧事》（北京：生活·读书·新知三联书店，1998），第529—532页；新诗有《今日的诗》，载上海出版的《新诗》，第2卷，第2期（1937年5月），第144—145页。

③ 参考沈从文《谈朗诵诗》，见《沈从文全集》（太原：北岳文艺出版社，2002），第17卷，第247页。沈从文这里的记述是今人谈到“慈慧殿”读书会最常征引的资料，当中没提及陈世骧。但据以下提到陈世骧写给沈从文的信，可见他是“读诗会”的参与者之一。

题作《对于诗刊的意见》，由“读诗会”的聚会谈到大家关心的《诗特刊》问题，又表达了他的文学见解。[①]

再考察陈世骧在北京大学所受的文学训练，我们可以更好地理解其文学品位和思考方向的初貌。[②]这里先把焦点放在他的北大老师艾克敦身上。与陈世骧合译《中国现代诗选》的艾克敦，是20世纪20年代开始在英国文坛崛起的牛津诗人，[③]1932年任教于北京大学。他也常常参加北京的各种文学聚会，与温源宁、朱光

---

① 《诗特刊》之面世，是当时“读书会”讨论的结果。沈从文在他主编的《大公报·文艺》1935年11月10日发表《新诗的旧账——并介绍诗刊》，对此有所说明：“要有个‘好的将来’，必需要有个‘目前’。目前新诗不妨说还是试验中，可走的路甚多，从各方面都可努力。可是若没有个试验的场所，来发表创作，共同批评和讨论，中国新诗运动不会凭空活泼起来，那个将来太渺茫了。所以我们预备在这个副刊上，从上期起出一个《诗刊》，每月预备发稿两次，由孙大雨、梁宗岱、罗睺先生等集稿，作者中有朱佩弦、闻一多、俞平伯、朱孟实、废名、林徽音、方令孺、陆志韦、冯至、陈梦家、卞之琳、何其芳、李广田、林庚、徐芳、陈世骧、孙毓棠、孙洵侯、曹葆华诸先生。这刊物篇幅虽不大，对中国新诗运动或许有点意义，因为这刊物的读者，是本报分布国内外十万读者。编者的希望，不在十万读者永远成为少数作品的鉴赏者，却想这刊物能引起多数读者的注意，从国内外各处地方把诗寄来，把个人对于新诗的意见写来，让它慢慢成为中国读者最多，作者也最多，同时还为多数人最关心认可的刊物。”据此，陈世骧是这个诗刊的特约作者之一。

② 有关20世纪30年代北平的大学教育与文学创作和研究的关系，近时已有季剑青的全面整理和非常细致深入的分析，此外张洁宇对同时北平“前线诗人”的研究，也为了解陈世骧周遭的文学环境提供了清晰描述和析论。见季剑青《大学视野中的新文学——1930年代北平的大学教育与文学生产》（北京：北京大学中文系博士论文，2007）；张洁宇《荒原上的丁香：20世纪30年代北平“前线诗人”诗歌研究》（北京：中国人民大学出版社，2003）。

③ 他自诩为“唯美者”（aesthete），在牛津大学读书时已很受注目，曾在校园宴游中高声朗诵艾略特的《荒原》而为人津津乐道；他的同群包括写过《故园风雪后》（*Brideshead Revisited*）的伊夫林·沃（Evelyn Waugh，1903—1966），以及伊迪斯·西特韦尔（Edith Sitwell，1887—1964）等。来中国以前，他已经出版过诗集 *Aquarium*（1923），*An Indian Ass*（1925），*Five Saints and an Appendix*（1927），*This Chaos*（1930）。有关他生平的记述，除了他的两本回忆录 *Memoirs of an Aesthete* 以及 *More Memoirs of an Aesthete*（London：Methuen，1970）以外，还可参考 Edward Chany and Neil Ritchie，eds.，*Oxford*，*China*，*and Italy: Writings in Honour of Sir Harold Acton*（London：Thames and Hudson，1984）。

潜、梁宗岱等时相往来。从 1933 年 7 月开始，陈世骧就住在他家中，不久就开展了合作编选及英译现代诗的工作。①二人的翻译陆续见载于北大外文系主任温源宁等曾任主编、在上海出版的英文刊物《天下月刊》（*T'ien Hsia Monthly*），以及美国诗人哈莉特·蒙罗（Harriet Monroe，1860—1936）在芝加哥出版的重要诗刊《诗》（*Poetry: A Magazine of Verse*）之上。②艾克敦在北大初时开的课是"英国文学""莎士比亚悲剧"和"王政复辟时期喜剧"（Restoration Comedy）。第二年开始教现代英诗，他就堂而皇之地讲授艾略特的《荒原》，以至劳伦斯的诗歌。陈世骧最少听了他两年的课。后来二人更日夕研讨中国现代诗的英译，据艾克敦回忆，他对现代中国文学的了解主要得自陈世骧。1935 年 11 月艾克敦在《天下月刊》发表《现代中国文学的创新精神》（*The Creative Spirit in Modern Chinese Literature*），这是早期以英文论述"新文学"的一篇相当有见地的论文，相信当中不乏陈世骧的意见。③

另一方面，陈世骧在讨论翻译的过程中，更熟习老师指导的文本细读批评方法。他在《大公报·文艺》发表的《对于诗刊的意见》，与艾克敦的文章差不多同时完成。其中艾克敦的影响，也不难察觉。④陈世骧提出讨论新诗"应该注意许多似乎细小而极基本

---

① 据艾克敦回忆录所记，陈世骧常常引领年轻的创作人如卞之琳等来畅谈文学，英译现代诗之议就是由卞之琳提出的；《唯美者回忆录》还有一幅艾克敦与陈世骧、卞之琳、林庚、李广田等的合照，见 *Memoirs of an Aesthete*, 276, 336 - 337。

② 《天下月刊》卷 1 刊载二人合译闻一多、戴望舒、李广田、卞之琳诗共 7 首；《诗》第 46 卷刊载徐志摩、何其芳、林庚诗共 7 首。见：*T'ien Hsia Monthly* (1935), 70 - 71, 190, 303 - 315, 423 - 424, 495 - 507, 526 - 536; *Poetry: A Magazine of Verse* 46 (1935.4): 14 - 17.

③ *Memoirs of an Aesthete*, 336; "The Creative Spirit in Modern Chinese Literature," *T'ien Hsia Monthly* 1.4 (1935.11): 374 - 387. 后者部分论诗的文字与《中国现代诗选》的导言相同。

④ 见下文注引录邵洵美《新诗与"肌理"》之说。

的问题”，他建议：

> 凡是现代出过诗集对新诗有影响的诗人都分开讨论一下，以他们的作品为主，范围不怕狭，甚至只选一两首他的代表作来批判，从小地方推敲，把他们所用的工具检讨一下，用具体的例证判断他的情调、风格，成功与失败，总比空泛地讲些“内容”“形式”“艺术与人生”好些罢。[1]

文中他就以两个具体例子说明他的观点：一是卞之琳诗《朋友和烟卷》中间一段，另一是臧克家名篇《老马》。卞之琳这首诗的英译收入《中国现代诗选》，[2]但并没有在后来结集的《十年诗草》或者《雕虫纪历》中出现。照陈世骧看来，这首诗显示卞之琳“善用语言的自然韵律（Speech rhythm）和分行、押韵的技巧”。他从字数参差安排与乐音抑扬的关联、诗行造成的图案及其寓意、韵脚音色的错综效应，发现了这几行诗的“字音与节拍能那样灵妙地显示乐音的和谐与轻烟的回旋节奏，绝不是率尔而成的”。用以对照的《老马》一诗，在陈世骧细意分析之下，显得“意念空泛”“用韵粗笨”，虽然作者“有意识地以吟咏人世艰苦为己任”，但诗中的“情感状态（Emotional attitude）完全显得虚伪”。陈世骧最重要的论点是：

---

① 《对于诗刊的意见》，《大公报·文艺》，第55期（1935年12月6日）。

② *Modern Chinese Poetry*, 131.

> 诗人操着一种另外的语言，和平常语言不同……我们都理想着有一种语言可以代表我们的灵魂上的感觉与情绪。诗人用的语言就该是我们理想的一种。那末我们对这种语言的要求绝不只是它在字典上的意义和表面上的音韵铿锵，而是它在音调、色彩、传神、象形与所表现的构思绝对和谐。①

事实上我们可以把陈世骧这段话看作“诗言志”或者“诗缘情而绮靡”的一种现代诠释：“我们的灵魂上的感觉与情绪”可以是指向内心世界的“志”或“情”的现代变奏，“音调、色彩、传神、象形与所表现的构思绝对和谐”亦不外乎现代诗学意义下的“言”之“绮靡”。这篇文章所展示的文本细读方式，很容易让我们联想到陈世骧后来在台湾发表的著名论文《中国诗之分析与鉴赏示例》。后者的文字与上面的引文相近处非常明显：

> 若只以为诗的文字之娴熟只是字典和诗韵合璧的熟用，这虽然不差，但必然不够。所以我们要进一步说，所谓形式（form），决不只是外形的韵脚句数，而是指诗里的一切意象，音调和其他各部相关，繁复配合而成的一种有机结构。②

---

① 《对于诗刊的意见》。

② 陈世骧：《中国诗之分析与鉴赏示例》，《文学杂志》，第4卷，第4期（1958年6月），第6页。

这篇 1958 年的文章后来成为文学批评的典范论文，影响深远。[①]《对于诗刊的意见》以为诗的理想是“音调、色彩、传神、象形”与诗人的“构思”达至“绝对和谐”；这“和谐”也就是《中国诗之分析与鉴赏示例》所讲的“一种有机结构”的表现，也是陈世骧文学思想中的理想的“秩序”。前后两文对照，可以见到陈世骧的批评观念的渊源和发展。

陈世骧《对于诗刊的意见》一文很快就得到邵洵美为文响应。他在 1935 年 12 月 21 日《人言周刊》发表《新诗与“肌理”》，指出陈世骧的意见近乎英国女诗人西脱惠尔的主张，[②]而西脱惠尔最重视诗的肌理（texture），以为“字眼的音调形式，句段的长短分合，与诗的内容意义的表现及点化上，有密切之关系”。[③]邵洵美又运用这种“肌理说”来深入探讨李白的《将进酒》的开篇三句——“君不见，黄河之水天上来，奔流到海不复回”：

> 这气势的浩大，正像泛滥的狂涛在天心直滚下来。第

① 参考梅家玲：《夏济安、〈文学杂志〉与台湾大学——兼论台湾“学院派”文学杂志及其与“文化场域”和“教育空间”的互涉》，《台湾文学研究集刊》创刊号（2006 年 2 月），第 12—13 页。

② 邵洵美说：“他既然与阿格顿［按：即艾克敦］先生有着朝夕切磋的机会，对于现代英美的诗歌当然也有相当的认识。那封信上一切的意见，无疑是受了英女诗人西脱惠尔（Edith Sitwell）的提示的。”见《洵美文存》（沈阳：辽宁教育出版社，2006），第 134 页。西脱惠尔是艾克敦在文学上的挚友，邵洵美的观察非常敏锐。

③ 邵洵美又指出：“这 Texture 一字，曾由钱锺书先生译为肌理。”见《新诗与“肌理”》，第 134 页。钱锺书之说见于他就温源宁《不够知己》（*Imperfect Understanding*，1935）一书所撰书评，文中指出“肌理”：“是翁覃溪论诗的名词，把它来译 Edith Sitwell 所谓 texture，没有更好的成语了。”钱锺书：《写在人生边上·人生边上的边上·石语》（北京：生活·读书·新知三联书店，2002），第 336 页。翁方纲的“肌理说”是清代诗学继“格调说”“神韵说”“性灵说”而后出现的一个重要主张；于此我们见到钱锺书和邵洵美汇通中西诗学的用心。

> 一个“君”字是那样的清脆与响亮，大有云开见日的意象，使你有仰头高盼的感觉：点示着后两句的距离与接近。后面十四字，除了“之”字外，没有一个不是表现着波涛汹涌的声音，一泻万里的境界；而最后那“回”字的悠长暗淡，十足给你一种越流越远，“不复回”的意象。像这样的绝妙佳句，怎不叫读者击节叹赏，悠然神往呢？

邵洵美的点评比较着重欣赏感受，没有陈世骧文所展示的拆解以作细部分析，再贯穿综论，那么具体入微；但邵洵美在此只是解释他心中要写的《李太白评传》的一些想法，以呼应陈世骧的文章，没有完整地论析，不足为病。文章的结尾说：

> 陈世骧先生能在这时候提醒我们，实在是新诗的幸运；希望他多写这一类的文章，新诗前途的光明可以预卜！①

邵洵美关心的是“新诗前途”，但解说时借助西洋的学理，范例却是古典诗句；这种“现代”“西方”“古典”的结合方式，是当时诗学思潮中不可忽视的倾向。

邵洵美注意到陈世骧《对于诗刊的意见》一文的理论资源，可能从艾克敦而来；事实上，陈世骧文中称扬卞之琳《朋友和烟卷》的一些论点，也见于艾克敦的回忆录。艾克敦也以这首诗来

① 《新诗与“肌理”》，第135页。

说明卞之琳的风格——“直捷、韵律自然、善用日常语言”;[①]其关注点甚至批评词汇，明显与陈世骧之文相似，看来这是两人的共同见解。

此外，艾克敦的现代中国文学观还有值得注意的一面：现代文学与中国古代传统的关系。他为《中国现代诗选》撰写的《导言》以及在《天下月刊》发表的《现代中国文学的创新精神》两篇文章，其主要内容就是从文学史的角度析述新文学的发展，并对各阶段的作家作出毫不含糊的评价，又在适当时候作出中西文学的异同对照。从中我们可以见到他对中国文学传统的观察。比如说，他以为中国诗歌的特点在于“兴发与含蓄”(evocation and suggestion)，觉得法国象征派诗人魏尔伦（Paul Verlaine，1844—1869）所追求的“不着色彩，只存浓淡”(Pas de couleur，rien que la nuance)，其实更像是中国的美学原则。[②]他又说中国诗歌虽多常见熟辞滑调，但却可辐凑成强烈的印象，英诗中只有少数“意象派”诗人才能臻此境界。他又认为何其芳诗擅于运用古典辞藻，有如济慈借用史宾塞（Spenser）之辞。更重要的是艾克敦非常欣赏林庚的新诗，认为他的诗虽出之以现代口语，但富于传统中国诗词的韵味(possessing many of the characteristic idiosyncrasies of classical Chinese

---

① 艾克敦的原文是：“Pien's style was distinguished by extreme directness, a natural rhythm, and a very effective use of the spoken idiom.” *Memoirs of an Aesthete*, 336 - 337.

② *Modern Chinese Poetry*, 19. 魏尔伦句出自《诗艺》(Art poétique) 一诗，见 Paul Verlaine, *Selected Poems* [French-English bilingual version], trans. C. F. MacIntyre (Berkeley, L. A.: University of California Press, 1948), 181 - 182；莫渝中译此句作：“是色调变化，不是色彩!”见莫渝译《魏仑抒情诗一百首》(台北：桂冠出版社，1995)，第174—177页。

poetry），有王维、苏轼之风。[①]《中国现代诗选》选入15人96首诗，林庚之诗入选最多，共19首，占总数差不多两成。艾克敦这个取向，其实可归因于两个基本因素：一是他抱持艾略特式的“传统观”，以为有成就的诗人必与传统互动，既取资于传统，又创新以丰富传统。中国新诗除了承受西方的影响以外，还得活化传统故旧，以建立现代的风格；[②]另一方面我们可以判定他对中国传统的把握，其实在于其中“抒情精神”的体会。

张错在评论艾克敦的选本时，特别点明当中“强烈的抒情偏向”（a strong lyrical bend），“特别见于他对卞之琳、何其芳、林庚、徐志摩等人诗［的选录］”。[③]张错指出当时诗坛另有一个回应社会纷乱以及控诉日本侵略的写实主义诗潮，但这个选本并没有显示出来。如果我们再参考艾克敦及陈世骧合撰的诗人小传，以及本书附载的两篇文章，这个选集的“抒情精神”偏向会更为彰显。两篇附载分别由废名和林庚所撰。废名的《论现代诗对话录》主要从“诗感”（poetic feeling）去理解中国新旧诗的基因及其变化；林庚

---

① *Modern Chinese Poetry*, 21, 28 - 30. 据艾克敦在选集《导言》中交代，陈世骧当时似乎不太欣赏林庚的诗作，而艾克敦则有所坚持；他更以送交哈莉特·蒙罗的众多译作中，林庚诗被选入《诗》刊最多，证明自己实具慧眼。陈、林二人，分别出身北大和清华，同活跃于当时的文会诗坛。陈世骧晚年接受访问，谈到《离骚》时说：“我同意我的旧同学林庚的说法”，见《断竹·续竹·飞土·逐宍》，第28页。有关林庚的“抒情传统”文学史观和诗歌创作的讨论，见陈国球《“文化匮乏”与“诗性书写”——林庚〈中国文学史〉探索》以及《思接千载　视通万里——论林庚诗的驰想》，见《文学史书写形态与文化政治》（北京：北京大学出版社，2004），第107—147，148—176页；以及《诗意的追寻——林庚文学史论述与“抒情传统”说》，《北京大学学报》，第47卷，第4期（2010年7月），第143—149页。

② *Modern Chinese Poetry*, 31; “The Creative Spirit in Modern Chinese Literature,” p. 387.

③ Dominic Cheung, “The Parting of the Ways: Anthologies of Early Modern Chinese Poetry in English Translation,” Eugene Eoyang and Lin Yao-fu, ed., *Translating Chinese Literature* (Bloomington and Indianapolis: Indiana University Press, 1995), 212 - 213.

的《论诗》也认为新诗是以新方法来表达“新的感受与情怀”（new sensations and emotions）。换句话说，诗如何“言志”或者“缘情而绮靡”，以薪传中国诗的精神，仍是他们的关怀所在。①艾克敦在一本以作品为中心的选本中，特别划出篇幅以载入两篇从抒情传统与现代之关系去理解新诗的论文，可见其重心的偏向。

当然，艾克敦对中国文学的理解，不无“西方本位”的嫌疑；于他而言，中国文化形象鲜明处，其光源往往是对西方文化得失的思考。然而，他把这种思考角度带给对世界充满好奇的陈世骧，却足以催化这位年轻批评家的文学观，于现代与传统的关系作出反思。日后陈世骧对传统文学的研究，对西方现代文学批评观念的应用，都有可能与这段和艾克敦切磋琢磨的经验有关。事实上陈世骧移居美国以后的一些学术工作，如陆机《文赋》的英译，仍然得到艾克敦的支持；两人在美国重聚时，更再次合作翻译中国文学作品，完成英译《桃花扇》的初稿。②因此，艾克敦和陈世骧的文学因缘，就不仅限于两三年短暂的大学师生间的学业授受，而陈世骧在学术上的发展定位，亦可以循着这些痕迹而得寻见。

陈世骧早期文学思想所承受的影响，除了最亲近的艾克敦以外，当然还得自其他师友交游，例如上文提到的“读诗会”和相关活动。当时主其事的朱光潜也是北京大学的老师，1933 年开始在外

---

① Feng Fei-ming, “On Modern Poetry: A Dialogue,” *Modern Chinese Poetry*, 33 – 45; Lin Keng, “On Poetry,” *Modern Chinese Poetry*, 166 – 170.

② *More Memoirs of an Aesthete*, 264 – 265; Cyril Birch, “Harold Acton as a Translator From the Chinese,” Chaney and Ritchie, eds., *Oxford, China and Italy*, 43 – 44; Shih-Hsiang Chen, *Literature as Light Against Darkness* (*National Peking University Semi-Centennial Papers, No. 11*, Peiping: National Peking University Press, 1948), 44. 有关陈世骧赴美后与艾克敦的文学交往，本文下一节再有讨论。

文系开设“西方名著选读”和“欧洲文学批评史”等课。他还到中文系授课，讲课的内容就是尚未出版的《诗论》初稿。[①]陈世骧应该选过他的课，参加了他课外主持的文学活动。因此，朱光潜及其同群在三四十年代发表的论文，其鼓动的学术风气，应该会对出国前的陈世骧有所熏染。即使陈世骧出国后，他还继续与朱光潜联络。朱光潜主编的《文学杂志》第3卷第1期，就刊登了陈世骧的《法国唯在主义运动的哲学背景》；陈世骧在1948年《北京大学五十周年纪念论文集》（*National Peking University Semi-Centennial Papers*）上发表《文赋》英译，当中也提到朱光潜和他通信，为他提供《文赋》版本的信息。[②]夏志清《悼念陈世骧》一文提到：

> 世骧同朱光潜在治学上有基本相似的地方：即是他们对美学、对带哲学意味的文艺批评、文艺理论特感兴趣。[③]

夏志清对朱光潜和陈世骧的师生关系似乎并不太了解，但他对两人学术路径相近的判断却是准确的。朱光潜和当时一群对西学有认识的学院中人，对中国文学和文化传统都有重新体认的热忱，希望从更宽的视野观照世界，透过中西文化的同异反思当前的路向，于是开展了不离“现代”关怀的“传统”研究。我们略为检索朱光潜在这个时期的著作，可以见到不少从这种思考出发的文章，如《中

---

① 参考《诗论·抗战版序》，见《朱光潜全集》（合肥：安徽教育出版社，1987—1993），第3卷，第4页。又参钱念孙：《朱光潜·出世的精神与入世的事业》（北京：文津出版社，2005），第254页；季剑青：《大学视野中的新文学》，第28页。

② 《法国唯在主义运动的哲学背景》（作者题作陈石湘），《文学杂志》，第3卷，第1期（1948年6月），第17—27页。*Literature as Light Against Darkness*, 25.

③ 夏志清：《悼念陈世骧》，第21页。

西诗在情趣上的比较》(1934)、《长篇诗在中国何以不发达?》(1934)、《诗的隐与显——关于王静安的〈人间词话〉的几点意见》(1934)、《从“距离说”辩护中国艺术》(1935)、《从生理观点论诗的“气势”和“神韵”》(1935)、《从研究歌谣后我对于诗的形式问题意见的变迁》(1936)、《中国诗何以走上“律”的路》(1936)、《乐的精神与礼的精神》(1942)、《诗的普遍性与历史的连续性》(1948)、《诗的意象与情趣》(1948)、《朱佩弦先生的〈诗言志辨〉》(1948)……①杜博妮(Bonnie McDougall)研究朱光潜在二三十年代的学术路向时指出，朱光潜身在一座向传统倾斜的塔往外望，与当时澎湃的左翼思潮方向迥异；但杜博妮也提醒我们朱光潜不是一位“顽固的保守主义者”(arch-conservative)，反而是试图把中国传统放在多元的西方理论中来肯定其位置的，这立场应属于“普遍主义者”(universalist)多于“保守主义者”(conservative)。②杜博妮这个精辟的观察，可以提示我们重思当时的一群“京派学院批评家”的时代意义，③也是我们理解陈世骧日后学术思想的重要线索之一。

---

① 参考温笑俐编《朱光潜著译目录》，见《朱光潜美学文集》(上海：上海文艺出版社，1989)，第5卷，第554—640页。

② Bonnie McDougall, “The View from the Leaning Tower: Zhu Guangqian on Aesthetics and Society in the Nineteen-twenties and Thirties,” Göran Malmqvist, ed., *Modern Chinese Literature and Its Social Context* (Nobel Symposium, No. 32; Stockholm: Nobel House, 1975), 76 - 122; see also Mario Sabattini, “‘Crocianism’ in Chu Kuang-chien's *Wen-I Hsin-li-hsueh*,” *East and West* 20. 1/2 (1970. 3/6): 179 - 198. 又参考黄继持:《朱光潜美学思想的道家色彩与儒家成分》，见《鲁迅·陈映真·朱光潜》(香港：牛津大学出版社，2002)，第151—182页。

③ 参考白春超:《京派的文化选择：向传统倾斜》，《河南大学学报》，第46卷，第3期(2006年)，第88—92页。文中举出梁宗岱、朱光潜、废名、沈从文、李长之等作为考察对象；又刘淑玲曾指出当时京派作家别有一种“化古”又“化欧”的风格，见刘淑玲:《〈大公报〉与中国现代文学》，《河北学刊》，第24卷，第3期(2004年)，第132页。

现在回顾陈世骧的学术贡献，无疑以他的古典文学研究最为重要。但他刚到美国时，还没有跟中国现代文坛脱节。他一方面在美国的杂志上以英文发表中国现代诗坛的介绍，或者英译卞之琳和艾青等的新作；[①]另一方面还有文稿在中国的刊物发表，例如在朱光潜主编的《文学杂志》发表《法国唯在主义运动的哲学背景》，在一份自由主义知识分子新办的周刊《新路》发表《美国文艺的后顾与前瞻》。[②]杨牧在整理陈世骧文稿时曾说"《唯在主义》一文可能是中国最早谈论存在主义的著作"，[③]虽然不完全准确，但这篇文章的确是20世纪40年代中国文学界引介存在主义的小浪潮中最重要的一篇文章。[④]陈世骧此文虽似是客观介绍一种新兴的哲学思潮，但细看文中有不少重点都预示了他日后的学术著作的一些思考方向。例如他因萨特的"存在先于质性"之说，解释"质性"（essence，现今通译"本质"）和"存在"（existence）的关系，说明当中"个人存在的自觉"的意义，这是他后来讨论"诗"字源起，以至中国文学的"文化质性"的基础原则；又如文中对"时间"与"永恒"的关注，也是他晚年力作《论时：屈赋发微》的出发点之一。

---

① 相关的文章有："A Poet in Our War Time," *Asia* (New York) 42.8 (1942.8): 479 - 481; "Sun," *New Republic* 111 (1944.10.30): 566; "Poems of the Border Region," *Asia* (New York) 45.7 (1945.7): 338.

② 《美国文艺的后顾与前瞻》，《新路》，第2卷（1948年），第17—20页。按：《新路》周刊由中国社会经济研究会出版，其文艺栏的编辑是萧乾；参考谢泳：《储安平与〈观察〉》（北京：中国社会出版社，2005），第114—123页。

③ 杨牧：《编辑报告》，见《陈世骧文存》，第268页；又参杨牧：《柏克莱》，第230页。

④ 参考解志熙：《生的执着——存在主义与中国现代文学》（北京：人民文学出版社，1999），第一章"存在主义在现代中国：传播与接受"，第50—88页。

《文赋》英译的意义

陈世骧到了加州大学伯克利分校以后，以陆机《文赋》之英译正式开展了他的古典文学研究生涯。[①]翻译的成果和相关论述发表在 1948 年出版的《北京大学五十周年纪念论文集》上。这一套大型纪念论文集的作者阵容鼎盛，除了当时校内的教授以外，还有与北大相关的学者，当中包括燕卜荪（William Empson，1906—1984）、房兆楹、孟森、陆侃如、贺麟、魏建功、容肇祖、瞿同祖、朱光潜、钱学熙、袁可嘉、夏济安等。陈世骧之作共 71 页，大概因篇幅较大，所以自成一册（第 11 册）。其题目是《文学作为对抗黑暗之光》（Literature as Light Against Darkness），封面上还有几行说明：

> 本篇研究陆机《文赋》与其生平、与中世纪中国历史，以至与现代批评观念的关系，并以诗体翻译全文。[②]

文章分三部分：第一，《陆机生平与〈文赋〉之撰定时间考》（Lu Chi's Life and the Correct Date of his "Essay on Literature"）；第二，

---

① 在英译《文赋》出版的同一年，他与伯克利的同事，汉学家卜弼德（Peter A. Boodberg，1903—1972）合著《绝句廿五首·附词汇练习》（*Twenty-five Chinese Quatrains, with Vocabulary Exercises*, Berkeley: University of California Press, 1948），2012 年笔者到伯克利查看陈世骧资料时见到原书，知是教科书类的著作。

② "Being a study of Lu Chi's 'Essay on Literature', in relation to his life, his period in medieval Chinese history, and some modern critical ideas; with a translation of the text in verse." *Literature as Light Against Darkness*, cover page.

《谈译文中部分概念和用语》(Discussion of Some Ideas and Expressions in the Translation);第三,《〈文赋〉英译》(An English Version of the "Essay on Literature")。这可能是《文赋》最早之英译本,虽然由中国重要学术中心北京大学隆而重之地筹划出版,但面世时适值中国政局剧变,其流通量似乎非常有限。有鉴于此,陈世骧于1953年把译文单行出版,但删去第一、二部分的研究论述;译文前有张充和手书《文赋》原文,后加上《附记》(Supplementary Note)一篇,交代他和逯钦立就陆机撰写《文赋》时间的讨论。①书前新撰《导言》(Introduction),从比较文学及文学史的角度申论陆机和《文赋》的意义;书名径题《陆机文赋》(*Essay on Literature: Written by the Third-Century Chinese Poet Lu Chi*)。②相对来说,1948年的译本比1953年本有更多陈世骧对《文赋》的解说,故以为下文讨论的主要根据;然而1953年本的《导言》亦深刻精要,将参酌采用。

《文学作为对抗黑暗之光》以相当的篇幅论述陆机的生平,并考订其创作《文赋》的年份。学界对陆机撰《文赋》的年代,以前多据杜甫《醉歌行》"陆机二十作文赋"一语,以为是他年轻时期的作品。陈世骧则认定是永康元年(公元300年)。他的判断其

① 逯钦立后来把两人往返讨论的信件送到徐复观主编的《学原》发表,因为时局变化,人事文章几经流转,多年后在香港才得面世;见陈世骧、逯钦立《关于文赋疑年的四封讨论信》,《民主评论》,第9卷,第13期(1958年),第360—362页。

② Shih-Hsiang Chen, trans., *Essay on Literature* (Portland, Maine: The Anthoensen Press, 1953). 据书后说明,这个版本也只印了400本;后来白之编《中国文学作品选》抽选了陈世骧英译之正文,是为陈译流通最广的版本,见:Cyril Birch, ed., *Anthology of Chinese Literature* (New York: Grove Press, 1965), 204 - 214. 此外杨牧把陈世骧的英译和徐复观《陆机文赋疏释初稿》合为一集,再加其他注疏与个人阐释发明,撰写《陆机文赋校释》(台北:洪范出版社,1985),于是陈世骧的译文亦在华文学界流通。

实与逯钦立同于1948年发表的《〈文赋〉撰出年代考》非常接近，主要证据同是陆云《与兄平原书》“兄顿作尔多文”之说，以为“多文”包括《文赋》和《感逝赋》；《感逝赋》可能就是见诸《文选》的《叹逝赋》，其序有“余年方四十”之句。陈世骧因此以为《文赋》和《感逝赋》同作于陆机四十岁，也就是永康元年；逯钦立则以为陆云的信撰于永宁二年（302年），《文赋》应是永宁元年岁暮之作品。①二人对这个问题有往返四封信讨论，补充了论据，但各自的结论没有改变。②

我们在此不必追问谁的考证比较翔实可靠，③值得一提的是两人的考证过程所显示出来的学术风格。逯钦立是非常严谨地安排资料，用平实的语言进行乾嘉考据式的推理。陈世骧则笔端常带感情，解读文献时表现出敏锐的文学触觉。例如他会从感情逻辑看陆机《吊魏武帝文》，哀悯“格乎上下者藏于区区之木，光于四表者翳乎蕞尔之土”，以为两年后陆机写《文赋》，正是这个感慨的自然发展：以诗赋文章为人心之大用（the best of the mind），以超越生死界限而至不朽（immortality）。他非常在意把《文赋》之撰年

---

① *Literature as Light Against Darkness*, 11－20；逯钦立《〈文赋〉撰出年代考》，原刊《学原》（1948年），又见逯钦立《汉魏六朝文学论集》（西安：陕西人民出版社，1984），第421—434页。

② 《关于文赋疑年的四封讨论信》，第360—362页。

③ 学界对有关问题还有不同的说法，例如王梦鸥以为《文赋》之作约在元康八年（298年）以前，见王梦鸥：《陆机文赋所代表的文学观念》，见《古典文学论探索》（台北：正中书局，1984），第101—115页。近期又有胡耀震的元康元年（291年）说，见《文赋撰年疑案推断》，《天津师范大学学报》，第5期（2003年），第57—61页。张少康在检讨过不同的说法以后说：“目前尚无材料可以确切地说明《文赋》的创作年代，不能轻下结论。好在这个问题对理解《文赋》的内容并没有甚么影响。”见张少康：《文赋集释》（北京：人民文学出版社，2002），第3—4页。然而，创作年份的确立对陈世骧来说，却是一个非常重要的问题。

考定于永康元年。这一年赵王伦诛贾谧，陆机因参与其事而获赐爵关中侯；然而，曾赏识陆机兄弟而力加荐引的张华却因此事而被杀。政治世情波谲云诡，陆机身不由己，三年后就因身陷八王乱事而丧命。陈世骧指出陆机在永康元年突然爆发出强大的创作力，正是一个苦闷的灵魂在漆黑昏暗中寻觅光源的表现，所以陆云信上说："兄顿作尔多文，而新奇乃尔，真令人怖，不当复道作文。"陈世骧又以为"多文"中的《羽扇赋》和《漏刻赋》让人联想到人类如何面对"命运无常"与"时间"，《感逝赋》《咏德赋》和《述思赋》是追思张华，感怀时世之作，尤其《感逝赋》所说："悲夫，川阅水以成川，水滔滔而日度，世阅人而为世，人冉冉而行暮"，"然后弭节安怀，妙思天造，精浮神沦，忽在世表"，正是这深受折磨的心灵在昏暗岁月中挣扎和求索的表现，而《文赋》就是他的求索所得的正式宣告：以文学作为对抗黑暗之光！

陈世骧的考订，其实是一位敏感的批评家对一颗文学心灵的追踪，是超越时空阻隔的知音感会。他和逯钦立讨论双方的论据后总结说：

> 任何考据，多难免臆测成分，惟以最近于良心，合于物证，故坚持之。①

所谓"臆测"，所谓"良心"，最难把握；无论怎样严谨的考据，都需要敢于冒险的想象力来推动。除了文献功夫之外，陈世骧所倚仗的就是那种心灵追迹的能力。同时此一考订也显示陈世骧对

① 《关于文赋疑年的四封讨论信》，第 17 页。

“诗”——或者说“创造性文学”(creative literature)——之为用的理解。我们回看他在1942年写的《战火岁月一诗人》(A Poet in Our War Time)一文，也会见到同一信念的宣示。

这篇文章的论述对象是他的好朋友卞之琳，这大概是陈世骧作为现代诗评论家的最后演出。(此后他的学术主要领域是中国古典文学，对20世纪50年代以来中国大陆的当代文学虽有论述，但性质已然不同。[①])篇中主要讨论卞之琳于1940年在香港出版的《慰劳信集》。[②]诗集各篇是应当时“中华全国文艺界抗敌协会”的号召而写的“慰劳信”，功用是宣传抗战，这与卞之琳以个人私我作基调的前期诗歌大不相同。对这些作品最理所当然的评论就是指出卞之琳的思想转向：走向人民大众，宣扬爱国精神。[③]可是，批评家陈世骧却从诗人特有的魅力和感应力(inborn poetic charm and sensitivity)去阅读卞之琳这一组写于沧溟鼎沸的战时诗歌；他眼中的卞之琳有如：

---

① 陈世骧在加州大学伯克利分校主持一个“中国研究中心”，撰写了好几篇研究当代文学的文章：“Multiplicity in Uniformity: Poetry and the Great Leap Forward,” *China Quarterly* 3 (1960): 1-15; “Metaphor and the Conscious in Chinese Poetry under Communism,” *China Quarterly* 13 (1963): 39-59; “Artificial ‘Flowers’ during a Natural ‘Thaw’,” Donald W. Treadgold, ed., *Soviet and China Communism, Similarities and Differences* (Seattle: University of Washington Press, 1967), 220-254; “Language and Literature under Communism,” Wu Yuan-li, ed., *China: A Handbook* (Newton Abbot: David and Charles, 1973), 705-735. 但其观察的角度近似情资研究，和过去的文学批评态度不同。

② 陈世骧在文中说是昆明出版。卞之琳对此有所解释：“《慰劳信集》刚写成，恰逢友人来游峨眉山，一读就要去给他在香港新办的明日社。1940年出版这个单行本的明日社当时是在香港，却挂名在昆明。”卞之琳：《十年诗草・重印弁言》，见江弱水、青乔编《卞之琳文集》(合肥：安徽教育出版社，2002)，第5页。

③ 参考杜运燮：《捧出意义连带着感情——浅议卞诗道路上的转折点》，见袁可嘉、杜运燮、巫宁坤主编《卞之琳与诗艺术》(石家庄：河北教育出版社，1990)，第86—91页。

> 浮泛于崩石的浪涛间的一只白鸽，它最能感应到其中的怒潮，但却能翩然地舒展如雪的双翼，溷浊不沾。

但他仍然临顾人间，清楚听到自己的脉动。[①]因为诗的力量，可以战胜黑暗，可以感应沧桑，能不为物质世界所限囿，却又不离人世，就如《文赋》所宣示的一样。

因此，在陈世骧眼中，庄严深刻之作如《文赋》，只会是陆机这位深陷苦痛中的诗人方能写出；其中对“文学创作的体悟”，是“在超离昏乱世局的升华时刻”才得达致（the contemplation of creation at a sublime hour of detachment from the world's chaos and gloom）。[②]

陈世骧在其批评和学术的著作中，以特有的敏感触觉去体贴或远或近的诗心，彰显文学的创造力量，其实也有借此抒发己怀之意。他在北京大学的老师艾克敦在其后的回忆录中，对陈世骧英译《文赋》时期的境况有相当深入的记述。艾克敦看到从前的学生已成大器，更是一位已然启悟的人文主义者（an enlightened humanist）。他又察觉到这时的陈世骧其实犹如身陷乱世的陆机。当世人纷纷逃遁于道教佛门时，陆机仍然坚守圣人之道，成为“最后的儒者”，[③]好比陈世骧在坚持他的人文主义信念。艾克敦更认为陈世骧因为与陆机同样认为“文学”可以是“对抗黑暗的光”，才有信心面对

---

① “A Poet in Our War Time,” 479 - 481.

② *An Essay on Literature*, “Introduction,” xiii.

③ *An Essay on Literature*, x - xi.

“回去中国”还是“留在加州”的犹疑。[①]艾克敦曾目睹当时颇有一些来劝归的人，然而在这位“唯美者”眼中，留在伯克利可以继续薪传中国文化。因此，翻译《文赋》可谓别具深意，艾克敦甚至认为陈世骧以现代英语去捕捉中世纪中国书写的思想与意象，其实就是一次艰辛的历险（exacting venture）。[②]斯时两人又合作英译《桃花扇》，在陈世骧心内，黍离麦秀之感一定非常强烈。[③]再参看陈世骧和逯钦立隔洋讨论《文赋》系年的第二封信：

> 且国内大杌陧，而兄能静心澄思，钩寻典籍，益见修养之深，不胜佩慰。[④]

这封信写于1948年12月27日，当时逯钦立尚在南京中央研究院工作。时局变化当然勾连思绪，陈世骧这几句话应是他自己内心世界的反映。

从这个角度去理解陈世骧在古典文学研究的首航，我们需要究问的就不应停留在“纯学术”的问题，例如：他的《文赋》系年是否确凿不移？他的译本是否符合“信、达、雅”的要求？反而，我

---

① 除了政治、文化和人生信念以外，陈世骧对时局与去留问题的思考，也可能有个人情感问题牵扯其中。1947年，与陈世骧结婚只有几年的姚锦新女士毅然离美回国，到清华大学就教职。陈世骧当时心情之昏暗无光，可以想见。参夏志清：《悼念陈世骧》，第19页；*More Memoirs of an Aesthete*, 265.

② *More Memoirs of an Aesthete*, 263 – 264.

③ Ibid., 265；两人的译稿及复本一直留在各自的抽屉中，直到陈世骧身后，才由白之整理出版。见：Cyril Birch, “Acton as a Translator from the Chinese,” 43. 对此，我们可以有这样的诠解：二人翻译《桃花扇》是心灵安顿的仪式多于学术工作，是否出版不一定重要。

④ 《关于文赋疑年的四封讨论信》，第362页。

们可以留心他为何对“文学”的“秩序”那么重视？为何他会把“情”翻成“ordeal”（试炼）？

以后者而言，陈世骧特别解释他译“余每观才士之作，窃有以得其用心……每自属文，尤见其情”的后两句作“When I compose my own works, I am more keenly aware of the ordeal”。他指出“情”是一个具备双重意义的词：同时指向“主观经验”及“客观境况”，所以一般分别译作“feeling”或者“situation”；[①]而《文赋》此处讨论的是作家写作过程，译作“试炼”可同时兼指作者尝试处理的境况，以及作家感应情绪之激越。[②]这是陈世骧尝试以学理来解释这个特殊的译法。但如果我们换一个角度去理解陈世骧之情，其实作为批评家或者隔世译者如他，要贴近原作者的心灵，还不是要想尽办法“得其用心”“见其情”？正如艾克敦所说，这是一种“艰辛的历险”，也是一种“试炼”。沿用陈世骧理解陆机的逻辑，我们如能体会陈世骧的心灵，就可以明白译成“试炼”的真意。

至于文学中“秩序”之义，更是陈世骧再三致意之处。《文赋》中有“选义按部，考辞就班”两句，从文意看来，不外指谋篇布局，如徐复观所说：

> 写作首须谋篇布局。“选义按部”两句，皆谋篇布局之事，而以“选义按部”句为主；盖辞附于义，辞之班次

---

① Stephen Owen 则译作“And whenever I myself compose a literary piece, I perceive full well their state of mind (or ‘the situation’)”。*Readings in Chinese Literary Thought* (Cambridge, Mass.: Council on East Asian Studies, Harvard University, 1992), 80.

② *Literature as Light Against Darkness*, 23.

乃由义决定。[①]

现代有学者对“选义按部，考辞就班”的比喻性感兴趣，以为这是政治官场的比喻，重点是“考”和“选”，而“选义”显然比“考辞”重要。[②]陈世骧却对“按部就班”比较感兴趣，因为横亘于他胸中的是“秩序”的重要性。他译“班”为“order”，然后引用柯勒律治（S. T. Coleridge，1772—1834）在《桌边文谈》（*Table Talk*）的话作解释：

> 诗=以最佳的秩序布置最佳的字词（Poetry = the best words in their best order）。[③]

这个定义本身并非特别高深，但陈世骧进而追问“最佳秩序”从何而来，以谁的观点来判定。所以他再从柯勒律治的《文学传记》第十八章（*Biographia Literaria*, Chapter XVIII）找答案。柯勒律治在此非常热心地细论“秩序”的意义，指出这“秩序”来自诗人的内在力量（inner power）；诗人必须有此能力“去措置其内心的经验”（to order his inner experience）。陈世骧认为陆机对诗的理解和柯勒律治一样，所以“选义按部，考辞就班”的思考不仅在于修辞

---

① 徐复观：《陆机文赋疏释》，见《中国文学精神》（上海：上海书店出版社，2004），第221页。

② 参 Stephen Owen, *Readings in Chinese Literary Thought*, 104；朱晓海：《文赋通释》，《“清华”学报》，第33卷，第2期（2003年12月），第323—324页。

③ *Literature as Light Against Darkness*, 30. 此外，陈世骧在翻译“普辞条与文律，良余膺之所服”时，也参照柯勒律治之说译作：“To the all-pervasive law of word order and literary discipline / I have devoutly dedicated myself.” Ibid., 66.

技巧的经营，更是源于内心世界的一种对“秩序”的追求，源于所处世界一切崩坏和混乱所激发的热忱。文学的理想“秩序”，包含了对新生的盼望，对光明的不断寻索。①

结语

以上对陈世骧早期文学经验的追踪，大概可以见到20世纪中前期一位年轻敏慧的批评家如何养成他的文学信念。从30年代中的一篇对卞之琳和臧克家作品的评论看来，陈世骧表现出深刻的鉴赏能力，对诗歌语言非常敏感。他想着“诗人操着一种另外的语言，和平常语言不同”，而这语言“可以代表我们的灵魂上的感觉与情绪”。他关心的就是内心世界（“我们的灵魂”）与外在世界的关联，及“文学”（以“另外一种语言”构成）在这两个世界之间的作用。“文学”虽说是“理想”之物，但这理想却是“内心”与“现世”之间最有效的中介。再参详陈世骧的文学训练，发觉到他的老师如艾克敦对“文学”的理想的见解，颇有向中国抒情传统靠近的表现；至于当时对陈世骧有直接影响的京派学人如朱光潜等，亦在思考中国文学传统可以为现代文学提供什么资源，国人应如何从更宽阔的视野理解传统。这些论述对日后移居美国，在西方的东亚学系从事教研工作的陈世骧，应该有启发的作用。

陈世骧在美国再论卞之琳。时当抗战岁月，卞诗主题亦毫不隐晦。在这个语境底下我们可以见到陈世骧的论述并不是脱离现实的玄想。他只是关心文学如何感应现实，呼应现实而又不为现实羁

---

① *Literature as Light Against Darkness*, 20, 31.

绊，甚而以其所具力量丰富现实。这种力量就是他的《文赋》英译和诠释所揭示的以文学为“对抗黑暗之光”。上文交代了陈世骧如何从感情逻辑去追踪陆机写作《文赋》的心情，再从《文赋》探视这一代天才的灵魂深处，体认其文心。事实上，从陈世骧的诠解过程我们得悉，他之书写陆机和《文赋》，实在也寄寓了他的郁结和盼望。

在此以后，陈世骧以古典文学为研究重心，先是1951年发表《探求中国文学批评的起源》（In Search of the Beginnings of Chinese Literary Criticism），接着《文赋》英译开出的思路，从“诗”字意义，到“言志”“缘情”到“情志”的观念变化，去说明中国文学批评的思想方式。其他重要论文如1961年的《中国诗字之原始观念试论》、1966年的《早期中国的诗观念》（Early Chinese Concepts of Poetry）、1968年的《〈八阵图〉圜论》（To Circumvent “The Design of Eightfold Array”）、1969年的《〈诗经〉在中国文学史与诗学的文类意义》（The *Shih-ching*：Its Generic Significance in Chinese Literary History and Poetics），与在他离世后刊布的《论时：屈赋发微》（The Genesis of Poetic Time：The Greatness of Ch'ü Yuan）等，①其思虑基点亦多牵及诗人心灵世界、内在力量，以至秩序的意义等，可说是陈世骧文学观的一贯发展。至于他的扛鼎论文《论中国抒情传统》中所说：

> 歌——或曰：言词乐章（word-music）所具备的形式

① 参见“Bibliography of Chen Shih-hsiang, 1912－1971, Part I：Writings in English,”150－152；“Bibliography of Chen Shih-hsiang, 1912－1971, Part II：Writings in Chinese,”153－154.

> 结构，以及在内容或意向上表现出来的主体性和自抒胸臆（self-expression），是定义抒情诗的两大基本要素。《诗经》和《楚辞》，作为中国文学传统的源头，把这两项要素结合起来。①

两大要素，也就是陈世骧一向关注的“秩序”的布置与“内在经验”的宣示，出诸同向的思考。当然，陈世骧后期的论述绝对比早前的意见深刻而精微；其间浸渐发展之迹，还有待另文细论。

① 陈世骧著，陈国球、杨彦妮译《论中国抒情传统》，《现代中文学刊》，第 2 期（2014 年），第 55 页；本文旧有杨铭涂中译，经杨牧删订收入《陈世骧文存》，第 32—33 页；译文不太准确，经删后更失原意。

二、抒情之光与力：陈世骧论陆机《文赋》与鲁迅《摩罗诗力说》

在大陆地区以外广泛流传的“中国抒情传统”论，早在20世纪70年代已具体成型。其中最重要的推手，是北美华裔学者陈世骧（1912—1971）。他在1971年美国亚洲研究学会年会的比较文学讨论组致开幕词，讲稿被译成中文，题作“中国的抒情传统”；文章刊出后传诵一时，再经几代学者发扬，几乎成为中国古典文学研究者的共识。过去学界对他的认知，主要依靠他的弟子王靖献（杨牧）所编的《陈世骧文存》一小册，该书于1972年由台北志文出版社刊行。及至2015年，北京生活·读书·新知三联书店出版由张晖新编的《中国文学的抒情传统：陈世骧古典文学论集》，增补不少文章。经过多年的累积，现今学界大抵对陈世骧的生平以至学术发展有了更多的了解。不过由于陈世骧仍有不少重要文章未及著录与流播，以致大家对他的学术成就以及他的“抒情传统论”未能准确评估。笔者曾就陈世骧的早期文学论述作过初步整理与分析，至今发觉疏漏还多。①

---

① 陈国球：《“抒情传统论”以前——陈世骧早期文学论初探》，《淡江中文学报》，第18期（2008年），第225—252页。

本文将继续这个方向的探索，盼能为现代的文学研究史照隅补白。

《文赋》：作为对抗黑暗之光

1948 年 9 月，在美国加州大学伯克利分校任教的陈世骧，写完陆机《文赋》撰年考证及英译文稿，起标题作“文学作为对抗黑暗之光”，邮寄到北京大学，以应校长胡适征集文稿庆祝母校创立五十周年。这一套《北京大学五十周年纪念论文集》分理、文、法、医、农、工等学院分册，其中文学院的作者包括孟森、唐兰、房兆楹、陈寅恪、容肇祖、李田意、朱光潜、钱学熙、夏济安、汤用彤、王重民，以至燕卜荪（William Empson）等 32 人。陈世骧交出的这篇文稿，连译文共 71 页，绝对是他的用心之作。这是他去国之后第一篇正式的古典文学研究论文，也标记了他日后主要的研究专业。[①] 北大论文集在排印出版之时，四海鼎沸，时局纷乱，流通非常不易。到了 1953 年陈世骧将其中《文赋》的译文重新出版，但删去了 1948 年本的长篇导论《陆机生平与〈文赋〉之撰定时间考》（*Lu Chi's Life and the Correct Date of His "Essay on Literature"*），以及《谈译文部分概念和用语》（*Some Discussion of the Translation*）两节，重新写了篇幅较短的《导言》（*Introduction*）。[②] 当中再没有原本的文献细读、分析与发挥，然而论点却更明晰，意念更突显，

① 陈世骧原是北京大学外文系毕业，早年与北大老师艾克敦合作英译现代诗，在报刊上发表新诗评论，从现存文献看来，他是以现代文学的批评为务。参考陈国球：《“抒情传统论”以前——陈世骧早期文学论初探》。

② Shih-Hsiang Chen, trans., *Essay on Literature* (Portland, Maine: Anthoensen Press, 1953). 译文省去《导言》后，又编入 Cyril Birch, ed., *Anthology of Chinese Literature*, Volume I (New York: Grove Press, 1965)，成为西方汉学界研究中古文学时的重要参考。

有助于我们了解陈世骧在这一阶段如何与文化传统对话。

1953 年本《导言》前先有题词两段，首先是引述法国诗人马拉美（Stéphane Mallarmé）的话：

> 诗是在危机关头的语言。（Poetry is the language of a state of crisis.）①

再而是美国惠特曼（Walt Whitman）之言：

> 批评，其所至高处，是馆阁，或者艺术，或甚至是圣殿。（Criticism, carried to the height worthy of it, is a majestic office, perhaps an art, perhaps even a church.）②

这两段题词，一论诗，一论批评，陈世骧应用到陆机《文赋》的诠释之上，别有其深义。《文赋》一般被视为中国古代文学批评史上的经典文本，例如现代最早出版的陈钟凡《中国文学批评史》论《文赋》时说：

> 备言运思、命笔、立意、遣辞之要，属于修辞学者居多。中间惟论体制数语，为后之论文者所矜式……兼论骈散，语至精核。③

---

① 这是诗评家经常引述的马拉美金句，但很有可能不是他的原话。

② Walt Whitman, *Notebooks and Unpublished Prose Manuscripts*, Volume 4, ed., Edward F. Grier (New York: New York University Press, 2007), 1492.

③ 陈钟凡:《中国文学批评史》(1927 年初版；台北：龙泉书屋，1978 年)，第 24—25 页。

关注点在于其知识层面上所能供应的资讯。当然论者也注意到《文赋》的文体形式，如陈钟凡又评说：

> 以其为赋体，势难如散文之条贯毕具也。[①]

以“赋体”论文，看作是其缺点。然而，陈世骧却首先视《文赋》为文学作品，在《导言》中一再致意说：

> 我把《文赋》译成韵文，因为我相信……陆机在公元300年是把它当作诗在写的；唯有如此，才可能充分掌握与体会这篇作品的视野、语言与真义。[②]

继后又说：

> 我一直希望将这作品首先展现为诗。(xiii)

将“赋”体的作品看作“诗”，自是有传统的“赋者，古诗之流”（班固《两都赋序》）为根据，然而陈世骧的切入方式，重点在于不仅仅把《文赋》视为文学技术（例如修辞学或者创作论）的探讨，而是将之与他认为是陆机同时期的作品如《咏德赋》《述思赋》《感逝赋》《扇赋》《漏赋》等，放在同一层次，视为抒情文学进行阅读；“在心为志，发言为诗，情动于中而形于言”是陈世骧

---

① 陈钟凡：《中国文学批评史》（1927年初版；台北：龙泉书屋，1978年），第24—25页。

② *Essay on Literature*, vii. 以下正文引同篇仅注页码。

的阅读框架；《文赋》变成一种心灵内省后的抒发，这与相对智性的“后设”思维其实不尽相同。陈世骧认为《文赋》就如一首宗教圣诗（hymn）：

> 将新的觉醒意识，以及这意识与天人的关涉，透过唱诵融入那创作的心灵之中。(ix)

陈世骧引用“诗是在危机关头的语言”一语，扣合了《文赋》创作的时代脉络；他认为当时是一个政局时势混乱不堪的黑暗时代，至永康元年（公元300年）陆机更自觉身陷险境，感敏的心灵与危机四伏的时世互动激烈，忽然爆发连篇创作的激情。陈世骧由是解释陆云《与兄平原书》所讲的：

> 兄顿作尔多文，而新奇乃尔，真令人怖，不当复道作文。(xii)①

在这些连篇作品中，《文赋》尤其重要，因为它既是文学创作，更在心灵活动中兼有“文学批评”的内省意识；其高处正在于“为创造性文学树立起新的价值标准”。(ix)

按照陈世骧的诠释，《文赋》是“诗”，是“在世局紊乱与晦暗得所超脱之崇高臻至的时刻沉思创生”（the contemplation of creation at a sublime hour of detachment from the world's chaos and gloom）(xiii)；它也是“文学批评”，因为这首诗以巧构形似、动

---

① 陆云:《陆云集》(北京：中华书局，1988年)，第137页。

人心魄的意象吟咏，是“文学之为永生之体”（literature as an ever-living thing）（xiii），其深明通达与精到，不负惠特曼的“圣殿”称誉。

值得注意的是陈世骧对于“超脱”（detachment）的理解。《晋书》本传说陆机“少有异才，文章冠世，伏膺儒术，非礼不动”；[①] 陈世骧据此认为陆机是儒门中人，他不同于当时不少文人。在这个“存在变得绝顶荒谬”的历史时刻，他们不是遁入道家的逃避主义，就是匡济以佛家的宗教彼岸。陆机是这个时代的“最后的儒者”（the last Confucianist of his age），他的“现世关怀”（this-worldliness）也就是他的悲剧缺憾（tragic flaw），然而最终他缘此得到救赎，因为他对人文力量有坚毅的信念；世务上的挫折即或令人气馁于一时，在人文精神的感召下，不懈的追索终会让一己得到升华，从而进入历史与文艺的永恒，得以不朽。故此陈世骧心目中的“超脱”，并非脱离人世的逃遁，而是淑世的人文精神的升华。他认为《文赋》正是这人文精神的恰如其分的宣示。（xi）他之所以有“文学作为抵抗黑暗之光”的信念，正因为他相信文学充盈人文精神，在黑暗中发挥抗衡的力量。例如他翻译陆机《文赋》以下几句：

> 其致也，情曈昽而弥鲜，物昭晰而互进。

就选用了具体指“光”明的字词，如“glimmer”“luminosity”“lit

---

① 《晋书》，第 54 卷；《列传》，第 24 卷。

up glow" "light reflects" 等。[1] 陈世骧在《导言》中引用雪莱《致玛丽亚·吉斯庞的信》一诗，借以说明英国文学的上佳诗篇也可以是精彩的批评，所选用的诗句中就有"流星"（meteor）意象，比喻诗心的亮光（inner light），以对照"黑暗与沮丧"（darkness and despair）。[2] 我们也不应忽略 1948 年版《文赋》英译导言的结尾部分，陈世骧引用弥尔顿《失乐园》的两句：

> 到他第二次发言时，黑暗就逃走了，
> 光明闪亮了，从混乱中产生了秩序。[3]

"光明"是陈世骧的信念，赖此驱走"黑暗"；而从"混乱"之得以产生"秩序"，于他来说，应该就是陆机《文赋》所彰显的儒家思想的表现，他所认同的人文精神的纯境。[4]

由 1948 年《文赋》初刊到 1953 年在美国出版删节本，其间他还发表了几篇重要论述，包括：1951 年的《探求中国文学批评的起

---

① 陈世骧的译文是："When the search succeeds, / Feeling at first but a glimmer, will gradually gather into full luminosity, / Whence all objects thus lit up glow as if each the other's light reflects." (viii)

② "Flags wearily through darkness and despair-/ A cloud-encircled meteor of the air, / A hooded eagle among blinking owls." Percy Bysshe Shelley, "Letter to Maria Gisborne," Jack Donovan, Cian Duffy, Kelvin Everest, Michael Rossington, eds., *The Poems of Shelley: Volume Three: 1819 – 1820*, (London: Routledge, 2011), 452.

③ John Milton, "Till at his second bidding darkness fled, / Light shone, and order from disorder sprung." David Scott Kastan, ed., *Paradise Lost* (Indianapolis/Cambridge: Hackett Publishing Company, 2005), 106.

④ 陈世骧认为《文赋》所揭示的"秩序"非常重要。参考陈国球《陈世骧论中国文学——通向抒情传统之路》，《汉学研究》，第 29 卷，第 2 期（2011 年 6 月），第 230 页。

源》(*In Search of The Beginnings of Chinese Literary Criticism*), 1952年为《美国大百科全书》撰写《中国文学》专题(*China - Literature*), 1953年应联合国教育科学与文化组织(UNESCO)之邀写成《中国文学的文化本质》(*The Cultural Essence of Chinese Literature*)。《探求中国文学批评的起源》一文承接《文赋》结合文学与文学批评的思路,试图从"诗"字之"得形成义"所显示的文化行为与心理活动,以至"诗言志"与"诗缘情"的发展,考索中国文学批评观念与文学传统形态的关系。[1]《中国文学的文化本质》则探讨"文"在中国传统中的意义,指出文化能够在政治(包括国家、法制等组织性的限囿)以外发挥整合的力量。[2]

这几篇文稿可说是陈世骧赴美以后显示出新发于硎的思维,对文学以及所乘载之人文精神于艰难时势发挥作用有所期盼,也预示了他论述"中国抒情传统"的方向。紧接这几篇探讨中国文学的文章,陈世骧又撰写了一篇讨论中国文学与西方文学关联的长文:《波兰文学在中国与作为"摩罗诗人"的密茨凯维奇》。

陈世骧与鲁迅的"摩罗诗人"

《波兰文学在中国与作为"摩罗诗人"的密茨凯维奇》(*Polish Literature in China and Mickiewicz as "Mara Poet"*)一文刊于1956年

---

① "In Search of the Beginnings of Chinese Literary Criticism," Walter J. Fischel, ed., *Semitic and Oriental Studies: A Volume Presented to Professor William Popper* (Berkeley: University of California Press, 1951), 45-63.

② Shih-Hsiang Chen, "The Cultural Essence of Chinese Literature," C. C. Berg et al., eds., *Interrelations of Cultures: Their Contributions to International Understanding* (Paris: UNESCO, 1953), 43-85.

出版的《世界文学中的阿当·密茨凯维奇》(*Adam Mickiewicz in World Literature*)，可说是陈世骧对鲁迅在半个世纪以前发表的《摩罗诗力说》的阅读与诠释。①

鲁迅的《摩罗诗力说》写于 1907 年，发表于 1908 年 2、3 月，② 即光绪三十三年到三十四年，满清皇朝日薄西山的时候。当时鲁迅留学日本，在异域中读古国文化史，想到印度、希伯来、伊朗、埃及等古文明，“灿烂于古，萧瑟于今”，由是感怀故国，思量如何发扬“国民精神”：

> 意者欲扬宗邦之真大，首在审己，亦必知人，比较既周，爰生自觉。自觉之声发，每响必中于人心，清晰昭明，不同凡响。(第 58 页)

鲁迅认为有必要透过比较的视野，审察外国的经验，以反思本邦未来的取向。观察与比较的目光，于鲁迅来说，就放在寄寓“心声”的诗歌之上：

> 盖人文之留遗后世者，最有力莫如心声。古民神思，接天然之閟宫，冥契万有，与之灵会，道其能道，爰为诗歌。其声度时劫而入人心，不与缄口同绝；且益曼衍，视

① Shih-Hsiang Chen, “Polish Literature in China and Mickiewicz as ‘Mara Poet’,” Wacław Lednicki, ed., *Adam Mickiewicz in World Literature* (Berkeley: University of California Press, 1956), 569－588.

② 《摩罗诗力说》，原刊《河南》月刊第 2、3 号（1908 年 2 月、3 月），署名令飞；收入鲁迅《坟》（北京：人民出版社，1988），第 56—108 页。以下引用以《坟》本为据，仅注页码。

其种人。（第 56 页）

而异邦诗歌中：

力足以振人，且语之较有深趣者，实莫如摩罗诗派。（第 59 页）

至于何谓“摩罗诗派”？鲁迅作出如下的界定：

凡立意在反抗，指归在动作，而为世所不甚愉悦者悉入之……凡是群人，外状至异，各禀自国之特色，发为光华；而要其大归，则趣于一：大都不为顺世和乐之音，动吭一呼，闻者兴起，争天拒俗，而精神复深感后世人心，绵延至于无已。（第 59 页）

这个定义重点在于“反抗”“挑战”“争天拒俗”，要求诗歌能刺激、振动人心；而其基本观点是诗的作用与人的本能是相通的：

盖诗人者，撄人心者也。凡人之心，无不有诗，如诗人作诗，诗不为诗人独有，凡一读其诗，心即会解者，即无不自有诗人之诗。无之何以能解？惟有而未能言，诗人为之语，则握拨一弹，心弦立应。其声澈于灵府，令有情皆举其首，如睹晓日，益为之美伟强力高尚发扬，而污浊之平和，以之将破。（第 61 页）

鲁迅一方面说"摩罗诗派"是异邦新声，但另一面却指出这新声其实也源自"凡人之心无不有诗"的普遍真理。① 传统诗学的"在心为志，发言为诗，情动于中而形于言"，也是"摩罗诗力"的基础；只因本邦"后贤"尽力"设范以囚之"，才有"持人性情""诗无邪"等违反人性的主张。（第 61 页）所以异邦的"摩罗诗派"其实是在普遍原理之上发扬其动态的面向，而为诗的目标仍是"发为光华"，"令有情皆举其首，如睹晓日"；也唯有在这种体认和主张之下，"别求新声于异邦"才有可能，才有意义。

陈世骧这篇讨论波兰文学与密茨凯维奇的文章，写在《摩罗诗力说》之后差不多五十年，他非常用心体会鲁迅的早年论述，提出了一些重要观察点，例如：

1. 相对于清朝末年知识界追求西方科技物质上之富强、沦为口号的"众治"，青年鲁迅的思想绝对超前；他接引尼采、克尔凯郭尔（Søren Kierkegaard）等的哲学思想，以人为本，认同"个人主义"；②

2. 鲁迅对大众群相讴歌西欧以及美国之财富物力，不以为然；他关心苦难中被压迫的民众，支持"革命理想主义"（revolutionary

---

① 鲁迅又说："由纯文学上言之，则以一切美术之本质，皆在使观听之人，为之兴感怡悦。文章为美术之一，质当亦然。"（第 64 页）

② Shih-Hsiang Chen, "Polish Literature in China and Mickiewicz as 'Mara Poet'," 573. 鲁迅《破恶声论》也提到："故今之所贵所望，在有不和众嚣，独具我见之士，洞瞩幽隐，评骘文明，弗与妄惑者同其是非，惟向所信是诣。"鲁迅：《集外集拾遗补编》（北京：人民出版社，1993 年），第 22 页。后来汪晖对此有深入的探讨，见汪晖：《汪晖读鲁迅》（香港：香港中文大学出版社，2013），第 31—36 页。又参考 Kwee-Kian Low, "The Individualism of Lu Xun," M. A. Thesis, University of Wisconsin-Madison, 1991.

idealism)，重视弱势的斯拉夫民族——尤其波兰——的文化与艺术；①

3. 鲁迅早期的文言文论述标志了他个人的思想史历程，尤其这篇以典雅而充满诗意的古文写的《摩罗诗力说》，从视野到文体，都贯注了鲁迅对本邦文化传统的关怀。②

陈世骧这些半个世纪以前的洞见，多年后才有其他鲁迅研究者陆续注意而加以探究。

鲁迅在《摩罗诗力说》中分别讨论了裴伦（G. Byron，现今通译拜伦）、修黎（P. Shelley，雪莱）、普式庚（A. Pushkin，普希金）、来尔孟多夫（M. Lermontov，莱蒙托夫）、密克威支（A. Michiewicz，密茨凯维奇）、斯洛伐支奇（J. Słowacki，斯洛伐斯

---

① Shih-Hsiang Chen, "Polish Literature in China and Mickiewicz as 'Mara Poet'," 573 - 574. 鲁迅在不少文章中提及对波兰的好感，例如《破恶声论》说："波兰虽素不相往来，顾其民多情愫，爱自繇，凡人之有情愫宝自繇者，胥爱其国为二事征象，盖人不乐为皂隶，则孰能不眷慕悲悼之。"《题未定草·三》又说："绍介波兰诗人，还在三十年前，始于我的《摩罗诗力说》。那时满清宰华，汉民受制，中国境遇，颇类波兰，读其诗歌，即易于心心相印。"分见鲁迅：《集外集拾遗补编》，第30页；《且介亭杂文二集》（北京：人民文学出版社，1958），第111页。

② Shih-Hsiang Chen, "Polish Literature in China and Mickiewicz as 'Mara Poet'," 574. 鲁迅在《坟》的《题记》中说："因为那编辑先生有一种怪脾气，文章要长，愈长，稿费便愈多。所以如《摩罗诗力说》那样，简直是生凑……又喜欢做怪句子和写古字，这是受了当时的《民报》的影响。"《坟·题记》，第1页。汪晖指出鲁迅这种文体"显示了一种对于古文形式的自觉……我将这些论文称之为古文论文，而不是文言文论文……要说清楚这两种古文之间的意识形态对立，我们还要回到章太炎和《民报》的国粹主义主张中理解。"汪晖：《汪晖读鲁迅》，第14—20页。林少阳曾讨论"清季革命时期鲁迅的文章与章太炎"，见林少阳：《鼎革以文——清季革命与章太炎"复古"的新文化运动》（上海：上海人民出版社，2018），第381—386页，第412—417页。又参 Jon Eugene von Kowallis, "Lu Xun's Han Linguistic Project: The Use of *Wenyan* to Create an 'Authentic' Han Vocabulary for Literary Terminology in His Early Essays," 见卢国屏主编《与世界接轨——汉语文化学》（台北：学生书局，2002），第289—312页。

基）、克立旬斯奇（S. Krasinski，克拉辛斯基）、裴象飞（A. Petöfi，裴多菲）等“摩罗诗人”；然而陈世骧则只聚焦于波兰诗人密茨凯维奇。这个选择固然是因为陈氏文章要配合论文集的约稿要求，[①] 但重点还是20世纪中叶在美国的陈世骧如何阅读与诠释20世纪初在日本的鲁迅对密茨凯维奇的诠释。正如上文所述，鲁迅的确对波兰文学有所偏爱，而陈世骧也细心地从相关的传记资料取证，[②] 他认为：

> 在此时，即便有着语言隔阂且地理位置相距遥远，波兰文学中一道伟大的光芒，早已深深触动鲁迅的想象力。或许不能说是出人意表，但确实也如奇迹一般，这道照亮鲁迅这颗伟大的中国文学心灵的光芒，就是早已享富盛名近半世纪的密茨凯维奇。[③]

为陆机《文赋》中闪耀的光芒所撼动的陈世骧，想象到鲁迅心灵也曾触动于密茨凯维奇在半个世纪前开始照亮人心的文学之光。他认为鲁迅的《摩罗诗力说》摆脱当时中国知识界的庸众流俗，彰显了“文学的尊严与功效”（the dignity and efficacy of literature），启迪了

---

① 《世界文学中的密茨凯维奇》由美国波兰文理学院（Polish Institute of Arts and Sciences in America）为纪念密茨凯维奇逝世一百周年而编集。

② 文中陈世骧借助小田岳夫《鲁迅传》及周遐寿《鲁迅的故家》的说明，见：Shih-Hsiang Chen, “Polish Literature in China and Mickiewicz as ‘Mara Poet’,” 574, 577. 又可参考李坚怀、贾中华:《异域盗火——论鲁迅与波兰文学》，《赣南师范学院学报》，第4期（2007年），第55—59页。

③ Shih-Hsiang Chen, “Polish Literature in China and Mickiewicz as ‘Mara Poet’,” 574.

诸多新一代的中国作家。① 陈世骧认为鲁迅这篇文章开首关于拜伦以至雪莱的论述，有较多宗教神学意义的联想；到了中段谈论斯拉夫诗人时，就转入人间世，所感应的尽是民族感情以至人格德行等人世事，正如上文提到陈世骧留心陆机作为儒家中人的人世关怀，他对鲁迅的阅读，也在于后者如何感应密茨凯维奇诗篇中的人情。②

他明白由于当时书册匮乏、加上语言的隔阂，鲁迅其实未必能直接阅读密茨凯维奇的作品，只能透过勃兰兑斯（George Brandes）的间接述说。③ 有关《摩罗诗力说》的取材所据，日本学者北冈正子作了很细密的查考对照，从中我们更加清楚地见到鲁迅论述与材源之间的异同和依违所在。④ 陈世骧未有机会看到这些考证，但还是能够从细读中忖度鲁迅如何理解密茨凯维奇。

陈世骧认为鲁迅在阅读密茨凯维奇的过程中，添加了许多中国传统的想象，例如几乎所有传记都提到密茨凯维奇初恋失败对后来的浪漫风有重要影响；⑤ 鲁迅的描述是：

初尝爱邻女马理维来苏萨加，而马理他去，密克威支

---

① Shih-Hsiang Chen, "Polish Literature in China and Mickiewicz as 'Mara Poet'," 575.

② 鲁迅的确关心的是人世，但实质上，密茨凯维奇的生涯中，宗教神学甚至非正统的神秘教义对他都有重要影响，参考 Jan Parandowski, "Introduction to the Life and Work of Adam Mickiewicz," Jan Parandowski, et al., *Adam Mickiewicz 1798 - 1855: In Commemoration of the Centenary of His Death*, (Paris: UNECO, 1955), 11 - 35; Wiktor Weintraub, "Adam Mickiewicz, 1798 - 1855: A Biographical Sketch," *Adam Mickiewicz in World Literature*, 589 - 601.

③ George Brandes, *Poland: A Study of the Land, People, and Literature* (London: William Heinemann, 1903).

④ 北冈正子著，何乃英译《摩罗诗力说材源考》（北京：北京师范大学出版社，1983）。

⑤ 参考：Wiktor Weintraub, "Adam Mickiewicz, 1798 - 1855: A Biographical Sketch," *Adam Mickiewicz in World Literature*, 591.

> 为之不欢。后渐读裴伦诗，又作诗曰《死人之祭》(Dziady)……中有失爱自杀之人，已经冥判，每届是日，必更历苦如前此。(第85页)

事实上这位密茨凯维奇的初恋情人马理维来苏萨加（Maryla Wereszczaka）出身名门，并非密茨凯维奇的邻居。[①]陈世骧认为鲁迅有意无意的误读而得出“邻女”的意象，在中国人的生活习惯中特别容易产生感应，因为中国社会习俗并无自由恋爱，少年人爱恋意识萌芽的情景，往往是在书斋窗前窥见邻家女。因此读者接着读到鲁迅下文阐述《死人之祭》（*Forefathers' Eve*，现今通译作《先人祭》）的情感冲击力（emotional impact）时，就会因为自身的已有经验而投入这卷作品的“维特式精神”（Wertherism）；而鲁迅所叙说的“每届是日，必更历苦如前此”，令数千年来无恋爱自由的国人，更感受到这永恒的伤痛。陈世骧以为鲁迅笔下的密茨凯维奇，直是传来禁果的“摩罗诗人”。[②]

另外一个有关密茨凯维奇生平和作品的事例，是他与俄罗斯诗人普希金的交往。在鲁迅笔下，两人相识见面，互相以诗赠答：

> 当二人相见时，普式庚有《铜马》一诗，密克威支则有《大彼得像》一诗为其记念。盖千八百二十九年顷，二人尝避雨像次，密克威支因赋诗纪所语……波阑破后，二

① 参考：Wiktor Weintraub，“Adam Mickiewicz，1798 - 1855：A Biographical Sketch，” *Adam Mickiewicz in World Literature*，591；George Brandes，*Poland: A Study of the Land*，*People*，*and Literature*，232 - 233.

② Shih-Hsiang Chen，“Polish Literature in China and Mickiewicz as ‘Mara Poet’ ”，577 - 578.

> 人遂不相见，普式庚有诗怀之；普式庚伤死，密克威支亦念之至切。（第87页）

陈世骧指出实情并非如此，两首诗的写作时间并非两人初见之时。陈世骧并无补充解释两诗的撰作时间，但后来研究者对此两首诗的来龙去脉与相互的关联，已有不少考论。密茨凯维奇的《偏离：彼得大帝像》（*Digression: The Monument of Peter the Great*）写于1832年，普希金的《铜马人：一个彼得堡的故事》（*The Bronze Horseman: A Petersburg Tale*）写于1833年，普希金死后才出版。两首诗并非惺惺相惜的交谊诗，反而隐含嘲讽与抗辩的意味。[①] 鲁迅参照中国文学史上文人无论初交故旧都喜欢以诗赠答，就用这种中国方式向读者交代两人的情谊。这些例子值得注意的地方不在于研究上的纠正讹误，而是陈世骧的阅读显然是“抒情式”的思路，剖析了解鲁迅为文时的用心。

陈世骧读《摩罗诗力说》，还特别究心鲁迅的文体。例如鲁迅介绍《佗兑支氏》（*Pan Tadeusz*，今译《塔杜施先生》）一诗的“描绘物色，为世所称”的笔墨，陈世骧认为是阿诺德（Mathew Arnold）所谓“高华文体”（grand style）。[②] 事实上鲁迅重视诗的作

---

① 参考：Brandes, *Poland: A Study of the Land, People, and Literature*, 235 – 238; Czesław Miłosz, *The History of Polish Literature* (Berkeley: University of California Press, 1983), 224 – 225; Wacław Lednicki, *Pushkin's Bronze Horseman: The Story of a Masterpiece* (Berkeley: University of California Publications: Slavic Studies, Vol I, 1955), 25 – 28; Wacław Lednicki, "Mickiewicz's Stay in Russia and His Friendship with Pushkin," *Adam Mickiewicz in World Literature*, 59 – 66.

② 《摩罗诗力说》第三节提到阿诺德的“大文”：“昔爱诺尔特（M. Arnold）氏以诗为人生评骘……故人若读鄂谟（Homeros）以降大文，则不徒近诗，且自与人生会，历历见其优胜缺陷之所存，更力自就于圆满。”（第65页）

用力，每当写到感通召唤之处，都可以见到他所下的功夫，例如写到诗中的声音：

> 有名华伊斯奇者吹角，起自微声，以至洪响，自榆度榆，自檞至檞，渐乃如千万角声，合于一角；正如密克威支所为诗，有今昔国人之声，寄于是焉。（第 86 页）

由叙事到描写，再想象而发挥，自然与人事得以融通。鲁迅接着写：

> 诸凡诗中之声，清澈弘厉，万感悉至，直至波阑一角之天，悉满歌声，虽至今日，而影响于波阑人之心者，力犹无限。令人忆诗中所云，听者当华伊斯奇吹角久已，而尚疑其方吹未已也。（第 86 页）①

号角声、诗声、心声，在这个融通之境，萦绕不息，甚而超越时间空间，鼓动广大读者的心灵，从而发挥其行动力。这也是鲁迅所说的，“握拨一弹，心弦立应。其声澈于灵府，令有情皆举其首，如睹晓日，益为之美伟强力高尚发扬”。（第 61 页）陈世骧提醒读者注意鲁迅在述说《塔杜施先生》这一场景的田园牧歌式的笔触，他认为此处人与自然相通共鸣，正是中国人心灵最能感应的境界。鲁迅所谓“描绘物色”，大概有《文心雕龙·物色》篇中“物色之动，心亦摇焉”的意念存乎其中。除了音声上的共振，陈世骧也留

---

① 参考：Brandes, *Poland: A Study of the Land, People, and Literature*, 293 - 294.

心光影的象征意味。他特别关注鲁迅叙述密茨凯维奇被俄国官吏拘禁，“居囚室十阅月，窗牖皆木制，莫辨昼夜”（第 85 页）[①]；他以为这些刻画虽是实写，但当时在中国反对清朝统治的人士被幽囚者多，在黑暗处境中“光”的渴望绝对有其象征意义。[②]

陈世骧也注意到鲁迅论密茨凯维奇之为“摩罗诗人”，其要紧处在于“复仇”之声。他说这声音并非源自“摩罗”与“上帝”之争，而是人间的抗争英雄与压迫者的对垒。鲁迅引录《先人祭》中三个囚犯分别唱的歌，然后作总结说：

> 报复诗华，盖萃于是；使神之不直，则彼助自报之耳。（第 88 页）[③]

陈世骧的判断是鲁迅正当辛亥革命前夕，密茨凯维奇那借来的声音，正四处回荡。[④] 不过，鲁迅复仇之念，可能有更具体事由：《摩罗诗力说》撰写于 1907 年，该年 7 月，鲁迅同乡徐锡麟、陈伯平、马宗汉，以及秋瑾等因“安庆起义”失败，相继被清政府杀害。消息传到日本，鲁迅当时内心的怨愤，可以推知。[⑤]

然而，无论鲁迅或者陈世骧，都意识到他们自身不是行动者，其使命是文化批判或者省察。鲁迅在《摩罗诗力说》最后一节追问：

---

① 参考：Brandes, *Poland: A Study of the Land, People, and Literature*, 233.

② Shih-Hsiang Chen, “Polish Literature in China and Mickiewicz as ‘Mara Poet’,” 578.

③ 参考：Brandes, *Poland: A Study of the Land, People, and Literature*, 260 – 261.

④ Shih-Hsiang Chen, “Polish Literature in China and Mickiewicz as ‘Mara Poet’,” 580 – 581.

⑤ 参考：Jon Kowallis, “Lu Xun and Terronrism: A Reading of Revenge and Violence in *Mara* and Beyond,” Peter Zarrow, ed., *Creating Chinese Modernity: Knowledge and Everyday Life, 1900 – 1940* (New York: Peter Lang, 2006), 83 – 97.

> 今索诸中国，为精神界之战士者安在？有作至诚之声，致吾人于善美刚健者乎？有作温煦之声，援吾人出于荒寒者乎？（第 93 页）

鲁迅在往后的日子，的确以“精神界之战士”自任。陈世骧指出鲁迅日后的革命文学就是以“摩罗诗人”为前驱；《摩罗诗力说》所宣示的反抗精神，是 1917 年文学革命的先导。“新文学运动”要对抗古老落后的社会制度、道德陋习与顽固偏执，必须有强大的战斗力，鲁迅以《狂人日记》《阿 Q 正传》等小说冲击旧中国，继而以杂文作匕首投枪，批判时弊；在陈世骧眼中，他已然化身为中国的“摩罗诗人”。①

结语：抒情精神与摩罗诗力

《摩罗诗力说》结尾引述俄国作家凯罗连珂（V. Korolenko，通译柯罗连科）短篇小说《末光》（The Last Ray，1900）中的一段故事：

> 俄文人凯罗连珂作《末光》一书，有记老人教童子读书于鲜卑者，曰，书中述樱花黄鸟，而鲜卑冱寒，不有此也。翁则解之曰，此鸟即止于樱木，引吭为好音者耳。少年乃沉思。然夫，少年处萧条之中，即不诚闻其好音，亦当得先觉之诠解；而先觉之声，乃又不来破中国之萧条也。然则吾人，其亦沉思而已夫，其亦惟沉思而已夫！

---

① Shih-Hsiang Chen, “Polish Literature in China and Mickiewicz as ‘Mara Poet’,” 581.

（第 93—94 页）

故事中的少年，身处一个严寒而贫瘠的土地上，书本上许多名物，他没有知见的机会；然而老人逐一为他诠解，于是少年可以沉思默会。他是否会从此了悟？这里没有交代情节；但老人作为“先觉”，他已有觉悟。这“先觉”应可为后来者作启导。从异邦回顾本邦，中国也处于“萧条”的境况，可是，这里有“先觉”之声吗？若没有，则只剩下“沉思”；“沉思”可以带来什么呢？

这段小故事中，感应活动中的音声意象又再出现；同时，小说题作“末光”，“光”的意象也是《摩罗诗力说》所指向的希望，甚至力量。“末”字当然为这力量加了限制；究竟这“末”是“没有未来”的明示，还是暗示“幸得末光来临”，属于未来的“少年”才有“沉思”的机会，还有“默会”的可能？而（辛亥革命前夕的、文学革命前夕的）中国，则“先觉”不来，还是未至？鲁迅留下了这个不肯定的境况让读者沉思。

《摩罗诗力说》面世半个世纪以后的 20 世纪中叶，是一个大断裂年代，陈世骧的生命历程也遭逢不可逆转的大转折。他离开故土，决定留在美国去延续个人的文化生命，过程中一定有许多焦虑与彷徨；[①] 然而他在《文赋》中找到“光”，在文学上得见生命的庄严，体认到只要人心中有诗的存在，就可以超越乱世而进入更高

---

① 1948 年冬，身在美国的陈世骧与在南京中央研究院的逯钦立通信，讨论《文赋》的撰年，12 月陈世骧给逯钦立的信中说：“国内大杌陧，而兄能静心澄思，钩寻典籍，益见修养之深，不胜佩慰。”可以推见他当时的心境并不平静。陈、逯二人通信有四封，原由逯钦立送到南京出版的《学原》发表；但这些信件也历尽沧桑，十年后才在香港面世；见陈世骧、逯钦立：《关于文赋疑年的四封讨论信》，《民主评论》，第 9 卷，第 13 期（1958 年），第 360—362 页。

境界的秩序。这是人生的升华、精神的不朽。[①] 从这个体认出发，他继续探索中国文学与文化的要义，发现其中的“抒情精神”，他的关注点就在于个体之心情与外在的情境互动，而艺术媒体，例如言志缘情的诗，就是这繁复互动的见证。

基于《文赋》撰年考订所得的经验和教训，陈世骧继续在“抒情精神”启导下进行学术研究。适逢波兰诗人密茨凯维奇逝世一百周年被邀约供稿，他就以五十年前青年鲁迅的一篇重要文章，进行“抒情式”的阅读。陈世骧尝试诠释鲁迅从“摩罗精神”出发的诠释观点，看到鲁迅之论“摩罗诗人”，主要是在人心到文心的体位感应时局与政治，可以说是政治与诗学的一种精神结合：外在情境之“萧条”与否既是人心所感，其改变也有赖足以推动人心的力，而“摩罗诗力”正是这一种力量。

由此观之，《摩罗诗力说》讲述的虽然是异邦新声，但鲁迅的理解中往往有中国传统的渗透。“诗人者，撄人心者也”的观点，就其大者而言，实在可与“言志”“缘情”，以至“发愤以抒情”的“抒情传统论”相通；当然“摩罗诗力说”的着眼点在过程、在动作，其动感更强更烈。至于陈世骧由《文赋》诠释开出的抒情之路，则以文之秩序与人之升华的境界为目标，其最终点倾向平静与和谐。事实上，中国文学以至文化当中，所谓“抒情精神”本就有其动与静的两面性。陈世骧对鲁迅的革命文学理论，亦有同情的理解，尝试从具体语境作诠释；这些阅读经验，对他往后通往更成熟的“抒情传统论”，有重要的帮助。

---

① 陈世骧与老师艾克敦于战后在美国重遇，艾克敦后来在他的回忆录中对陈世骧这时的学术与心境有深刻的观察和体会，见：Harold Acton, *More Memoirs of an Aesthete* (London: Methuen, 1970), 263-265.

第十三章　高友工

一、高友工的“中国抒情美典”说

高友工（1929—2016）的著作，是出名的难读，然而他的“美典”论述，却一直传诵不竭，影响了几代的读书人，因为其中别有一种魅力，在不同的意义层面上发挥影响。我们今天读高先生的著作，或者可以从他的论述位置与语境，以及其发展逻辑切入，了解其间主要观念的构建方式，进而思考当中“难读”与“魅力”并存的意义。

“文学批评”的进路

高友工受到华文学界的重视，先是因为他与梅祖麟的学术论文被译成中文，在台湾的重要文学期刊《中外文学》发表：

1. 1972:《分析杜甫的〈秋兴〉：试从语言结构入手作文学批评》（Tsu-lin Mei and Yu-kung Kao，“*Tu Fu's 'Autumn Meditations': An Exercise in Linguistic Criticism*”）；

2. 1973:《论唐诗的语法、用字与意象》（上）、（中）、（下）

(Yu-kung Kao and Tsu-lin Mei, "*Syntax, Diction, and Imagery in T'ang Poetry*");

3. 1975—1976:《唐诗的语意研究:隐喻与典故》(上)、(中)、(下)(Yu-Kung Kao and Tsu-Lin Mei, "*Meaning, Metaphor, and Allusion in T'ang Poetry*"),本文中文翻译刊出时间比英文本还要早,因为《中外文学》已先从作者处取得稿本。

《中外文学》月刊于1972年由台湾大学外文系创办,并得到当时中文系的大力支持;其编辑取向,除了创作之外,重点更在"文学评论"。在创刊号所附的夹页中,发行人朱立民、社长颜元叔、总编辑胡耀恒联合署名,发表给读者的信:

> 我们将邀约并欢迎海内外的学者专家,对古今中外著名的作家和作品,撰写有分量的批评分析文章。对中国古典及现代文学的论评,我们强调使用新方法、新观点。同时,我们将以比较文学的方法,用中国文学的观点谈论外国文学,用外国文学的观点谈论中国文学;期得相互参证的效果。①

高友工1952年毕业于台湾大学中文系,两年后赴美国哈佛大学追随杨联陞教授修读中国历史,1962年以"方腊之乱"(*A Study of Fang La Rebellion*)论文获博士学位;梅祖麟则是哈佛大学硕士,耶鲁大学博士。两人论《秋兴八首》等三篇文章,正是对《中外

① 见《中外文学》,第1卷,第1期(1972年),夹页。

文学》宗旨的合时响应，而这也是当时大陆地区以外中国文学研究者热衷于批评方法探索的一种表现。

1978 年高友工应台湾大学文学院院长侯健之邀返台客座。在这学年之内，他写下了倾动一时的三篇中文论文：[①]

4. 1978：《文学研究的理论基础——试论“知”与“言”》；

5. 1979：《文学研究的美学问题（上）：美感经验的定义与结构》；

6. 1979：《文学研究的美学问题（下）：经验材料的意义与解释》。

高友工在哈佛大学念的是历史，但其后的学术发展却侧重文学艺术。从《分析〈秋兴〉》一文开始，我们可以看到高友工的文学以至美学论述，是以“文学批评”为探索的出发点。这“美学三篇”的重点固然是理论体系的建构，但每当回首中国文学传统的时候，就能清楚见到他的关怀，例如《文学研究的理论基础——试论“知”与“言”》的结论部分，就见到他对“文学批评”的理解。他指出“文学研究”和“文学批评”是两种不同的“知”的活动，前者是“现实之知”，后者是“经验之知”。“文学研究”应该用分析语言来进行；而“文学批评”是一种“纯粹的美感活动”，同时“想象”与“观照”，可以用“感性观念”来把握、象

① 1978 年 11 月 5 日，高友工在比较文学会议上宣读论文《文学研究的理论基础》，在讨论中余玉照就以“高友工震荡”一语来形容当时高友工的影响，参高天生：《谈文学理论与文学批评——与高友工教授一席谈》，《书评书目》，第 71 期（1979 年），第 76 页。

征这个美感经验和判断。因此，传统诗评家“以一字、一词或一语来象征他们的经验”是合理而有效的。[①] 他在接受高天生访问时又一再申明：批评家面对原有作品正如艺术家面对他原有的“心境”，“艺术家把他的‘心境’写成了诗；而批评家把他读‘诗’的‘心境’写成了‘诗评’，故此浓缩却仍是感性的”，因此高友工名之为“抒情式的批评”（lyrical criticism）。[②] 当时台湾学界有抨击传统批评为“印象主义批评”，认为过时落后。看来，高友工要为中国传统的文学批评作辩护；但他的辩解方式，却绝非不顾时代发展地坚守旧壁垒，反而是富有现代意义的抽丝剥茧、层层递进的分析与演绎，试图说明中国传统批评的特性和意义。当然，高友工也指出他不是在提倡“恢复中国的传统批评方法”，但他认为过去的传统批评可供今人用“分析方法”去研究发掘，以了解当时的“风尚、趣味以及理想”所合成的“文化的基调”，从而“使我们文学的视野扩大”；它虽不能“突然改变我们的趣味、修养”，但对我们有“潜移默化”的作用。他认同弗莱（Northrop Frye，1912—1991）之说，以为“文学批评是一种人文教育”。[③] 他又说：

> 我们从事文学批评研究的人，都希望文学批评能使人的眼界扩大，不是要限制人的眼界，而是给他更大的眼界，使他有更多的选择的自由。其实整个人文教育的目

---

① 高友工：《文学研究的理论基础——试论“知”与“言”》，见《中国美典与文学研究论集》（台北：台大出版中心，2016，第三版），第 17—18 页。

② 高天生：《谈文学理论与文学批评》，第 81—83 页。

③ 高友工：《文学研究的理论基础》，第 19 页。

> 的，也是在扩大人的视野。①

至于“分析方法”，高友工也有他独特的接受态度。他在美国修业期间，英美思想界的主流是分析哲学，这给了他很大的冲击。在分析哲学基础上的语言哲学、知识论和方法论，可说是高友工的文学和美学研究的主要工具。然而，高友工一边应用分析哲学来论学，另一边又不断强调分析哲学的不足，以为这种方法“君临”西方哲学是“最大的悲剧”。② 他自己的解释是：

> 我想最后要建立的理论体系，应该不只可以解释中国的文学现象，同时也可以解释其他的文学现象。所以我认为一个纯粹的中国理论体系是不够的，至少还要包括世界上几个主流。至于方法呢？我猜想最主要的还是要从分析哲学下手。虽然我个人反对分析哲学，但反对的态度是这样的：如果以它为最高的价值我反对，但如果是以它作为方法，那没问题还是学术研究的基础。原则上我接受分析哲学的方法；也就是能够厘清定义、合理推论，能够遵照这些原则，你才能定出批评的范畴、原则等种种理论间架。③

因为高友工相信分析哲学在方法上是严谨的、可依赖的，但他同时

---

① 高天生：《谈文学理论与文学批评》，第 86 页。
② 高友工：《文学研究的理论基础》，第 7 页。
③ 高天生：《谈文学理论与文学批评》，第 87 页。

又相信英美分析哲学界的视野太扁平，没法深入到经验世界之中，在文化价值的探索面前更显得软弱无力。高友工的策略就是用力开发分析哲学之所未及之境，借用当中的语言理论和行动理论，对人文活动中的经验和价值作仔细的推敲。

以立说的位置来说，高友工从事的是“后设”研究。他重视美感经验，创作者的感应经历当然是其关注点，但在他探索过程中却不见得是独享优位；反之，他的策略是以“文学批评”作为讨论的重要依据，因为“文学批评”，尤其他眼中的“中国传统文学批评”，往往直透经验生发的根源，而予以展陈；这种含蓄而具象征意义的表述方式，只有待今人以现代的分析方法加以诠解。高友工著述的读者必须有这个警觉，才能掌握“美典”说的线索。

“文字语言”与文体递嬗间的“美典”

要了解高友工的“美典”说如何成形，我们又有必要考察他在“美学三篇”以后的重要著述。从已知文献资料，可见高友工在1980年以后发表了以下的论文：

1980：*Approaches to Chinese Poetic language*（《中国诗语言之探索门径》）；

1982：*Aesthetics of Regulated Verse*（《律诗的美典》）；

1985：*Chinese Lyric Aesthetics*（《中国抒情美典》）；

1986：《诗经的语言艺术》；

1986：《试论中国艺术精神》；

1987：《中国戏剧美典的发展》；

1987：*The Nineteen Old Poems and the Aesthetics of Self-Reflection*（《古诗十九首与内省美典》）；

1989：《中国语言文字对诗歌的影响》；

1990：《词体之美典》；

1992：《小令在诗传统中的地位》；

1994：《中国戏曲美典初论——兼谈“昆剧”》；

1997：《中国之戏曲美典》；

1997：《从〈絮阁〉、〈惊变〉、〈弹词〉说起——艺术评价问题之探讨》；

2002：《中国文化史中的抒情传统》。①

这些文章大概可分为三类：① 中国语言文字与诗歌的关系；② 文体类型与相关“美典”的建立；③ 从中国文化与艺术发展的角度论“抒情美典”。高友工的文学论说以语言的观照为基础，因此我们不能忽略他如何取资于现代语言哲学来建构他的“美典”观念。例如在《中国语言文字对诗歌的影响》一文中，他参照了沃尔特·翁（Walter Ong）、哈夫洛克（Eric A. Havelock）、苏珊·艾尔温（Susan Aylwin）、朱克坎（Victor Zuckerkand）、史固通（Roger Scruton）等的语言和艺术理论之后，确认汉语与“印欧语系”之间的差异性，指出中国别有相对独立（于口语）的“文字语言”，自成“书记文化”，“文字语言”与“口语”是“平行并生”的：

① 各篇文章按最早发表（包括提交学术会议）的时间先后排列；部分未能追查最早发表之形式，则据登载于书报之时间排列。

> 由于中国的孤立语，由于中国的象意字，也许更由于中国人对这种内在意象的重视，竟能用我们最古老的文字语言来象征，舍细节而取主旨，轻实证而重印象；以至现实时间反而要通过心理空间来表现。内在经验居然能用纯形象语言的象征来保存，这是文化史中一个关键。它奠定中国语言，甚至思想的发展方向；决定了文学和美学的理想。①

这些观察所得，已经触及“抒情美典”的基本内涵。

至于高友工的文体类型探讨，主要方向并非如一般类型研究之侧重并时层面（synchronic aspect）的异同对照；反之，他是以一种历时（diachronic）的观察角度，去考查中国诗词体类的递嬗与相关的“美典”演变。例如五言诗与《古诗十九首》的“内省美典”展示了中国诗歌发展的两项程序：“内化”（internalization）和“象意”（symbolization）。② 这两项程序在初唐因律诗正式定型而得到停当的布置，“律诗美典”由此而生；到盛唐王维发展为“不用心”、“空无”的山水田园视境，以至杜甫恢宏的历史视境，“律诗美典”的内涵更为丰富。③ 高友工认为“律诗美典”是“抒情美典”的理想结晶，至词体的小令，又“把抒情美典在时空间架上扩

---

① 高友工：《中国语言文字对诗歌的影响》，见《中国美典与文学研究论集》，第196页。

② Kao Yu-kung, "The Nineteen Old Poems and the Aesthetics of Self-Reflection," Willard J. Peterson, Andrew Plaks, and Yu Ying-shih, ed., *The Power of Culture: Studies in Chinese Cultural History* (Hong Kong: Chinese University of Hong Kong Press, 1994), 80 - 102.

③ Kao Yu-kung, "The Aesthetics of Regulated Verse," Shuen-fu Lin and Stephen Owen eds., *The Vitality of the Lyric Voice: Shih Poetry from the Late Han to the T'ang* (Princeton: Princeton University Press, 1986), 332 - 385；高友工：《律诗的美学》，见《中国美典与文学研究论集》，第199—247页。

大了，创作活动的层面加深了”；而长调更开出新意境，“以时间之介入，以理想之开拓，以个人主观因素之突出，故有前所未有之深度、广度”，为“抒情精神之极峰”。① 观此，可知高友工如何在诗词体式理解过程中构思“抒情美典”的发展。相对而言，高友工的“戏曲美典”论，是另辟蹊径；他视之为“外投美典”，与内向的“抒情美典”对立。然而相关的论述稍嫌驳杂不纯，与他细意经营的“抒情美典”的完整体系，不能相比。②

“抒情美典”与中国文化史

高友工“美典”论最重要的三篇文章是：1985 年 5 月在美国纽约大都会博物馆举行的“诗书画三绝”研讨会上发表的《中国抒情美典》，后来增改成长篇英文论文，与研讨会其他文稿同收入 1991 年出版的 *Words and Images: Chinese Poetry, Calligraphy, and Painting*（《文字与意象：中国诗歌、书法与绘画》）。③ 1986 年 12 月 6 日在《九州学刊》创刊年会上发表的《试论中国艺术精神》，文章后来在《九州学刊》刊载。④ 最后一篇是 2002 年 3 月刊于

① 高友工：《小令在诗传统中的地位》《词体之美典》，见《中国美典与文学研究论集》，第 250—269 页，第 270—277 页。

② 高友工：《中国戏曲美典初论——兼谈“昆剧”》《中国之戏曲美典》，见《中国美典与文学研究论集》，第 278—301 页，第 316—334 页。

③ Kao Yu-kung, “Chinese Lyric Aesthetics,” Alfreda Murck and Wen C. Fong, ed., *Words and Images: Chinese Poetry, Calligraphy, and Painting* (New York: The Metropolitan Museum of Art, 1991), 47-90.

④ 高友工：《试论中国艺术精神（上）》，《九州学刊》，第 2 卷，第 2 期（1988 年），第 1—12 页；《试论中国艺术精神（下）》，《九州学刊》，第 2 卷，第 2 期（1988 年），第 1—13 页。

《中国学术》的《中国文化史中的抒情传统》。① 三篇文章中的第一篇（英文）与第三篇（中文）发表时间相隔十多年，但似乎是同一文稿的不同版本。《中国文化史中的抒情传统》一文在结尾部分还提到“诗书画三绝”的问题，似是对早年纽约大都会博物馆会议主题的呼应。此外，全文分四节，文中屡屡提到这是四次系列演讲之讲稿，很有可能是指 1987 年 7 月高友工到台湾参加“文化、文学与美学”研讨会时所作的四次演讲。这篇中文论文到 2002 年才正式发表，应该是高友工多年来对中国文化之“抒情精神”的思考积聚。至于《试论中国艺术精神》的讨论角度则变化较多。三篇文章一脉相承，可以并参。②

“美典”一词，是高友工首创，用以对译一般称作“美学”的“aesthetics”。高友工对这个术语作过不少解说，最为简明的是：

> 美典并非美学。美学是研究美是什么？美感是什么？甚至于艺术是什么的一种学问。它的答案应该是通过哲学性思考的活动。因此从康德到黑格尔以至于现代哲学家都可以研究这方面的问题。美典则是某一人群、族群，甚至

---

① 高友工：《中国文化史中的抒情传统》，《中国学术》，第 3 卷，第 3 期（2002 年），第 99—157 页；《中国美典与文学研究论集》，第 104—164 页。

② 三篇文章一脉相承处可以从其重复征引的论证见到，例如各篇都曾引用分析哲学家查理·泰勒（Charles Taylor）关于人性的讨论：“他认为人的基本定义是他寻求自我解释的需要。”高友工用以说明“经验之成为自省，本身就有高一层的意义。此种经验在实现生命意义时，可以说把美感带进了一个真正撼人心弦的层次。这时美感实与真理、道德融为一体”。见《中国文化史中的抒情传统》，第 109 页。又参：“Chinese Lyric Aesthetics，” 52；《试论中国艺术精神（下）》，第 4 页。再者，文章都采用同样的两段模式：先以“一个较普遍的理论架构”开始，然后作“历史性的叙述”。见《中国文化史中的抒情传统》，第 99 页。

> 于某些个人对于艺术品的反应和评价。而这种评价往往或明或暗地显示一些原则、典范。讨论这种问题的往往是历史学者、人类学家。①

这个说法再次印证了高友工的“后设”立场；对于艺术品作出反应和评价，其实就是进行“（艺术/文学）批评”；只不过，高友工关心的重点不在批评家的个别反应，而在于这些反应和评价的集体表现，成为可以传播的“原则”或“典范”：

> 它不仅是一个个人对美的独特看法，而是有意无意地演变为一套可以传达继承的观念。美典……不必是个人有意识的分析结果，它可以是无意地蕴藏在作品本身，而经由对作品的欣赏而传播。而我们的讨论正是奠基于这种客观的现象之上，进而推想艺术家主观的创造过程。②

因此，虽然“抒情”论述必然与艺术家的创作过程（以特定媒体抒发内心情感）相关，但高友工的切入角度是这些创作过程背后潜藏于集体意识中的典则与规范。正由于“美典”牵涉到“传承”和“典范”的意识，也就免不了“历时”层面的思虑；高友工由此进入文化史的论述，也是顺理成章的表现。

此外，我们还要注意高友工对“抒情传统”“抒情精神”和“抒情美典”几个相关的概念所作的区分。高友工以为中国有史以

---

① 高友工：《中国之戏曲美典》，见《中国美典与文学研究论集》，第316页。

② 高友工：《中国文化史中的抒情传统》，第100—101页。

来就有一个以“抒情诗”为主而形成的传统，这就是中国的“抒情传统”。“抒情诗”成主导本来是中国文学史的现象，但这传统酝酿出来的“抒情精神”却无孔不入、浸润深广，以致自古代雅乐以迄后来书法、绘画都有所体现；由是此一“抒情精神”乃成为中国“抒情传统”的中流砥柱。至于“抒情美典”，则指向与“抒情传统”相关的一个“假设的理想架构”，高友工解释说：

> 抒情传统中的诗篇可以是不符合抒情美典的。这一方面由于抒情传统是较广义的，而抒情美典也可以说是我们假设的一个理想架构。另一方面又是因为传统是不断在演化，它所表现的美典也有阶段、层次的差异。①

根据高友工的义界，“抒情美典”是研究者的一个理论构筑，其构筑的根据是“抒情传统”（以抒情诗的特性为主调的文化传统）中的艺术品之被“欣赏而传播”，而艺评家所留下的欣赏心得以至相关的论述，就是可供分析的“客观现象”；透过分析就可以“进而推想艺术家主观的创造过程”，以至创造过程中的“美感经验”。这也就是“抒情美典”研究的进路。

高友工的论述是以理论为先导，“抒情美典”的理论关怀是“美感经验”，以“自我现时的美感经验”为艺术品的本体或内容，而这经验之保存方法是“内化”（internalization）和“象意”（symbolization）。然而，他又承认另有一种以艺术作品的“展现”（display）和“代表”（representation）为探索重点的“叙述美典”。

① 高友工：《中国文化史中的抒情传统》，第213页。

“抒情美典”以“创作过程”所经历、“欣赏批评”所再经历的“美感经验”为中心；而“叙述美典”的焦点则是创造的“成品”，着眼于“目的”。但高友工提醒我们不要以简单的“二分”视之，因为两种美典是“两种不同的观点和视野，层次不同，目的也不同”。他又认为这两种“美典”关联到两种人生观，可以是个人信念的选项，也可以是不同环境制约下之个别抉择，所以不是必然互相排斥的。然而，高友工又相信个人的决定“往往受文化的影响和限制”；他认为在中国文化史脉络中，“抒情”而非“叙事”，是传统的主潮。他说：

> 讲抒情传统也就是探索在中国文化（至少在艺术领域）中，一个内向的（introversive）价值论及美典如何以绝对优势压倒了外向的（extroversive）美典，而渗透到社会的各阶层。①

高友工长于思辨，对“抒情美典”在理论层面所牵及的各种元素以至其关联互动，都能作出细致而深刻的归纳或推衍，整理出这个“假设的理想架构”；然而高友工也意识到“理论不能只在真空中存在”，“有了历史的现象，理论架构才有了例证，而免于空疏”，换言之，如果没有了具体历史的印证，则高友工的“理想架构”无论如何体大思精，只会是个人私有的玄想。因此，他希望把“抒情美典视为一个文化演化的产物”。② 职是之故，中国抒情传统

---

① 高友工：《中国文化史中的抒情传统》，第 104 页。

② 同上，第 99、105 页。

的演变，以及相应的中国文化史关联，就成为高友工美典论述的成熟期之重要标志。在相关的三篇论文中，可以见到高友工如何追踪中国的“抒情美典”在文艺史上的表现，并提出了不少可以发人深思的观点。以《中国文化史中的抒情传统》一文为例，从第二节开始，高友工先后探讨“先秦以迄六朝美典之萌芽”“唐之律诗及草书二美典之对应”，以及“五代及宋之绘画美典的合流”。如果衡之以现代已成专门之学的中国诗史、书法史、绘画史、音乐史等，一定会觉得高友工的叙述和分析非常疏略，甚至选择讨论的对象都不足以代表这些艺术专门的历史表现。可以说，这种批评其实是错认了高友工的论述宗旨，也不明白他所谓“美典”的意义。上文已经提到，高友工是在追踪已进入文化传统集体意识的艺术典式，而这些典式表现在“创作者甚至欣赏者对创作、艺术、美以及欣赏的看法”。他认为在中国的抒情传统中，他所归约的“抒情美典”，在不同时期寄寓于不同的艺术门类中，适时顺势地演变发展。因此，他是以艺术的理论——代表某个时期创作者、鉴赏者的“看法”——作为观察的对象，而不是在析述艺术史的现象。比方说，先秦时期的诗歌和音乐，作为抒情艺术都有可观的成就，但最早建立系统理论的是音乐，所以他就以音乐的论说作为“抒情美典”的省察对象，这不等于说当时的诗歌不能代表“抒情传统”。又如讲“草书美典”以唐代为重心，目的不在讲唐代张旭、怀素的草书，而在于唐代张怀瓘、孙过庭的书法理论。[①] 这些文艺理论经过高友工以“抒情美典”的理论框架加以诠释以后，仿佛显出更深远的意蕴。

---

① 高友工：《中国文化史中的抒情传统》，第 116—124，140—143 页。

然而，我们也不难发现："抒情美典"论与文化史或思想史究竟如何联系，似乎是高友工最没有信心的环节。他在不同的文章中都说过要"留给文化史家、思想史家去解决"。[①] 事实上，他就曾经征引徐复观、牟宗三和余英时的言论，来支持自己的历时性论述。高友工认为徐复观论孔子和庄子的艺术精神、牟宗三论中国道佛儒具有"境界形态的意味"，都可以说明中国思想"很早即由客观的物或天转向主观的心和我"，而这就是以内省、心境为重的"抒情美典"的背景。不过，以思想的进路而言，徐、牟的新儒家思想基础是"超越的形而上学"，而高友工所赖以切入的分析哲学往往回避形而上学，两种思路之间颇有缝隙，所以他之借用徐、牟，其实主要在形式和方向上尝试曲径通幽。至于余英时以中国传统的"士"为观察中心，看"士"这个阶层与思想史以至其他历史变化的关联，由此提出了"四次突破"说——以为中国文化在"春秋末季到战国中期""汉魏之际""唐宋之际""明清之交替"四个时段曾经出现重大的突破；高友工借用这个框架来观察"抒情美典"的产生和演变，其实很难周备无漏。

当然，高友工的尝试还是值得我们尊敬的，因为他为中国的艺术精神和审美意识的认知结构作了前所未有的系统梳理和细致分析。另一方面，他也明白我们不应停留于内部史（internal history）的层面去理解其中的演变，提醒我们要把这些演变置放于文化史的脉络中。在《试论中国艺术精神》一文的结尾，高友工说：

> 我所希望的是这里至少能提出一个大的间架，横的结

① 高友工：《中国文化史中的抒情传统》，第 116 页。

> 构和纵的史观有一个轮廓。至于修正补充则有待来日，有待诸君了。①

如今所见，这未竟的志业，的确有高明的学者在继续补苴增润，可见高先生倡导的“美典”说还有许多发展的空间。

① 《试论中国艺术精神（下）》，第12页。

二、“美典”内外：高友工学思之旅臆解

从“高友工震荡”说起

1978 年 11 月 4 日到 6 日，第三届比较文学会议在台中中兴大学举行。第二天第一场的论文发表人是留美二十五年后首度回台湾客座的高友工（1929—2016），论文题目为《文学研究的理论基础——试论“知”与“言”》，讲评人齐邦媛指出这是高友工专著《中国文学的抒情传统》的第一章。当日在场发言的余玉照指出高友工的文章与论述在台湾的影响，造成“高友工震荡”。在此之前，高友工与梅祖麟合撰的文章如《分析杜甫的〈秋兴〉：试从语言结构入手作文学批评》《论唐诗的语法、用字与意象》《唐诗的语意研究：隐喻与典故》，由台湾大学外文系黄宣范译出，先后在《中外文学》刊登，已经轰动一时。[①] 这时高友工在台湾大学客座，也

---

① 高友工、梅祖麟：《分析杜甫的〈秋兴〉：试从语言结构入手作文学批评》，《中外文学》，第 1 卷，第 6 期（1972 年），第 198—199 页。高友工、梅祖麟：《论唐诗的语法、用字与意象》（上）、（中）、（下），分见《中外文学》，第 1 卷，第 10 期（1973 年），第 30—63 页；第 1 卷，第 11 期（1973 年），第 100—114 页；第 1 卷，第 12 期（1973 年），第 152—169 页。高友工、梅祖麟：《唐诗的语意研究：隐喻与典故》（上）、（中）、（下），分见《中（转下页）

在其他大学演讲，年内撰写了几篇掷地有声的文章，包括《文学研究的理论基础》，以及《文学研究的美学问题》上、下篇，都让台湾学界耳目一新。[①]“高友工震荡”之说，并非虚言。

自此以后，一直在美国普林斯顿大学任教的高友工，继续与台湾地区学界保持联系。[②] 1987年夏高友工与叶维廉、詹明信（Fredric Jameson）等前来演讲，高友工的讲题就是《中国抒情美典》，共四讲。另一次是1993年10月高友工回台作系列演讲，讲题包括：《中国诗传统的形式艺术：声语的节奏》《中国诗传统的形式艺术：形语的结构》《文学艺术的道德层面》《中国戏曲的写实与象征成分》。

一路走来，从20世纪70年代到80年代中后期，高友工建构了他的“美典”说，后期更从文化史的宏观角度进一步申述；在中国文学的“抒情传统”论说中，别成一家规模完整、体系森严的论述。他以细密的思维分析，推敲探索中国诗学与艺术批评的各种元素和各个层次，以及其组合成型的过程与表现方式。在处理细节时，高友工好似一位机械表制作师，游心于表内百十个大大小小的齿轮；

（接上页）外文学》，第4卷，第7期（1975年），第116—129页；第4卷，第8期（1976年），第66—84页；第4卷，第9期（1976年），第166—190页。

① 高友工：《文学研究的理论基础——试论“知”与“言”》，《中外文学》，第7卷，第7期（1978年），第4—21页；高友工：《文学研究的美学问题（上）：美感经验的定义与结构》，《中外文学》，第7卷，第11期（1979年），第4—21页；高友工：《文学研究的美学问题（下）：经验材料的意义与解释》，《中外文学》，第7卷，第12期（1979年），第4—51页。

② 高友工首次在台湾大学客座的时候，蔡英俊是台大的研究生，吕正惠则从东吴大学来旁听，二人亲受教益，后来又同在“清华大学”任教。蔡、吕又都发扬师说，写过重要的“抒情传统”论述文章。参陈国球《抒情中国论》（香港：香港三联书店，2013），第131—138页；吕正惠：《追怀高友工先生》，《保马》，2016年11月13日。

其构建的整体规模，则廊腰缦回，檐牙高啄，有如高第所打造的巴塞罗那圣家族大教堂。他的态度与方法，可说一种现代式的涵泳体味，古老的旧学由是面貌一新。在北美学界，他的学生如林顺夫、孙康宜、浦安迪等，继续发扬他的古典文学论述的不同面向，带动了文学审美研究的风尚。至于东亚地区，高友工的影响或者更深更远。他对文化传统的尊重，赢得开明的学界前辈如徐复观等的称誉。[①] 年轻一代受他熏染的甚多，当然更多的是在面对“美典”说高华严整的体貌时，目眩神迷，只会遥望赞叹；但经过蔡英俊、吕正惠、张淑香、萧驰等阐发弘扬之后，隔代受沾溉者，又不在少数。[②]

高友工早年曾经表示要撰写两本学术著作：①《中国文学的抒情传统》，从语言艺术探讨文化主流的形成，内容包括五篇文章——《诗经中语言的艺术》《楚辞的结构》《五言诗的形成》《律诗的艺术性》《小令和长调的语言结构》；②《关于文学研究的几个问题》，以《中外文学》的几篇中文文章为主。[③] 这两个计画并未正式实现，但部分内容收入已出版的两本高友工文集之中。首先是2004年出版的《中国美典与文学研究论集》，据编者柯庆明交代，高友工对文章结集意愿不高，只是勉强同意由柯庆明全权处理。或

① 徐复观曾称赏高友工《文学研究的理论基础》一文为“台湾三十年来所见最杰出之文论”，见徐复观《从颜元叔教授评鉴杜甫的一首诗说起》。

② 参考陈国球：《从律诗美典到中国文化史的抒情传统——高友工“抒情美典论”初探》，《政大中文学报》，第10期（2008年），第85页；陈国球：《抒情中国论》，第131—138、155—164页。

③ 思兼：《高友工谈文化理想》，《联合报》，1979年7月19日。又，据林顺夫1978年出版的《中国抒情传统的转变》一书所载，高友工将有讨论“抒情传统”的专书出版，题作*Problems in the Growth in Chinese Lyrical Tradition*；见：Shuen-Fu Lin, *The Transformation of the Chinese Lyrical Tradition*（Princeton: Princeton Unversity Press, 1978）, 19, note 30. 可知在七八十年代高友工有完整的写书计划。

许是这个原因，我们见不到高友工为此著撰写序文或后记，书前只有编者所撰的《导言》。[①] 再而是2008年北京生活·读书·新知三联书店根据台大出版中心初版重新编排，并增补了四篇文章，书前有梅祖麟《序》及高友工《自序》。[②] 此外，高友工和梅祖麟最早合作撰写的三篇唐诗论文，于1989年由李世跃重新翻译成中文，合成一集出版，题作《唐诗的魅力》。[③] 总之，高友工留下的著作不算多，但新创或重新定义的术语和观念颇多，思路和演绎方式既细密、多向又迂回，予人难读难明、拒人于千里之外的感觉。然而，与高友工亲近的朋友，或者曾经亲炙的学生晚辈，却深受他亲和、洒脱、乐观的性格所吸引。根据他的朋友和学生的描绘，可知高友工“爱好并享受一切美的艺术经验”，是芭蕾舞迷，自己也是舞者、大学本科生的芭蕾舞导师；也喜爱西洋歌剧、古典音乐，中国昆曲、评剧；为人潇洒脱俗，逍遥如庄子。[④] 这种形象风神，与书面的庄严肃穆、深曲难测，大不相同。

或者我们可以推想，高友工的生命形态本就丰富多端，从知人

---

① 高友工著，柯庆明编《中国美典与文学研究论集》（台北：台大出版中心，2004）。此书至今有三版：2011年二版，2016年三版。其中三版又于书前增添陈国球《如何阅读高友工的“中国抒情美典”说》，陈国球补全了原编中《中国文化史中的抒情传统》一文的缺漏。

② 高友工：《美典：中国文学研究论集》（北京：生活·读书·新知三联书店，2008）。

③ 高友工、梅祖麟著，李世跃译《唐诗的魅力》（上海：上海古籍出版社，1989）；此书新版改题《唐诗三论：诗歌的结构主义批评》（北京：商务印书馆，2013）。

④ 参考梅祖麟《序》，见：高友工《美典：中国文学研究论集》，第1—16页；林顺夫：《“游戏人”之典范：缅忆恩师高友工先生》，《中国文哲研究通讯》，第27卷，第2期（2017年），第3—7页；孙康宜：《怀念恩师高友工》，《中国文哲研究通讯》，第27卷，第2期（2017年），第9—11页；刘婉：《往事依依忆高师》，《中国文哲研究通讯》，第27卷，第2期（2017年），第17—20页；江青《贴“心”朋友高友工》，《回望——比雷尔与我》（台北：尔雅出版社，2018），第123—141页；Kang-I Sun Chang, et al. ed., *A Celebration of the Life of Professor Yu-Kung Kao, 1929 – 2016: Reminiscences*, unpublished memorial booklet, 2016.

论世的角度而言，深于学问者，其著述也是人生观照的一种表现方式。笔者曾撰文讨论高友工“抒情美典”说的学理规模与论述逻辑；[①] 本文另寻幽径，尝试从高友工的学思旅程中的境遇切入探察，希望对于这位极具影响力的现代学者及其学说的成长轨迹，有进一步的认识。

早年问学

高友工，安东凤城人，1929年出生于沈阳，十八岁考入北京大学法律系，只念了一年，就随父亲及家人从大陆迁居台湾，那是1948年11月。父亲高惜冰（1893—1984）名介清，毕业于清华学校，公费留学美国，曾任东北大学工学院院长、察哈尔教育厅厅长、安东省政府主席。高友工少年时代在战火中成长，他小时候在张家口居住，因日军侵略而迁居天津租界，1936年高惜冰出任国民政府铨叙部育才司司长，家人随迁南京；“七七事变”后高惜冰出任国民政府军需物资官职，家人移居上海法租界。1939年再离开上海，经香港、河内抵达昆明；至1940年于重庆与父亲重聚，在此过了大概六年相对安定的生活。当时高友工在重庆南开中学就读，开始埋首于文史古籍，尤其对唐宋诗词感兴趣。[②] 至日本战败，高惜冰受任安东省政

① 陈国球：《从律诗美典到中国文化史的抒情传统——高友工“抒情美典论”初探》，第53—90页；陈国球：《内向美典》，见《抒情中国论》，第89—108页；陈国球：《如何阅读高友工的“中国抒情美典”说》，见高友工著，柯庆明编《中国美典与文学研究论集》，三版，第v—xviii页。

② 参考：Chun-Juan Kao Wang，“A Message from the Family of Kao Yu-Kung，” *A Celebration of the Life of Professor Yu-Kung Kao，1929 - 2016: Reminiscences*，87.

府主席，先在北平候命，准备次年赴东北主持接收工作；高友工也随之转学北平育英中学，1947 年考入北京大学法律系。当时他的大学国文课老师有语言学家周祖谟、作家废名（冯文炳）。[①] 这两位老师对他日后在学术上的发展都有或多或少的影响。尤其废名于诗与生活的体会、文学与思想之感兴式解悟，对他日后思考美感经验的深层意义，相信有大帮助。

据高友工日后回忆，他还记得废名以一堂课的时间来讲《论语》“吾十五而志于学”一章的意义，令他“咀嚼一生还未能尽兴”；对于废名“小说的抒情诗意及哲理的深度”，更佩服不已。[②] 废名 1929 年在北京大学英文系毕业，因为其创作的成绩而留校在国文系任讲师，教散文习作、现代文艺。[③] 我们复检废名在三四十年代的著述文章，可知他在 1936 年北平《世界日报》副刊《明珠》，以冯文炳的名义发表了《志学》一文。[④] 在此之前和以后，他还写了好几篇谈《论语》的文章：早在 1934 年就有《读〈论语〉》，1936 年又有《孔子说诗》《如切如磋》《陈亢》《孔门之文》等。[⑤] 抗战结束后，再有《小时读书》（1947）、《立志》（1948）、《我怎样读〈论语〉》（1948）、《读朱注》（1948）等篇。[⑥]

---

① 高友工：《自序》，《美典：中国文学研究论集》，第 19 页。

② 同上。

③ 冯荣光：《废名生平年表》，见王风编《废名集》（北京：北京大学出版社，2009），第六卷，第 3449 页；《废名生平年表补》，见王风编《废名集》，第六卷，第 3489 页。

④ 见王风编《废名集》，第三卷，第 1352—1353 页。

⑤ 分见王风编《废名集》，第三卷，第 1294—1296、1360—1361、1364—1365、1366—1367、1373—1374 页。

⑥ 分见王风编《废名集》，第三卷，第 1445—1448、1451—1452、1469—1475、1476—1479 页。

我们发觉废名虽是在意于孔子的思想，但所引述几乎都是孔子的读《诗》意见。《志学》谈到“立志”，就想到启蒙之始，孔子教儿子伯鱼，要学《周南》《召南》；再由《周南》《召南》想到这是“乱世之诗”——“文王之世不亦乱世乎”，是“人伦之美，亦民族之诗”。[①] 较早的《读〈论语〉》也借“思无邪”“正墙面而立”“鸟兽不可与同群”等语申论孔子“了解文艺”之“透澈”，是建基于“人之情总在人间”。[②] 废名在1948年的一篇《我怎样读〈论语〉》，说自己写《读〈论语〉》时还没有到三十岁，以后“年年有进益”，“到现在可匡程朱之不逮，我真应该注《论语》了”。[③] 高友工正是1947到1948年入读北京大学，所接触的应该就是这个时期的废名想法。

我们比照废名前后的论说，于诗学观念而言，还是比较接近。他心中的孔子思想，就是在“生活”中，“我们不从生活是不能懂得圣人了”。[④] 他的一篇1946年的文章《响应“打开一条生路”》，也有从孔子出发讲“文艺”，再次引述孔子问伯鱼是否学过《周南》《召南》的故事，以及赞美《关雎》“乐而不淫，哀而不伤”，认为当中是“生活的艺术”。[⑤] 文中又引述《阳货》篇的话：

> 小子何莫学夫《诗》？诗可以兴，可以观，可以群，可以怨，迩之事父，远之事君，多识于鸟兽草木之名。

---

① 王风编《废名集》，第三卷，第1353页。

② 同上，第1295—1296页。

③ 同上，第1469页。

④ 同上，第1475页。

⑤ 同上，第1421页。

然而作出疏解说：

> 这叫做诗的生活，生活的诗。这个诗是中国民族的诗。这里也是道，因为孔子的道是伦常，离开伦常就没有道。这个伦常之道又正是中国的民族精神。中国的文学，从《三百篇》以至后代，凡属大家，都不出兴观群怨君父国家鸟兽草木的范围，屈原是如此，杜甫是如此，杜甫所推崇的庾信也是如此。后来还有《牡丹亭》罢。[①]

废名认为从生活中来的诗，就是“道”，也是“中国的民族精神”的表现；文学史上的“大家”，莫不如是。这也可以说是“中国抒情传统”观的一些先导言论；高友工后来讲中国文化史上的“抒情传统”时，其论述中的“境界”指向民族文化的价值观，大概是同一方向的感知。

此外，废名在1948年发表论卞之琳的《“十年诗草”》一文，以《论语》的句法比拟卞之琳新诗的句式。他认为卞之琳造句既是“欧化”，也是“古风”，因为二者同一脉络。[②] 这种穿透语言句式以论诗的方法，颇有后来高友工与梅祖麟论唐诗的味道。虽则废名主要是意兴感发，而高、梅则借助语言学的结构分析。

至于高友工所受的语言学训练，主要得之于往后的求学阶段，尤其是留美以后师友之间的讲习商量。他晚年回想在北京大学上过周祖谟的课，可能是因后而思前。这一点我们下文再作析述。

---

① 王风编《废名集》，第三卷，第1424页。

② 王风编《废名集》，第四卷，第1769—1787页。

莫问的记忆

高友工离开中国大陆以前，其学思萌发过程可能还有一个奇异的元素：受比他年长九岁的哥哥高而公（1920—1976）的影响。高惜冰有子三人：而公、友工、而立。高而立的行迹不显著，但高而公却是卓尔独立，另有一番人生况味。高惜冰是国民党要员，但长子而公在北平念一中学读书开始，已经受共产主义思想影响，又雅好文艺，曾经发表新诗、小说与评论。“七七事变”后，高而公随母亲、家人迁入上海法租界，据说他就为弟妹讲鲁迅的文学与革命思想；这时高友工不到十岁，他的感受如何，我们并不清楚。但无疑兄弟二人都对文学感兴趣。

高而公在1940年考入他父亲曾任院长的东北大学，入读政治系，积极从事学生运动，办读书小组，主编壁报《合唱群》，内容包括杂文、随笔、诗歌、漫画、评论等，他笔下的《人间夜记》《达尔文先生的科学态度》等文，都予人深刻的印象，被认为有鲁迅之风。他又组织“三合实验剧团”，演老舍、宋之的、夏衍、曹禺等的话剧，宣传爱国思想。后来加入东北问题研究社，参加“新文学研究小组”。可见他在文字书写与阅读方面都非常用心。高惜冰与而公的关系也很值得注意，据说许多活跃的左翼知识分子因为而公的关系，得到高惜冰的关顾而免被军情当局拘禁。父子两人于政治路向上有大分歧，但高惜冰始终维护儿子的政治活动。

也因为高惜冰的人脉关系，而公于1944年东北大学毕业以后，回到重庆，任中央社记者，暗中为共产党获取国民党内部消息。又以笔名古甲在《新华日报》发表文章，例如《纪念蔡元培先生诞辰：李四光教授学术讲演》（1945 年 1 月 12 日）一文在解放区文化圈就备受称赏。1945 年 10 月高而公以返回东北家乡工作为由，向父亲告别，以后就再没有与家人相见的机会了。他在往东北的途中转赴冀鲁豫解放区，并在军政大学学习；1947 年 2 月，以中央社记者名义发表了一篇著名通讯《记解放区的一个细胞》，写他在河北采访的见闻，连续四天在延安《解放日报》刊登，引起轰动。此后，他留在解放区。[①]

1944 年到 1945 年间的重庆时期，应该是高而公与高友工兄弟最亲近的一段时光。高友工入读当时迁到重庆的南开中学，思想开始成熟，也培养出个人的阅读和写作的兴趣，在课后多读文学古籍、唐宋诗词。[②] 高而公则爱读鲁迅，偏好左翼思潮的著作。兄弟两人阅读范围似不相近，双方的文艺思想有无交集？1947 年高友工进入北京大学攻读法律，却在“大一国文”课深受废名的启迪。差

---

① 以上有关高而公生平的记述，主要参考以下文献：中央人民广播电台、北京广播学院编《高而公文集》（北京：广播出版社，1985），“第一部分：回忆高而公同志”，第 1—64 页；李振水：《深切的哀思挚的敬意——纪念高而公同志诞辰六十五周年》，《现代传播》，第 4 期（1985 年），第 1—3 页；王振干、丘琴、姜克夫：《东北大学史稿》（长春：东北师范大学出版社，1988），第 129—131 页；杨重华：《一个记者——高而公传略》，见柯昌俊主编《梓州忠魂》（绵阳：中共三台县委党史工委办公室，1994），第 117—126 页；刘黑枷：《遥望巴山忆而公》，《写在心中的书简》（沈阳：春风文艺出版社，1997），第 167—171 页；刘朝兰：《想家的时候》（沈阳：辽宁少年儿童出版社，1997），第 278—249 页；刘书锋：《人民广播早期的探索者——高而公》，《中国广播》，第 5 期（2011 年 5 月），第 48—50 页；刘书锋：《著名广播记者高而公》，见程曼丽、乔云霞主编《中国新闻传媒人物志（第十辑）》（北京：长城出版社，2014），第 1—15 页；张我军：《高而公与读书会、〈合唱群〉》，见《战乱与革命中的东北大学》（台北：独立作家，2015），第 258—263 页；邵燕祥：《我死过，我幸存，我作证》（北京：作家出版社，2016），第 115—118、187—189 页；袁宏舟：《高而公——为人民献身的新闻人》，《青年记者》，第 35 期（2018 年），第 116—117 页。

② Chun-Juan Kao Wang, “A Message from the Family of Kao Yu Kung,” *A Celebration of the Life of Professor Yu-Kung Kao, 1929 – 2016: Reminiscences*, 87.

不多同时，投身解放革命的高而公，在河北乡间却也向人借阅陆游《剑南诗钞》，抄写细读《送七兄赴扬州帅幕》、《塔子矶》、《猎罢夜饮示独孤生》（三篇末一首）、《泊公安县》、《夜步庭下有感》、《书愤》、《十一月四日风雨大作》、《关山月》等诗。[①] 这些诗篇不乏荡气回肠之句，例如“急雪打窗心共碎，危楼望远涕俱流”（《送七兄赴扬州帅幕》），“七泽苍茫非故国，九歌哀怨有遗声”（《塔子矶》），“无穷江水与天接，不断海风吹月来”（《泊公安县》），“惊鹊绕枝栖不稳，冷萤穿竹远犹明”（《夜步庭下有感》）等，都可归为抒情传统中的佳作。陆游固然被称为“爱国诗人”，但其诗还是“诗言志”的正朔，与全力奋进昂扬的现代革命风潮不太协调。兄弟虽然分处不同空间，两人有没有互相感念的可能？高友工日后的文学思想，在精密繁复的思维结构底下，不乏淑世精神，当中有没有高而公的影响？这些都值得我们再三体味。

1948 年 11 月，高友工随父亲及家人渡海到台湾。高而公则留在内地，从此参商永隔。而公在 1950 年进入中央人民广播电台，马上（1 月）到山西文水采访，撰写国共内战时十五岁共产党员刘胡兰牺牲的故事，在电台连续广播，深受大众欢迎；后来改写成《刘胡兰小传》，以笔名梁星刊行。[②]

至于高惜冰与家人到了台湾后，定居台中，筹办彰化纱厂，重拾年轻时实业救国的理想。高友工以借读生名义入读台湾大学特别

① 据高而公在 1949 年以后结交的好友邵燕祥所记；见邵燕祥《独对残篇忆而公》，见《高而公文集》，第 40 页。

② 梁星：《刘胡兰小传》（北京：中国青年出版社，1951），收入《高而公文集》，第 65—118 页。

班后，转入中文系。高友工日后缅怀追念台大文学院台静农、戴君仁、郑骞、方豪、方东美、沈刚伯诸位老师，可以推想他的学习生活应该是愉快而且收获满满的。① 对照身处彼岸的高而公，满腔革命热情迎接新中国，却在山西采访回来不久患了精神分裂症，要入院治疗。1953 年他被派往朝鲜采访朝鲜战争最后阶段的新闻。随后又发表传诵一时的通讯《王崇伦和他的表》，表扬一位以一年时间完成四年工作量的英雄。到了“文化大革命”，他还辗转向朋友借阅唐诗，谈论《红楼梦》。或许是这一分文学心灵，直到 1976 年 11 月，高而公在北京离世。②

留学进修

高友工 1952 年自台湾大学毕业，服兵役两年后，于 1954 年获派到美国哈佛大学留学，同在飞机上的还有影响他转读中文系的台湾大学老师董同龢。③ 董同龢当时是以哈佛燕京学社第一届访问学人的身份赴美。两人在美国成为邻居，从生活以至为学态度上，高友工都受到感染。此前他在北京大学读书的时候，曾受教于语言学家周祖谟；而周祖谟昔日在南京中央研究院史语所与董同龢是同事兼宿友，周、董都是语音史专家，精研中古音到上古音。高友工后来的文学研究，与语音史关系不多；然而，据梅祖麟的观点，传统

---

① 高友工：《自序》，见《美典：中国文学研究论集》，第 19 页；高天生：《谈文学理论与文学批评》，第 84—85 页；林顺夫：《“游戏人”之典范》，第 5 页。

② 参考刘黑枷：《遥望巴山忆而公》，见《写在心中的书简》，第 167—171 页；邵燕祥：《独对残篇忆而公》，见《高而公文集》，第 44—45 页。

③ 高天生：《谈文学理论与文学批评》，第 77 页。

声韵学中的《韵镜》《切韵指掌图》等，往往用方阵表明声母与韵母的搭配关系，有强烈的结构意识；这就与高、梅两人后来的结构主义式唐诗研究有所关联。① 梅祖麟就是采用这个角度去说明高友工研究思路的源头之一，林顺夫也认为"往语言转向"是高友工学术论著的一个显著特色。②

高友工在哈佛大学的研究生阶段，师从杨联陞。杨联陞以中国社会经济史名世，但他的学问很广博，自比为"杂货铺"。③ 即以语言学而论，他曾与赵元任合编《国语字典》，又有《中国语文札记》等著述。④ 他的经济史专业非常关注交易对价，其思维当中颇有等值结构的意味，例如他的名篇《报：中国社会关系的一个基础》，深入中国儒家思想的"分殊主义"背后的等值结构，指出其思维规律与西方基督教道德的"普遍主义"大相径庭。⑤ 高友工往

---

① 高天生记载高友工对董同龢的印象："他给我们的训练是一种科学方法、客观方法"；见《谈文学理论与文学批评》，第 84 页。又林顺夫记述同为董同龢学生的张亨的记忆，认为高友工"一定是在那堂课上被董先生的治学方法所吸引"，因为董同龢在课堂上展现出"他的新颖的、富创造性的、严谨不苟的治学方法"；见林顺夫：《"游戏人"之典范》，第 5 页。又参丁邦新：《董同龢先生对语言学的贡献》，《台湾语文研究》，第 4 期（2009 年 7 月），第 149—158 页。

② 梅祖麟：《跋》，见高友工：《唐诗三论》（北京：商务印书馆，2008），第 219—223 页；林顺夫：《"游戏人"之典范》，第 5 页。

③ 杨联陞曾致函周法高，说："我因在外国教书关系，只能开杂货。"见周法高：《汉学论集》（台北：正中书局，1965），第 26 页。

④ Yuen Ren Chao and Lien Sheng Yang, *Concise Dictionary of Spoken Chinese* (Cambridge, MA: Harvard University Press, 1947). 杨联陞：《中国语文札记》（北京：中国人民大学出版社，2011）。

⑤ Lien Sheng Yang, "The Concept of *pao* as a basis for social relations in China," J. K. Fairbank ed., *Chinese Thought and Institutions* (Chicago and London: The University of Chicago Press, 1957), 291 - 309. 此文有段昌国译《报：中国社会关系的一个基础》，《食货月刊》，第 3 卷，第 8 期（1973 年），第 377—388 页。后来杨联陞再由这篇文章扩充且补充相关的观念，另成《中国文化中"报"、"保"、"包"之意义》（香港：香港中文大学出版社，1987）。

后的结构主义趋向，与杨联陞这个方向的学术观念大概可以如此联系。就研究的具体内容和范围来说，日后高友工的美学认知与艺术精神论述，似乎与杨联陞指导下完成的论文关系比较疏远，不过我们还是可以从中寻绎其前后关联之线索。

高友工于1962年完成的博士论文《方腊之乱研究》，后来分为两篇论文——《方腊之乱研究》及《方腊之乱原始资料》——在《哈佛亚洲研究学刊》发表。① 后者是四篇原始文献的英译和注释，前者才见到高友工的论述策略。《方腊之乱研究》一文分四节：第一节《导论：中国历史上的农民叛乱》，分别讨论“经济与政治模式”与“意识形态模式”；第二节是“方腊之乱”的历史考述；第三节和第四节再回应第一节的两种模式，分别是《方腊之乱的政治与经济背景》与《方腊之乱的宗教背景》。这种处理方式似乎不以单一历史事件为研究目标；“导论”是以社会史的角度去说明中国历史上先后出现的民乱模式，第三、四节是以方腊之乱的社会、经济、宗教信仰等具体历史事件和现象，以印证第一节提出的两种模式。从论述结构而言，我们可以依稀见到高友工后来总括“抒情美典”的三篇论文——《中国艺术精神》（1988）、《中国抒情美典》（1991）与《中国文学史中的抒情传统》（2002）——的模式：先搭建一个理论框架，再以史实

① Yu-Kung Kao, “A Study of the Fang La Rebellion: A Thesis” (PhD Thesis, Harvard University, 1962); Yu-Kung Kao, “A Study of the Fang La Rebellion,” *Harvard Journal of Asiatic Studies*, 24.1 (1962 - 1963), 17 - 63; Yu-Kung Kao, “Source Materials on The Fang La Rebellion,” *Harvard Journal of Asiatic Studies*, 26.2 (1966.12), 211 - 240.

充实之。[①] 至于《方腊之乱研究》与这“美典三篇”在形式结构以外的关联，下文再有析论。

高友工在哈佛大学取得博士学位之前，他的问学阶段有两点值得注意。首先是高友工曾经旁听来自多伦多大学的教授弗莱的文学理论与批评课，当时弗莱在哈佛大学客座。另一点是高友工修满博士课程学分之后，在西岸斯坦福大学谋得教职，并在此撰写他的“方腊研究”论文。他以两年时间（1960—1962）完成论文，取得博士学位后，获聘到普林斯顿大学任教至退休。在斯坦福大学期间，加州大学伯克利分校的陈世骧教授也曾来讲课，高友工也是座上的听众。[②] 弗莱的课堂影响，在高友工日后的著述中，显而易见，可说是他的文学论述的其中一个主要元素，这一点下文再作申论。至于陈世骧日后以“抒情传统”说名世，他的课堂讲论是否也影响到高友工后来的“抒情美典”说，则尚待细考。

由语言学而诗学

1967 年，高友工《方腊之乱原始资料》发表后一年，普林斯顿大学“中国语言学研究计划”（Chinese Linguistic Project）项下出

---

① 高友工:《试论中国艺术精神（上）》,《九州学刊》, 第 2 卷第 2 期（1988 年）, 第 1—12 页;《试论中国艺术精神（下）》,《九州学刊》, 第 2 卷, 第 3 期（1988 年）, 第 1—12 页; Yu-Kung Kao, “Chinese Lyric Aesthetics,” Alfreda Murck, and Wen C. Fong, eds., *Words and Images: Chinese Poetry, Calligraphy, and Paingting* (New York: The Metropolitan Museum of Art, 1991), 47 - 90; 高友工《中国文化史中的抒情传统》,《中国学术》, 第 3 卷第 3 期（2002 年）, 第 212—260 页。

② 参考高天生:《谈文学理论与文学批评》, 第 77 页。有关高友工曾聆听陈世骧讲课之情况, 见郑毓瑜:《姿与言: 诗国革命新论》（台北: 麦田出版, 2017）,《后记》, 第 322 页。

版的一份校内刊物《麒麟》（*Unicorn*）第一期，刊出了梅祖麟和高友工的论文——《杜甫的〈秋兴〉：一个语言学批评的练习》；这篇论文次年再在《哈佛亚洲研究学刊》正式发表。[①] 梅祖麟（1933—　）与高友工同年进哈佛大学研究院，二人常常切磋论学。梅祖麟原本研究数学，后转读耶鲁大学从事语言哲学研究，取得博士学位；继后以汉语语言学为专业，深受结构主义语言学家勃劳克（Bernard Bloch，1906—1965）的影响。[②] 然而高友工和梅祖麟合作的《秋兴》研究，却不能算作结构主义文学批评，只可称为精微的"新批评"练习。两人在文中声明这篇文章"可以归类于与燕卜荪及瑞恰慈等名字连在一起的语言学批评"。[③] 燕卜荪（William Empson，1906—1984）是剑桥大学瑞恰慈（I. A. Richards，1893—1979）的学生，两人是20世纪文学研究的"剑桥学派"代表，尤其瑞恰慈更是逻辑实证主义哲学与文学批评的重要桥梁，是"新批评"之"细读"法（close reading）的重要推手。[④] 燕卜荪则在文学批评的领域内大大发挥了语意研究的作用。师生二人都曾到中国

---

① Tsu-Lin Mei and Yu-Kung Kao, "Tu Fu's 'Autumn Meditations': An Exercise in Linguistic Criticism," *Harvard Journal of Asiatic Studies*, 28.1 (1968.6): 44 - 80；又参考黄宣范译《分析杜甫的〈秋兴〉：试从语言结构入手作文学批评》，《中外文学》，第1卷，第6期（1972年），第8页，篇前说明。以下引述高友工各篇以英文撰写的文章，均以原文为据；篇题及引文中译，均笔者为之，故与现行译本不尽相同。

② 梅祖麟：《我的学思历程》，见台湾大学共同教育委员会编《追求卓越》（台北：台湾大学出版中心，2007），第3—6页。

③ Tsu-Lin Mei and Yu-Kung Kao, "Tu Fu's 'Autumn Meditations': An Exercise in Linguistic Criticism," 44.

④ 参考：Graham Chainey, *A Literary History of Cambridge* (Cambridge: Cambridge University Press, 1985, revised edition), 221 - 266.

讲学，对20世纪三四十年代中国的文学研究有重要影响。[①] 瑞恰慈离开中国以后，从1939年到1963年在哈佛大学任教；[②] 但高、梅两人却从未提到曾听过他的课。

《杜甫的〈秋兴〉》一文的理论资源，开篇就有很清楚的交代：燕卜荪的《七种模棱》（*Seven Types of Ambiguities*, 1930）、《复杂词的结构》（*The Structure of Complex Words*, 1951），瑞恰慈的《实际批评》（*Practical Criticism*, 1929）、《修辞哲学》（*The Philosophy of Rhetoric*, 1936）是主要的依据。此外，弗莱《稳重的批评家》（*The Well-Tempered Critic*, 1963），与他所编的《声与诗》（*Sound and Poetry*, 1957）序文，也被列明为重要参考。至于传统杜诗评论意见，主要是参酌叶嘉莹《秋兴八首集说》（1966）。[③] 整篇论文从声韵、节奏、句式等语言的活动与表义能力为论，不算夸张地说，这是燕卜荪的诗意模棱说的一次语言学操演。

《杜甫的〈秋兴〉》一文是高友工与梅祖麟在普林斯顿大学的"中国语言学研究计划"的一项研究成果，在这个计划之下，两人有意合写一本以语言学为基础的"近体诗研究"著作。[④] 这本书最

---

① 参考陈国球：《文学批评作为中国文学研究的方法——兼谈朱自清的文学批评研究》，《政大中文学报》，第20期（2013年），第1—36页；季剑青：《"实际批评"的兴起：20世纪30年代北平的学院文学批评——以叶公超、瑞恰慈为中心》，《中国现代文学研究丛刊》，第1期（2008年），第161—169页；肖柳、王泽龙：《燕卜荪与西南联大诗人群的诗艺探索》，《江汉论坛》，第5期（2019年5月），第90—95页。

② Helen Vendler, "I. A. Richards at Harvard," *Boston Review*, April, 1981.

③ Tsu-Lin Mei and Yu-Kung Kao, "Tu Fu's 'Autumn Meditations': An Exercise in Linguistic Criticism," 44-45.

④ 参考：Yu-Kung Kao and Tsu-Lin Mei, "Syntax, Diction, and Imagery in T'ang Poetry," *Harvard Journal of Asiatic Studies*, 31.1 (1971.6), 51, note 1；梅祖麟：《我的学思历程》，第12—15页。

后没有完成，但因之撰写的论文就有 1971 年的《唐诗中的句法、措辞与意象》和 1978 年的《唐诗中的意义、隐喻与典故》，同在《哈佛亚洲研究学刊》发表。① 两篇都是长篇大作，篇幅在一百页上下。

《唐诗中的句法、措辞与意象》一文的结尾表示：这篇文章或许可以题作“唐诗的（不同）语言”（The Languages of T'ang Poetry）；他们想发挥的论见就是指出唐诗当中，既有“意象语言”（Imagistic language），也有“论断语言”（Propositional language）；以此呼应卡西勒（Ernst Cassirer，1874— 1945）《语言与神话》（*Language and Myth*，1925）中的“神话式思维”（mythical thinking）与“概念式思维”（conceptual thinking）。文章透露出的消息是，高、梅两人合力在语言结构的基础上，寻索穿越封闭框架的可能。事实上，文中不同意诸如庞德（Ezra Pound，1885—1972）或瑞德（Herbert Read 1893—1968）等的主张。庞德和瑞德认为“论断语”只能用以撰写散文，是“非诗”的。但高、梅二人却借用弗莱的“向心”（centripetal）和“离心”（centrifugal）观念，审察“诗语言”如何在句法与文字肌理的“向心”层面发挥作用；以及更重要的，“诗语言”是如何“离心”地产生“意义”，因为对“诗意”的追迹探寻是“诗学”的首要任务。② 他们发现：中国“近体诗”的“诗意”构成过程中，“论断语”的重要性不比“意

---

① Yu-Kung Kao and Tsu-Lin Mei, "Syntax, Diction, and Imagery in T'ang Poetry," 49 - 136; Yu-Kung Kao and Tsu-Lin Mei, "Meaning, Metaphor, and Allusion in T'ang Poetry," *Harvard Journal of Asiatic Studies*, 38. 2 (1978. 12), 281 - 356.

② Yu-Kung Kao and Tsu-Lin Mei, "Syntax, Diction, and Imagery in T'ang Poetry," 90 - 92. “离心”与“向心”是弗莱的重要术语，参考：Northrop Frye, *Fables of Identity* (New York: Harcourt, Brace & World, Inc., 1963), 7 - 9.

象语”低。通常在诗篇收尾部分，“论断语”可以联结诗篇的内外世界。高、梅更认为，“自我”（ego）与“世界”（world）的分裂，是一种“创伤的经验”（traumatic experience），亟待抚慰。① 近体诗以“论断语”收结可以带来整体（wholeness）与融合（integration），将断裂的碎片串联起来。从“新批评”到“结构主义诗学”，诗论家都倾向在文本内寻求意义之圆足。雅各布森（Roman Jakobson，1896—1982）最著名的“等值原则”（principle of equivalence）说，就是“诗功能”以“等值原则从选择轴投射于组合轴之上”，其关注点是语言的自我指涉。② 但高、梅却偏要借语言“离心”能力突围。

“近体诗研究”计划的下一篇文章，《唐诗中的意义、隐喻与典故》可说是雅各布森的“诗语言”与“诗功能”论说的全面检讨。高、梅的策略是采用“对比式研究”（contrastive study）：研究重心是中国近体诗，而以英语诗篇作为参照对比。由《唐诗中的句法、措辞与意象》开始，高、梅依循雅各布森的“等值原则”作为思考的根据，再从各个语言单位和层次作深入勘察。上一篇主要关注“句法”的作用，以及“意象语”与“论断语”如何在句法层面互补；本篇则以“意义”的生发为重点，“意象语”与“论断语”的对照，就换位成“隐喻语”（metaphoric language）与“分析

---

① Yu-Kung Kao and Tsu-Lin Mei, “Syntax, Diction, and Imagery in T'ang Poetry,” 131. 高、梅文中借用弗洛伊德的心理分析理论，以“本我”（Id）依附的“快乐原则”（pleasure principle）管理“意象语”，而“自我”（Ego）所循的“现实原则”（reality principle）掌管“论断语”；见第129—131页。

② “The poetic function projects the principle of equivalence from the axis of selection into the axis of combination.” Roman Jakobson, “Linguistics and Poetics,” Thomas Sebeok, ed., *Style in Language* (Cambridge, MA: The MIT Press, 1960), 358.

语”（analytic language），甚或是“神话思维”（mythical thinking）与“概念思维”（conceptual thinking）的分立与互动（interplay）。正是这种对“意义”的追问，驱使高、梅的思考不会困于一个划定边界的“文本”范围。从词义到“语意的类型”（semantic category），从文本到语境（context），从个别诗篇到文学传统，不停地追索，不断地延伸；以至对雅各布森的诗学理论的基础——“等值原则”、“诗语言”与“日常语言”之二分等——都作出严格的审问，提出异议。文末更提出诗学研究不应仅限于“等值原则”，语言的另一个方向——“毗邻”（contiguity）的原则，以及相关的“提喻”（synecdoche）和“换喻”（metonymy）都可以作进一步研究。文末也提到有些问题有待未来解决，可惜这一篇论文已是高友工和梅祖麟最后一篇合作的文章。

事实上，《唐诗中的意义、隐喻与典故》英文原文发表于 1978 年，距离上一篇有七年之遥；其中译较早发表，估计原稿在 1975 年底前完成，但仍然与《唐诗中的句法、措辞与意象》一文相隔了四年。[①] 从次篇文章之滞后情况来看，两人的合作研究是否遇上困难，或者我们可以从梅祖麟的回忆看出端倪。

有关高、梅两人的合作，梅祖麟曾经有三篇文章追述：一是 2000 年梅祖麟在台湾大学回顾个人学思历程的讲稿；二是 2008 年为高友工《美典：中国文学研究论集》一书写的序；三是 2013 年梅祖麟为两人合作的三篇唐诗论文结集再版的《唐诗三论》所撰写

① 黄宣范中译《唐诗的语意研究：隐喻与典故》，分上、中、下三篇于 1975 年 12 月至 1976 年 2 月于《中外文学》刊载。

的跋。[①] 据梅祖麟回忆，他在 1967 年到 1968 年从哈佛大学休假，到高友工任教的普林斯顿大学做“中国语言学研究计划”的访问学者，两人合写“近体诗研究”文章。前两篇于 1968 年和 1971 年刊出。作为研究工具的语言学理论，是梅祖麟的强项，高友工则是文学感应比较敏锐。他们合作的方式大抵是先由高友工撰写中文稿，梅祖麟再按中文稿改写成英文。在此过程中，梅祖麟对这个方式渐渐没有信心，说自己：

> 写英文稿时，往往抓不住友工的思路，自己也不知道是否充分表达了中文稿的精彩论说。[②]

梅祖麟又分析自己和高友工的差别：

> 我渐渐了解我的性格根本不适于研究文学，高友工碰到一首好诗，一场芭蕾舞、一场话剧，可以如痴如醉，讲起他的文学理论，也可以手舞足蹈，我则是无动于衷……我自觉对中国古典文学的感受先天不足。我是比较善于分析，善于推理，而且有个强烈的结构意识。这种性格来研究文学，简直是赶着鸭子上鸡架……于是，“*Meaning and Metaphor in T'ang Poetry*” 1976 年发表

---

① 梅祖麟：《我的学思历程》，第 3—32 页；梅祖麟：《序》，见高友工：《美典：中国文学研究论集》，第 1—16 页；梅祖麟：《跋》，见高友工、梅祖麟：《唐诗三论》，第 218—234 页。

② 见梅祖麟：《跋》，见《唐诗三论》，第 218 页。这些话语或者有客套自谦的成分，但应该离实况不太远。

后，我就跟文学分了家。①

此外，梅祖麟还提到两件事和一个想法。先是 1972 年他们的好朋友张光直对两篇文章的评价是“野狐禅”；再而是梅祖麟在 1975 年到 1976 年到日本京都见吉川幸次郎、小川环树时，两人对他送呈的两篇唐诗文章都不屑一顾。最重要的一点是，梅祖麟真的认为这些文章只是研究方法的操练，先是“试用新批评”，到雅各布森的结构主义诗学“异军突起”，“成为显学”，于是也用到唐诗研究之上。② 然而，他想到“文学批评还有许多流派……我们是否要一一去尝试？尝试完了又怎么样”，心无宗旨，向外没赢得赞赏，向内并无工具手段以外的所得，因而怯懦思退，这也是学术中人的正常反应，可以理解。不过，高友工并没有梅祖麟的困扰，因为他知道自己在追问什么。

---

① 梅祖麟：《我的学思历程》，第 12—15 页。文中有些细节不太准确：“Meaning, Metaphor, and Allusion in T'ang Poetry”一文发表于 1978 年，但文稿已早交由黄宣范中译，于 1975—1976 年在《中外文学》刊载。梅祖麟后来还有与文学相关的著述，如 1982 年的《从诗律和语法来看〈焦仲卿妻〉的写作年代》，见《“中央研究院”历史语言研究所集刊》，第 53 卷，第 2 期（1982 年），第 227—249 页；1991 年与梅维恒（Victor Mair）合写“The Sanskrit Origins of Recent Style Prosody,” *Harvard Journal of Asiatic Studies*, 50. 2 (1991. 12), 375 - 470，篇中引用了高友工《律诗的美典》（1986）一文的主要观点。

② 梅祖麟在哈佛大学时曾去听雅各布森的课，见梅祖麟《我的学思历程》，第 9 页。事实上，雅各布森也曾为文研究中国的律诗，于 1970 年发表《中国近体诗的模组化设计》一文；文章收入他的文集：Roman Jakobson, “The Modular Design of Chinese Regulated Verse,” Roman Jakobson, *Selected Writings Vol. 5: On Verse, Its Masters ad Explorers* (The Hague: Mouton, 1979), 215 - 223.

人文教育与人生意义

高友工和梅祖麟三篇论文的中译本在台湾引来热切的关注，1978年至1979年高友工获台湾大学文学院院长侯健邀请到外文系和中文系客座。在台期间接受访问时，谈到他开的课“比较诗歌”：

> “比较诗歌”是讲所谓的“诗歌语言”，从文学批评上讲是研究语言，或者更进一步讲是诗的语言，“诗语”，实际上也是研究它的语意和语法，当然最高层的语意则是研究它怎样表现一种人生的理想。①

由此可见，高友工理想中的研究虽然是从“语言”切入，但通过“意义”的考究，他希望能贯通到“人生理想”的层面。在这个访问中，高友工又讲及他对“文学批评”的见解，其中有两点最值得注意：

1. 他将“文学理论”与“文学批评”作出分划，前者“可以有一种普遍性”，后者“是一个价值判断和价值取向的问题，是和文化紧粘在一起的”；

2. 文学批评不是一种科学，而是人文教育，教育的问题也就是怎么样培养自己。文学批评能使人的眼界扩大，整个人文教育的目的，也是在扩大人的视野。②

---

① 高天生：《谈文学理论与文学批评》，第78页。

② 同上，第78、86页。

这些观点很明显和梅祖麟的想法不同。高友工的文学论述，无论是和梅祖麟合写的文章，还是后来个人发表的，满眼尽是方法与技艺的细节，看来是知识场域的演练；然而，他却有其文化关怀在。早期文章如是，其学问的结穴亦如是。

在访谈中高友工表现出对人文教育和文化价值的重视，并说明这是他的台湾大学老师沈刚伯（1896—1977）的影响。沈刚伯主要研究西洋史，高友工选过他的“世界通史”“英国史”等课。杜正胜曾指出沈刚伯治史略似科林伍德（R. G. Collingwood，1889—1943），认为历史除了“过去”的意义之外，还有“当代”之意义，他也是一位自由主义学者。[①] 在高友工的记忆中，沈刚伯在课堂上就是讲文化史，教导学生“做学问”不止是在做学问而已，“还要能够追求一个更高的价值”。他又说：

> 沈先生给我们的教育，使我们想到整个文化价值是怎么样使我们能够把握住；这还需要从文化史上下手。我觉得文学在中国文化史上可以说是一个很理想的代表，文学是代表一个理想的理想。[②]

高友工在这里提到沈刚伯课堂的记忆，可能是他心中恒存的理念之叠影，正如他回忆北大时期废名的《论语》课就有诗与人生之感召。或许他在哈佛大学另一个课堂记忆也是呼应。他在博士论文以后的著作中，提得最多的理论家是弗莱，高、梅合写的几篇文章

① 杜正胜：《新史学之路：兼台湾50年来的史学发展》，《新史学》，第13卷，第3期（2002年），第26—29页；

② 高天生：《谈文学理论与文学批评》，第84页。

中，不难见到他们多次引用《批评的剖析》《认同的寓言》《批评之路》等。[1] 再留意他在台湾客座期间发表的引起“高友工震荡”的《文学研究的理论基础——试论“知”与“言”》《文学研究的美学问题（上）：美感经验的定义与结构》《文学研究的美学问题（下）：经验材料的意义与解释》这三篇文章，他都在各种语言理论和分析哲学的学理演练之后，乘间展露他所领受的弗莱的文化观念。例如论“知”与“言”的第一篇，通过现象拆解、概念界划，一步一步审问“经验之知”的研究可能与方法之后，有点出乎意料地带出一个新的议题——“文学批评”的意义。高友工画龙点睛地说：

> 文学批评正如经验之知是不能突然改变我们的趣味、修养的。但是潜移默化是可能的，正如傅瑞［即弗莱］所说文学批评是一种人文教育……文学批评则是每个尊重人生价值［的人］所不能避免的课题。[2]

我们检视弗莱《批评的剖析》，其中最后一章《暂时的结论》说：

> 批评理论于教育层面是抱持“人文精神”——我们认

---

① Northrop Frye, *Anatomy of Criticism: Four Essays* (Princeton: Princeton University Press, 1957); Northrop Frye, *Fables of Identity* (New York: Harcourt, Brace & World, Inc, 1963); Northrop Frye “The Critical Path: An Essay on the Social Context of Literary Criticism,” *Daedalus*, 99.2 (Spring 1970), 268 - 342. 上列最末一项后来经弗莱扩充成书：Northrop Frye, *Critical Path: An Essay on the Social Context of Literary Criticism* (Bloomington and London: Indiana University Press, 1971).

② 高友工：《文学研究的理论基础——试论“知”与“言”》，第21页。

> 为直接关乎教与学的是批评而非文学。①

对于不少论者来说，尤其只关注《批评的剖析》或《认同的寓言》的读者，弗莱是探察文体结构或者神话原型的形式主义批评家。②然而，弗莱的诗学却一贯地充满社会意识，即使《批评的剖析》的结论部分都有我们刚引述的“人文教育”的目标。他的《批评之路》一书，副标题就是“一篇谈论文学批评之社会脉络的文章”（*An Essay on the Social Context of Literary Criticism*），其基本观念和态度是：

> 批评家不应将文学塞入一个预先制定好的历史框架，而应该视文学为一个首尾贯彻的结构；它会有历史规限，却自成其历史；它的形体会对外部历史的过程作反应，但不会受其绝对限定……
>
> 视文学本身为一个整体不会使它脱离社会脉络；相反，这会使文学在文明的位置更清晰。批评就恒常有两个方面：一是转向文学结构，另一转向形成文学之社会环境的其他文化现象。③

---

① *Anatomy of Criticism*, 342.

② 事实上，弗莱非常抗拒别人称他作“荣格派批评家”（Jungian Critic），参考：David Cayley, *Northrop Frye in Conversation* (Toronto: House of Anansi Press, 1992), 76 – 78. 另一方面，《批评的剖析》面世时，已有评论注意到弗莱以一种“纯如数学”的象征方式，指向文明的终极目标与伦理意义；见：Frank Kermode, “Review of *Anatomy of Criticism*,” *The Review of English Studies*, 10.39 (1959.8), 322.

③ Northrop Frye, *The Critical Path*, 24 – 25.

这也是高友工的基本研究态度，我们还可以从《文学研究的美学问题》上、下两篇看到相关的讨论。《文学研究的美学问题》上篇讨论“经验”的研究时，很快就展示出他对“人文研究”的理解。他说：

> “人文研究”的目的不仅是在追求客观事实或真理，而是在想象自我存在于此客观现象中的可能性。因此“人文研究”中的客观性只是一种工具或手段，而其最终目的即是一种“价值”的追求、“生命意义”的了解。①

再具体讨论“美感经验”时，高友工提出客观现象与自我价值融成一体的可能和过程；这些“现象”与“价值”的思考，就一定会跨越“语言”“文本”的樊篱，再由个人而社会，而历史，而文化。高友工论述中的“境界”说，就是这个方向的发展。

境界与慧觉

高友工在《文学研究的美学问题》中特辟一节讨论“美感经验的美的境界”，他由“经验主体”如何观照和内省“经验材料”说起：

> “刺激”真正内化为“经验材料”与其他的“经验材料”并立、交错，同为这“心境”中的成分。而“快感”

① 高友工：《文学研究的美学问题（上）：美感经验的定义与结构》，第11页。

> 透过了个人“价值”成为这“经验主体”的“心志、意旨”。所以这个“心境”可以被人比喻为“心景”（interior landscape）、“心流”（stream of consciousness），它是“心象”（internal object）与“心志”（intention）的结构体……
>
> 这个“心境”的内容也是在客观的材料层次融入主观的自我层次时得到一种“价值”……“客观现象”最后可能完全与“自我价值”融为一体。我们可以视之为外物“人化”（personification），或“主观化”以与自我人格交流，表现深入的情感。也可以视为自我人格体现于外在现象中，这则是一种“物化”（objectivization），或“客观化”。但二者都做到一种“价值”与“现象”合一的中文中所谓“境界”。①

他采用语言分析的拆解再综合的方式，描述美感经验的价值如何形成；在过程中又将中国文学批评的术语依序引进，最后归结到“境界”一词。

“境界”的观念，以上承中国古典诗论、下启近现代诗学的王国维之说，最为人熟知。王国维在《人间词话》说：

> 词以境界为最上。有境界则自成高格，自有名句。
>
> 沧浪所谓兴趣，阮亭所谓神韵，犹不过道其面目，不

① 高友工：《文学研究的美学问题（上）：美感经验的定义与结构》，第19—20页。

> 若鄙人拈出“境界”二字，为探其本也。[1]

后来有关“境界说”的讨论非常多。[2] 然而高友工的兴趣不在诠释王国维之说或者中国传统诗论，而是别有目的，意在将他自语言心理分析所构建的“美感经验”概念，与传统“境界”说作出融合，以互补的方式贯通为一体。高友工自言：

> 人往往喜以“世界”（world）一词译“境界”二字，但我却爱取柯勒（Jonathan Culler）所用的“内境”（inscape）一词。因为此时的“境界”并不是泛泛之“境”，而是“情景交融”的阶段，而且可以进一步反映一种价值。用柯勒的话来说是：“在意义彻悟的瞬间，形式呈现为整体，表层表现了深层。”[3]

用“world”一词来翻译“境界”，早见于刘若愚的《中国诗学》（1966）一书；当时最流行的涂经诒《人间词话》英译本（1970），也沿袭这个译语。[4]高友工却舍之不用，宁愿借一个从西方诗学出发的用词“inscape”作对译。文中举出柯勒在《结构主义诗学》一

---

① 彭玉平：《人间词话疏证》（北京：中华书局，2014），第 149、237 页。

② 参考薛宇飞：《王国维研究资料要目》（武汉：崇文书局，2011）。

③ 高友工：《文学研究的美学问题（上）：美感经验的定义与结构》，第 19—20 页。柯勒的原文是：“［A］moment of revelation in which form is grasped and surface becomes profundity.” Jonathan Culler, *Structuralist Poetics* (London: Routledge & Kegan Paul, 1975), 175.

④ James J. Y. Liu, *The Art of Chinese Poetry* (Chicago: University of Chicago Press, 1966), 84, 96; Ching-I Tu trans., *Poetic Remarks in the Human World* (Taipei: Chung-Hwa Book Co., 1970), 1.

书的诠释，意指由形式引导而至意识升华，达到灵光一闪的彻悟（epiphany），柯勒在书中是联系到“意象派”如庞德的抒情诗的一种展现手法。事实上，柯勒此处于“inscape”只是轻轻一笔带过。[①] 高友工对这个用词的理解，可能也出于他读弗莱的印象；因为早在《批评的剖析》中，弗莱讲到以有限见无限，一首诗相当于整个文学宇宙，众多象征汇成一个永恒无限的语言象征时，表示这就是乔伊斯（James Joyce，1882—1941）讲题材的“epiphany”，以及霍普金斯（Gerard Manley Hopkins，1844—1889）谈形式时的“inscape”。[②] 稍加追查，可知“inscape”原是霍普金斯的诗学观念。他认定诗人观物，观者与被观之物皆有其生气（energy）；二者互为牵动，相生相发，缘此成诗可得“至真”（vital truth）。[③] 换言之，虽则思想背景有异（基督教教义是霍普金斯以及弗莱诗学思想的基础），“inscape”这个词语从霍普金斯、弗莱，到柯勒，其物我相触而至升华以存真的意味，的确与中国诗论中“情景交融”

---

① Jonathan Culler, *Structuralist Poetics*, 175. 柯勒在近期出版的《抒情诗理论》详细析论弗莱《批评的剖析》的抒情诗论时，才对后者的一对观念——“inscape”和“outscape”——作比较详细的讨论。参考：Jonathan Culler, *Theory of the Lyric* (Cambridge, Mass.: Harvard University Press, 2015), 246 - 258; Northrop Frye, *Anatomy of Criticism*, 293 - 303, esp. 297.

② Northrop Frye, *Anatomy of Criticism*, 121. 又参考 Kermode 的书评，317 - 323; esp. 321. 此外，弗莱还在《批评之路》中征用霍普金斯的观念来解释那种深度的“理想的经验”（ideal experience）；见：*The Critical Path*, 30 - 31.

③ 有关霍普金斯这个术语的哲学与美术来源，可参考：Thomas A. Zaniello, “The Sources of Hopkins' Inscape: Epistemology at Oxford, 1864 - 1868,” *Victorian Newsletter*, 52 (1977), 18 - 24; Barbara Boehnke, “The Perceptual Origins of Inscape,” *The Hopkins Quarterly*, 24. 3/4 (1997), 71 - 94. 一般讨论霍普金斯的“inscape”观念，通常会联系到另一个相关的观念“instress”，参考 Marjorie D. Coogan, “Inscape and Instress: Further Analogies with Scotus,” *PMLA*, 65. 2 (1950. 3), 66 - 74; Leonard Cochran, “Instress and Its Place in the Poetics of Gerard Manley Hopkins,” *The Hopkins Quarterly*, 6. 4 (1980), 143 - 181. 然而高友工并未谈及“instress”。

观念颇有相通之处。但最值得注意之处，还在于高友工接引“inscape”的经验结构，使之与“境界”融通之后，再就“境界”所关联的“价值”作引申，“在美感经验中求道德生命之体现”：

> 在美的境界之中，我们经验的是经验而已，但是此一经验却已体现了一个我们所已解释、了悟的价值。

他想导向的结论是：

> “美感经验”为“价值”之表现方式，因此“道德理想”也可以看成一种美的境界的实现……这也许是可以把“智慧”看作与“美”的境界遥遥相通的一个原因吧!①

高友工这种从理论层面联系“美”与“价值”的努力，可以见证他与只看文本之内在构成、排拒外缘因素的“新批评”思想的距离。事实上，对文学的人文“价值”的向往，才是他的学术旅程的目标。

高友工以三篇理论文章搭建好“文学之美学”的分析架构之后，不忘初心，回首高、梅未完之约，以个人之力续写了“近体诗研究”的又一篇，在 1982 年一场会议上发表。这篇在他的学术生涯中起着承先启后作用的论文——《律诗的美典》(*The Aesthetics of Regulated Verse*)，展开了他对“美典”的思索；“aesthetics”开始被理解为“潜在的”(underlying)、“诠释的典则”(interpretative

---

① 高友工：《文学研究的美学问题（上）：美感经验的定义与结构》，第 20—21 页。

code）。在追溯“典则”形构的逻辑程序中，高友工也慢慢受到时间轨迹牵引，预示了日后的“文化史”勘测工程。笔者已在另文中详细讨论高友工由律诗研究到文化史中的美典研究之发展途径，于此不再深论。① 我们只想再提醒读者留意高友工如何在这篇文章寄寓他的信念和理想。他在讨论律诗宣告成体的初唐美典时，焦点放在“外在（景象）之内化”（internalization of the external）以及“内在（心象）之外化”（formalization of the internal）的构建作用；谈到王维时，重点在其“于时间流动中之不系心”（casualness in the temporal flow of events）与“感知于空间中延展之完足”（completeness in the spatial extension of one's field of perception）如何融入已成型的美典；转入杜甫美典时，则关注他由“观人、观世、观古今”汇通成“宇宙视境”（cosmic vision）。然后，高友工再回到中国诗学批评的“境界”一词。他说“境界”是“山水诗”（或“风景诗”，“landscape poetry”）与“律诗”发展下来的昆裔，既是“情景交融”，也是他所分析的“印象”与“表达”的整合。初唐律诗之意景遇合、王维律诗之物我参悟、杜甫律诗之天时冥会，综之也就是“inscape”的多元表现。②

---

① 陈国球：《从律诗美典到中国文化史的抒情传统——高友工“抒情美典论”初探》，第53—90页。

② Yu-Kung Kao, “The Aesthetics of Regulated Verse,” Shuen-fu Lin and Stephen Owen, ed., *The Vitality of the Lyric Voice: Shih Poetry from the Later Han to the T'ang* (Princeton: Princeton University Press, 1982), 332-385. 高友工此文先后有三个译本：① 刘翔飞译《律诗的美典》，《中外文学》，18第卷3期（1989年），第5—46页；② 黄宝华译《律诗的美学》，见倪豪士编选《美国学者论唐代文学》（上海：上海古籍出版社，1994），第24—79页；③ 王宇根译《律诗美学》，见乐黛云、陈珏编选《北美中国古典文学研究名家》（南京：江苏人民出版社，1994），第63—109页。三个译本以刘译为最佳。刘翔飞是高友工的博士生，回到 （转下页）

高友工的文学论述，从技术层面看，精微而玄深，纡曲却又开阔；但其中尽有鸢飞鱼跃之处，正在“境界”或者“inscape”观念之相通；而他的“抒情美典”说，就是以此为结穴。以下我们再就高友工的最重要的“美典三篇”略作检视。1985 年 5 月美国大都会博物馆举行“诗书画三绝”国际研讨会，高友工在会中以“抒情美典”作报告；后来改写成长篇论文《中国抒情美典》，于 1991 年出版；[①] 1986 年高友工在《九州学刊》创刊学术会议上发表《试论中国艺术精神》，文章定稿发表于 1988 年《九州学刊》，分两期刊完。[②] 1987 年他又到台湾出席“文化、文学与美学”研讨会，作一系列四次演讲；最后写成的中文论文《中国文化史中的抒情传统》，迟至 2002 年才刊登于《中国学术》之上。[③] 其中第一篇《中国抒情美典》与第三篇《中国文化史中的抒情传统》，虽然原作一为英文，另一为中文，发表时又相隔超过十年，但文章结构论点基本相同，后出者应是前者的增补润色，内容没有大改变。至于《试论中国艺术精神》一篇则变化稍多，也更多讲到抒情美典“独

(接上页)台湾大学任教期间译出此文；她曾参考高友工的英文打字原稿，师生之间理解更深。可惜台湾大学出版中心和北京生活·读书·新知三联书店的高友工文集都收入黄译，这应该不是高友工的决定。

① Yu-Kung Kao, "Chinese Lyric Aesthetics," Alfreda Murck, and Wen C. Fong, eds., *Words and Images: Chinese Poetry, Calligraphy, and Paingting* (New York: The Metropolitan Museum of Art, 1991), 47-90. 编者在序文中特别提到高友工收入本集的论文是重新撰写的，见 xi。

② 高友工《试论中国艺术精神（上）》，《九州学刊》，第 2 卷，第 2 期（1988 年），第 1—12 页；《试论中国艺术精神（下）》，《九州学刊》，第 2 卷，第 3 期（1988 年），第 1—12 页。

③ 高友工《中国文化史中的抒情传统》，《中国学术》，第 3 卷，第 3 期（2002 年），第 212—260 页。

大”带来的负面效果。[①] 然而三篇文章都讲“境界”与“价值”。我们可以引述《试论中国艺术精神》比较完整的论述作为例子：

> 经验之所以能为经验而不外化为活动，全在它具有内在的自发的意义或价值。首先是基层的快感，其次是中层的结构的圆满感。但若只止于此，那么我们只停留在感官美、形式美的层次。美感经验的最高层次却是在此形式美能予经验者某种意义。而这种意义在其最能撼动人心时实是对人生意义的一种洞见和觉悟。因为这种意义必须在形式中体现，故可称为一种境界。因为这种意义是人生智慧的体现，故可视为一种慧觉或悟感。艺术只有达到这种境界，闪烁这种慧觉，才能从它的圆满的层次进入超越的层次……
>
> 这种经验自生的意义可以说能给予经验者以最大的满足，即使此种满足也许只是一个瞬间，但它对此个人影响的深度和广度是无与伦比的。因之美感经验到达了这种境界，我们才能说这是美的巅峰。但是为什么它能有这样的震撼力呢？就它外在的幅度说，它体现了文化中某一种的理想；就内在的幅度说，它体现了个人生命的意义……
>
> 正如结构要借感象来实现，悟感也要靠结构来实现。

---

① 高友工说：“在中国过去艺术传统中，抒情美典的独立也同样地剥夺了其他艺术形式发展的机会。因此叙述文学以及戏剧诚然在中国很早就已发展，但始终需要其他的功能来作它的幌子，否则只能视为雕虫小技，匠人的工艺，难登大雅之堂。”他甚至用过“抒情文学的霸权”一语来说明中国文学史上“写实性”“叙述描写性”的材料之被掩盖。《试论中国艺术精神（下）》，第3、10页。

> 因此它必须不仅是知性的，还是感性的。艺术家之与一般人的分野是他在感性经验中把握到一种内在结构，体会到一种内在意义，而且能进一步用他可以控制运用的材料和形式把这结构意义表现出来……这种结构的意义既不是艺术家直接认知的，又无法用语言直接表达的。在最动人的艺术中此一结构正体现此一意义，也是他所洞见理想的象征。这个经验本体中的“境界”，从创造个人来说，体现了他的“气”、他的“神”。专就这个象征结构来讲，这也是一个“视界”（vision）。①

高友工此中的说法，比诸《文学研究的美学问题》更完足，对“形式”与“意义”、“结构”与“悟感”、“美”与“智慧”、文学艺术的“内”与“外”，诸般交涉交代得更有层次。当然，他指向的目标就是艺术带来的“美”的“悟感”，以至“慧觉”“境界”。在《中国文化史中的抒情传统》一文中，高友工更清楚地指明这“慧觉”就是“美感”与“真理”、“道德”融为一体。②在这三篇文章中，可以见到“境界”或者“inscape”，就是“慧觉”“悟感”；与之相通，甚而互换的词汇，还有“境”“意境”“视界”“vision”等。这些频繁的交换，应该是高友工不断从各个角度思考文学艺术的终极问题。

在“美典三篇”中，我们还可以注意到一个现象，就是这“境界”观念的理论构建方式。上文提到，“境界”以王国维之论

① 高友工：《试论中国艺术精神（下）》，第3—4页。
② 高友工：《中国文化史中的抒情传统》，第220页。

最广为人知，但他却选取了新儒家的进路，以此绾合由霍普金斯、弗莱，到柯勒一路演化的“inscape”。再者，他在说明“境界”或者“inscape”的时候，都会引用加拿大哲学家泰勒的论述作为基础。泰勒也属于分析哲学传统中人，他的经典之作《自我之源》（*Sources of Self*）出版于1992年，高友工当时应该未及参考；不过他征引的泰勒的《解释自我的动物》（*Self-interpreting Animals*）一篇，可说是《自我之源》全书的出发点。[①] 高友工指出泰勒以“寻求自我解释的需要”来定义“人”，而自我解释是在自我观察，亦即自省、内观。这个内转的自省活动面，结合到意义的生发以至提升的解说，环环相扣，步步推进，本是分析哲学拿手好戏；再联系霍普金斯等的“inscape”，也是无缝接合。然而高友工还希望可以寻得文化资源以圆足“抒情美典”的解释结构。牟宗三对中国哲学的观察是“尽其在我”“操之在我”，以“生命”为研究对象；而“境界”是通过个人的“实践”经验而了解生命，从而抵达的境地，这与西方的一贯向外探索并不相同。因此，高友工认为牟宗三所讲的“境界形态的形而上学”，正好与自己的论述榫接。[②]《中国文化史中的抒情传统》说：

> 牟先生以为道、佛、儒都有境界形态的意味，而抒情美典正和此三个系统密切相关，他同时以为儒家却还有实

---

① Charles Taylor, "Self-interpreting Animals," *Philosophical Papers*, *Vol. 1: Human Agency and Language* (Cambridge: Cambridge University Press, 1985), 45 - 76. 据高友工的学生和助教刘婉的记忆，泰勒的《自我之源》刚出版时，他立即引用于课堂讲纲之上；她说高友工“与这位西方哲学家虽然各自关注的文化价值观架构全然不同，却有很多观点不谋而合”。见刘婉：《往事依依忆高师》，第19页。

② 牟宗三：《中国哲学十九讲》（台北：台湾学生书局，1983），第16、45、49、94、103页。

> 有形态，道家却无此形态，从这个线索推想亦可知中国文化中并不会没有客观外向的叙述传统，只是其发展是受压抑而已。①

有关高友工如何参酌新儒家如徐复观与牟宗三等的思想以申论己说，曾守正《融合与重铸：高友工与当代新儒家》一文有精辟而深入的剖析。曾文指出高友工之论“确实受了当代新儒学的影响”，然而“部分观点溢出，甚或偏离新儒学的慧命血脉”，可谓一针见血。②

结语：一生何求

有关高友工研究，重点应该是综览其论述架构，展现其体系规模，再剖析其构建程序与方式。例如黄锦树就指出高友工“从高处搭架，从理论、理念的角度设定抽象的模子（‘理想架构’），而且尝试界定‘抒情’的哲学预设（‘和谐、自然、自足的理想’），是抒情传统建构史的一大高峰”。③ 王德威《有情的历史》认为陈世骧的抒情传统“到了高友工的笔下，更形成一种庞大的认知体

---

① 高友工：《中国文化史中的抒情传统》，第 227 页；又参：Yu-Kung Kao，“Chinese Lyric Aesthetics，” 60.

② 曾守正：《融合与重铸：高友工与当代新儒家》，《淡江中文学报》，第 26 期（2012 年），第 79—115 页。除了“境界形态”以外，文中还讨论到徐复观的“再体验”与孔子、庄子之“艺术精神”，牟宗三“魏晋人物品鉴”之为“美学的判断”等观念，与高友工论说之异同。

③ 黄锦树：《抒情传统与现代性——传统之发明，或创造性的转化》，《中外文学》，第 34 卷第 2 期（2005 年），第 169—170 页。本文经修订后，收入黄锦树《论尝试文》（台北：麦田出版，2016），第 47—86 页。

系”，“赋予抒情一个严丝合缝的世界观：起自文体，发而广之成为一种文类、生活风格、文化史观、价值体系，甚至政教意识形态”。①

然而，当我们跳出高友工所设定的框架去审视，追问其学与思的轨迹时，顿时会生出许多疑问。正如“美典三篇”，基本论点是一致的，或者可以说互为补充，但细看三篇的结尾，却停驻在不同的位置上。1988 年出版的《试论中国艺术精神》在析述抒情美典在文化史上的四个转捩点的表现之后，宣布“抒情传统已由《红楼梦》和《儒林外史》奏起‘天鹅之歌’”，传统诗词在今日，“也许只是一个无根之兰”。这个判断可能有其负面意思，但换个角度来看，个中萦绕不绝的花果飘零之感，不是一种忧愁幽思吗？

至于出版于 1991 年的英文论文《中国抒情美典》的结尾，却在于文人画的“美典”之呈现为视象化的“inscape”，力求“平淡”与“古拙”。他多年来不断定义“inscape”，意图说明这个概念同时指涉作品内在意蕴和外缘意义，则对“平淡”“古拙”的向往，固然是高友工归纳的艺术史现象，会不会同时又寄寓了他的人生选择呢？

再看 2002 年的“抒情美典论”收官之作《中国文化史中的抒情传统》的最后段落，高友工先批评当时美国“失去了立场”的

---

① 王德威：《有情的历史——抒情传统与中国文学现代性》，《中国文哲研究集刊》，第 33 期（2008 年），第 86 页。王德威在近著《史诗时代的抒情声音》中，对高友工作出另一层次的析论，指出高友工“乍看系出形式主义”，而实已“赋予现象学色彩”；认为高友工与李泽厚“如同二十世纪的前行者，他们再一次证明抒情论述不是孤立现象，而是中国不断探索群与己、个人与社会性实践的一部分”。见《史诗时代的抒情声音：二十世纪中期的中国知识分子与艺术家》（台北：麦田出版，2017），第 601—602 页。

评论家;[1]面对“大道多歧”，他的主张是：

> 超越局限自己的美典而设身处地想象其他的经验。只有在这种想象的扩展开拓后，我们的艺术经验才能更成熟，更丰富……愿意进入其他人的条件和目的，也是培养人本精神的唯一阶梯。[2]

“培养人本精神”，也就是高友工念兹在兹的“人文教育”。

当然，高友工的学术志业，以毕业后的诗学与美典研究为显著。他与梅祖麟互相配合，由语言学出发，以分析哲学为基础，本是一种规行矩步的细密功夫。然而，我们又知道高友工日常生活并非严守纪律，反而是潇洒通脱，逍遥自在；因此，他不会像梅祖麟守着语言学的规范那样，一味分析推理，他会让文学的感觉游走宇外，不断闯关。因此高友工的学术方法其实有其二重性：表面看来是严格工整，但处处寻找通道，试图穿越不同界面，接合异种殊枝，以构筑崭新的范型。上文引述曾守正的精准论见，点出高友工的“美典”说曾采纳新儒学的学理，但“部分观点溢出，甚或偏离新儒学的慧命血脉”。事实上，高友工不单用新儒学而又偏离新儒学之理，更是本分析哲学而又破分析哲学之限。正宗的分析哲学家大概不会问高友工相同的问题，也不会同意他的贯通方法。换言之，我们要检查的不是他是否偏离分析哲学的方向，是否符合新儒

---

① 高友工应该是对当时的“解构理论”非常不满。他在《试论中国艺术精神》一文中就提到：“每［个］人以他自以为是的经验来解构艺术对象，竟以自己的多变与曲解沾沾自喜。”见《试论中国艺术精神（下）》，第5页。

② 高友工：《中国文化史中的抒情传统》，第260页。

家的学理，及学术通识是否异乎常见，我们要审视的是：到底他建构的“美典”论本身是否合理周延？能予后来者什么启示？是否增进我们对中国文学各种现象的理解？如果与我们的思想进路不同、结论不一，高友工有没有他的理念和根由？于我们有没有参考价值？

上文就指出高友工的论学宗旨在于“人文教育”，他不像一般“纯文学”研究者之排拒文学的社会意义。他之所以特别欣赏另一个文化背景出身的弗莱的学说，最重要的原因应该是看到弗莱在貌似封闭的文学语言系统中揭露其社会脉络，而共生于这脉络的是“自由”（freedom）的想望与社会的“关怀”（concern）。[①] 我们可以推想高友工小时在家听兄长高而公讲鲁迅、讲社会正义，有没有留下一些种子，在多年后成为省思的参照？高而公为了他心中的社会价值，出走到延安参加革命；高友工在他最严谨的文学论述中，解说“人文研究”的目的不仅是追求“客观事实或真理”，而是“想象自我存在于客观现象中的可能性”。[②] 高而公的选择，高友工会怎么理解呢？他讲“抒情美典”时说，“愿意进入其他人的条件和目的，也是培养人本精神的唯一阶梯”，应该也是对自己的要求和体验吧！[③]

在高友工心中，种种学理、方法、工具、模式，“其最终目

---

① Northrop Frye, *The Critical Path*, esp. 56 – 78; David Cayley, *Northrop Frye in Conversation*, 112 – 121, 207 – 216. 又有评者指出弗莱著述的深层政治，其所抗衡的包括法西斯主义、麦卡锡主义与马克思主义；诗歌之用是意识形态的批判，是直面政治而非逃避政治；Jonathan Hart, “Northrop Frye and the End/s of Ideology,” *Comparative Literature*, 47. 2 (Spring, 1995), 160 – 174.

② 高友工：《文学研究的美学问题（上）：美感经验的定义与结构》，第 11 页。

③ 高友工：《中国文化史中的抒情传统》，第 260 页。

的即是一种‘价值’的追求、‘生命意义’的了解”。① 人生于世，要当革命家？要当学者？还是“现代庄子”？高而公本着“关怀”之心，走上革命道路；革命成功后，他曾经有一段好好发挥的日子，写下有名的《刘胡兰小传》，以及“抗美援朝”的通讯等。他本来是文艺爱好者，在中学时已发表过小说《生路》，文章风格近鲁迅；辞家远赴陕北解放区时，既唱当地民歌，也抄读《剑南诗钞》。② 据邵燕祥忆述，朝鲜战争后期，高而公还在前线坑道中写过诗。但从 20 世纪 50 年代开始，他多次因精神崩溃入院，先后被关、下放，等等。其间两岸情势紧张，不能通邮。即使高友工到美国留学，看来也未必有通音问的机会。我们只知道 1971 年高友工和梅祖麟在美国发表《唐诗中的句法、措辞，与意象》的前后，高而公因心脏病而离开河南干校回京，托人向邵燕祥借得仇兆鳌《杜诗详注》，林庚、冯沅君编的《中国历代诗歌选》等书来阅读。1974、1975 年间，邵燕祥多次探望高而公，谈《红楼梦》；而高友工研究《红楼梦》和《儒林外史》的文章也在差不多的时间完成；③ 高友工、梅祖麟合写的《唐诗中的意义、隐喻，

---

① 高友工：《文学研究的美学问题（上）：美感经验的定义与结构》，第 11 页。

② 鹿野：《追求者的脚步——悼而公》，见《高而公文集》，第 33 页；刘黑枷：《遥望巴山忆而公》，见《写在心中的书简》，第 168 页；邵燕祥：《独对残篇忆而公》，见《高而公文集》，第 40 页。

③ 邵燕祥：《独对残篇忆而公》，见《高而公文集》，第 45 页。高友工的《中国叙事体中的抒情视境：〈红楼梦〉与〈儒林外史〉的一种读法》，是参加 1974 年 1 月 21 至 22 日的“普林斯顿中国叙事理论会议”（Princeton Conference on Chinese Narrative Theory）宣读的论文，文章于 1977 年收入文集：Yu-Kung Kao，“Lyric Vision in Chinese Narrative：A Reading of Hung-lou Meng and Ju-lin Wai-shih，” Andrew H. Plaks，ed.，*Chinese Narrative: Critical and Theoretical Essays*（Princeton：Princeton University Press，1977），227 – 243.

与典故》完稿后，由黄宣范中译，在《中外文学》于 1975 年底到 1976 年初连载。高而公逝世就在 1976 年 11 月。高友工早年文章提到“自我”（ego）与“世界”（world）的分裂，是一种“创伤的经验”（traumatic experience）；于抒情美典沉潜经年之后，他认识到“人”是“自我解释的动物”，缘此以审视经验由内省心象如何升华至“境界”“慧觉”。

兄弟两人，因为大时代的崩裂，遥隔海天；或许大家读唐诗、《红楼梦》的心灵，终会在空中相遇，一起在天上互诉“画魂儿”（高而公晚年所作的一首诗的诗名），反反复复思量生命的意义。

第十四章　林庚

一、林庚的诗与诗观三论

陈世骧的诗学养成，始于他在北京大学读书、毕业，以至初任教职的阶段。在20世纪30年代他的文学同群中，有一位特别值得我们注意：清华大学的林庚（1910—2006）。陈世骧在晚年接受访问时提及林庚先生的《楚辞》研究，说林先生是“我的同学”，[①] 其实两人分别就读于清华大学和北京大学。陈世骧比林庚小两岁，1935年毕业于北京大学外文系；林庚则于1933年自清华大学中文系毕业。陈世骧毕业后留在北大任助教，其间他与艾克敦老师合编了中国新诗的第一本英译选本《中国现代诗选》。[②] 此外他与老师朱光潜的关系也很好，常常参加在朱光潜家中举行的“读诗会”；沈从文、梁宗岱、俞平伯、朱自清、卞之琳、林庚、曹葆华等都是这个文艺沙龙的常客。林庚是朱自清和闻一多的学生，毕业后又曾兼任闻一多的助教。当时北平的文艺活动没有院校的隔阂，林庚也

---

① 1971年陈世骧接受谢朝枢的访问，谈到《离骚》时说：“我同意我的旧同学林庚的说法”，见谢朝枢《断竹·续竹·飞土·逐宍——陈世骧教授谈：诗经·海外·楚辞·台港文学》，《明报月刊》，第68期（1971年），第28页。

② Harold Acton and Shih-Hsiang Chen, ed., *Modern Chinese Poetry* (London: Duckworth, 1936).

会到艾克敦家中作客。

艾克敦非常欣赏林庚，《中国现代诗选》收录他的诗作最多，共 19 首，占比近两成。[①] 至于陈世骧对林庚诗的看法，还不是很清楚。艾克敦在《诗选》序中说他的“合作者”不尽同意他对林庚的看法，但当不少译稿送交美国《诗》刊（*Poetry: A Magazine of Verse*）哈莉特·蒙罗（Harriet Monroe）处，林庚被她选刊得最多。《中国现代诗选》出版后，学界的评论以赞赏居多，但都会指出这选本并未反映现代新诗的全貌。[②] 陈世骧曾针对刘恩荣一篇特别苛刻的评论作出申辩，他一方面指出编选过程中的一些实际情况，例如资料散佚、翻译的困难度等，[③] 另一方面更清楚表明选诗的宗旨：

> 我们选诗的用意，并不是介绍一部近代中国诗史料，更不说我们所选的就代表了中国全部的现代诗。所以被选入的诗人我们也不以他为独霸诗坛，未及选入的也得无向

① 《中国现代诗选》入选诗人共 15 位，诗 96 首，其中陈梦家 7 首，周作人 4 首，废名 4 首，何其芳 10 首，徐志摩 10 首，郭沫若 3 首，李广田 4 首，林庚 19 首，卞之琳 14 首，邵洵美 2 首，沈从文 1 首，孙大雨 1 首，戴望舒 10 首，闻一多 5 首，俞平伯 2 首。

② 《中国现代诗选》面世后可考的书评包括杜衡《“中国现代诗选”》，《新诗》，第 1 卷，第 1 期（1936 年），第 126—128 页；刘恩荣：《评〈中国现代诗选〉》，《大公报·诗歌特刊》，1936 年 7 月 19 日；Hellmut Wilhelm, “Book Review: *Modern Chinese Poetry*”, *Monumenta Serica*, 2. 1 (1936): 218 - 219; Charles Madge, “Book Review: *Modern Chinese Poetry*,” *London Mercury*, 33. 198 (1936. 4): 661; L. Cranmer-Byng, “The Dance of the Chopsticks,” *Poetry Review*, 27 (1936): 285 - 291.

③ 陈世骧指出编选时曾考虑的一些作品，因为不容易翻译而放弃。见陈世骧：《关于〈现代中国诗选〉》，《大公报》，1936 年 8 月 31 日。我们还可以参考艾克敦在他的回忆录中的说法。他指出在翻译陈梦家的一首诗的过程中遇到极大的困难，对译文不能满意，最后这首诗没有收入《中国现代诗选》之中。Harold Acton, *Memoirs of an Aesthete* (London: Methuen, 1948), 348 - 349.

> 隅之感。不过在中国近代诗长足发展中，我们选入的诗人多是放着异彩的。[1]

看来陈世骧对《中国现代诗选》的编选还是认同的。[2] 无论如何，这是一个有特定诗观的选本。选本的关注点是新文学与传统的复杂关系。艾克敦与陈世骧都看到新旧文学运用的语言之不同，但他们认为中国诗文有两千年以上崇尚简约的创作传统，不会一下子断裂，改写出鸿篇巨制的史诗或英雄罗曼史（epics and sagas）。出色的新诗人还是要有“历史感”（historical sense），由是西方文学与唐宋诗词同时发生影响，经锻炼熔冶成新的风格，创出更丰富的语汇，新的视野感应（new sense of perspective）。[3] 林庚诗作入选之多，正是这诗观的一种显示。《诗选》在林庚的小传中，还加插了一篇他的诗论——《论诗》（*On Poetry*），强调“新感觉”与“新感情”；而其“新”，却是焕发自传统的开放精神。[4]

事实上，从林庚诗可以看到他如何以其创作进行探索，以测量一个文学传统于当下以至未来的生命力。另一方面林庚也是古典文学的出色研究者，又是中国文学史的撰写者，尤其 1947 年由厦门大学出版的《中国文学史》，更是迥拔孤秀，见解和书写方式都洋溢诗意。林庚这几重身份互相影响，在文学创作、研究，以至文化诠释的表现，都别见风致。可以说，林庚以其创作与学术书写，开

---

① 陈世骧《关于〈现代中国诗选〉》，《大公报》，1936 年 8 月 31 日。

② 当然这也可能是论辩文章不及讨论个别细节，又或者陈世骧认为他最欣赏的同学诗人卞之琳入选量要比林庚多，但这只是一种臆测。

③ Acton and Chen, *Modern Chinese Poetry*, 31; Harold Acton, “The Creative Spirit in Modern Chinese Literature,” *T'ien Hsia Monthly* 1.4 (1935.11): 387.

④ Lin Keng, “On Poetry,” Acton and Chen, eds., *Modern Chinese Poetry*, 166 - 170.

发出与陈世骧的“抒情传统”论述同一方向的探索。以下我们以林庚在20世纪三四十年代的诗与诗论为主要讨论根据，剖析他的文学观念，作为探测他的抒情中国文学史的参照。

（一）穿越时空的视域

林庚字静希，福建闽侯人，1910年生于北京，1933年毕业于清华大学中文系，历任厦门大学、燕京大学、北京大学教授。30年代出版《夜》（1933）、《春野与窗》（1934）、《北平情歌》（1936）、《冬眠曲及其它》（1936）四种，另有选集《问路集》（1984）、《林庚诗选》（1985）两种，2000年又有《空间的驰想》一集。所撰文学史有《中国文学史》（1947）、《中国文学简史（上）》（1954初版，1988修订版）、《中国文学简史》（1995），另有研究著作《诗人屈原及其作品研究》（1952）、《诗人李白》（1954）、《天问论笺》（1983）、《唐诗综论》（1987）、《西游记漫话》（1990）、《新诗格律与语言的诗化》（2000）等。就林庚于自己生命的体认来说，他首先是诗人。即使他长年研究古典诗歌，又写成别具风格的文学史，但我们可以说，这一切都是为现代诗学发展而下的功夫。①

视域的开展

我们可以从林庚在1933年写的一首诗《喂！》开始讨论，因为

---

① 林清晖介绍林庚说：“他毕生都在追求诗意，诗的世界便是林庚的世界，诗里融汇了他对宇宙、对人生的思索和对自由、对真善美的渴望。”林清晖《上下求索——林庚先生的诗歌道路》，《新文学史料》，第2期（1993年），第167页。

这首诗很能显示他面对经验世界的观察方式：

喂！

喂！你还说什么
五色的蝴蝶翩翩飞去了
古代是什么没有人晓得
慢慢飞到离世界很远的地方
北极乃太古冰鹿的居宅
当未有人前
太阳如一团烈火
地上有一阵和风
喂！你还说什么
五色的蝴蝶翩翩飞去了①

这首诗的立足点是一种醒觉，以“喂!”这一声叫唤标志视界的展现。“你”无疑是诗中“我”的一个分体，“蝴蝶飞去”本是当下的现象，但“飞”的行动开展了一个驰想的活动，进入一个深远的时间维度：“古代”“太古”“当未有人前”。但这个冥思又由一声“喂!”叫唤回来，“五色的蝴蝶”作为语言记号第二次出现，提醒“你”（“我”自己）：目下正有色彩斑斓的、“翩翩飞去”的事在发生。诗中人一边思考历史的神秘，另一边意识到眼前有种种变化。林庚在文学旅途上的种种努力，正是要绾合这两个视角，从而寻觅一个足以安身立命的所在。

---

① 林庚《春野与窗》（上海：开明书店，1934），第 2 页。

从眉睫之前往深远的历史想象奔驰，往返千里于咫尺之幅，是林庚诗思的特色。我们可以用被废名（冯文炳）誉为“神品”的《沪之雨夜》作说明：

沪之雨夜

来在沪上的雨夜里
听街上汽车逝过
檐间的雨漏乃如高山流水
打着柄杭州的油伞出去吧

雨水湿了一片柏油路
巷中楼上有人拉南胡
是一曲似不关心的幽怨
孟姜女寻夫到长城①

开首两句是现代城市音影的捕捉，以“听”来统摄感觉、聚焦意识。汽车在雨夜驱驰的影像转成音声，而想象就在音声缥缈之间延展；檐前雨滴，就得以虚接俞伯牙、钟子期之间的“高山流水”；甚至油纸伞也撑开了杭州西湖的凄美故事。② 第二节再以当前雨湿

---

① 《春野与窗》，第 66 页。废名的评语见《林庚同朱英诞的新诗》，见废名著，陈子善编订《论新诗及其他》（沈阳：辽宁教育出版社，1998），第 174 页。

② 《列子·汤问》：“伯牙善鼓琴，钟子期善听。伯牙鼓琴，志在高山，钟子期曰：善哉，峨峨兮若泰山。志在流水，钟子期曰：善哉，洋洋兮若江河。”废名《林庚同朱英诞的新诗》说：“上海街上的汽车对于沙漠上的来客一点也不显得它的现代势力了，只仿佛是夜里想象的急驰的声音，故高山流水乃在檐间的雨漏，那么，打着柄杭州的油伞出去吧’也无异于到了杭州，西湖的雨景必已给诗人的想象撑开了。”见《论新诗及其他》，第 174 页。

的感觉为胡琴的声音着色渲染，从而进入历史传说中孟姜女哭长城的幽怨世界。这好像《江南》诗中所说的“满天的空阔照着古人的心/江南又如画了”，以“又”字将古今的心象叠合一样。[①] 孙玉石指出“《沪之雨夜》表现了一个敏感的知识者，身处于一个陌生的现代大都市中，所产生的无法排遣的内心的痛苦，这是现代人的忧郁和寂寞病”，“诗篇中诗人心境浸透了现代感”。[②] 这是非常精确的观察。可是我们不应忽略林庚的当下视野与历史时空的关联互动，他诗作的现代感往往由局促的现世空间展步跨越，而与深邃的时间意识撞击而骤生。[③]

窗框中的风景

林庚诗飞跃于不同的时空，将新异的视域带到读者眼前。这个驰想的活动，往往借助一个常见的意象——窗。这意象在《夜》的第一首诗《风雨之夕》中已经出现。这首诗共两节。第一节写风雨之夕的户外，“一只无名的小船漂去了”；整节主要以描写的笔触营造气氛。第二节随着“窗子”出现，诗的“故事性”得以开展：

> 高楼的窗子里有人拿起帽子
> 独自
> 轻轻的脚步

---

① 《春野与窗》，第 64 页。

② 孙玉石：《中国现代主义诗潮史论》（北京：北京大学出版社，1999），第 229、140 页；又参看第 468 页。

③ 孙玉石又说：“‘孟姜女寻夫到长城’古老的一曲幽怨与现代的大都市汽车驶过声音的交响，更给诗人的叹息情怀一种跨越时空的悠远无尽的感觉。”见《中国现代主义诗潮史论》，第 468 页。

纸伞上的声音……
雾中的水珠被风打散
拂上清寒的马鬃
今夜的海岸边
一只无名的小船漂去了①

第一节的景色刻画，为观景者（没有露面的叙事者、读者）带来静态的感觉。第二节“窗子”的出现，将一个神秘的行动布置在一个框架之内，于是观景者除了感知面前的景色外，还因所见的行动而触发一连串有关旅途的联想：窗中人拿起帽子外出？撑起纸伞到街上走？骑马在清寒的雨雾中远行？至此，“一只无名的小船漂去了”的旅途感就浮现出来。而末句“无名”一语，亦唯有在叙述性的“故事”层面，才显出其意蕴。② 因为在静态描写中，本就不需要名字，但故事中的无名，就启迪了神秘、未知的联想，这未名、莫名的世界更是全诗的境界所在。③

林庚另一篇广为传诵的诗作《破晓》，也以“窗”作为诗思的关键：

① 林庚《夜》（上海：开明书店，1933），第1页。

② 林庚后来在《春野》诗中也用过类似的表现方法：“春天的蓝水奔流下山/河的两岸生出了青草/再没有人记起也没有人知道/冬天的风那里去了/仿佛傍午的一点钟声/柔和得像三月的风/随着无名的蝴蝶/飞入春日的田野”；见《春野与窗》，第1页。诗中的“无名”是“没人记起、没人知道”的深化，其作用也是在写景的气氛中燃点起“故事性”的玄想，但论意境似还不及《风雨之夕》的清空。

③ 王晓生认为林庚以“一只无名的小船漂去了”作结，是“进入空境”，而全诗是“诗人在风雨之夕似入禅境而写成”。见王晓生《徘徊在现代与古典之间——论林庚的诗》，《诗探索》，第1—2期（2000年），第87页。

破晓

破晓中天旁的水声
深山中老虎的眼睛
在鱼白的窗外鸟唱
如一曲初春的解冻歌
（冥冥的广漠里的心）
温柔的冰裂的声音
自北极像一首歌
在梦中隐隐的传来了
如人间第一次的诞生①

诗中人身处窗内，在半梦半醒的境况下，领受窗外的声音牵起最鲜活的感觉。林庚曾经写有《甘苦》一文，对这首诗定稿前的创作环境和修订经过作出详细的叙述。我们将这篇文章与《破晓》合读，就更能理解林庚的诗思运转形态。② 据林庚的解释，这首诗写于他在清华大学当助教时的一个冬天的清晨。当时清华大学每天早上都会吹起升旗号角，而林庚正是抒写其中一次梦中听见“那缠绵和美”的号角声的感受。这首诗初稿原来有第二节：

---

① 《春野与窗》，第 42 页。

② 《甘苦》，见《问路集》（北京：北京大学出版社，1984），第 179—188 页。卜立德（David Pollard）在介绍《春野与窗》诗集时，也特别以《甘苦》一文展开对林庚诗的讨论，认为这里描述《破晓》的“诞生历程”（life-history）很能说明林庚创作的构建律则（compositional rules）与诗学价值观（poetic values），但他也指出林庚这种创作方式，可能让读者跟不上他的诗思。见：Lloyd Haft, ed., *A Selective Guide to Chinese Literature 1900 - 1945*, Vol. III: *The Poems* (Leiden: E. J. Brill, 1989), 165 - 166.

远远无人的城楼上
第一个号兵
吹起清脆的羌管

“升旗号角”这个现实世界里的诗意催生剂，在多次修改以后，已经不复存在于文本中。在诗中只剩下伴随声音而生的感觉。这个充溢全诗的韵外之韵由“天旁的水声”的意象开始鼓动，而想象中的深山虎眼，可以说是凝视窗外世界的窗内主体的投影，眼睛由窗内移到窗外，和广漠的世界互生感应，于是一切都铭刻在“冥冥的广漠里的心”上。声音意象由“鸟唱”的“解冻歌”，延伸到北极的“温柔的冰裂”。这个驰想更特别的是，在飞越渺远的空间之后，再攀登时间之梯，到了人世之初：“人间第一次的诞生。”其中的理路，完全是以诗的感觉指引。诗中唯一的现实凭借，就是窗内的主体；或者更确切地说，是身处屋子里向窗外投射视域的主体。诗中人有的是诗心，于是可以在窗内抓紧窗外的号声以遨游天地，往返宇宙。诗成之后，更赢得闻一多的赞叹：“真是水到渠成!”①

林庚第二本诗集《春野与窗》分三辑，第一、二辑分别题为“秋深的时候”和“除夜”，第三辑是“窗”，当中的主题诗《窗》就以这个生活中常见的物象作为思考的媒体。② 这首诗也选入20世纪80年代出版的《问路集》（1984）和《林庚诗选》（1985），但

---

① 据《甘苦》的记载，闻一多看到这首诗的定稿，连说“真是水到渠成！水到渠成”。见《问路集》，第188页。

② 林庚在《春野与窗》的《自跋》中特别提到写这首诗时“精神异常愉快……觉得在一种新的风度中的尝试中，能够把自己用毅力安顿在长时间的追求里，忠实的完成了它的欣慰”。（无页码）可见这首诗是他在文学追求上的一次重要表现。

经过大规模的删削，显得更为结实耐读。[1]《春野与窗》的繁本中有以下值得注意的两句：

> 我是隔着一层笼烟的窗纱啊
> ……
> 心该是放在窗子内的吗

诗中人的意向当然是跨越窗内空间的局限，由窗内观照窗外，所以诗中人这样描述：

> 窗外的路益辽阔了
> 但窗外的夜是很近的

但这个观照既由心生发，窗外的世界自然会被收纳入心，使观照的主体受到当下广漠暗夜的撞击。往下，繁本的诗中出现了“可怜无定河边骨，犹是深闺梦里人”的变奏：

> 梦是夜中不寐的人
> 在窗外的梦是太迢远了吗

心随梦转，袭人的夜色又随梦去；于是在诗中人的心中，当前近在

---

① 《问路集》和《林庚诗选》所收的简本只有两节共十八句；原诗则共三节四十八句。分见《问路集》，第 77 页；《林庚诗选》（北京：人民文学出版社，1985），第 57 页；《春野与窗》，第 80—83 页。

身边的夜就变成“绵绵思远道”的夜了：

窗前的夜乃漫长且悠远了

在林庚的诗篇中，与“窗”一样赋有指涉视域功能的意象，还有不少，其中最有兴味的莫如《无题》诗中的“一盆清丽的脸水”，既“映着天宇的白云万物”，也盛载着他想“通通倒完”的“怅惘”，天宇与心田，尽投影在这一盆“清丽”之上。① 当然更能显示视域的穿梭往返的意象是“梦”。梦境所代表的“唯我”的灵视，更适合林庚的浪漫精神的发扬。例如《驰想中的印度》中的森林、红头巾、恒河、檀香，各种异域的迷彩，都是“梦里的事情”。② 又如《冬眠曲及其它》中的“夜的五色梦冰的世界里”，我们看到：

睡醒的梦到谁家园子中
破晓的寒窗又藏在梦里
夜的五色梦冰的世界里
冰的世界里③

在这首诗中，“梦”开启了一个视域，“破晓的寒窗”又交叠在“梦里”。究竟哪里是“梦里”？哪里是“梦外”？“梦”支配了这个难分真假的迷离世界。

由“窗”（或者“脸盆水”“梦”等变奏）在这些诗的位置和

① 《春野与窗》，第 72 页。

② 同上，第 17—18 页。

③ 《冬眠曲及其它》（北平：北平风雨诗社，1936），第 1 页上。

功能可以见到，“窗”为诗的视境提供了一个聚焦的范围，透过窗可以超越眼前的（室内的）空间。由此引申，读者读诗，何尝不是以诗为窗，透过诗去见到超越个人经验世界的更广阔的时空？但“窗”本身又提醒我们当中有窗里窗外的区隔，要穿越这个区隔，我们需要有意识地探首观望，或者如《破晓》一样静心聆听窗外的声音。所以这个框框的存在，既是新视域之得以开拓的条件，也是不同视域之间存有区隔的一个提示。主体要超越所处的物质时空，就需一扇窗户；或者说，主体意识需要积极地参与，透过一定的门径，才能把握更广阔的世界。

以上的讨论，主要想揭示林庚早期诗歌中视域的展现方式。诗人林庚对于个体的生命和无穷的宇宙，一直怀抱着“追寻那一切开始的开始”的探索热诚。[①] 从早期的诗作切入，我们可以看到林庚的沛然诗思，如何穿梭于广漠的时间和空间。至于更深的玄思，可见于近时出版的《空间的驰想》一集。[②] 集中收入林庚历年来于时间、空间、宇宙、生命，以至真、善、美的冥思遐想。当中的玄言诗风与早年诗集以形传神、由象生韵的写法或有异同，但灵思的运转同样令人目眩心醉。有关林庚这两种作品的对读比较，则有待另文的探讨了。

（二）浪漫的现代派

林庚向来被视为“现代派”诗人。王晓生在《徘徊在现代与

---

① 《问路集·自序》，第 1 页。

② 林庚：《空间的驰想》（北京：北京大学出版社，2000）。

古典之间——论林庚的诗》一文指钱理群、温儒敏、吴福辉《中国现代文学三十年》和孙玉石《中国现代主义诗潮史论》都把林庚归入20世纪30年代的“现代诗派”，王晓生自己也试图从林庚诗的意象、象征、暗示三方面论述其“现代色彩”。[①] 事实上，林庚开始创作时正值中国的“现代派”诗歌方兴未艾之际[②]，他的作品也经常在《现代》杂志发表并受到注目。[③] 因此，从写诗活动的背景看来，林庚之为“现代派”中人，可说毋庸置疑。所谓“现代派”，照孙玉石的解释：

> 指的是受西方象征主义、意象主义以及现代派诗潮影响而产生的中国现代主义诗歌潮流。

他又指出：

---

① 王晓生：《徘徊在现代与古典之间——论林庚的诗》，《诗探索》，第1—2期（2000年），第80—87页。孙玉石：《中国现代诗歌艺术》（北京：人民文学出版社，1992），第243页；孙玉石：《中国现代主义诗潮史论》（北京：北京大学出版社，1999），第130—130页；钱理群、温儒敏、吴福辉：《中国现代文学三十年（修订本）》（北京：北京大学出版社，1998），第369—370页。

② 参林清晖：《上下求索——林庚先生的诗歌道路》，《新文学史料》，第2期（1993年），第169—170页；林清晖：《划破边缘的飞翔——略论林庚的诗歌道路》，《诗探索》，第1辑（1995年），第9—10页；陈世澄、罗振亚：《传统诗美的认同与创造——评林庚20世纪30年代的诗》，《北京大学学报》，第3期（2000年），第115页。

③ 程光炜：《林庚与〈现代〉杂志》一文统计《现代》杂志各卷诗人发表的诗篇数量，指出林庚总共发表诗4首，是统计的十三位诗人的第五位；见《诗探索》，第1—2辑（2000年），第72页。事实上林庚于《现代》所发表的诗作共7首——《风沙之日》（第3卷，2期）、《独夜》（第4卷，第4期）、《破晓》（第4卷，第6期）、《春天的心》（第5卷，第3期）、《春晚》（第5卷，第3期）、《无题》（第5卷，第3期）、《细雨》（第6卷，第1期）。

> 这一潮流同浪漫主义、写实主义一起，成为并行发展的三大艺术潮流之一。①

按照这个说法则“现代主义”是异于“浪漫主义”和“写实主义”的流派，就中国新诗发展脉络的梳理而言，这个划分是很有意义的。然而，个别诗人的实际表现，未必会如泾渭般分明。孙玉石已经看到《现代》杂志中的“现代派”并不纯粹：

> 有些诗人貌似现代派，实则仍停留于浪漫主义的传统。如宋清如、史卫斯的许多作品。②

蓝棣之在《现代诗的情感与形式》一书中，又引述番草之说：

> 以戴望舒为代表的现代派，并不是提倡主知精神的20世纪英语系的“现代主义”，而只是浪漫派、高蹈派和象征派的糅合与总结。③

孙玉石主要从“分”的角度去看“现代主义”和“浪漫主义”的混杂，而蓝棣之却从“合”的角度来看“现代派”的复杂性。

如果我们再参照西方文艺思潮的内涵与发展过程，就会看到“浪漫主义”与“现代主义”有许多相承之处，例如“现代主义”

---

① 孙玉石：《中国现代主义诗潮史论》（北京：北京大学出版社，1999），第458、459页；又参考同书第8页。

② 《中国现代主义诗潮史论》，第151页。

③ 蓝棣之：《现代诗的情感与形式》（北京：华夏出版社，1994），第203页。

对科学实证与逻辑的否定，就好比“浪漫主义”对启蒙时期（Enlightenment）唯理性是尚（rationalism）和新古典主义（Neo-Classicism）墨守成规的反弹；再如二者都不满足于语言的模仿与再现功能，意图超越表象和现实，热衷于内心世界的探索等，都是相沿的痕迹。正如弗莱（Northrop Frye）所说的“现代主义”不是别的，只是一种“后浪漫主义”（post-romanticism）。①

回看中国诗坛的“现代派”，曾受“现代主义”——特别是其中的“象征主义”——表现形式的影响固然明显，但我们也不难发现大部分中国现代派诗人其实不脱“浪漫主义”精神。尤其林庚后来更为自己定位说：

> 我是个浪漫派——这恐怕是诗歌史上最好最正常的一个流派了。②

因此，我们更有理由以“浪漫主义”与“现代主义”的汇通处去

---

① 见：Northrop Frye, “The Drunken Boat,” Northrop Frye, ed., *Romanticism Reconsidered* (New York: Columbia University Press, 1963), 24；延续这种论点的还有：Harold Bloom, *The Ringers in the Tower: Studies in Romantic Tradition* (Chicago: University of Chicago Press, 1971)；George Bornstein, *Transformations of Romanticism in Yeats, Eliot, and Stevens* (Chicago: University of Chicago Press, 1976)；至于提出异议的则有：Ricardo J. Quinones, *Mapping Literary Modernism* (London: Methuen, 1977), esp. 120 - 163。这里没有必要作进一步的辨析，因为当这些西方思潮移植接枝以后，在中国文学环境中已有全新的变奏，在此借鉴两个主义的部分观念，只是为了照明林庚诗的视野。与本文论点直接相关的论述还有：Andrew Bowie, *From Romanticism to Critical Theory* (London: Routledge, 1997)；Ian Heywood, *Social Theories of Art* (New York: New York University Press, 1997), 89 - 96. 哲学角度则参照：Charles Taylor, *Sources of the Self: The Making of the Modern Identity* (Cambridge, Mass.: Harvard University Press, 1989), 368 - 390, 456 - 492.

② 见龙清涛：《林庚先生访谈录》，《诗探索》，第1辑（1995年），第7页。

说明他的诗歌理念。例如林庚诗中的“窗”，就很容易令人联想到德国浪漫主义画家弗里德里希（Caspar David Friedrich，1774—1840）的画《窗前的女人》（1822），引领观者追随室内主体的视野往窗外展开，追寻一个更广漠的宇域。弗里德里希曾说：

> 艺术家不应只画自己身外所见，也要画心内之所见。如果他心内并无所见，他更不应画身外之所见。[①]

他的著名作品如《海岸上的僧人》（1808—1810）、《雾海前的游子》（1818）、《日落前的女人》（1818）等，画中人的主体意识都非常突出，由是面前展现的风景已转成一种灵视的境界。[②] 这种以灵视而非以目视的“内视风景”（“Inner Landscapes”或“Inner Vision of Landscapes”）画风，正好为我们对林庚诗中出现的视域作诠解时提供参证。[③] 我们发现作为长期在城市生活的诗人，林庚的作品充斥着“浪漫主义”的“田园”和“春野”等意象，描绘自然的辞藻如“春风”“春雨”“秋深”“冬夜”“花穗”“残花”“落叶”“荷伞”“露珠”“杜宇”“夜莺”“燕子”“蝴蝶”……甚至牧歌式的词汇如“牧童”“仙女”“魔笛”等，与他身处的现实环境很难说有可以一一对应的指涉。

---

① 转引自：William Vaughan, *Romanticism and Art* (London : Thames and Hudson, 1994), 24 - 25.

② 参：Caroline Hunt and Louise Candlish, ed., *Friedrich: German Master of the Romantic Landscape* (New York: DK Publishing Inc., 1999).

③ 贡布里希（E. G. Gombrich）曾指出弗里德里希的风景画仿似中国的山水画，这一点与林庚铺写江南的风景更有非常相似的地方；参：E. G. Gombrich, *Story of Art*, 16th ed. (London: Phaidon, 1995), 496.

这些田野的景色，当然是诗人游心所见，好比《春野》所说："随着无名的蝴蝶/飞入春日的田野"；[①] 或者如《朦胧》所说："是！有一只黑色的蜻蜓/飞入冥冥的草中了。"[②] 这些心灵的驰想，可以跨山越海，窥见"森林大叶子下/斜袒与红头巾/……/檀花的香味/木柴熊熊烧起火苗"；[③] 甚至飞升宇宙，如《末日》所说："红色的心已离开了地球飞开远去。"[④] 驰想历程的意义，在《夜》一诗中最能显示：

夜

夜走进孤寂之乡
遂有泪像酒

原始人熊熊的火光
在森林中燃烧起来
此时在耳语吧？

墙外急碎的马蹄声
远去了
是一匹快马
我为祝福而歌[⑤]

---

① 林庚：《春野与窗》（上海：开明书店，1934），第 1 页。
② 林庚：《夜》（上海：开明书店，1933），第 2 页。
③ 《驰想中的印度》，《春野与窗》，第 17—18 页。
④ 《春野与窗》，第 23 页。
⑤ 《夜》，第 3 页。

诗以抒情主体的孤寂情绪开始，这是当前的现实。这份情绪的具象是“泪”，“泪”之幻化成“酒”，正是为视域的转化作出暗示。“酒”指向酒醉所可能进入的另一个空间，好比李白《月下独酌》诗所说的“三杯通大道”或者“糟丘是蓬莱”。顺着这个思路，第二节的视域跳接到初民的世界。“熊熊的火光”代表文明的开始。这个邈远的世界，在诗的中心部分活现，显然是上下求索的目标。第三节以“急碎的马蹄声”象征时间的流逝，骏马奔驰千里的空间跨度，也就是思想的飞跃，从现实到远古之间往返，来了也去了。在现实世界中陷入孤寂的“我”，只留下“祝福”的歌声；这“祝福”也是面对苦闷的一种排遣，超越现实的一种希冀。[①] 这种飞驰和超越也是“浪漫主义”的“想象”（Imagination）精神的精粹。

《夜》一诗的重要意义除了显示“时空驰想”的历程之外，还宣明了林庚对人世经验的一个思考方向。诗中出现的“原始人火光”并不是一种人类学的考古张扬，换句话说，这不是一个对上古的“历史真实”（historical reality）的像真模仿（imitation）[②]，而是林庚对人世中“鲜活”经验的延伸想象——由“鲜”到“新”到“初”的延伸。林庚在《问路集》的《自序》中提到，他在写《夜》时觉得自己“是在用最原始的语言捕捉了生

① 孙玉石：《一支逃离寂寞的心曲——浅析林庚的〈夜〉》说：“以原始人的热烈与亲密来对比衬托现代人的孤独与寂寞，以幻想中的远古世界来强化对现实世界的批判精神，这是诗人现代意识的曲折方式的表现。”见孙玉石主编《中国现代诗导读》（北京：北京大学出版社，1990），第434页。

② “浪漫主义”的一个主要特征是从“仿真”到“表现”的转向。参：M. H. Abrams, *The Mirror and the Lamp: Romantic Theory and the Critical Tradition* (Oxford: Oxford University Press, 1953), 21-26, 70-99; Charles Taylor, *Sources of the Self*, 368-390.

活中最直接的感受”[①]，当时又写了一个座右铭：

> 星星之火可以燎原
> 太多的灰烬却是无用的
> 我要寻问那星星之火之所以燃烧
> 追寻那一切开始之开始[②]

“开始之开始”有双重意义：一是历史上的开始，另一是引发这经验产生的开端；文明的启始，象征两者交叠之处，也就是“鲜”“新”“初”的叠合。正如《破晓》一诗，从一天的开始，驰想到初春的解冻，到北极的冰裂，再追索到“人间的第一次的诞生”；用《甘苦》一文的话就是：“世界初开辟的第一个早晨”。[③] 林庚对这“太初”的经验，有极大的兴趣，类似的遐想还见于《喂!》诗所说的“当未有人前/太阳如一团烈火/地上有一阵和风”，《末日》诗中的“一日古时的洪水/乃奔波而前来”等。[④]

这种追源溯始的意念，其实反映了林庚对“整体”

---

① 我们必须注意林庚这句话的背景：在此以前林庚主要的文学创作是旧体诗词，对他来说，用现代的语言来写诗是一种非常新鲜的经验。参林清晖：《上下求索》第 169 页，《划破边缘的飞翔》第 9 页；以及下文对“自由诗”的讨论。

② 林庚：《问路集》（北京：北京大学出版社，1984），《自序》，第 1 页；这个“座右铭”后来加了第一句，再加标点：“美是青春的呼唤。/星星之火可以燎原，/太多的灰烬却是无用的；/我要寻问那星星之火之所以燃烧，/追寻那一切开始之开始!”成为《林庚诗选》（北京：人民文学出版社，1985）的题词，并注明“一九三二年一月”。所加上的第一句“美是青春的呼唤”又见于《空间的驰想》（北京：北京大学出版社，2000）的《序曲二》，第 3 页；这是林庚有关“文艺与生命”的重要理念。

③ 《问路集》，第 184 页。

④ 《春野与窗》，第 2、25 页。

(totality)——无论是并时的(synchronic)“当下”或者历时的(diachronic)“历史”——的关注，他当然了解自身的经验和知识只能是“断片”(fragments)，但他却认为诗、文艺可以揭露这个更完整的世界或者完整的历史。① 他在《诗的活力与诗的新原质》这篇极富启示意味的文章中，就特别标举诗的“揭示”(to disclose)作用：

> 我们写诗……就正如写诗的历史……
>
> 我们如果以为宇宙是一个漫长的历史，则人类的历史相形之下当然短暂得很。然而人类的历史虽然短暂，而人类之创造这一个历史，却与宇宙之创造宇宙的历史并无不同。
>
> 诗如果无妨说是最短的故事，那么也无妨说诗就是那最完全的历史。②

这里所关心的对象之间，似乎存在一种“隐喻”的作用：“写诗”可以隐喻“写诗的历史”；“人类的历史”隐喻“宇宙的历史”；“诗”隐喻“最完全的历史”。③ 换句话说，诗虽然是个别的创制，

---

① 浪漫主义其中一个信念是：艺术可以“揭示”更“真”的世界；鲍伊(Andrew Bowie)指出浪漫主义的理论“将真理与艺术系联，因为这理论宣称艺术可以艺术独有的方式显示这个世界……真理显现于艺术以其形相的表现力所‘揭示’的世界。”而断片(fragments)在浪漫主义理论中的意义，就是以“有限”去展陈“无限”。参：*From Romanticism to Criticism*, 18, 225.

② 《诗的活力与诗的新原质》，见林庚：《新诗格律与语言的诗化》(北京：经济日报出版社，2000)，第151—152页。

③ 参：Richard Shiff, “Art and Life: A Metaphoric Relationship,” Sheldon Sacks, ed., *On Metaphor* (Chicago: University of Chicago Press, 1979), 105-120.

但却可以揭示超越个体的“完全”。林庚对诗的信念，主要基于他所体会的“诗的活力”。按他的想法，“人类之创造人类历史”与“宇宙之创造宇宙历史”的相同之处是两者都需要一个力量。原始人走向文明的推动力就是这种“雄厚的力量”：

> 从原始人进步到文明，这需要一个漫长的时间，然而在原始人的心目中必早有一个力的面向，正如飞蛾扑火一样，这光明的力量，才引导着野蛮人走进文明，野蛮人赤手空拳走进这文明的世界，这力量何等的雄厚。

他叫这个力量作“草创力”，并说：

> 在这里我们寻到了诗的本质。

他的意愿是：

> 我很想说明这一点力量，这便是诗的活力。[①]

这个“活力”的体认，反映在林庚的文学史研究层面之上的，是他著名的“少年精神”论点；[②] 反映在创作层面之上的就是对小孩

---

① 《新诗格律与语言的诗化》，第 151—152 页。

② 参张鸣：《“追寻那一切的开始之开始”——诗人学者林庚先生的古代文学研究》，《文史知识》，第 6 期（1999 年），第 95 页；林在勇、林庚：《我们需要“盛唐气象”、“少年精神”》，见《新诗格律与语言的诗化》，第 174 页；葛晓音：《诗性与理性的完美结合——林庚先生的古代文学研究》，《文学遗产》，第 1 期（2000 年），第 126 页。

子、童年的钟情。他的诗中多次出现“童年”母题，从《月亮与黄沙之上……》，到《秋深的乐园》，以至《忆儿时》，都由个人怀旧提升到象征启示。① 可是最能将这个“活力”作深邃挖掘的是《那时》一诗。不少论者对《那时》的理解是“宇宙的［函］容，童年的欣悦”，欣赏诗中所说的“像松一般的常浴着明月；像水一般的常落着灵雨”；② 然而诗中更有如下的想象：

> 如今想起像一个不怕蛛网的蝴蝶，
> 像化净了的冰再没有什么滞累，
> 像秋风扫尽了苍蝇的粘人与蚊虫嗡嗡的时节
> 像一个难看的碗可以把它打碎！
> 像一个理发匠修容不合心怀，
> 便把那人头索兴割下来！③

这里显示的，已不是可爱的烂漫童真，反而更像上文讲的原始人“飞蛾扑火”、野蛮人“赤手空拳”乱闯的一种原始冲动；表现出来的是当中不顾现实羁绊的超越“力量”。在林庚眼中，这就是“草创力”，是一切创造所系的能量。因为这个力量在诗中最能集中显现，所以：

---

① 分见《夜》，第 14 页；《春野与窗》，第 35 页；《冬眠曲及其它》（北平：北平风雨诗社，1936），第 17 页下。

② 参商伟：《宇宙的函容，童年的欣悦——析林庚的〈那时〉》，见孙玉石主编：《中国现代诗导读》，第 438—441 页；林清晖：《上下求索》，第 171 页；林清晖：《划破边缘的飞翔》，第 11—12 页；陈世澄、罗振亚：《传统诗美的认同与创造》，第 117 页。

③ 《夜》，第 40 页。

> 诗的活力是一个全部历史的创造……诗因此是宇宙的代言人。①

《诗的活力与诗的新原质》虽然完成于1948年，但无论在此以前，还是未来的岁月里，林庚的文学观、人生观，甚至宇宙观，都可以由这篇文章窥知。2000年北京大学为九十高龄的林庚出版《空间的驰想》，内中囊括了他长久以来的冥想玄思，有不少论点可与《诗的活力与诗的新原质》一文相呼应。当中究问空间、时间的奥秘，思索宇宙的无边，其中心命意还是“美是青春的呼唤”“青春应是一首诗”。在林庚心中，能够有所突破，“面向无限”的，还是“打开窗子”的浪漫“诗人”。②

（三）艺术与生活

“脱离生活”？

林庚是长期在城市生活的诗人，可是读者可以毫不费力地在他的作品中找到大量“浪漫主义”式的“田园”和“春野”的意象，有时还可以碰到“森林大叶”“斜袒与红头巾”等充满异域情调的描写。这种艺术的表现，很难与他身处的现实环境一一对应。英国学者卜立德（David Pollard）评述林庚《春野与窗》一集时指出：

---

① 《新诗格律与语言的诗化》，第153页。

② 《空间的驰想》，第3、33、8页。

> 林庚诗的题材主要是天体的运转、季候景色、天气态况、家居田野和街头景象、远游的乡思，以及缘此而生的冥想与洞察……叙事成分很稀薄，诗句中绝少提到任何具体事件。[①]

据卜立德的理解，林庚诗缺少“叙事成分”，罕有提到“具体事件”；换句话说，林庚诗鲜有现实生活的描写。早在1934年穆木天评论林庚第一本诗集《夜》的时候，也有类似的观察。他认为林庚诗“现实主义的成分，是相当地稀薄”，是属于“象征主义的诗歌”；上了“象征主义之路途”的诗人，都“脱离或回避现实”。[②]面对穆木天等对诗人的社会责任有所期待、以“真挚地科学地去认识社会现实”为基准的评论，[③] 林庚有这样的回应：

> 我好像到如今还不大懂得什么是“内容”，也不很懂得什么叫“意识正确”，什么叫“没落”。我觉得“内容”永远是人生最根本的情绪；是对自由，对爱，对美，对忠实，对勇敢，对天真……的恋情；或得不到这些时的悲哀；悲哀即使绝望，也正是在说明是不妥协的；是永对着那珍贵的灵魂的！我觉得除非有人反对自由，反对爱，反对美……或过分的空洞地喊着并不切实的情绪，那才是“意识不正确”；若有人对自由，对爱，对美……麻木了，

---

① 见：Lloyd Haft, ed., *A Selective Guide to Chinese Literature 1900—1945*, Vol. III: *The Poems* (Leiden: E. J. Brill, 1989), 166.

② 穆木天：《林庚的〈夜〉》，《现代》，第5卷，第1期（1934年），第202页。

③ 《林庚的〈夜〉》，第209页。

不兴奋了，不热烈，不真，那才是“没落”。[①]

比较穆木天与林庚的诗观，可知两者有不同的面向。前者正是以语言反映现实为出发点，文艺再现“社会的机构”，例如“帝国主义经济侵略下农村的破产，和父与子的冲突”，才算接近“真实”；[②] 林庚的“真实”则别有所在，是以“［浑］厚”“警绝”“冲淡”“沉着”“深入浅出”“不可捉摸”等的“身手”去求索的“文艺的灵魂”，[③] 这些“身手”已是“语言”的提升，“灵魂”更是“现实”以外的鹄的了。简言之，穆木天认为“目之所视”最重要，林庚则追求“灵视”，备受批评也是理所当然的了。

然而，正如穆木天文章所指出的，林庚诗中不是完全没有触及“中国社会的动荡的情形”，[④] 只是他的表现方式与“反映论”有相当的距离。例如《夜谈》一诗：

---

① 林庚：《春野与窗》（上海：开明书店，1934），《自跋》（无页码）。

② 穆木天：《林庚的〈夜〉》，第 207—208 页。

③ 《春野与窗》，《自跋》（无页码）。

④ 穆木天说：“虽然不能科学地去分析社会，去获得正确的社会认识，但是他的诗人的锐利的直观有时使他注意到社会上的断片的真实的现象。‘九一八’以来的中国社会的动荡的情形，有时，在他的诗里，直接地，被表现出来。”《林庚的〈夜〉》，第 207 页。陈世澄、罗振亚：《传统诗美的认同与创造——评林庚 20 世纪 30 年代的诗》一文袭用了穆木天的句子，但作了一点修改：“虽然诗人缺少直接突入生活获得正确社会认识的心理机制，但锐利敏感的直觉又使他能在某些时候把握住社会片断的本质真实，准确捕捉‘九一八’后动荡现实与人们心灵的信息。”见《北京大学学报》，第 3 期（2000 年），第 115—116 页。值得注意的是前者的“断片的真实的现象”变成后者的“片断的本质真实”，似乎评价有所提高，但在理论层面却自相矛盾了。

夜谈

浓云悄悄的十五夜
安静的院落
老年家人谈着往事
仍有二十世纪初叶
自己所不知道的
渐淡了袅袅的蚊香
追想宋元堂阁之陈设

五族共和还觉得新鲜以前
古朴的气息
紫禁城红门的自信
共数次的希望而衰歇!
乡下人迎神赛会
仍练着大刀
作关公赴会的村戏
渐有革命的歌声
东洋车的皮轮辗过
日影明暗着
永远的,永远忘不了的事

城中灰色的营幕
八国兵士践踏中
埋在土里的元宝不见了
柏油路上马蹄声

非复中国人之心目①

这首诗的题材很清晰：讲民国时期不久以前的历史。诗中的历史社会是以寄存于记忆中的鲜活经验如“气息”“红门”“大刀”“歌声”“皮轮”为构件，以“日影明暗”“马蹄声”，甚至“袅袅的蚊香”推动时间滚轴，汇合成一幕一幕的“中国人之心目”；更深刻的是，在这幕幕心目前的景象底下存有一种无力回天的历史感喟：受尽外敌欺凌的“中国人”，在往后岁月的马蹄声中还可以“追想宋元”吗？诗中以“沉着”其中、“冲淡”其外的身手，轻轻地把“中国人”的共同记忆（“永远的，永远忘不了的事”）嵌入老年家人的夜晚闲谈中。生活、生命的“真实”就这样透过“夜谈”这个“言说”（discourse）的方式得以揭露。这个镶嵌法是林庚捕捉生活或生命真实的方法的最好示例，“夜谈”可说是一个框架，在这个框架中我们见到历史和民族记忆被照亮了。

形式的意义

20 世纪三四十年代的中国是一个苦难的时代：日本侵略、内战不断，不少诗人都为时代而哀号呻吟，林庚身处其中又怎能视而不见？在《冬眠曲及其它》一集中，我们可见到没有“冬眠”的林庚。我们知道《北平情歌》和《冬眠曲及其它》诗集是林庚潜心

① 《春野与窗》，第 15—16 页。这首最初发表时，并没有“城中灰色的营幕”以下几句，这几句原是另一首诗《时代》初刊时的结尾；“渐有革命的歌声”原作“渐有维新的歌声”，“永远的，永远忘不了的事”原作“永远的，永远如梦的事”。《夜谈》和《时代》原刊《文学季刊》，第 1 卷第 1 期及第 2 期；参见张曼仪、黄继持等编《现代中国诗选 1917—1949》（香港：香港大学出版社，1974），第 556、563 页。

于诗歌格律的试验时的作品，但他的艺术试验其实也是以艺术包容生命的深度锻炼。我们以《北平自由诗》一诗为例，略作解析：

北平自由诗

当玻璃窗子十分明亮的时候
当谈笑声音十分高朗的时候
当昨夜飓风吹过山东半岛时
北平有风风雨雨装饰了屋子①

“屋子”把我们与屋外的世界区隔，大家可以在屋内言笑无厌；但当屋子有一个“明亮的玻璃窗”时，在“山东半岛”肆虐的飓风，也会使北平的屋子感受到那“风风雨雨”。当日本军在山东半岛以至华北一带大肆侵夺的时候，“装饰”一语，或者不能满足热血批评家的期待，但林庚其实把北平的屋子化成当时的“公共空间”，他灵敏的内心好比再没有区隔的“明亮的玻璃窗”，为朗声谈笑的众人，照见已赫然侵至的“风风雨雨”；“装饰”似是对未醒觉者的嘲弄，是更深痛的哀恸。诗题“北平自由诗”也是复杂诗意的标志。北平的民众是否在“自由”地谈笑？这“自由”有多大的空间？可惜自1936年的《冬眠曲及其它》以后，林庚再没有机会出版专集，我们很难进一步了解他以什么方式去捕捉时代的实感，但从五十年后的选集——《问路集》（1984）和《林庚选集》（1985）中，我们还可以找到他在40年代后期写的几首诗来作侦

① 《冬眠曲及其它》（北平：北平风雨诗社，1936），第19页上。

测，当中就包括《冬之呼唤》《宽敞的窗子》《苦难的日子》《历史》等，明显都是当时困苦生活的刻画。

但作为将生命托付予艺术的诗人，林庚梦魂所系还在于生命和艺术如何穿越那个开向无穷视域的“窗”。这首诗题作“北平自由诗”，却明明不是那曾经让他“一写就感到真是痛快”的“自由诗”，[①] 而是整整齐齐的格律诗——林庚称之为“韵律诗”。要解释“韵律诗”与“自由诗”这对矛盾体，我们有必要在这里探视林庚的诗学视域。在林庚的理念中，自由诗固然是“无韵律的诗”，但他的着眼点并没有停在形式的表象，他在《诗的韵律》中说：

> 自由诗的重要并非形式上的问题，乃在他一方面使我们摆脱了典型的旧诗的拘束，一方面又能建设一个较深入的活泼的通路……
>
> 这充分自由的天地中没有形式的问题，每首诗的内容是自己完成了它们的形式。[②]

但正因为它没有固定的形式，自由诗要能保有诗的意味，就往往在语言字句的运用上力求探险，林庚在《从自由诗到九言诗》中说：

> 为了加强语言的飞跃性能，于是自由诗往往采用了拉

---

① 林庚：《从自由诗到九言诗》，见《新诗格律与语言的诗化》（北京：经济日报出版社，2000），《代序》，第 15 页；又林庚《再谈九言诗》说：“我还记得我自己的第一首自由诗《夜》写出之后，我有好几天兴奋得不能看下书去，我觉得我真的在写一种新的诗了。”《新诗格律与语言的诗化》，第 53 页。

② 《诗的韵律》，见《新诗格律与语言的诗化》，第 11、14 页。

> 大语言跨度的方式，迫使思维必须主动地凝聚力量去跳……［自由诗］可能唤起我们埋藏在平日习惯之下的一些分散的潜在的意识和印象……于是展开了想象的翅膀，凝聚组合、自在地翱翔，这乃正是一种思维上天真的解放。①

由于语言的运动影响了主体的创作思维方式，于是自由诗的风格也会有一定的特色——“惊警紧张”。

林庚认为诗有两种类型，一是“惊警紧张”，一是“从容自然”。如“水是眼波横，山是眉峰聚，欲问行人去那边，眉眼盈盈处”属于前一类型，“积雨空林烟火迟，蒸藜炊黍饷东菑。漠漠水田飞白鹭，阴阴夏木啭黄鹂”则是后者。② 所谓“惊警紧张”是指那种“尖锐”、“深入但是偏激”，或者“刹那的新得”的表现方式。林庚认为自由诗“这样有力地把宇宙启示给我们”，所以属于“惊警紧张”这一类。③

依照这种思路，则“北平自由诗”的象征意义大概是：在表面的平静的北平城内，其实充满紧绷动荡的张力，好比屋子里虽免于“风风雨雨”的侵袭，但“窗子明亮”使人无所回避。由这首“韵

---

① 《从自由诗到九言诗》，见《新诗格律与语言的诗化》，《代序》，第 17—18 页。

② 林庚在好几篇文章中都提到“惊警紧张”和“从容自然”，或者“警绝”和“自然”的区分。见《诗的韵律》，见《新诗格律与语言的诗化》，第 14—15 页；《质与文——答戴望舒先生》，《新诗》，第 2 卷，第 4 期（1937 年），第 491—493 页；以及：Lin Keng，“On Poetry,” Acton and Chen，eds.，*Modern Chinese Poetry*，166. 所举诗例为北宋王观的词《卜算子》前阕和王维的七律《积雨辋川山庄作》前两联，见林庚的英文短论“*On Poetry*”；林庚在举例时以《卜算子》之句为苏轼所作。

③ 《诗的韵律》，见《新诗格律与语言的诗化》，第 14—15 页。

律诗”的命题，可以推知当时诗人心中的激荡。

林庚这种“名实不符”、文体与题目相左的诗作，还有题为《散文诗》的“韵律诗”：

散文诗

我特别喜欢读散文诗
它有着诗人素朴的心
素朴该受到普遍尊敬
不必板起那诗的面孔
这该是多么美的声音

我曾踏过那早春薄冰
我曾爱过那紫丁花地
从那遥远的天真回忆
我也听过那林风呼唤
我也想过那天上流星

蛛网记下了人生断片
屋檐留下了童年日影
永不褪色的写生画面
比一切语言都更清醒
它从不需要有人邀请①

① 《问路集》（北京：北京大学出版社，1984），第160—161页。

这首诗在 1981 年发表，是诗人在历尽劫波之余，于晚年回思前尘的作品。如果我们沿用以鲁迅《野草》为“散文诗”典型的看法，[①] 则林庚的创作生涯中似乎未出现过这种体裁的作品。[②] 然而林庚所讲的“散文诗”可能是与“自由诗”同义的术语；他在 1934 年写的《诗与自由诗》和 1957 年的《关于新诗形式的问题和建设》两篇诗论，都曾将这两个名词随意互换。[③] 我们再参看他在《问路集 · 自序》中说：“自由诗使我从旧诗词中得到一种全新的解放，它至今仍留给我仿佛那童年时代的难忘的岁月。”[④] 描述的境况就像这首诗所说的一样，可见“自由诗”和“散文诗”可以互相指涉。再检看林庚早期的作品，可以见到另外一首《散文诗》：

散文诗

甘草味的散文诗
散在秋原的气氛中的
昨夜甜蜜的富于颜色性的梦
渲染了那已忘掉的事情了

---

① 最近有 Lloyd Haft 主编的“散文诗”研究专辑：“Special Issue：Modern Chinese Prose Poetry”，《现代中文文学学报》，第 3 卷，第 2 期（2000 年 1 月），可以参考。

② 《现代》杂志曾刊载林庚的“诗化散文”六章，总题《心之语》，《现代》，第 5 卷，第 1 期（1934 年），第 133—140 页。

③ 林庚在《诗与自由诗》中说：“自由诗之与诗如一个破落之世家重有一个子弟振兴起来，但其面目本是全然不同了。但散文诗之有益于诗是无疑的，那又像冬日的霜雪是有益于来春花草的茂发的。”《现代》，第 6 卷，第 1 期（1934 年），第 59 页。他在《关于新诗形式的问题和建设》中又说：“应当说明，自由诗我是从来不反对的，甚至于我从来就是喜欢散文诗的。”见《新诗格律与语言的诗化》，第 76 页。

④ 《问路集》，《自序》，第 1 页。

已忘掉的事情有着不同的苦乐
而昨夜是笑且又流泪了吗
在一个多忆的枕畔，那是一件礼物
多么多情的一回温柔的情谊啊
为了富于颜色性的
秋深，我曾写过无数行的诗吗
为了在这枕畔有着无数的相思草呢
我已忘掉了的事情而且是如此之多啊
但染了那散文诗的甘草味呢[①]

这首20世纪30年代前期完成的诗是名实相符的“散文诗/自由诗”。这时也是林庚全力创作自由诗的阶段，从写作之中他得到最大的乐趣。对这份欣喜的余味作进一步的咀嚼体会，就是这首诗的重点。诗中告诉我们，生命中充满记不清的苦乐（“有着不同的苦乐”“是如此之多”），随着时间流逝，都会一一淡忘（“我已忘掉了的事情”）；但诗人的不懈创作，写就的“散文诗”相当于一个个“多忆的枕”，开启“梦”的视域，让“我”再度经验过去的种种苦乐（“甜蜜的富于颜色性的梦”“昨夜是笑且又流泪了吗”）；它是如此的多情、温柔，把忘掉的记忆化成散在秋天原野上的无尽相思（“散在秋原的气氛中”“枕畔有着无数的相思草”）。[②]

---

① 《春野与窗》，第79页。

② 林庚把这首诗收入《问路集》时曾加修订，将原作最后三行改成两行：“秋原的甘草味/蔓生了枕畔的相思草”；将开卷时显现的“散在秋原的”诗歌韵味，牵引到“枕畔”，变成“蔓生的相思草”，读来更觉流转圆融。见《问路集》，第76页。

这首《散文诗》以“甘草味”向秋原飘散开始，再以“甘草味”萦绕枕畔作结；诗中以“富于颜色性的梦”“多忆的枕畔”作为捕捉灵思的“散文诗”视域的鲜活刻画；较诸“水是眼波横，山是眉峰聚”的奇隽精刻可谓不遑多让，可说是“有力地把宇宙启示给我们”。[①] 然而我们知道林庚的诗学理想中，除了“自由诗”所代表的“惊警紧张”之外，还有“韵律诗”或者“自然诗”的“从容自然”。林庚认为前者可以说是“刹那的新得”，而后者却是经过刹那之后而变成的“深厚蕴藏”；[②] 前者代表“人对宇宙的了解”，后者则“有如宇宙本身”，“表现着人与宇宙的合一”。[③] 林庚认为如果新诗渐渐形成一个普遍的形式，变成谐和均衡，“也便如宇宙之均匀的，从容的，有一个自然的，谐和的形体”，则这种诗的形式就“如自然的与人无间”，故可以称之为“自然诗”。换句话说，“自然诗”有一个使人不觉得的外形。[④] 他这样的理解，主要是从新诗的历史发展角度思考，他认为自由诗借助散文化的力量从旧诗打出了一条道路之后，无可避免要承受散文愈趋规范化的压力：要么成为分行的散文，失去诗的艺术特征；要么回避散文，把诗写得晦涩，以保持其语言混沌含蓄的诗性特征，因此只能做到“惊警紧张”。[⑤] 所以在 1935 年以后，林庚就放弃“自由诗”的探

---

① 《诗的韵律》，见《新诗格律与语言的诗化》，第 15 页。

② 《质与文》，第 491—492 页。Lin Keng, “On Poetry,” 166.

③ 《诗的韵律》，第 15 页。Lin Keng, “On Poetry,” 167.

④ 《诗的韵律》，第 15 页；《质与文》，第 492 页。

⑤ 见林清晖：《林庚教授谈古典文学研究和新诗创作》，《群言》，第 11 期（1993 年），第 23 页；龙清涛：《林庚先生访谈录》，《诗探索》，第 1 辑（1995 年），第 5 页。

险，转而走在求索新诗韵律的道路之上了。[①]

以韵律形式写成的《散文诗》在五十年后出现，我们尚未能说这时林庚已找到“与宇宙的合一”的形式，但这首诗的确有含蓄蕴藉的味道。“散文诗”原来代表惊心动魄的力量，但在岁月的长年洗练之后，已变成“遥远的回忆”；由是“散文诗”在诗中成了“童年”的隐喻。老年人回首前尘，活泼的童年只留下率真“素朴”的一面，不会“板起面孔”；“散文诗”曾带领他走过奔放的生命之旅，但在晚年编织起来的记忆之网，只捕捉了“早春薄冰”“紫丁花地”“流星”“林风”等影像。诗中以“曾踏过”“也想过”这些过去完成时态的语意，配合整齐的框架，企图达致一个梳理生活以纳入秩序的效果。这次诗题与诗形的相异，目的可能不在设计冲突矛盾，而在于以艺术的秩序去涵容生命。

艺术的境界

诗歌、文艺如何面向世界宇宙，与生命、生活构成一种什么样的关系，一直是林庚探索路上的重要关捩。他曾经说过：“艺术不是生活的装饰品，而是生命的醒觉。”[②] 又说：“有音乐的耳、艺术的眼、诗的心；人因而也同时在创造着自己。”[③] 可见他的观念远

---

① 在这条路上林庚走得并不顺畅，钱献之、戴望舒等现代派中人都对他大力批评，认为他“以白话做旧诗”。参戴望舒：《谈林庚的诗见和“四行诗”》，见王文彬、金石主编《戴望舒全集：散文第卷》（北京：中国青年出版社，1999），第 167—173 页；杜荣根：《寻求与超越——中国新诗形式批评》（上海：复旦大学出版社，1993），第 121 页；蓝棣之：《现代诗的情感与形式》（北京：华夏出版社，1994），第 216 页。

② 《漫谈中国古典诗歌的艺术借鉴——诗的国度与诗的语言》，见《新诗格律与语言的诗化》，第 120 页。

③ 《空间的驰想》（北京：北京大学出版社，2000），第 52 页。

超于“文艺可以丰富人生”的简单说法。在他眼中“艺术”不是“生活”的附庸，不是反映生活的一面“镜子”，而是一个“窗子”，为我们打开一个无边的生命宇宙。至于这个窗子如何载负这个开发的功能，当然关系到林庚所究心的“语言”和“形式”的问题。正如上文讨论所见，林庚不断思考、不断试验，当林庚说“自由诗的重要并非形式上的问题”,① 以“质与文”的观念响应戴望舒等人的批评时，他所考虑的重点已不仅是长短句式、韵律节奏等表面形式，而且指向诗歌如何将“万象中无尽的风流”或者“生活中多情的回响”,“凝成诸般色相”的更深层意义的形式。②我们可以再举一首题为《诗成》的后设诗（meta-poetry），申论林庚对艺术与生活关系的思考：

诗成

读书人在窗前低吟着诗句
微雨中的纸伞小孩上学去
秋来的怀想病每对着蓝天
纸伞上的声音乃复有佳趣③

这首诗的“后设”意义在于，林庚运用一首本身韵味盎然的小诗，很巧妙地宣明他的诗观。④ 若然依着诗句的叙事成分去理解，这首

① 《诗的韵律》，见《新诗格律与语言的诗化》，第 11 页。

② 《空间的驰想》，第 1、4 页。

③ 《北平情歌》（上海：开明书店，1936），第 60 页。

④ 有关“后设诗歌”的概念，请参陈国球：《司空图〈诗品〉——一种后设诗歌》，见《镜花水月——文学理论批评论文集》（台北：东大图书公司，1987），第 13—52 页。

诗只讲了一个简单的故事：读书人和上学的小孩子隔着窗，分属两个世界，一个吟诗，一个打着伞在路上。读书人病于自己之耽于怀想，锁在个人的天空下，想象于路上打伞的小孩比自己得到更多的乐趣。在这个意义层面，我们还可以说："艺术反映人生。"然而《诗成》的题目提醒我们，林庚在讲一首诗的完成。当中"低吟"和"怀想病"会不会是指"闭门觅句"的苦恼？[①] 窗外有的是现实的生活：下雨、小孩子走在路上、打伞、上学……如果"有音乐的耳、艺术的眼、诗的心"，我们是否可以从生活上的种种，比方说雨点打在纸伞上的声音，领会到生命中的乐章？这时诗中出现过的两种声音："低吟着诗句"和"纸伞上的声音"，就回环覆合，指向一种浑成的经验——充满"佳趣"的诗意。这样一来，我们要思考的，可能是艺术如何从"人生"开发出"生命"中的佳趣，艺术如何与人生共构"生命"（"生命的醒觉""同时在创造着自己"）。从这个角度，我们就可以更清楚地理解林庚所说的："艺术应当高于生活"；"艺术高于生活，不是指脱离生活，而是说艺术所达到的境界应高于之"。[②]

---

① 《诗林广记》引《朱文公语录》记载："黄山谷诗云：'闭门觅句陈无己，对客挥毫秦少游。'陈无己平时出行，觉有诗思便急归，拥被卧而思之，呻吟如病者，或累日而后起。真是'闭门觅句'者也。"见蔡正孙：《诗林广记》（北京：中华书局，1982），第309页。

② 龙清涛：《林庚先生访谈录》，第3页。

二、林庚的“诗国文学史”

林庚是著名的古典文学研究者，又是一位诗人。这两重身份，互相影响，他的创作和研究因而别具特色。他的古代文学史研究，可说迥拔孤秀，见解和书写方式与一般著作有很多不同之处。他的第一本《中国文学史》写成于1947年，由厦门大学出版。从20世纪50年代开始，他重新改写这本文学史，另题《中国文学简史》，于1954年由上海文艺联合出版社出版“上卷”。1988年《中国文学简史》“上卷”修订再版，一直到1995年全书才告完成，由北京大学出版。由于1947年出版的《中国文学史》特色最为显著，故此本文以这本文学史为主要讨论对象。

四个阶段的文学史架构

在2000年发表的一篇访谈录中，林庚说：

> 中国的文学传统不是戏剧性，而是诗意的……中国还是诗的国度，所以我写文学史，也是拿诗为核心。[①]

---

① 张鸣：《林庚先生谈文学史研究》，《文史知识》，第2期（2000年），第10—11页。

这个说法，可说是林庚一贯的主张，从20世纪30年代到20世纪完结，他以大半个世纪的时间，成就了三个阶段的文学史论述，但从没有放弃这个观点。[①] 当中以最早完成的《中国文学史》最能宣示他的立场；这本“文学史”的内容取舍固然清楚地显示他的看法，全书的论述模式，也是以“诗的”语言策略来酝酿经营。在进一步说明林庚文学史论述的特色之前，我们可以先检视一下他所设定的文学史框架。

《中国文学史》的讨论范围始于远古而终于“新文学运动”。全书共三十六章，分成四个阶段：“启蒙时代”“黄金时代”“白银时代”，以及“黑夜时代”。[②] 这些名目基本上是古希腊罗马神话的挪用。在这些神话中，太初是一段“混沌时代”（Chaos），然后由“混沌”进入文明的高峰“黄金时代”，再历经“银”“铜”“铁”三个时代，每况愈下。这是由今思古的神话幻设，以为宇宙世界经

① 林庚这个判断，是以西方文学作为参照系所作的。他又说过：“中国人是‘诗’的，西方人是‘剧’的。西方文学不是以诗歌为核心，从古希腊一直到莎士比亚、歌德、雨果等等，西方的整文学发展是以戏剧为核心的。”（林在勇、林庚：《我们需要“盛唐气象”、“少年精神”》，见《新诗格律与语言的诗化》，北京：经济日报出版社，2000，第173页；又参考林清晖：《林庚教授谈古典文学研究和新诗创作》，《群言》第11期（1993年），第21页；林庚：《新诗的形式》，见《问路集》，北京：北京大学出版社，1984，第192—194页；《漫谈中国古典诗歌的艺术借鉴——诗的国度与诗的语言》，见《新诗格律与语言的诗化》，第111—124页。）这个主张当然不是林庚所独创，例如闻一多就有许多相类似的见解，林庚曾担当他的助教，可能受过他影响（闻一多：《文学的历史动向》《四千年文学大势鸟瞰》《中国上古文学》，见孙党伯、袁謇正主编《闻一多全集》（武汉：湖北人民出版社，1994），第十册，第17—49页；又参林继中：《文学史新视野》（北京：北京大学出版社，2000），第16—23页。然而闻一多留下的相关著述不多，而且主要是讲稿大纲，未作详细阐释。根据现存的资料，我们还是可以肯定地说：林庚是最认真的从中国诗原质的探索去印证这个主张的人。

② “黑夜时代”，原书作“黑暗时代”，这里按林庚先生手订本，以及1995年版《中国文学简史》（北京：北京大学出版社，1995）附录更正。

历了一段人性趋恶、文化衰败的过程。① 林庚没有完全依据原来神话的格式，他的挪用只说明了他要借助神话的语言来喻示他的观察。在《中国文学史》的正文里，林庚并没有就“启蒙”“黄金”“白银”和“黑夜”这四个名目的具体意义作进一步说明，也没有正面解释他的分期依据，但只要配合具体章目的安排，读者不难意会林庚的意见：中国文学由“蒙昧”到“启蒙”，再发展到高潮的“黄金时代”，以后就是下坡的走向，直到“黑夜”时期；在“黑夜”结束之前，我们见到“文艺曙光”，预示光明的“新文学”的来临。林庚借用西方神话，以“怀旧”（nostalgia）寄托理想的方式，去为他参与的“新文学时期”建立即将重返“乐园”（paradise）的新神话。②

在林庚搭建的这个文学史架构中，属于“启蒙时代”第一个阶

① 这里的叙述是参考罗马诗人奥维德（Ovid, B. C. 43—A. D. 18）在《变形记》（*Metamorphoses*）中的描写。见：Ovid, *The Metamorphoses of Ovid*, Allen Mandelbaum trans.,（New York：Harcourt Brace & Co., 1993），3－9. 金、银、铜、铁等时代的记述，早见于公元前8世纪末到7世纪初的希腊诗人赫西奥德（Hesiod）的长篇叙事诗《工作与时日》（*Works and Days*）；不过赫西奥德的讲法比较粗疏，在金（Gold）、银（Silver）、铜（Bronze）时代之后，插入一个英雄（Heroes）时代，然后才是铁（Iron）时代。见：Hesiod, *Works and Days－Theogony*, Stanley Lambardo trans.,（Indianapolis, Indiana：Hackett Publishing Co., Inc., 1993），26－29, lines 130－245.

② 林庚在《中国文学史·自序》中说有“沟通新旧文学的愿望”，又说：“这部书写的时候，随时都希望能说明一些文坛上普遍的问题，因为普遍的问题，自然就与新文学特殊的问题有关。”见林庚：《中国文学史》（厦门：厦门大学出版社，1947年），无页码。他在1993年一次访问中回顾自己的文学史研究工作时，更明确地说：“‘五四’时期开始了反封建时代的新文学，文学又掀起了新的启蒙的一页。历代研究古典文学的学者多着重在对过去的研究上，我写文学史着眼点却是在未来，是为新文学服务的。我曾亲自经历了‘五四’以后的新文化运动，我是一个写新诗的人，我的主要兴趣是在新诗上。而中国文学史事实上乃是一个以诗歌为中心的文学史，研究它，对于探寻诗歌美学的奥秘，诗歌语言的形成过程，都是理想的窗口和例证。”见林清晖：《林庚教授谈古典文学研究和新诗创作》，第21页。

段的包括第一章“蒙昧的传说”、第二章“史诗时期”、第三章“女性的歌唱”、第四章“散文的发达”、第五章“知道悲哀以后”、第六章“理性的人生”、第七章“文坛的夏季”、第八章“苦闷的觉醒”共八章。我们如果不看目录页所附的纲目，只看章题，就会不知所云，摸不着头脑。其实这部分从内容和书写方式，都为全书定了方向。例如：中国没有史诗和悲剧；中国的语言和文字不一致；语言、思想、人世经验与文艺的互动关系等，都在此安排了讨论的线索。至于论述的文学史内容则由远古神话传说，到《诗经》、先秦诸子散文、《楚辞》，再到汉代的辞赋、东汉乐府和四言诗等。所论主要指向全书的第一个重点——《楚辞》的“惊异精神”，为以后的论述开路。

第二个阶段“黄金时代”共十章。其中第九章《不平衡的节奏》，讨论从建安开始到唐以前的五言诗发展；第十章《人物的追求》和第十一章《原野的认识》分别论述六朝时候对“美”的追求和对“大自然”的感应，及其在骈文和诗歌中的表现；第十二章《旅人之思的北来》以北朝的刚劲活力与南方文化融合的过程为论；第十三章《主潮的形式》专门讨论林庚心目中的唐诗的主要形式——七言诗——在初唐以前创生的过程；第十四章《诗国高潮》以“少年精神”为基准，探索中国文学史上的最辉煌的盛唐诗歌的风貌；第十五章《古典的先河》讲杜甫以精制的律诗启动文学“典式”，致使后来诗歌的活力渐渐消沉；第十六章《修士的重现》、第十七章《文艺派别》讲文学形成“典式”以后中晚唐诗的两种应变——或采超脱的生活态度而成隐逸冲淡诗风，或用力于字句而走上苦吟、写实、象征的道路；最后第十八章《散文的再起》则批评唐代古文运动之以“典式”为主的复古倾向。这个时段的论述已包含攀至顶峰然后下滑的过程。

第三阶段“白银时代”先有第十九章《口语的接近》分析诗歌语言在不同情况下向口语靠近，补充解释中晚唐以来通俗浅易诗风的现象。从第二十章开始，到第廿六章，除了其中两章以外，其余《凝静的刻画》《抒情时期》《骈俪的再起》《古典的衰歇》《第四乐府》五章分别讨论晚唐两宋词以及元散曲，由兴盛到衰亡而至被替代的循环过程。这些历程的述论很大程度是唐诗兴衰过程的复写，看来是“五四”以还唐诗宋词元曲“一代有一代文学”之说的变相；[①] 林庚的新意在于对其间每种文体的“活力”生成过程作出细致精巧的描述，他对诗歌体裁的“新鲜”取代“成熟”的过程的分析，有点像俄国形式主义的“陌生化”（defamiliarization）文学史观，只少了其“科学”的外观，而加添了“感悟”的色彩。此外第廿二章《晚唐余风》主要是对欧阳修以至苏轼、黄庭坚等宋代诗风的批评，可说是传统诗论“尊唐轻宋”的“林庚式”诠解。第廿五章《文艺清谈》指摘宋代以“诗话”为主流的批评风尚，认为是“古典”程式化过程的“又一角落”。最后第廿七章《理性的玄学》集中讨论宋代理学，林庚认为宋儒以形而上的“玄学”为儒家的“理性人生”作理论上的补充，这是“文艺衰落”的时世，“人们乃转求于思想上的解脱”。林庚这番论说主要是从旁渲染中国文学在“黄金时代”以后走向下坡的图像，但我们可以在此再

① 郑志明：《五四思潮对文学史观的影响》，见中国古典文学研究会编《五四文学与文化变迁》（台北：学生书局，1990 年），第 390—391 页。龚鹏程《试论文学史之研究》一文指出“诗体代兴”之说本来出自宋明以来“极隘的文体观念和崇古论”。但在‘五四’时期，“一代有一代之文学”却被看作文学上“物竞天择”的“进化论”。林庚的讲法没有“文（诗）体进化”的味道，反而有回到传统“诗尊盛唐”的倾向。参龚鹏程：《试论文学史之研究》，见《文学散步》（台北：汉光文化公司，1985 年），第 252—255 页。

一次看到林庚以"文艺"为生命的最高表现的观点。①

最后的"黑夜时代"是全书论述重点的一大转向：从抒情体的"诗歌文学"转到叙事体的"故事文学"。第廿八章《梦想的开始》和第廿九章《讲唱的流行》基本上和一般通行的小说史一样，追溯六朝笔记小说、唐代传奇，以至民间俗讲、变文，到宋代话本的发展；第卅二章《章回故事的出现》与第卅四章《女性的演出》讨论长篇小说的形成以至成熟的过程。第三十章《杂剧与院本》、第卅一章《舞台重心》、第卅三章《梦的结束》则是古代戏剧发展的析论。林庚明言，中国文学以诗歌为中心，但他也接受新文学运动以来的常见的看法，以为宋元以后，中国文坛已是小说与戏曲的天下，所以他用全书四分之一的篇幅去叙述这个现象。虽然情非得已，但林庚的分析并没有令读者失望，这一点下文将有细论。最后两章是第卅五章《诗文的回溯》和第卅六章《文艺曙光》。前者聚焦于八股程式对诗文的影响，以勾勒"自金元以迄明清"诗文的衰颓面貌；最后一章讨论晚明小品文及清代讽刺小说，认为两者带来的"破坏"以至"反抗"，正是催生新时代文艺的动力。读者在掩卷前，将会对《中国文学史》这个文本以外的黎明曙光，有所希冀。②

---

① 林庚在《中国文学史》的《自序》中说："我以为时代的特征，应该是那思想的形式与人生的情绪。"按照他的理路，所谓"思想的形式和人生的情绪"的最高的表现就在于"文艺"。在"文艺"衰落时，才有其他的表现形式作补充。

② 林继中根据朱自清编《闻一多全集》（北京：生活·读书·新知三联书店，1982 年版）的序文转述，指出闻一多的文学史论说与林庚颇有相似之处。（见林继中：《文学史新视野》，第 16 页）。按：闻一多《四千年文学大势鸟瞰》一文经整理收入湖北人民出版社出版的《闻一多全集》。我们把文中的中国文学史分期摘录如下：第一大期"黎明"（夏商—周成王中叶）；第二大期"五百年的歌唱"（周成王中叶—东周定王八年）；第三大期"思 （转下页）

从以上的提纲挈领，我们可以留意到林庚的《中国文学史》，基本上没有离开自新文学运动以来一般文学史著作的论述范围。可是，林庚特有的书写方式，却使这部“文学史”的面貌不比寻常。以下我们就几个关键论点，对林庚的“诗国文学史”及其书写作进一步的分析。

“没有史诗”“没有悲剧”的抒情传统

早在厦门大学版《中国文学史》面世以前，林庚就于1935年发表了一篇长文——《中国文学史上一个谜》，试图解释“一个中国文学史上特殊的现象”：

> 中国为什么没有史诗？

由这个问题再作延伸，据他的观察：

> 史诗我们是没有的，神话我们是说不上的，早期的戏剧我们是没有的，较长一些叙事诗我们是没有的，即使晚一些我们的长篇小说也还几乎可以说是没有的。①

(接上页)想的奇葩”(周定王九年—汉武帝后元二年)；第四大期“一个过渡期间”(汉昭帝始元元年—汉献帝兴平二年)；第五大期“诗的黄金时代”(东汉献帝建安元年—唐玄宗天宝十四载)；第六大期“不同型的余势发展”(唐肃宗至德元载——南宋恭帝德祐二年)；第七大期“故事兴趣的醒觉”(元世祖至元十四年—民国六年)；第八大期“伟大的期望”(民国七年—)。见《闻一多全集》，第十册，第22—36页。

① 林庚：《中国文学史上一个谜》，《国闻周报》，第12卷，第15期(1935年)，第1—7页。

《中国文学史》延续了这个“为什么没有”的追问：为什么中国欠缺西方文学的“故事传统”？为什么没有希腊罗马的美丽神话和传说？为什么没有史诗，没有悲剧？中国今天留存的有关远古的“零星材料”，最多只能“作为当时的神话目录看”。[①] 中国经历过“最适宜史诗的”的游牧时期，可是只留下简陋的卜辞：

> 这将进于农业社会的游牧时代，这以迷信与战争为生活上的刺激的时代，那对于初期的农产品——酒的珍贵，这些曾使得希腊神话里产生了最有趣的牧羊神、酒神、预言之神、战神，以及长篇的史诗，伟大的悲剧，这些为什么我们没有呢？[②]

林庚就是带着这个“不解”去思考中国文学传统。中国之成为“诗的国度”而不是“戏剧的国度”或者“故事的国度”，看来与此有关。林庚后来在《漫谈中古典诗的艺术借鉴——诗的国度与诗的语言》一文再提到这个观点说：

> 就文学史来说，这的确是一个很大的损失，并且没有含有神话的悲剧和史诗，古代完整的神话保留下来的自然也较少。付出了这么大的代价，得到是什么呢？那就是以十五国风代表的抒情传统。[③]

---

① 林庚：《中国文学史》，第 8 页。

② 同上，第 14 页。

③ 林庚：《漫谈中古典诗的艺术借鉴——诗的国度与诗的语言》，见《新诗格律与语言的诗化》，第 113 页。原刊《社会科学战线》第 4 期（1985 年），第 271—277 页。

无论如何，这些“没有”，始终是一个遗憾。

中国文学传统没有史诗和悲剧的遗憾，确是当时国人难以释然的。我们看到清末梁启超以杜甫《北征》、韩愈《南山》、古诗《孔雀东南飞》等与荷马的史诗比较后的失望和遗憾，[①] 也可以见到王国维举《红楼梦》为悲剧的补偿心理，[②] 更不要说胡适基于“文学革命”的需要而全面自我批判，觉得中国文学事事不如西方之说了。[③] 林庚穷极思考，提出了很值得注意的解释，他把这个现象归结于中国的书写系统与口语系统之间的断裂。他认为印度与希腊用的都是拼音字母，口语可以有即时的记录；中国的象形文字创制困难，不像西方的言文一致。于是，该产生史诗的时期，就只留下龟甲的卜辞；到中国有可用的文字时，本来可产生悲剧的活泼的娱神活动已不再出现，换成了封建时代的“严肃的空洞的”祭祀仪式。[④]

从语言特色去解释中国文学的现象，并不罕见，但林庚思考的角度，却别具意义。从“白话文运动”和“文学革命”的时代开始，文言文的“言文不一”已被视为中国文学以至文化落后的重要根源，是革命的对象。林庚也坦承中国文字有其缺

---

① 梁启超:《饮冰室诗话》（长春：时代文艺出版社，1998 年），第 4 页。

② 王国维:《红楼梦评论》，见《王观堂先生全集》（台北：文华出版公司，1968 年），第 1640—1659 页。

③ 胡适:《建设的文学革命论》，见《胡适文存》（台北：远东图书公司，1975 年），第 72—73 页;《文学进化观念与戏剧改良》，见《胡适文存》，第 148—156 页。又参陈国球:《传统的睽离：论胡适的文学史观》，见陈国球、王宏志、陈清侨编《书写文学的过去：文学史的思考》（台北：麦田出版公司，1997），第 25—84 页。

④ 林庚:《中国文学史》，第 14—20 页。

点，[1] 但他接着以他的方式理解中国的言文不一：

> 这种文字的运用，并不就等于语言。它乃是一个语言的省略，好比我们在冰河上插一面红旗，那便是代表这块地方危险的意思……不知经过了多少年月，经过了多少的创造与使用，渐渐的熟能生巧，文字才有了充分的表现能力，而语言也受文字的影响渐渐互相接近。[2]

书写文字不等同口头语言，而只是一种省略的提示；这种想法精彩之处在于摆脱了“语音中心主义”（phonocentrism）和“逻各斯中心主义”（logocentrism）——书写系统作为口语或者思想概念的复制，所以只有从属地位——的限制。[3] 当然，如果我们说林庚意识到“逻各斯—语音中心”的问题，其实并不对，因为林庚明显以为西方拼音文字能够直接表达口语是其优胜之处。不过林庚认为中国文字从开始就与口语断裂，有独立的发展体系的想法，就意外地打破了书写文字必须紧随口语的思想规限。这个因误解而得的想法在第四章《散文的发达》中就发挥了作用。林庚认为从《左传》到先秦诸子的散文，作为书写系统，可以带动口语，甚至引领思想的进一步发展：

---

① 林庚说中国早期文字“习惯了省略”，“所以长篇的叙事在这文字上便无从产生”，“中国的文字笼统而不明白，喜欢结论而不爱分析，都是诗的。”见林庚：《中国文学史》，第 16、39 页。

② 林庚：《中国文学史》，第 16 页。

③ 德里达（Jacques Derrida）解构论的重点就是对这个限制的揭露和批评；见：Jacques Derrida, *Of Grammatology*, Gayatri Chakravortry Spivak trans., (Baltimore: Johns Hopkins University Press, 1976), 164 - 268 and *passim*.

> 它［散文］不仅是记忆，而且是发挥；不仅是语言，而且是思想本身。语言受了它的影响，才变为更高的语言；思想受了它的磨炼，才变为更锐利的思想……散文的光芒，乃笼罩了整个思想界，那美妙的言辞，崇高的文化，都为这时代增加了光荣，从各方面启发了人们的智慧。①

在林庚的理解中，书写系统可以透过“散文化”和“诗化”的不同途径和口语交叠磨合，甚而推动思想。这种对思想、语言和文学之间关系的“诗性感悟”和探索，是林庚的文学史论述最精彩的地方。我们强调林庚的“诗性感悟”，是因为林庚“理论逻辑”或者“散文逻辑”的意识并不强，② 在论述中偶有凿枘矛盾之处；但他有最敏感的触觉，有直探根源的悟力，往往为我们开示文学艺术的精微之处，例如他对《楚辞》语言艺术与生命意识的掌握，就是极好的例子。

《楚辞》的意义

林庚在全书的开卷部分抱怨中国文学没有神话传说的留存，也没有史诗和悲剧的产生；他之所以有这样的遗憾，是因为他对“无可考”的，或者“纠缠不清”的过去年代，有许多揣测推想，由

---

① 林庚：《中国文学史》，第 32 页。

② 林庚曾说：“我哪有甚么现成的文艺理论呢，只是随便说说而已。我觉得，美，真正的美，就是青春。”所说虽然是谦辞，却也可以见到他直观感悟式的美学思考。见林在勇、林庚：《我们需要“盛唐气象”、“少年精神”》，第 180 页。

是感慨这些生命的痕迹没有机会以文学的方式保留下来。在他的想象拼图中，初民生活有这样的经验：

> 日月的运行，是最能引起初民的惊异的。[①]

至于“史诗时期”的游牧生活，林庚又有这样的猜想：

> 所谓史诗时期，乃是一个民族开始进于文明的时候。这时有了闲暇而又不十分安定，有了收获而又不失其为新奇，一种生之惊异，一种命运的喜悦，于是有了种种传说。[②]
>
> 悲剧的产生，是原始人对于宇宙的惊异与命运的反抗的表现。[③]

可惜这些“惊异”的经验随着生活方式改变而消失。及至农业社会出现，生活稳定下来，中国才有《诗经》，作为“民族最古的一声歌唱”，其中显示的生活经验已有不同：

> 原始人的惊异，游牧时代的旅人之感，已经过去了；农业社会的田园的家的感情，乃是女性最活泼的表现。[④]

---

① 林庚：《中国文学史》，第 7 页。

② 同上，第 14 页。

③ 同上，第 18 页。

④ 同上，第 28 页。

在林庚的想象中，“家”的安稳感觉与原始的“惊异”是相反的。“家”既是“女性”的世界，也是“儿童”的世界，其代表的生活经验是“健康与喜悦”：

> 它是朴实的生活素描，是生趣的敏锐的爱好。[①]

他强调的是对“生活的美趣”的敏感，就像儿童一样：“随处都可以找到兴趣”；[②] “物与人与生活，整个在美化中打成一片”。[③] 他的重要结论是，这种“女性的”、“童年的”文艺：

> 能安于一种新鲜天真的喜悦；它富有生活趣味而不甘于寂寞，有客观的爱好，而不十分注意自我……保留在文艺上乃是更谐和的；生活上日常的变动，普遍的心情，都是这时文艺的特色。我们说它是集体的创造，因为它本来缺少自我。[④]

林庚在这个设想中建构的是一种平静的和谐。所以用“家”来作比喻。

《诗经》既是中国“民族歌唱”的第一声，林庚也从中领略不少“美趣”，可是他却没有满足于这“谐和安稳”。因为：

---

① 林庚：《中国文学史》，第 24 页。

② 同上，第 24、26 页。

③ 同上，第 25 页。

④ 同上，第 29—30 页

> 在《诗经》里，我们只看见一片生活。它虽然可爱，却并没有客观的认识。①

《诗经》所未有的“客观的认识”，用林庚的话说，是指“人与人生的分离”，“认识与生活对立”，由此“我们才自觉于自我的存在，才把生活放在一个客观的地位，而有了更深刻的认识，这便是一切思想与艺术的发现”。林庚先从春秋战国的诸子散文讲起，他说这时的散文开始了“思想冒险的少年时代”，“散文彻底的精神打破了女性温柔的歌唱”。② 当中所显示出来的人生情绪，可以杨朱“伤歧路”和墨子“悲染丝”的故事为代表。杨朱“为我”是放弃人间，墨子“兼爱”是放弃自己，两者的相同之点是对“人生极度的悲哀”的感知：

> 杨与墨否定了世间的一切，认为人生都在苦海之中，这是人与人生间的冲突，也便是一切传统与生活将被打破的时候。这一个激烈的撞击，像火花，像怒潮，乃成为伟大的壮观，这是一个可以惊异的时代，我们不只看见思潮的澎湃，而且产生了文艺上的异果。③

这个“异果”就是以屈原作品为代表的《楚辞》。林庚说屈原一生

---

① 林庚:《中国文学史》，第 48 页。

② 同上，第 32、44 页。林庚又说：“少年的彻底的精神，原始的遥远的情操，那单纯的思维，那自由的信念，总要求一次尽情的表现；这使得先秦的思想造成无可比拟的光辉，它同时带来了男性的一切。”见第 37 页。

③ 林庚:《中国文学史》，第 47—48 页。

燃烧在“舍弃人间”与“牺牲自己”两种冲突的苦闷感情之中：

> 这是人与人生的歧路，是艺术与生活的分化，是悲哀的开始。①

林庚对屈原的理解，其实是以《诗经》所代表的“思想形式”为对照的：

> 在《诗经》里，我们只看见一片生活。它虽然可爱，却并没有客观的认识，而在这尖锐的冲突下，认识与生活显然的对立了，我们才自觉于自我的存在，才把生活放在一个客观的地位，而有了更深刻的认识，这便是一切思想与艺术的发现。②

在现代诗学理论中，“自我”意识的构建是一个重要的命题。③ 林庚正是从这个角度去观察，为中国文学史上“作家”位置建立的时序作出疏释：

> 这时期以后，作家便自然地成为作品的主人。文艺开始离开了一般的生活，而发展为上层的文化。④

---

① 林庚：《中国文学史》，第 48 页。

② 同上，第 49 页。

③ 参考：Stanley Corngold, *The Fate of the Self* (Durham: Duke University Press, 1994).

④ 林庚：《中国文学史》，第 49 页。

林庚留意到“自我”意识于文艺上的位置，创作成为“有意的追求”，而不是“无意的获得”。依此，文学的艺术本质就指向一种“动力”，而《楚辞》也因此开启了中国“文艺”之途：

> 从《诗经》到《楚辞》，这是一个文学上的关键，从此我们才有了纯粹的文艺的创作……《楚辞》才是作者就为了表现自己而作的……所以《楚辞》以前，都是无意的获得；《楚辞》以后，才开始了有意的追求。艺术的意思，本是人工的心血，《诗经》里所要说的话，原在一般生活上。《楚辞》它才开始领导着生活，它所表现的是人人还未知道的事物，这是一个启示，屈原所以才惊醒了一代的人们。①

按林庚的说法，文艺由生活之中被拆离出来，成为一种可以究心追求的活动，是由于人与生活之间的不能谐协；有了自我和世界的内外之分后，这种对一切的“惊异”“怀疑”和“缺憾”的感觉，以及随之而来的“悲哀”，就成为当时主要的思想的形式。林庚说：

> 所以一切都是不固定的，都是适宜于创造的，于是我们有了《楚辞》。②

林庚对形式的重视，更显现在他对《楚辞》体的考索。首先是

---

① 林庚：《中国文学史》，第 51 页。

② 同上，第 49 页。

“兮”字的作用。“兮”字作为《楚辞》诗句的面貌特征，自然受到不少学者的注目，例如游国恩在1927年出版的《楚辞概论》中就指出“兮”在《诗经》，尤其《二南》中，已有出现，加上《越人歌》《沧浪歌》等楚地民歌，都带有“兮”字，是《楚辞》的先声。① 这个论点主要是在“诗歌”的传统中作梳理，认为由《诗经》中属于南方的民歌，到其他楚地民谣，以至《九歌》《离骚》，有一条发展的脉络。林庚对这种说法，显然不能同意。他的思路与前面提到的“思想的形式”的观察，是可以互相配合的。② 他认为《楚辞》的体式，与当时诸子散文的关系比较大，他说：

> 这是一个散文发达的时代，一切思想的形成，既由于此；一切思想上的苦闷，当也非散文不足以畅快表达。《诗经》里的兮字本是属于诗的，这时的兮字乃开始与散文发生了更大的关系。一切诗体的演变，便随着这诗歌的散文化而来；诗歌从省略的文字上，又获得更明白更合于语吻的文字。③

---

① 洪湛侯主编的《楚辞要籍解题》（武汉：湖北人民出版社，1984）指出游国恩《楚辞概论》（1926）“把《诗经》中以‘兮’字为助词的诗分为八类，然后与《楚辞》中的《天问》《九歌》《九章》诸篇详加比较，探索他们的渊源关系。得出《楚辞》不少章句是由《诗经》演化而来的结论”。第299页。

② 林庚在写《中国文学史》的前后，又有《从楚辞的断句说到涉江》（1941）和《楚辞里“兮”字的性质》（1948）两文，对这个问题都有深入的剖析。前篇中提到：“我们要了解断句上表面的形式，我们必须先了解《楚辞》文艺上更内在的形式，一切表面的形式都生于内在形式的要求。”见《诗人屈原及其作品研究》（上海：棠棣出版社，1953），第85—86页；后篇见同书，第74—81页。

③ 林庚：《中国文学史》，第49—50页。

《楚辞》是诗的散文化，而作为“语辞”的“兮”字，则在散文化中带来节奏的感觉，转过来让散文诗化。[①] 林庚以为《楚辞》的体裁有两种：一种是“改良的”，如《天问》《招魂》等；一种是“革新的”，如《离骚》《九歌》等。前者是把《诗经》的四言诗句重叠加长，然后将“兮”字（或其他语辞）加在句末。[②] 后者是在参差不齐的散文式长句中以“兮”字为半句的一逗，做成诗的节奏。[③]

此外，林庚又看到《楚辞》的押韵方式与《诗经》的不同。《楚辞》基本上句句用韵，他的解释是为了协调新（《楚辞》式）旧（《诗经》式）的习惯：

> 因为句法突然间变长了一倍以上，对于传统的习惯，自不能不留一点余地。句句用韵，则两句同时可以作四句读，而仍不失其四句二韵的形式。[④]

这一个推想也是基于由散文化到诗化的转向而作疏解。这种对诗歌

---

① 林庚在《楚辞里“兮”字的性质》中发展了他的论点，他说：“没有《楚辞》，‘兮’字只是一个语吻字，从《楚辞》开始，‘兮’才突出而成为一切文字之外的一个新字……它似乎只是一个音符，它因此最有力量能构成诗的节奏，这就是《楚辞》里‘兮’字的性质。”见第 80—81 页。

② 林庚在《从楚辞的断句说到涉江》中说：“当时的人既久已习惯于《诗经》的断句，所以作者总愿意在句尾上放一个语吻字，如‘兮’‘些’‘只’字之类，以表示它应当一口气读完才对的。”见第 93 页。

③ 林庚在《从楚辞的断句说到涉江》中再说：“一则句尾有韵已足以收断句之效，二则到了句尾辞气也自然会表示收煞，三则有了半句上的一逗，下半句自然也就与上半句取得对称；所以兮字移到半句上来，使得太长的句法在适宜的地方换一口气，使得散文的形式有了诗的节奏，这是兮字更进步的运用。”见第 93 页。

④ 林庚：《中国文学史》，第 50 页。

节奏的感会，又促使林庚发现《楚辞》体的一项特点：

> 这新兴的诗体，一方面反映着时代的影响，一方面适应着诗体上发展的要求，在二字节奏之外，加进了三字的节奏……诗风到此乃并促成了形式上的转变……《楚辞》所以成为一切新兴诗篇的根据，这样在散文时代之后，我们又有了全新的诗的时代。[①]

有关“三字节奏”的情况，林庚在之后有很多的观察和体会。[②] 这种对文体形式的关注，是他之后的文学史论述中最触目的一面。

相对来说，林庚有关“思想形式”方面，就潜藏和隐晦得多了。然而这却是《中国文学史》其中最值得深究的一面。我们可以先留意林庚如何描绘屈原在文学史上的“惊醒”作用：

> 他从日常的生活中，飞跃到最后的理想的追求……他的悲哀是人性上永久的缺憾，这诉之于人性的永恒的感情，才是走入纯文艺领域的第一步。
>
> 平静的生活时代过去了，人们的情操冒险在惊涛怒浪中，屈原以他不可抑制的天才，便在这旅程上演着伟大永恒的悲剧。[③]

---

① 林庚：《中国文学史》，第 51 页。

② 参考林庚的《唐诗的语言》（1963），见林庚《唐诗综论》（北京：人民文学出版社，1987），第 80—99 页；《中国文学简史（上卷）》（上海：上海文艺联合出版社，1954），第 102—105 页；《中国文学简史》（北京：北京大学出版社，1995），第 71—73 页。

③ 林庚：《中国文学史》，第 51、52 页。

在《离骚》中，林庚看到“在深沉的悲哀之中，又有一片鲜明的朝气，这是屈原人间的憎与爱的对照，正是这一个时代的惊异的表现。”① 他又认为《天问》从天地开辟直问到楚国当前，“气脉之大，正是前所未有！这初次的怀疑上爆发的雄厚的力，我们开始看见从狭小的生活，放眼到更广泛的问题上，这对于惊异的时代，乃有绝大的意义”。② 至于时人以为是《离骚》前身的《九歌》，③ 林庚则看成是《楚辞》演进的成熟，因为“《九歌》的成功，使得诗的散文化又回到诗化来”。④ 至于祭祀仪式本来有一定的戏剧性，当初应该是有所本的，但林庚认为《九歌》的重要性是其中“诗的表现”，这却是出自屈原之手，“才变成伟大的艺术品”。⑤

在此之余，林庚还根据他对屈原生平的理解，分别品评了《橘颂》《抽思》《招魂》《哀郢》《涉江》《怀沙》等作品。但这方面的品析还比不上他对宋玉和他的《九辩》的诠解。林庚认为屈原是“特殊的”，他的身世非人人所常有；宋玉则是“一个不重要的寒士”，他的心情，便成为每个人的写照。由特殊回到一般，于是：

> 这时代的惊异，永恒的悲哀，在一度爆发后才更深的

---

① 林庚：《中国文学史》，第 54 页。

② 同上，第 56 页。

③ 游国恩的《楚辞概论》就以为《九歌》原是楚国民间的祭神歌，是屈原作品的先声。

④ 林庚有《九歌不源于二南》（1950）一文，明显是针对游国恩之说而作。见《诗人屈原及其作品研究》，第 104—108 页。文中说：“《离骚》是诗歌打破传统走向散文化的阶段，《九歌》以至七言是诗歌又回到诗的传统形式上来；前者必然漫长些，后者必然简短些，这证之‘五四’以来的新诗运动所产生的漫长的散文的倾向，与今天的又要逐渐回到简短的民族形式上来，正是诗歌发展的自然顺序。”（第 105 页）由此又可见林庚的思考方法。

⑤ 林庚：《中国文学史》，第 61 页。

> 普遍到人间去，这是文艺的又一个阶段。①

林庚又特别对“宋玉悲秋”作出诠释：

> 我们到现在，还不时听到“宋玉悲秋”的话，可见宇宙虽有四时，独宋玉才知道悲秋。秋与人本来“干卿底事”，然而当人们从日常的生活里跳出来，而放眼于更广大的世界，当自我的自觉，成为一个艺术的生活，我们对于大自然才开始有了人类的感情。这生活的范围的扩大，都由于原来狭小的生活的打破，这是艺术的领域的新的园地。又因为那感情是普遍于一切事物之上，便不专属于某一事物，宋玉便是第一个人，开始集中地写一个情绪，而不说任何事情，文艺产生于日常的事物上，而终于又超过了这些事物。《九辩》的一开端，便欲完成这一个新的使命……这一段突然的启示，遂开了后代人的耳目。②

首先，这一段论述发展了上文“思想的形式”和“人生的情绪”所讲的生活与文艺的思路。“日常的生活”充斥着各样的事情，囿于其中，生活就变得狭小。要跳出这个范围，自我就须有在艺术中生活的感觉，这样感情才可以投射到大自然、宇宙的四时季候中。这就是林庚所谓“生活范围的扩大”、“艺术领域”的新拓展；文学甚至可以仅写一个情绪。另一方面，由宋玉开展的惊异情绪的深

① 林庚:《中国文学史》，第 64 页。

② 同上。

化和普遍化路向，又因为他作为“一个不重要的寒士”而相互印证。这个“不重要”的身份更是林庚日后文学史论述的重要线索。他在1954年改写《中国文学史》时，就以“寒士文学”和“布衣感”为另一种的“思想形式”的追寻。[①]

唐诗的“少年精神”

在林庚的文学史论述中，唐代是一个非常重要的时期，甚至是新文学出现以前的整个中国文学历程的高潮——本书第十四章就以“诗国高潮”为题。据他的理解：“中国第一次的惊异时代在战国”，而“唐代承继着南北文化的交流，成为中国第二次的惊异时代”。[②]

在林庚笔下，唐人生活是“一种豪逸奔放的生活”[③]，是“活泼的”，是“浪漫和健康的”。[④] 综合各种图像，林庚得出这个结论：唐人生活是“极端男性的表现”，[⑤] 至于这个生活的表现，当然就是唐诗，[⑥] 而且是这样的唐诗：

> 七言诗以一个全新的姿态出现在诗坛上，这才是一个

---

① 有关由屈原到宋玉的发展，可参考他的《屈原与宋玉》，见《唐诗综论》，第274—282页。

② 林庚：《中国文学史》，第163页。

③ 同上，第164页。

④ 同上，第166页。

⑤ 同上，第166页。

⑥ 林庚在本章也稍稍提及唐代的传奇：“所记的故事，又莫非即以唐人的生活为张本……这正足以说明，只有唐人的生活才是有意味的。”见林庚：《中国文学史》，第164页。

> 完全男性的文艺年代。这时代表着唐代诗坛特色的是七绝和七古。[1]

在这里，林庚再一次以唐诗的表现与人世的经验相比拟：

> 这时一切都在诗的不尽的言辞中得到解决，生活的惊异，美的健康，使得人生不复成为一个惆怅。[2]
>
> 它面对人生而无所怀疑，接受着现实而无所恐惧，一切的悲哀都过去了，这是一个凭借在诗歌上的无拘［束］的时代。[3]

林庚这些描述明显想告诉读者，第二次“惊异时代”与以《楚辞》为代表的第一次“惊异时代”不同。后者的文艺表现是：

> 它一方面由于人生的幻暂，而惊觉于永恒的美的追求；一方面它已开始离开了童年，而走上了每个青年必经过的苦闷的路径。[4]

而唐代文坛却“不复是苦闷的象征了”。[5] 二者的不同，主要就表现在“人生的情绪”上。

---

① 林庚：《中国文学史》，第 167 页。

② 同上，第 168 页。

③ 同上，第 168—169 页。

④ 同上，第 49 页。

⑤ 同上，第 168 页。

在比对《楚辞》与唐诗的表现后，我们可以见到林庚以“少年活泼的情趣”作为后者的时代精神，他反复用“少年的风趣”“少年的世界”等譬喻，[①] 来渲染这个感觉。由是林庚的唐诗阅读，就有异于传统的文学史见解；他以为自己要访寻的“少年精神”，表现在于王维早期的作品之上。于是，林庚特意称赏王维十七岁的作品《九月九日忆山东兄弟》、十八岁的作品《洛阳女儿行》、十九岁的作品《桃源行》，以及《少年行》《陇头吟》等作，以坐实“少年”的意味。[②] 一般人以“清静隐者”一派看王维，赞扬王维“似僧似禅”的作品；林庚不以为然，认为这类作品是王维“不足道之处”。[③] 林庚从王维诗中找到“那异乡的情调，浪漫的气质”，而这都是“少年心情的表现”。[④] 林庚甚至认为王维的出现，“使得唐诗各方面都获得完全的发展”。[⑤]

林庚这个看法，与向来的诗歌批评传统和习见的文学史评价有很大的差异。自宋以后，论唐诗者多数会高举李白和杜甫，[⑥] 很少

① 林庚：《中国文学史》，第 166 页。

② 这个论述方式极易受到批评，如秦准《评林庚著〈中国文学简史〉上卷》一文，虽然讨论的是林庚另一本文学史，但所涉问题一样，秦准说：“中国历史上每个朝代都不乏少年天才；如此，岂非每个朝代都是‘解放的少年时代’了吗?”见秦准：《评林庚著〈中国文学简史〉上卷》，见《文学遗产》编辑部编《文学遗产选集二辑》（北京：作家出版社，1957 年），第 60 页；又请参阅下文相关讨论。

③ 林庚：《中国文学史》，第 172 页。

④ 同上，第 172 页。

⑤ 同上，第 170 页。

⑥ 如宋代张戒《岁寒堂诗话》中所讲的“世以王摩诘律诗配子美，古诗配李白”（张戒：《岁寒堂诗话》，陈应鸾笺注，成都：四川大学出版社，1990，第 88 页），已经是少有的抬举。像明代陆时雍《诗镜总论》中所说的“世以李、杜为大家，王维、高、岑为傍户”［见陆时雍：《诗镜总论》，见《历代诗话续编》（北京：中华书局，1983），第 1412 页］，才是最通行的见解。王瑶《评林庚著〈中国文学史〉》一文为林庚的看法，找出清代的王士祯作为原型，其实并不准确；见王瑶：《评林庚著〈中国文学史〉》，见《王瑶文集》（石家（转下页）

见到有如林庚一样，认为王维是“诗坛真正的盟主”。[①] 其实若以林庚所重视的“创造力”而言，李白诗足以为唐诗的冠冕。事实上林庚也说李白可“与王维分庭抗礼”。[②] 他对李白的称赞包括：“那豪放的情操，无尽的驰想，使得‘温柔敦厚’全变为无用”，[③]“字句变化莫测，而转折之间，无不惊心动魄”；[④]“如呼吸在最新鲜自由的空气中，这便是盛唐的健康”；[⑤]“完成了那男性的文艺时代，为诗国的高潮增加了无限声势”。[⑥] 诸如此类，都显示出李白诗充分具备林庚追求的“惊异”特质。这样一来，如果林庚的文学史定位工程以李白为重心，是否就可以解决问题，免受质疑呢？

事实上，问题并不是这么简单。因为林庚眼中的王维和李白确有差别。林庚曾比较两人说：

> 王维所代表的，是诗坛的完善与普遍，李白所代表的，直是创造本身的解放。[⑦]

王维与李白不同之处，就在于王维“使得唐诗各方面都获得完全的

（接上页）庄：河北教育出版社，2000），第2册，第547页。王士祯确是欣赏王维，不喜欢李白、杜甫，但他标榜的是“神韵”“清淡”的王维诗；反观林庚先声明他不重视王维的“似禅似僧”诗，他追求的是“浪漫”“活泼”“惊异”等“少年精神”。林庚的取向与王士祯相差甚远。

① 林庚：《中国文学史》，第170页。

② 同上，第174页。

③ 同上。

④ 同上，第175页。

⑤ 同上，第176页。

⑥ 同上，第177页。

⑦ 同上，第174页。

发展”这一点。意思是王维代表圆满、无憾，照林庚的看法，李白在这层次显然有所不及。或者我们可以参看林庚在《唐代四大诗人》一文中更清楚的解说：

> 如果说，李白是在追求盛唐时代可能会得到的那些东西，因而成为一个集中的表现，那么，王维则是反映了盛唐时代已经得到的那些东西，因而成为一个普遍的反映。①

在讨论王维的作品时，林庚这类“完全”“圆满”的评语，更是多见，例如说“情致的美满丰富，在有唐一代正是首屈一指”，“在动静之间，成为完整的佳作”，“天才的完善”，“空灵得令人不可尽说”，“饱满得令人不可捉摸”。② 因此，我们可以再进一步了解林庚所谓“少年精神”，其实是一个想象的“完全”（perfect equilibrium）。如果要作比较，那代表《楚辞》“惊异精神”的，是一位刚刚离开童年，满腔苦闷、充满怀疑的青年人；代表唐诗“少年精神”的，却是摆开一切困扰，专意浪漫、品尝青春的“游侠”。由此看来，林庚之标举王维，应有其特别的考虑。这个选择与他对“少年精神”的理解有关。

至于杜甫的定位问题，则关乎林庚的“古典”的观念。林庚对杜甫的评论分见于第十四章《诗国高潮》和第十五章《古典的先河》。一方面林庚认为杜甫五七言古诗“不愧为诗国高潮的产物”，但另一方面他觉得杜甫“把更大的精力用在律诗上，这使得他与盛

---

① 林庚：《唐诗综论》，第 119 页。

② 林庚：《中国文学史》，第 171—172 页。

唐诸人，不免有一点质上的差异”。[1] 这是说，林庚对杜甫有两种不同方向的评价：一是指出杜甫确有写出和盛唐精神相通的作品，这部分作品主要“受李白的影响”；[2] 另一是指杜甫的律诗开启了“古典文艺”的方向，这就与“少年精神”大不相同了。[3] 林庚借用了当时流行的“古典”“浪漫”二分法去描述文学史发展的节奏与“创造力”盈亏的关系。

林庚认为“浪漫”与“古典”的分野在于前者是感情主导的一种追求，形式也在这种内在的需求而具体成型；后者则是以形式美为起点的变化，借着美的形式与格律，巩固现有的传统。前者是追寻、发展，后者是沿袭、凝定。林庚在《古典的先河》一章费了许多言词去解释，同时消解传统论评对杜甫的重视。他的主要论点是：杜甫在格律形式上集前人之大成，建构了可供后人追随的典型：

> 杜甫所以开了方便之门，普济众生，使得人人都可凭一种方式获得那诗的金匙。因此他成为诗坛万世的尊师。它有可传授，有可衣承，同时文坛的苦吟与模拟，乃也都随着典型的追求而产生。[4]

林庚视“古典文艺”为历史发展过程的一个阶段，而不是个人风格的选择；他说“文艺的表现，随形式的大臻于完善而空洞”；他又

① 林庚：《中国文学史》，第180页。
② 同上，第179页。
③ 同上，第184页。
④ 同上，第185页。

加上决定论的解释："世界上原不许太多完美的东西的存在"①。意思是唐代文艺在充满创造活力的高潮之后，难免走上"古典"的道路，于是"苦闷"一语，才再在唐代文学的叙述中出现：

> 杜甫的苦闷，正是古典倾向下诗坛共同的苦闷，那便是离开了感情渐远，而加入理智的安排愈多。美的形式永远不能独立存在，典型失去了内容，乃变为纯粹技巧的欣赏了。②

传统的文学史论述固然认为杜甫在律诗艺术上有重要的贡献，但"五四"以来重视"为人生"、以写实为尚的讲法，使得杜甫的"诗史"角色更受重视。林庚指出杜甫有"三吏"、"三别"、《茅屋为秋风所破歌》等作品，但他说这只是"一种实际的痛苦"；杜甫作品中，更具代表性的是"花近高楼伤客心，万方多难此登临"（《登楼》）一类诗歌，"能借着字句的美化与精巧，使得因为人生美丽与活泼的一面，不至于沉入更深的绝望"，因为"主观"的情绪，于"客体"诗歌的艺术表现过程中得到释放。③ 因此在林庚的诠释架构中，杜甫的重要性在于建立表现形式的"典型"，这已经偏离"少年精神"的活泼意趣，开启了纯技巧的发展。因此杜甫虽受后人膜拜，林庚也承认他有"惊人的艺术"④"深厚的天才"⑤，

① 林庚：《中国文学史》，第184页。

② 同上，第186页。

③ 同上，第193—194页。

④ 同上，第179页。

⑤ 同上，第185页。

但不认为他可以作“盛唐气象”的代表，只能成为文艺发展另一阶段的先导。从之后的叙述当中见到，杜甫几乎被视作中国诗歌发展衰落的源头，因为：

> 文艺形成典型后，一切都趋于固定僵硬，这便是一种死亡的象征。①

林庚认定杜甫建立“典型”，开始了中晚唐诗衰落的轨迹，以致被词体代替了诗坛的主要位置，而词后来又为曲所代替。无论诗、词、曲，都重复这个“充满活力地兴起、建立典型后衰亡”的过程。有关过程，本文第一节已有简介，这里不再细论。下文将要探讨林庚如何处理他视为“黑夜时期”的文学现象。

小说与戏曲的兴起

“五四”以来的“中国文学史”叙述，讲到宋元之际，通常都有一个转折，把讨论重心从诗词等抒情文类转到小说，戏曲等叙事文类之上。这种析述架构除了受史实的制约之外，也系于多重缠夹的文学观念。② 林庚虽然一直强调中国文学史的中心是诗歌，但他也接受宋元以后小说，戏曲为文坛的主角的成说，用他的话来说：

---

① 林庚：《中国文学史》，第229页。

② 这些观念及其作用包括：一、胡适的“白话文学正宗”说，对以诗文为主的传统文学史架构造成冲击；二、晚清以来以“小说戏曲为改造国民工具”的论见，促成适时的启蒙主义文学史观；三、中国文学史家身处西方强势文化的阴影下，急于探寻可与西方文学的叙事主流相比拟的文学体制；四、中国诗论传统中的“诗盛于唐”、“宋以后诗不足论”的观念在一定程度上迎合了反传统诗文的“五四”文学观。

> 元曲以来，文坛已是故事的天下，诗文毫无起色。①

林庚以“故事”一词来概括小说和戏曲的特征，也就是注意到这两种文类的叙事性质。② 然而叙事（或者“故事”）的文学意义又何在呢？林庚又以“诗”为定位，选取独特的视角作诠释：

> 诗是一种富有统一性的文字，因此能以简短的语言，表现着不尽的言说。然而当其开始衰落的时候，这力量已经涣散，虽以千言万语，转不能道出当时的只字，这便是化为散文的倾向。这倾向正宜于故事的叙述，也正是需要故事的写出。因为在那里，另外的一种统一性，又表现在故事性的结构上。这便是当时文坛的趋势。③

林庚在这里对“活力”又有进一步的解释，提出当中的“统一性”，这“统一”也可说是“力量”的凝聚。以诗来说，力量之凝聚表示以少御多——“以简短的语言表现着不尽的言说”。林庚认为在诗歌衰落以后，这力量就表现在“故事性的结构上”。林庚在1948年写成的《诗的活力与诗的新原质》对这个观念作出详细的阐释：

> 在漫长历史的发展上，这历史虽是一条线，其力量最

---

① 林庚：《中国文学史》，第393页。

② 闻一多《四千年文学大势鸟瞰》把元世祖至元十四年到民国六年的“第七大期”称作“故事兴趣的醒觉”，其思考的模式与林庚也很相似。见闻一多：《闻一多全集》，第31页。

③ 林庚：《中国文学史》，第324页。

> 初则只在一点上，这条线拉得愈长创造力也就愈弱，这条线变得愈短创造力就愈强，如果这条线短到只是一个点，这就是创造力本身，它如同光之聚于一个点上，这样艺术家把历史聚为一个焦点，戏剧小说也就是这样把整个历史缩短到一个故事上。诗所以是一切艺术最高的形式，因为它真正就是那点的发光的发身。①

这是林庚极富个人风格的论述。他的意思是诗与戏剧小说都是都以其“创造力”（“活力”）表现“历史”，后者的“创造力”表现形式为“故事”（“结构”），前者更把“历史”聚焦成一个点，这就是“创造力”本身。然而，据林庚的观察，自唐诗以后，这种力量已经开始涣散，渐渐聚结于戏曲、小说的故事结构上。于是，他的论述重点就转到以“结构”为轴心的叙事文类。于此，林庚又提出不少新颖的见解。

林庚从中国文学中的故事形态之源起开始论述，留心早期的叙事体如何从如《穆天子传》的“平实的记载”② 转成交代“因果”，因而“有了结构上的倾向”，如吴均《续齐谐记》中的“阳羡鹅笼”故事。③ 讲“章回故事”时，指出其滥觞是“相近的短篇”聚集成“许多回”，当中“并无结构的进展”，④ 话本小说，也只是“故事若断若续”，⑤ 到《金瓶梅》“已经离开章回说话的

---

① 林庚：《新诗格律与语言的诗化》，第 152 页。

② 林庚：《中国文学史》，第 324 页。

③ 同上，第 365 页。

④ 同上。

⑤ 同上，第 366 页。

阶段，而成为一部结构完整的写法”。[①] 由此可以见到，林庚在追寻“结构”的成熟过程。

除了文本内情节的因果关联之外，林庚还为“结构”这个观念赋予一个更深的意义：文学上的“结构”与人世生活有着依违互动却不是镜像反映的关系。从第二十八章论述叙事文学的部分开始，我们看到“梦想的开始”[②] “梦的结束”[③] 的标题，也有“以梦想为故事的典型”[④] “梦的结构”[⑤] “梦意”[⑥] “梦的故事的神髓”[⑦] “以梦起，以梦结”[⑧] “梦意起，梦意终”[⑨] 等的评断。要解释林庚所讲的“梦”与“故事”的关系，并不容易，[⑩] 而其一贯的文艺笔触和跳跃的言说方式，也需要耐心体会。然而，只要读者能把相关的线索串联起来，其中的意向脉络还是可以见到的。

在论述“梦的结构”之先，我们看到林庚再一次以“诗”的经验作为说明的根据：

> 诗是生活的指点，在刹那间完成；刹那之后，我们仍然落在生活中，不过觉得心地更不同罢了。它虽然是完整

---

① 林庚：《中国文学史》，第 382 页。

② 同上，第 323 页。

③ 同上，第 373 页。

④ 同上，第 323 页。

⑤ 同上，第 325 页。

⑥ 同上，第 374 页。

⑦ 同上，第 379 页。

⑧ 同上，第 387 页。

⑨ 同上，第 391 页。

⑩ 因为其间再有林庚论述常见的毛病，分不清比喻和实说，混淆了喻依与喻旨。下文第五节会有进一步的讨论。

的，却并不就是生活的结束。[①]

以诗为喻，文学虽然从生活而来，但两者并不完全对等。人生布满多向庞杂、不同层次的各种经验，文学却在它的结构中有一个完整的表现。这个完整的经验可以给予人生无穷的启示。当作者或者读者经历一次完整的文学经验以后，回到生活，就得到许多的“指点”。从这个角度，我们可以尝试解释：林庚所谓“梦的结构”就是以“梦”来象喻“故事性的结构”。在论述中，林庚的确专门标举以“梦”为题材的作品，但其实这个“梦的结构”可以引申为中国文学中所有叙事体的共有本质。“梦”由现实世界（actual world）的生活而生，却是现实生活以外的一个“可能的世界”（possible world）。[②] 梦中诸种情事，源于实际生活的体验和想象，但却不能直接延伸到现实世界中。林庚甚至以“梦的结构”来解释中国缺少悲剧的原因。他认为欧洲文学的“悲剧结构”是“以整个生命去换取一个意义的形式”。换句话说，西方的叙事文学与生命同构，而中国叙事文学则是生活之外的一个驰想园地；[③] 西方“悲剧结构”指向一种身陷其中、不能自拔的命运；中国“梦的结构”则是置身局外的、抽离的“静观”和“欣赏”，好比庄周对“蝴蝶梦”的凝想冥思。[④] 由此而言，人世的生活经验可以“梦”

---

① 林庚：《中国文学史》，第 325 页。

② 在此借用了多勒泽尔（Lubomír Doležel）的虚构小说语义学（fictional semantics）的术语和概念。Doležel, *Heterocosmica: Fiction and Possible Worlds*（Baltimore: Johns Hopkins University Press, 1998）.

③ 林庚：《中国文学史》，第 325 页。

④ 同上，第 326 页。

为镜像作映照，然而镜像之自成结构毕竟又与生活不同。这就是林庚所说：

> 梦的写作一方面是想象的自由，一方面是避免悲剧的结果。因为梦中的事最多不过是一场梦罢了。东方的故事所以始终是一个诗意的欣赏。[①]

所以“梦的结构”不是题材的问题，而是“故事性结构”的中国模式。

我们可以林庚几个说“梦”的例子来作补充。例如在分析汤显祖《紫钗记》时，林庚说剧中“那黄衫客的出现直如一个梦意”，是全剧的“神髓”；[②] 又如论孔尚任《桃花扇》，指出《余韵》一出，是“全剧点睛之处”，是“梦的故事的神髓”。[③] 这里所讲的“梦意”“梦的故事”已超出内容题材的范围，而指向“结构”的功能。我们再对比林庚说《红楼梦》之“以梦起，以梦结”和说《桃花扇》之“以说书起，说书终”的性质，[④] 就可以明白林庚在提醒读者注意故事结构的框架。在统一性的结构框架之中，故事就如“梦的结构”一样，与真实生活区隔。因为有这样的区隔，故事反而可以包融更多的生活真实，以供“静观”和“欣赏”。又因为有这样的区隔的意识，才有可能作“蝴蝶梦”式的穿梭，于“梦”与“真”的不同境地作更深的冥想玄思。由此可见，林庚说“梦”

---

① 林庚：《中国文学史》，第 332 页。

② 同上，第 375 页。

③ 同上，第 379 页。

④ 同上，第 387、379 页。

的重要之处固然不在内容题材，但也不是纯形式的思考，因为林庚心里想的是寄存于形式的意蕴：一种东方的，或者中国的文艺形态。

林庚在思考中国文学中的叙事体类的发展时，其实念念不忘“诗意”的传承。他在讨论关汉卿、王实甫、马致远三位元曲大家时，分别以“以剧写剧”“以诗写剧”和“以剧写诗”三语为评。① 按他的标准，三人中以马致远为最高，因为他的杰作“几乎都在写一段诗情，也近乎一点哲理”，“成为元曲中更近于东方趣味的一派”。② 他讨论孔尚任时又说“自马致远、汤显祖以来，鼎足而三，达到了那以剧写诗的手法”。③ 可见他的目光专注所在。至于近似西方悲剧的剧目如《赵氏孤儿》《赚蒯通》，或者以曲折情节取胜的《争报恩》《燕青博鱼》等，就不为林庚欣赏了。④ 其实他所讲的“梦意”，可算是“诗意”的变身，只是“梦”具备了“故事性结构”而已。⑤

除了“梦的结构”之外，林庚还从叙事文学中努力搜索爬梳“诗”的精神替代。他在“故事”的领域内找到“童心”的表现，在讨论《西游记》时有别具神采的发挥。但这份“童心”的揣摩，也帮助林庚解释叙事体类的特性。他在讲解早期的《韩朋赋》和

① 林庚：《中国文学史》，第 357 页。

② 同上，第 361—363 页。

③ 同上，第 380 页。

④ 同上，第 363 页。

⑤ 林庚就说过由北曲而南曲，“诗意渐少”，舞台上的故事“遂必须兼有完整的诗意”，于是“一种梦意的写作乃独擅了剧坛的风流”。又说孔尚任《桃花扇》中有“梦的人生的默化”，把悲剧“冲淡而成为一个诗意”，可见“诗意”和“梦意”的对应关系。见林庚：《中国文学史》，第 374、379 页。

《燕子赋》等“俗赋”故事时，提出：

> 故事的爱好建筑在普遍的兴趣上，儿童之所以爱好故事，正因为儿童事事都易发生兴趣，我们对于故事的每一件小事，每一个小人物，都要发现它的兴趣，而且表现了这兴趣……我们如果只对于故事中的主角发生兴趣，则这兴趣的狭窄必将使得故事的源泉涸竭。①

林庚从儿童的心理去理解叙事体的审美效应。叙事结构虽然有统一性，但到底不如诗的简短和集中。故事的构成除了主角的形象、行为和经历之外，还有不少填塞叙事架构的枝节。这些周边的细节，与主干情节可能只有间接的关系，但也有机会引发读者的兴趣。按林庚的解释，这个爱好的根源正是“事事都易发生兴趣”的“童心”。林庚之说是试图解释叙事体与诗歌体各具不同程度的“包容性”：诗歌是力量高度集中的表现；相对来说，故事则比较涣散，其凝聚力除了结构上的“统一性”之外，更系于“童心”的诱发。因此林庚对能触动“童心”的叙事体特别感兴趣。他说《燕子赋》是“很有情趣的童话”；② 对《西游记》也别有会心，认为“其想象之妙，文字的活泼，乃使得一部志怪之书变为纯粹的童话”③，并感慨地说：

> 中国缺乏神话，尤缺少童话，《西游记》正补足了这

① 林庚：《中国文学史》，第338—339页。

② 同上，第340页。

③ 同上，第369页。

个缺点。[1]

林庚对《西游记》的“童话精神”，后来有了更深的发掘，最后写成《西游记漫话》（1990），是《西游记》研究的重要创获。事实上，林庚揭示的“童话精神”，虽然与唐诗“少年精神”并不相同，却也是他要追踪的文学史的“活力”的一种。

在此，我们可以稍作回顾：林庚在叙述诗歌发展时，追求的是本质以外的异质——诗的理想不在安静和谐的家里，而在少年浪荡的旅途上。但他在剖析中国的戏剧小说时，却刻意追寻内里的“诗情”“梦意”，以中国方式诠解中国叙事体的理想结构，对近似西方剧情的中国故事，一般都是轻轻带过。如果我们要作臆测，则这种心理可说是另一种补偿：以中国的固有为尚，放弃钦羡西方的想望，补偿以往所受的打击。

《中国文学史》与“诗性书写”

《中国文学史》面世半个世纪以后，2000 年北京大学为九十高龄的林庚出版了一本《空间的驰想》，内中囊括了他数十年来的冥想玄思，究问空间、时间的奥秘，思索宇宙的无边；其中心命意是“美是青春的呼唤”“青春应是一首诗”，生命就与文艺/诗以隐喻的方式扣连对等。[2] 我们还注意到林庚有这样的说法：

① 林庚：《中国文学史》，第 372 页。

② 林庚：《空间的驰想》（北京：北京大学出版社，2000），第 3、33 页。

> 人如果单凭感官功能，那么听力、视力等便都远远不如飞禽走兽，因此一切艺术乃都是思维，都是语言。①

林庚的意思是，人之异于禽兽，是因为人能够通过艺术去思想、去说话，以艺术的想象力开拓经验世界；人不单体验这个世界，甚至可以说，人创造这个世界：

> 人经过这世界又创造着世界。创造是青春的一页；生命在投入独来独往，异乡欣欣的宇宙感。②
>
> 人不仅创造了物质世界，而且创了精神世界；有音乐的耳、艺术的眼、诗的心；人因而也同时在创造着自己。③

林庚在《中国文学史》出版之后的一年（1948）写成上文引述过那篇极富启示意味的文章——《诗的活力与诗的新原质》，其中一个重要的论点是：

> 我们如果以为宇宙是一个漫长的历史，则人类的历史相形之下当然短暂得很。然而人类的历史虽然短暂，而人类之创造这一个历史，却与宇宙之创造宇宙的历史并无不同。它都需要一个力量，这力量是从开始时便已决定了的。正如一个种子之发芽生长，虽然因其环境的不同而有所变更；而其筹备这一件事的力量却是并无变更的。我很

---

① 林庚:《空间的驰想》，第 48 页。

② 同上，第 51 页。

③ 同上，第 52 页。

> 想说明这一点力量，这便是诗的活力。[①]

林庚所说的“人创造历史”的讲法，要和“人创造着世界”联系起来理解。其实指向人在意识上的开发能力。而这种能量，显现在艺术——尤其是诗——的“创造力”之上。林庚这个观念，很容易让我们联想到维柯（Giambattista Vico，1668—1744）《新科学》（*Scienza Nuova*；*New Science*）的许多论点。

维柯不同意笛卡儿（René Descartes，1596—1650）以真理具有先验性质的看法，以为“认识和创造是同一回事”；[②] 朱光潜在《新科学》译注中指出这是维柯的一个基本哲学原理，即：

> 知与行或认识与实践的统一，人类世界是由人类自己创造的。[③]

维柯认为文化的开始也就是语言的开始。[④] 最早的语言产物是神话，是初民“只凭肉体的想象力……以惊人的崇高气魄去创造”：

① 林庚：《新诗格律与语言的诗化》，第 151 页。

② Giambattista Vico, *The New Science of Giambattista* (3rd ed., 1744), Thomas Goddard Bergin and Max Harold Fishch trans., (Ithaca: Cornell University Press, 1968), 349；中译参维柯著，朱光潜译：《新科学》（北京：人民出版社，1986），第 146 页。又参：Hayden White, "The Tropics of History: The Deep Structure of the *New Science*," *Tropics of Discourse: Essays in Cultural Criticism* (Baltimore: The John Hopkins University Press, 1978), 197.

③ Giambattista Vico, *The New Science of Giambattista*, 331. 维柯：《新科学》，第 134—135、146 页。又参：Giambattista Vico, "Introduction," *The New Science of Giambattista*. B8. 在《新科学》中这个世界指人创造的“民政世界”（the civil world），与上帝创造的“自然世界”不同。

④ Hazard Adams, *Four Lectures on the History of Criticism and Theory in the West* (Taipei: Hongfan Book Co., 2000), 64.

> 因为能凭想象来创造，他们就叫做“诗人”，“诗人”在希腊文里就是“创造者”。[①]

初民没有能力作智性的抽象化思维，他们有的是“诗性逻辑”或者“诗性智慧”，以“隐喻”的方式去掌握自然；维柯又以为“诗”是语言的基本，由有条理的“散文”到“抽象逻辑”，是后来的发展，也是一种偏离，也代表了现代人丧失了“想象力”[②]。

我们不需要过分的渲染林庚的文学观与维柯的相似性，也不必考究林庚有没有读过维柯的著作；[③] 我们却可以借用维柯的论述，帮助我们理解林庚的《中国文学史》的论述模式——一种以“诗性智慧”或者“诗性逻辑”进行的书写。

林庚的书写方式，往往是将自己处置在一个非常敏感的状态，类似初民认识自然一样，去感觉、去认识。在《中国文学史》中最具体的表现当然就是“惊异精神”的揭示。林庚也是以初民对天象变化的“惊异”来追写文学史的蒙昧的初始，[④] 着眼于初民内心所生的“生之惊异”和“宇宙的惊异”，[⑤] 由此推衍下来的便是以这种“惊异”的感觉，对楚辞和唐诗的文学特色作出联想。

维柯解释“初民”作为“诗人”，运用“以己度物”的“隐

---

① Giambattista Vico, *The New Science of Giambattista*, 376. 维柯：《新科学》，第 162 页。

② Hazard Adams, *Four Lectures on the History of Criticism and Theory in the West*, 66 - 74.

③ 维柯著作传入中国，有赖朱光潜在 20 世纪 60 年代到 80 年代的介绍和翻译；参岳介先、钱立火：《朱光潜与维柯的〈新科学〉》，见文洁华主编《朱光潜与当代中国美学》（香港：中华书局，1998），第 63—80 页。林庚在厦门从事《中国文学史》的书写过程中，应该未接触过维柯的思想。

④ 林庚：《中国文学史》，第 7 页。

⑤ 同上，第 14、18 页。

喻”时说：

> 由于人类心灵的不确定性，每逢堕在无知的场合，人就把自己当作权衡一切事物的标准。①
>
> 人们在认识不到产生事物的自然原因，而且也不能拿同类事物进行类比来说明这些原因时，人们就把自己的本性移加到那些事物上去。②
>
> 诗的最崇高的工作就是赋予感觉和情欲于本无感觉的事物。③

我们当然不能说林庚于中国文学史上的种种现象“无知”，然而我们会说林庚以“诗人”的感觉去重新认识这些现象，他再把“自己”最亲切的“感觉”移加其上。于是我们见到《中国文学史》中的“文坛的夏季”“梦的结束”“知道悲哀以后”“苦闷的醒觉”等标题，尤其对人生各种情绪，例如“苦闷”，更有深刻的体会，着墨尤其浓重：

> 文艺开始离开了一般生活，而发展为上层的文化。它一方面由于人生的幻暂，而惊觉于永恒的美的追求；一方面它已开始离开了童年，而走上了每个青年必经过的苦闷

---

① Giambattista Vico, *The New Science of Giambattista*, 120. 维柯：《新科学》，第 82 页。

② Giambattista Vico, *The New Science of Giambattista*, 180. 维柯：《新科学》，第 97 页。

③ Giambattista Vico, *The New Science of Giambattista*, 186. 维柯：《新科学》，第 98 页；又参朱光潜：《维柯的〈新科学〉的评价》，见《朱光潜美学文集》（第三卷）（上海：上海文艺出版社，1983），第 571—572 页。Hayden White, “The Tropics of History: The Deep Structure of the *New Science*,” 205.

的路径。①

这一段的譬喻特色很明显，把文学史的历程比作人生的旅程。“文艺”被拟人化作一个故事的主人翁：儿童长大了成为青年，离开了在家中受保护的岁月，自己独自上路；面临不可知的未来，苦闷的感觉油然而生。这种体会文学史的方式，主要是凭借个人感受的具体经验，移加到一个集体的抽象的运动中。

维柯又说初民有如儿童，未曾能够形成抽象的“类概念”以前，会创造出一些“想象的类概念”（imaginative class concepts）：

> 儿童们的自然本性就是这样：凡是碰到与他们最早认识到的一批男人、女人或事物有些类似或关系的男人、女人和事物，就会依最早的印象来认识他们，依最早的名称来称呼他们。②

林庚在《中国文学史》中用了许多如“女性文艺”“男性精神”等的譬喻。这些讲法，一直不易为人理解。其比况的模式，或

---

① 林庚:《中国文学史》，第 49 页。怀特（Hayden White）指出维柯特别强调隐喻中的感觉与情绪的关系。见：Hayden White, “The Tropics of History: The Deep Structure of the *New Science*,” p. 205. 这一点恰巧也是林庚的特色。

② Giambattista Vico, *The New Science of Giambattista*, 206. 维柯:《新科学》，第 102—103 页。朱光潜对此的阐释是：“例如见到年长的男人都叫‘爸’或‘叔’，见到年长的女人都叫‘妈’或‘姨’。‘爸’‘叔’‘妈’‘姨’这类词对儿童还不能是抽象的类概念，还只是用来认识同类人物的一种具体形象，一种想象性的类概念。”见朱光潜:《维柯的〈新科学〉的评价》，第 572 页。又参：Donald Phillip Verene, *Vico's Science of Imagination* (Ithaca: Cornell University Press, 1981), 65 - 95; Hayden White, “The Tropics of History: The Deep Structure of the *New Science*,” 205.

者可以借维柯所说的“想象的类概念”来作诠解。林庚之所以用最基本的对立（dichotomy）来譬喻他对中国文学的深层感受，正因为其背后的心理可能由深沉的“无意识”驱使，于是其“类概念”就采用最原始的性别二分。差不多五十年后，于 1995 年林庚回顾这个二分的譬喻说：

> “美”与“力”，女性的美和男性的力，按中国的说法，“阴柔的”与“阳刚的”，这两者反正都不可偏废。①

似乎因为反省的思维，促使他重新选用比较抽象的“阴”“阳”概念。我们可以想象，这会不会是历尽人世沧桑之后的一种调整？

以上维柯论说的借用，最易启人疑窦的地方是，维柯看来只在描述“初民”的创造力，不能随便等同后世的文艺创作。韦勒克（René Wellek）在《近代批评史》中就批评说：

> 维柯实际上并未看出诗歌与神话的差异，他所谓的“诗的智慧”……仅指低级认识。②

于此，我们有两点回应：一者，维柯所论虽有其具体文化史语境，但当他选用“诗性”来规限“智慧”“逻辑”“语言”等概念

---

① 林在勇、林庚：《我们需要“盛唐气象”、“少年精神”》，第 173 页。

② René Wellek, *A History of Modern Criticism*. Vol. 1 (New Haven: Yale University Press, 1955), 178.

时，其对照当然是“散文”的性质;[1] 由是，这些言说的涵盖面自然会指向更“普遍”的意义。正如哈泽德·亚当斯（Hazard Adams）的分析指出，维柯之说是洛克（John Locke，1632—1704）论说的逆反。洛克在《论人之理解》（*Essay Concerning Human Understanding*，1690）中展示一种对譬喻的鄙夷态度，以为理想的语言是全无譬喻的。[2] 维柯则提醒我们“诗语言”是比“散文语言”更为基础的、“正式的”语言形式[3]。亚当斯并以为，我们有可能在“诗”的语言中恢复我们经验的生命力（reanimate our experience）。[4]

再者，我们以“初民的”（“诗性”）想象与林庚的思维比较，是想说明他在观察感受文学史的诸般色相时，仍然保有一份赤子之心。其实，现代人要摒除现实许多的抽象概念并不容易，这种敏感的“诗性”心态只能是一个出发点。林庚的论述也不是要回复到“纯感官的”、被动的感受，也不只限于以“童心”作想象。与“想象力”相辅而行的，是许多非常精微的思考。例如他从“思想的苦闷”去体会散文化倾向对《楚辞》的影响，又从“兮”字探

---

① 参：Giambattista Vico，*The New Science of Giambattista*，409，460。维柯：《新科学》，第183、213—214页。

② Hazard Adams，*Four Lectures on the History of Criticism and Theory in the West*，50－62.

③ Giambattista Vico，*The New Science of Giambattista*，409. 维柯：《新科学》，第183页。

④ Hazard Adams，*Four Lectures on the History of Criticism and Theory in the West*，76. 维柯在卷首就声明“诗性智慧”是开启他的“新科学”的钥匙。Giambattista Vico，*The New Science of Giambattista*，34。维柯：《新科学》，第28页。费伦（D. P. Verene）依据这个声明，在他的研究专著（*Vico's Science of Imagination*）深入探析维柯的“想象论”的普遍意义。又巴拉仲（Moshe Barasch）的《艺术理论》（*Theories of Art*）一书，也有专节讨论维柯《新科学》的论见与现代艺术理论的种种关涉，见：Moshe Barasch，*Theories of Art*（New York：Routledge，2000），7－16。

测《楚辞》的散文句构如何“诗化”，就是很精彩的“文学史”考述。[①] 上文第三节已经指出，林庚后来的“楚辞研究”不少创获都是沿着这个“诗性逻辑”的方向深思，再加以琢磨锻炼而达致的。

前文提到林庚以譬喻为论述的重要模式，其中包含丰富的想象力，可以开拓读者的思维空间；然而，林庚却也经常犯一个毛病，就是当譬喻用多了以后，往往分不清喻依与喻旨，把许多譬喻的说法坐实了。例如“男性”“女性”之喻，本来是两种“文艺精神”的比况，不专指男性或者女性作家的创作，林庚曾以“女性的歌唱”来总括《诗经》的“农业社会的田园的家的感情，乃是女性活泼的表现”，[②] 这种诉诸感觉的论述，并无不是之处。然而，林庚再进一步说：

> 这些可喜悦的诗篇，却往往出诸女子之手……《国风》里女性之作占去大半，这个如果我们晓得希腊早期伟大的抒情诗人 Sapho 乃是一位女性，而中国至今产生山歌最盛的地带，它的创造者也多是女子，对于《国风》里女性的特征，乃可以有所领悟。[③]

这里把“喻依”当作“喻旨”，概念上就有所混淆了。又如“黑夜时代”以“梦”的故事性来譬喻结构，以“梦”与“醒”的纠结说明“文艺”与“生活”的关系，都是令人惊叹的想象。可是林

---

① 林庚：《中国文学史》，第 49—51 页。

② 同上，第 28 页。

③ 同上，第 28 页。

庚又会说：

> 这一时期中最主要的戏剧，又莫不都以梦想为故事的典型。①
>
> 梦的写作乃成为故事中一大主流。②

这也是自己跌进自设的语言陷阱。③ 王瑶《评林庚著〈中国文学史〉》一文也挑出这两处毛病，他说：

> 《国风》中也不能全然指为出于女子之手。④
>
> 用“梦”来叙述所谓“黑暗时代”的文学，原是颇富诗意的；但戏曲中也并不全是梦想的故事……［戏曲小说中］梦的故事虽然很多，却并没有普遍的代表性。⑤

依我们看来，林庚这些错误本来并不致命，只要稍事修订，把喻依和喻旨分别清楚，就可以把伤害减到最低。

对于大多数“文学史”专家来说，林庚《中国文学史》最严重的缺点在于不遵守“史”的书写规范。王瑶对林庚之作最不满的

---

① 林庚：《中国文学史》，第 323 页。

② 同上，第 331 页。

③ 上文曾举出的例子还有：论“少年精神”，必以王维的少年作品为论，已遭受秦准的批评。

④ 王瑶：《评林庚著〈中国文学史〉》，第 550 页。按：林庚没有说“全然”出于女子之手，只说“占去大半”，不过仍然很逃避这项指摘。

⑤ 王瑶：《评林庚著〈中国文学史〉》，第 555 页。

地方是："本书的精神和观点都是'诗'的，而不是'史'的。"[①] 王瑶在他的书评中也举出了许多例证，说明林庚的书写不重视"史的"关联，所评都非常客观合理。问题是本书本来就没有使用"散文语言"，没有依随"散文逻辑"。林庚的论说显示的是"诗性智慧"，如果我们没有这个准备，或者没有这份宽容，就难以接受这种"诗性书写"。[②] 尤其在个人空间愈趋狭小的年代。

"诗性"的消逝

"中国文学史"的书写以依附学科建制而渐次成型，从 20 世纪二三十年代开始就以成就一门"科学"作标榜。[③] 林庚的书写模式与主流不同，被视为怪异在所难免。尤其在 50 年代以后，林庚调到北京大学中文系任教，所面对的环境并不容许他再依着这个"诗性逻辑"去讲授文学史。[④] 为了讲课，他重头改写他的文学史，到

---

① 林庚：《中国文学史》，第 546 页。

② 20 世纪 60 年代梁容若在他的《中国文学史研究》中，评论林庚这部著作说："本书无时间观念，既不用朝代帝王纪年，亦不用西历纪年，任意糅合史料，可谓混乱一团。以黄帝至建安为启蒙时代，以东汉五言诗出现至韩愈为黄金时代，以白居易至宋儒为白银时代，以唐小说兴起至清为黑暗时代，其断限均互相牵混。各章标题，多抽象而意义不明……本书虽形式堂皇，两序均大言壮语，高自期许，内容殊少可取之处，更不适于用作大学课本。"见梁容若：《中国文学史研究》（台北：三民书局，1967），第 154 页。从梁容若语气之猛烈，可知他在阅读本书时，所受打击极重。

③ 例如以继承传统文学观为主的钱基博，在 20 世纪 30 年代写成的两本文学史——《中国文学史》与《现代中国文学史》，都声明："文学史者，科学也。"见钱基博：《中国文学史》（北京：中华书局，1993），第 5 页；《现代中国文学史》（上海：世界书局，1933），第 4 页。

④ 戴燕在《作为教学的"中国文学史"》一文中，对当时的学术环境和教育制度的变革风貌，以及对"中国文学史"书写的影响等，有很精到的分析；见戴燕：《文学史的权力》（北京：北京大学出版社，2002），第 82—105 页。

1954 年出版由先秦到唐的部分，改题为《中国文学简史》(上卷)。如果我们比对林庚写的前后两本文学史相应部分，更加容易见到 1947 年本的特色。

林庚在《中国文学简史》上卷的《后记》中说明，这本文学史主要参照苏联《11 世纪至 17 世纪俄罗斯古代文学教学大纲》而编写，努力在全书贯彻“爱国主义精神与民族的自豪感，历史主义的论述与民主成分的发扬，以及民族形式与文艺风格具体分析”①。对于当时环境的要求，林庚都能理性地配合，我们不难见到《简史》对“人民”“民主”“爱国”等元素的致意。例如第五章《屈原》，就有“屈原伟大的斗争性和人民性”②“民族形成的完成”③“爱国主义的英雄性格”④ 等论述。林庚也沿此开发了如“寒士文学”“布衣感”等别具特色的文学史思路。⑤ 更值得我们参详的是，其论述方式可说重新接受了主流书写方式的“散文逻辑”的导引。很容易见到，《中国文学简史》的章节安排，比前规矩工整得多，而且依照时间顺次叙述，涵括的内容也和其他标准的文学史相同。如果参照三年后（1957）出版的高等教育部审定的《中国文学史教学大纲》，从第一到第五篇，所有大纲罗列的项目都可以在《简史》中见到。⑥

---

① 林庚:《中国文学简史》(上卷)，第 385 页。

② 同上，第 106 页。

③ 同上，第 113 页。

④ 同上，第 116 页。

⑤ 这个论述方向在林庚《诗人李白》(上海：上海文艺联合出版社，1954) 一书中有更多的发展。

⑥《中国文学史教学大纲》第一至五篇的纲目是:〔第一篇〕第一章绪论，第二章古代神话，第三章散文的发展，第四章诗歌的发展，结语；〔第二篇〕第一章绪论，第二章历史散文，第三章诸子散文，第四章伟大的诗人屈原和楚辞，结语；〔第三篇〕第一章 (转下页)

这种论述方式和态度明显与1947年的《中国文学史》不同。我们试选取两本“文学史”部分样本作出比较，以下先摘录《中国文学史》讨论先秦散文的第四章《散文的发达》大纲：

> 老子启思路的先河——孔子为女性歌唱时代的向往者——孟子的另一情调——公孙龙的善辩——庄子的自由——韩非子散文上的美德①

《中国文学简史》第四章《散文时代》同样讨论先秦散文，其纲目细项如下：

> 散文的新阶段——
>
> 初期封建社会解体的战国时代。所谓先秦诸子。私学的出现与游说的风起。散文的全新时代——智者的散文。散文中口语的成分。民主的思想。寓言的发达。个性解放

(接上页)绪论，第二章秦及汉初作家，第三章伟大的散文家司马迁和他的《史记》，第四章西汉后期的作家，第五章东汉作家，第六章两汉乐府民歌，第七章五言诗的成长，结语；〔第四篇〕第一章绪论，第二章建安正始文学，第三章晋代文学，第四章陶渊明，第五章南北朝的民歌，第六章南朝的作家作品，第七章北朝的作家作品，第八章这一时期的小说，结语；〔第五篇〕第一章绪论，第二章隋及初唐文学，第三章盛唐时代的诗人，第四章李白，第五章杜甫，第六章中唐诗人，第七章白居易与新乐府运动，第八章韩愈柳宗元与古文运动，第九章晚唐诗人，第十章唐代的传奇，第十一章词的兴起，结语。《中国文学简史》（上卷）的章题是：第一章史前的短歌与神话传说，第二章周人的史诗，第三章民歌的黄金时代，第四章散文时代，第五章诗人屈原，第六章秦与两汉的文坛，第七章建安时代，第八章魏晋文学，第九章江南民歌与陶渊明，第十章南朝文学的发展，第十一章诗国高潮，第十二章李白、杜甫，第十三章苦难的呼声，第十四章诗歌的落潮与古文运动，第十五章文坛的新潮与词的发展。

① 林庚：《中国文学史》，目录页。

的时代。

散文名著——

思维的散文各有风格:《论语》《孟子》《庄子》《韩非子》。记事散文追随着时代发展。《左传》的简炼生动与其情节人物。《国语》与《战国策》。《穆天子传》为野史的先河。①

两相比较，当然是后者的内容比较完备；再者，《简史》的论述完全符合当时的叙述架构，其模式是先讲政治、经济、阶级等“时代背景”，再分论各家散文。当中固然有林庚的个人见解，行文也流畅清新，但论述的方法和取向则显然受制于一个固定的程式框架。《中国文学史》这一章的讨论内容却谈不上完备，只抓紧林庚所感受到的“情绪”与“思想”的表现形式，引领读者浮游于“怀疑”“彻底”“奔放”“冒险”，以及“理智”“感情”“诗意”“惊异”等精神领域之中。这种境界，是阅读《简史》时所无法达致的。譬如上文第二节曾讨论“诸子散文”以其书写方式推进语言，引领思想之论，可说灵光闪耀，精彩动人。为方便参照我们把原文更完整地引录如下：

从《盘庚》到《春秋》，是中国散文的第一个阶段。散文仅仅可以作为记忆的保留，语言的辅助。从《左传》之后，这才是散文另一阶段的开始。它不仅是记忆，而且是发挥；不仅是语言，而且是思想本身。语言受了它的影

① 林庚:《中国文学简史》（上卷），第65页。

> 响，才变为更高的语言；思想受了它的磨炼，才变为更锐利的思想。这时《诗经》的时代已经过去，散文的光芒，乃笼罩了整个思想界，那美妙的言辞，崇高的文化，都为这时代增加了光荣，从各方面启发了人们的智慧。[①]

反观《简史》的论述，则平稳而世故：

> 在战国时代以前，散文只是历史记载，只能执行简单记录的任务，文字是掌握在官家的手里，所谓《尚书》就是那样的作品；这时散文就是从那样一个局限中解放出来，文化与文字开始从官家贵族们的手里落到私人平民的手里，它就不仅仅是一个呆板的纪录，而变成了活生生的思想，这就是一个智者的时代……从语言文字上说，首先就是文字要接近于口头的语言，因为这时文字既已不是贵族所专有，便必然接近于日常语言……由于这口语的成分，先秦的散文才从呆板的史官文字中解放出来，成熟地进入一个全新的阶段。[②]

论逻辑条理，当然是《简史》明白清晰。要追踪《中国文学史》的思绪，可能要费相当的精神。至于哪一种说法才得“文学史”的真相，其实不易判断。我们只知以“口语为本”“民间为大”的主张，亦不外是一种“意识形态”；而使“书写”与“口语”互相推

---

① 林庚：《中国文学史》，第32页。

② 林庚：《中国文学简史》（上卷），第69页。

动的想法，反而打开了一条值得继续推敲琢磨的思路。①

《中国文学简史》的书写方式，大概反映出林庚要“从众”的压力，把原来往返宇宙天地的驰想收起，回到“人（民）间”。他只能写一本大家都不会太过“惊异”的“文学史”。虽然他对文学艺术仍然非常敏感，但他只能以“散文逻辑”去解释。事实上，《简史》于作品艺术形式的探索，相对其他类似的“文学史”论述而言，还是比较突出的，尤其于诗歌节奏的观察体会，可谓出类拔萃。然而，《中国文学简史》（上卷）出版以后，虽通行一时，② 但下卷在很长一段时间内都没有办法写出。直到三十多年后的 1988 年，林庚才能修订再版上卷，1995 年再由葛晓音协助完成全书。值得注意的是：这部完整的《中国文学简史》，其下卷许多内容，都采用 1947 年本《中国文学史》；全书卷末，更附刊了当年旧本的《朱佩弦先生序》《自序》，以及《目录》。这种安排，显见林庚非常重视当年的《中国文学史》；或者在老先生心内，几许沧桑世变也未曾阻断他超越时间的“空间的驰想”。

结语

以上分别从不同角度对林庚的《中国文学史》作一探析。我们的结论是：林庚以他独到的眼光，以不寻常的书写方式，完成了一

---

① 《中国文学史》第十九章《口语的接近》专论“口语”与中晚唐诗歌演变的关系，可见这时期林庚并不忽视“口语”的作用；之所以没有从这个角度解释“先秦散文”的进步，应该是基于当时的判断，而不是疏忽遗漏。

② 据笔者手上的版本所载，本书 1954 年 9 月出版，1955 年 2 月第一版已作第四次印刷，四次共印 1.2 万本。

本不可再的精彩文学史著。

说“不可再”是因为林庚已经将他的文学史重新改写成《中国文学简史》，原本的论点虽然部分保留下来，但其中新的框架已经修改成传统正规的文学史模式。同时，在可见的未来再也没有人会用旧版《中国文学史》的方法去写一本文学史。

这本文学史的精彩之处，不只是新颖的格局、漂亮的辞藻，更重要的是，它是一个邀请读者参与的文本。我们如果能够投入其间，涵泳咀嚼，就会得到很大的乐趣。我们有幸看到这一种非常奇特的文学史书写，才有机会重新思考：文学史的本质，是否应该限囿在知识的供应、史实的重现中；而所谓“知识”，所谓“史实”，明明与“文学”之指向作者、文本、读者间的感应，指向审美经验等目标不能比侔，我们是否可以凭借林庚五十年前的尝试，再探索“文学史书写”可有通幽的曲径，引领我们骋思驰想于文学的风流万象之间？

第十五章　普实克

一、如何了解“汉学家”：以普实克为例

众所周知，现今学界所谓“汉学家”，是“Sinologists”一词的中译，这是西方对从事有关“中国”研究的学者的统称。这个称谓在过去（尤其是20世纪以前）定位相当清晰，因为对西方学者而言，有关中国的种种学问，与西方的知识世界有相当的距离，故可以划成一角，供少数专家用心钻研。然而，至今文化认同历经散聚游移、学术范式不断拆解整合，此际要追问何谓“汉学家”，或者会带来有趣的思考。为了写这篇短文，我曾向一位从牛津大学过来的同事提问，他的答案是：“汉学家”是学养精深、见闻广博的中国学问研究者，如牛津大学的龙彼得教授（Piet van der Loon，1920—2002），毫无疑问就是其中一位卓越的代表；至于他本人业师伊懋可教授（Mark Elvin）却只会自诩为专长于“中国史”的“历史学家”，而非汉学家。如果这个说法具有一定的代表性的话，“汉学家”在欧洲学界已日渐退隐于“昔日的黄金岁月”。不过，当我把同一问题向我校几位研究生提出时，他们脑海中“汉学家”的形象重点却由研究课题转移到从事研究者的国族身份之上，“汉学家”之前即使没有加上“西方”“日本”等限定语，这些学者和他们的成果都是属于“海外”

的。这种理解相信是现今大部分中国学者所共有的。

所以说，在西方，“汉学”之成立，原是为了区划出一个特殊的研究范围；是西方对异地文化或者文明的一种考察，其考察方式与西方固有的学科分类如经典学、哲学、语文学等，可以互不统摄。例如在20世纪40年代还见到汉学家约翰·波普（John Pope）有这样的主张：“一般的”艺术史专家并不能胜任属于“汉学”范围的中国艺术研究。[①] 不过这种切割，随着现代学科知识的膨胀繁衍和文化的交叉错杂，已日益困难；于是昔日自成一角却又包容广泛的“汉学”，就渐向黄昏了。我们只要对照萧公权于不到二十年后在美国发表的《中国研究与专业学科》中的观点，就可以见到这个趋势。[②] 今天可能还有空间范围相类似但更偏重当代情势的“地区学”（area studies），然而不少优秀的西方学者却积极在不同的专业范围（如历史学、地理学、社会学，或者比较文学）与研究中国主题以外的同行交流对话，在西方学术主流中谋求应有的席次。回到中国的学术环境，“汉学”既以从事者的国族与文化背景为界划原则，一经圈定，中国学者就有与“外国”汉学家在同一学术领域中比较竞技的假想。由此又衍生了“中国强还是外国强”这种从“民族大义”出发的心结。20世纪30年代，陈垣、陈寅恪、胡适、傅斯年等讨论“什么时候‘汉学’中心才能搬回中国北平”，大抵就是源自这种竞赛心理。正如上述，当今的“海外汉学家”不外是各种学科门类中以中国为研究对象的专家学人。和中国从事中国文

---

① John Pope, “Sinology or Art History,” *Harvard Journal of Asiatic Studies* 10. 3/4 (1947): 388-417.

② Hsiao Kung-chuan, “Chinese Studies and the Disciplines,” *The Journal of Asian Studies*, 24. 1 (1964): 112-114.

学、中国史、中国思想等研究的人员一样，当中自有高下良莠，很难一概而论。对海外汉学成绩的认知，不妨保持开放的态度，以其个别的学术成果为主要根据。如果某位外国学者对《水浒传》的繁简本问题梳理得比前人都清晰有据、对鲁迅的幽暗意识有更深刻的发掘，我们都应该尊重、应该细参，如同尊重国内杰出的《水浒传》和鲁迅专家一样。

我们说要关心具体的学术成果，但也不应把学术仅仅视为知识的生产或者贸易。我一直相信，学问到深处，必然会与生命相交感。"海外汉学家"为何自远方来游？其间的因缘和合，其人的心路历程，其实都很值得我们探问。就以捷克汉学家普实克（Jaroslav Průšek，1906—1980）为例，他和夏志清就夏著《中国现代小说史》的言论交锋可说是海外的中国现代文学研究史上的一次重要事件。照李欧梵的描述，在不少美国学生眼中，夏志清的"人文主义"文学批评似乎比普实克的"革命的社会主义"文学主张更得人心。事实上，作为现代中国文学研究的里程碑人物，两位先生的文学见解及其文化资源都有可供今日借镜和反思之处。如果以两人的学风和关顾面而论，则夏氏的学术贡献应该属于美国20世纪中叶以还所产生的"中国研究"类型，而普实克更接近欧洲传统的汉学体系，却又能焕发规模，推动汉学向前迈步。现在我们最常见的普实克著作是李欧梵编选的《抒情的与史诗的：现代中国文学研究》，1987年及2010年先后有两个中译本面世，① 因此我们对他的现代文学研

① Jaroslav Průšek, *The Lyrical and the Epic: Studies of Modern Chinese Literature*, Leo Lee, ed., (Bloomington: Indiana University Press, 1980)；中译本分别有：李燕乔等译《普实克中国现代文学论文集》（长沙：湖南文艺出版社，1987）；郭建玲译《抒情与史诗：现代中国文学论集》（上海：上海三联书店，2010）。

究成绩会比较熟悉；另一本英文加法文的著作《中国历史与文学》，因为没有中译，中文学界注意较少，[①] 但在西方汉学界却早负盛名，大家都非常尊重他对话本小说、蒲松龄和刘鹗《老残游记》等研究的贡献。[②] 最近，普实克以捷克文撰写、在 1940 年出版的《中国——我的姐妹》（*Sestra moje Čína*）的中、英文译本都已面世。[③] 我们可以透过这位友善而充满好奇心的汉学家写出的中国游记，了解他如何因应亲历见闻而修订自己的学术航道。

普实克在捷克查理大学修读的是古希腊、拜占庭与罗马帝国的历史。始于古史，再经由“近东”，他的研究兴趣开始移到中国。这渐次开发的目光，应是源于一种探索人类历史发展的普遍现象的渴望。得到当时正在中国开拓市场的捷克鞋业公司的资助，普实克正式启动了他的汉学研究，先后到瑞典和德国修习，写成有关先秦北狄民族的论文。然后他毅然只身赴东亚研究中国经济史。从 1932 年开始，他在中国居住了两年，再到日本继续研究。《中国——我的姐妹》一书就是他回捷克以后所写的中国回忆录。在华期间，他和各种不同阶层、不同地区的中国人来往，亲身体会这远国鲜活的语言，于是他更倾心于中国的口语文学传统，留意白话文运动以来的新文学。书中更描写了他与徐志摩、胡适、郑振铎、冰心、丁玲、沈从文等人的交往。这些因缘，应该可以说明他后来大力推动

---

① Jaroslav Průšek, *Chinese History and Literature* (Dordrecht, Holland: D. Reidel, 1970).

② 然而对此书作苛评的也不是没有，例如柳存仁曾撰长文指摘书中的一些疏误，见：Liu Ts'un-yan, "On Jaroslav Průšek's *Chinese History and Literature: Collection of Studies*," *Selected Papers from the Hall of Harmonious Wind* (Leiden: E. J. Brill, 1976), 376 – 391.

③ Jaroslav Průšek, *My Sister China*, Ivan Vomacka trans., (Prague: The Karolinum Press, 2002)；普实克著，丛林、陈平陵、李梅等译《中国——我的姐妹》（北京：外语教学研究出版社，2005）。

中国现代文学研究的背景。在此以前，中国的"新文学"从来没有进占过汉学舞台的前方。中国之行，让普实克揭开了这新的一页。

普实克对中国现代文学的研究，有两个最重要的特点：一是他的结构主义的思维方式，表现在他对文学运动以至文学作品的系统式结构理解；另一是他对现代文学的精神意蕴的体会，这以《中国现代文学中的主观主义和个人主义》一文最有代表性。李欧梵以"抒情的"和"史诗的"两个概念去综括普实克的现代文学研究；我以为"史诗的"一语指向他结构主义思维的叙事倾向，而"抒情的"一词则显示了他与中国文学的默契。

"抒情精神"（lyricism）是现代的中国文学研究中的一个重要概念，普实克可说是这个概念的重要推动者之一（另一位奠基人是美国加州大学伯克利分校的陈世骧，同样是重要的海外中国研究学者）。要理解这个创获的来由，除了直接归因于普实克个人的敏慧和学养，以及他对中国文化的深识之外，其实还可以进一步考虑普实克思维的文化脉络。自 19 世纪末以来，尤其经历一战之后，西方世界弥漫着消沉的情绪，一时间东方的精神智慧看来好像大海上的航标。位处中欧的捷克地区，开始承纳中国的诗性文化。早在 1897 年，博学多才的东方学家德沃夏克（Rudolf Dvořák，1860—1920）和捷克诗人符尔赫列支奇（Jaroslav Vrchlický，1853—1912）就联手把《诗经》译成捷克文，认为这是世界上最好的抒情诗之一。其后，另一位捷克诗人马提修斯（Bohumil Mathesius，1888—1952）从 1925 年开始以捷克文译写了不少中国古代诗歌。1937 年普实克从东亚回国后，以他的汉学知识结合马提修斯的语感和韵律，两人陆续完成了多种在捷克当代文化中有深远影响的汉诗读本。即使在沦陷于纳粹德国的黑暗岁月中，仍有不少捷克人的心中响起远方的歌声——杜甫《兵车行》与之同忧戚，李白的《月下独酌》与之同寂寞。正如普实克在诗集后记中所说，捷克人读这些诗时实实在在地感应到中国古代诗人在向他们说话。我们想想，这位爱读韦庄《荷叶杯》“记得那年花下，深夜，初识谢娘时”的普实克，对中国的抒情传统会是多么的向往。[①]

事实上，如果把视野进一步扩宽，我们更可以将这种对中国抒情传统的倾慕意识，溯源到18世纪末捷克民族复兴运动以来的波希米亚浪漫精神。从以马哈（Karel Hynek Mácha，1810—1836）为代表的浪漫主义，到19世纪二三十年代的“捷克诗性主义”（Czech Poetism），捷克民族精神的召唤就与抒情空间的探索并存。因此，当普实克从中欧在地的观点出发，会注意到一战以来西方文艺种种“前卫运动”中其实洋溢着一种“抒情精神”，更会意会到这种文化思潮与中国文学精神的冥合。这些思虑，又自然会引领他对中国新文学作同一方向的观察，特别究心于新文学作品中“抒情的”元素如何突破“史诗的”框套。[②] 当各种因素汇聚于普实克身上时，现代文学研究的一个重要路向也就应运而生。

以上对普实克治学历程及其背景的梳理当然不算详细周密，但大概可以说明我的一些想法：面对纷至沓来的“汉学”成品，我们固然要具备判断能力，是其是，非其非；然而，我们若要充分领受“海外汉学家”的创获，也需要有开阔的胸怀，最好还能探索其学问的根源，体察其文心。为文论学，贵乎知音；而心照神交之余，

---

① 见《中国——我的姐妹》，第415页。

② 参考：Průšek，“A Confrontation of Traditional Oriental Literature with Modern European Literature in the Context of the Chinese Literary Revolution”，*The Lyrical and the Epic*，82-84.

更可以进一步反躬，省思自己的短长优缺。比方说，何以普实克在热心支援中国史诗式革命写实的同时，还能感应到“新文学”中的抒情精神？为什么中国的现代文学史叙述会对这固有的抒情精神如此冷漠？这些方向的思虑，或者可以有助我们鉴远知今，从而更清醒地往前迈步。

二、抒情的中国：普实克论中国诗歌

普实克（Jaroslav Průšek，1906—1980）是20世纪捷克斯洛伐克最著名的汉学家。1962—1963年他与夏志清曾有一场围绕夏著《中国现代小说史》的激烈论战，[①] 再加上李欧梵编选的普实克文集《抒情的与史诗的：现代中国文学研究》广泛流传，[②] 在华语学界中，他的现代文学研究一直受到关注。

事实上，普实克的研究兴趣及其业绩，实在远超于"中国现代文学"这个学科范围。例如他的另一本以英文为主要撰写语言的著作《中国历史与文学》，内容就包括对中西史学、《竹书纪年》、《孙子兵法》等的研究，至于文学论述的范围则全属"前现代"（Pre-Modern），如白居易诗、蒲松龄及《聊斋志异》、刘鹗与《老

---

① 参阅本章第三节《普夏之辩："文学科学"与"文学批评"》。更完整之版本请参考笔者英文论文：Leonard K. K. Chan, "'Literary Science' and 'Literary Criticism'：The Průšek-Hsia Debate," Kirk A. Denton, ed., *Crossing Between Tradition and Modernity: Essays in Commemoration of Milena Doleželová — Velingerová (1923 - 2012)* (Prague：The Karolinum Press, 2016), 25 - 44.

② *The Lyrical and the Epic: Studies of Modern Chinese Literature*, Bloomington：Indiana University Press, 1980. 中译先后有两个版本：① 李燕乔等译《普实克中国现代文学论文集》（长沙：湖南文艺出版社，1987）；② 郭建玲译《抒情与史诗：现代中国文学论集》（上海：上海三联书店，2010）。

残游记》、河南“坠子书”等，全书更有一半篇幅研究中国通俗小说、宋元说书及话本小说等。[①] 此外，他还有两本英文专著，即《话本的来源与作者》，以及《公元前 1400 年至公元前 300 年间中国的诸侯国与北方野蛮族》，都是现代文学以外的研究。[②] 如果再参看他的捷克语及德、法语等的著作目录，可以见到他的学问古今并重，广及文学、历史，以至思想哲学。[③] 然而，若要比较精准地描述普实克的中国研究取向，我们还是可以借重李欧梵所编文集之书题的两个关键词：“抒情的”与“史诗的”。正是在“史诗的”这个概念的观照下，我们可以察觉到普实克对中国文学以至文化的“抒情传统”之理解。再引以为喻，“史诗的”一语可以指向他结构主义思维的叙事倾向，而“抒情的”一词则显示了他与中国文学的默契。[④]

笔者曾在 2006 年于捷克查理大学举办的普实克百岁诞辰纪念学术研讨会上宣读论文《中国抒情观：普实克对中国文学传统的理解》；[⑤] 随后陆续发表《如何了解汉学家：以普实克为例》

---

① *Chinese History and Literature*, Dordrecht (Holland: D. Reidel, 1970). 此书收录论文 21 篇，17 篇以英文撰述，4 篇为法文。

② *The Origins and Authors of the hua-pen* (Prague: Academia, 1967); *Chinese Statelets and the Northern Barbarians 1400 - 300 B. C.* (Prague: Academia, 1971).

③ 迄今有关普实克著述最完整的书目应该是 Jiří Šíma 所编著的 *Jaroslav Průšek: Bibliography 1931 - 1991* (Prague: Oriental Institute, 1994)。

④ 普实克与布拉格结构主义的渊源，可参考笔者论文：“The Conception of Chinese Literary Lyricism: Průšek's Reading of Chinese Literary Tradition,” Olga Lomová, ed., *Paths Toward Modernity: Conference to Mark the Centenary of Jaroslav Průšek* (Prague: The Karolinum Press, 2008), 19 - 32. 以及：“‘Literary Science’ and ‘Literary Criticism’: The Průšek-Hsia Debate,” 30 - 34.

⑤ “The Conception of Chinese Lyricism: Průšek's *Reading of Chinese Literary Tradition*”；中译《“抒情精神”与中国文学传统：普实克论中国文学》，《现代中国》，第 10 辑（2008 年 1 月），第 23—34 页。

《远方声音：普实克、宇文所安》《从结构的观念进入：论普实克的文学史研究》《普实克的中国文化观》等文，对普实克论述的理论资源与时代氛围，加以剖析，以揭示其观察中国文学的立场与角度。[①] 笔者以为，普实克的切入方式，实在同他阅读中国古代诗歌之心得与亲历中国民间社会之经验，息息相关。1932 年普实克获捷克鞋业公司的资助到中国游学，除了与中国文艺界如徐志摩、冰心、沈从文、郑振铎、丁玲、齐白石等相往来之外，更深入市井民间，用心观察聆听，奠定了个人往后的研究兴趣和路向。普实克这种以知音、人情为本的认知方式与态度，与许多前辈汉学家主要从古籍文献出发不同。抗日战争爆发，普实克回国，一方面撰写《中国——我的姐妹》以重拾游学生活的记忆与感受，[②] 另一项重要工作是与捷克诗人马提修斯（Bohumil Mathesius，1888—1952）合作翻译中国诗歌。

马提修斯不通中文。他从多种欧洲语言翻译文本中接触到中国诗歌，诗心为之撼动，从 1925 年开始以捷克文意译改写（parafráze / paraphrase）了不少中国古代诗歌，但真正让他的译作大受拥戴，渐渐成为捷克文化中的重要外来资源，是在他与普实克合作之后。普实克的汉学知识和对中国社会文化的关切，加上马提修斯的诗人感应，使得中国诗歌触动了波希米亚和摩拉维亚无数的

---

① 《如何了解汉学家：以普实克为例》，《读书》，第 1 期（2008 年），第 68—72 页；《远方声音：普实克、宇文所安》，见陈国球：《抒情中国论》（香港：香港三联书店，2013），第 109—129 页；《从结构的观念进入：论普实克的文学史研究》，《东亚观念史集刊》，第 4 期（2013 年 6 月），第 441—456 页；《普实克的中国文化观》，《东亚观念史集刊》，第 9 期（2015 年 12 月），第 289—291 页。

② *Sestra moje Čína*, Praha: Družstevní práce, 1940. 英译：*My Sister China* (Prague: The Karolinum Press, 2002). 中译：《中国——我的姐妹》（北京：外语教学与研究出版社，2005）。

灵魂；马提修斯和普实克合作的译诗在20世纪不断再版重印。据说在40年代纳粹德国侵占时期，不少捷克民众被关进集中营，就以吟诵杜甫、李白的诗歌以安顿心灵；这些遥远的声音，成为抵抗黑暗之光。

马提修斯与普实克合作的成果，主要是先后三集的《中国古代诗歌》《中国古代诗歌新选》，以及《中国古代诗歌三集》。① 其中第一集保留了更多马提修斯个人的译写，第三集最能集中体现普实克的积极贡献。1950年出版社邀请马提修斯和普实克为三集整理一个合编本《中国古代诗歌（合订本）》，② 马提修斯为此撰写了一篇短序，其中解释了他和普实克合作意译的理念：

> 所有诗歌均考虑到韵律、节奏，以至意象诸因素而作意译改写，包括第三集基本上由普实克的原文散体翻译所改写的诗作。其中一些意译可说是［原来］中国母题的变奏。意译改写的形式并不是一个全新的概念，弗朗迪斯克·拉迪斯拉夫·切洛科夫斯基（František Ladislav Čelakovský）意译俄罗斯和捷克圣歌（chants）已是这形式的光辉先例。
>
> 我认为只有意译改写这种方法可以解决中国古代文化和二十世纪中叶捷克诗歌语言与时间上的差异，以及语言组织和诗歌结构上的不同。我们首先必须译出诗歌原始形

① *Zpěvy staré Číny*（Praha: Melantrich, 1939）; *Nové zpěvy staré Číny*（Praha: Melantrich, 1940）; *Třetí zpěvy staré Číny*（Praha: Melantrich, 1949）.

② *Zpěvy staré Číny ve třech knihách*（Praha : Melantrich, 1950）.

> 态——一种抒情性的元语言——然后在这个基础上开始细意构筑。这是一条艰难漫长的道路，也是认识、处理中国古典诗歌这种困难而独特的文体的唯一途径。①

在同一版本的结尾，普实克也撰写了一篇相当详尽的《跋》（Doslov/ Epilogue）；由这篇跋文可以见到他在同情与支持革命的新中国时，如何理解中国文化传统中的古代诗歌的当代意义。古代中国与现当代中国，在大多数论述中都呈现为断裂的、对立的，更轻易地被诠释为陈旧落伍（传统）与进化新生（现代）之分野。普实克以他所理解的中国古代诗歌与其构成的语言为基础，观察中国社会与文化，并体认到这传统文化精神在经历结构性断裂的现代境况中如何赓续变奏。普实克的文学与文化史论述并不一定非常周密完整，但却留给我们许多有意义的线索，供今日反思古今更替或传承之各种可能性；而这个思考方向也标志了近年来“中国抒情传统”论述的主要发展趋势。

2011 年秋冬之际，笔者客座于捷克布拉格查理大学，讲授唐诗接受史，乘间搜罗普实克的出版与研究资料，在二手书店购得由普实克重编的 1957 年版《中国古代与现代诗歌》，② 当中收纳了三集《中国古代诗歌》与两人合作翻译的现代诗，附录有 1950 年马提修斯为三集合编本撰写的短序、普实克撰写的《跋》，与 1955 年新撰的《后记》。以下是该长篇跋文中有关中国诗歌特性的讨论部分之中译。译文由陈国球与柯扬（Jan Karlach）合作完成。

---

① *Zpěvy staré Čťny ve třech knihách*，卷前，无页码。

② *Zpěvy staré a nové Čťny*（Praha：Státní Naklad. Krásné Lit.，Hudby，a Uměni，1957）.

普实克《中国古代诗歌（合订本）·跋》[节录]

一个值得注意的现象是，在中国古代文学史中，抒情诗歌压倒史诗占据绝对主流。中国上古时并没有叙事诗，文学之起源来自一本抒情诗歌选集——《诗经》。在之后的时代中，除却民间讲史弹词等处于文学史边缘的文体，叙事诗相对贫乏。就以为数不多的叙事诗来说，它们的作者明显偏重抒情性的书写多于叙事。诗人描写一些事件时，不去关注个别的事物和事件发生的实际顺序，却着意捕捉普遍的、典型的事物；他们的目标在于唤起整体印象而不是在观察者眼前展现活动的所有细节。这也是抒情而非史诗的描写方式。在诗歌中的行动不以用前后进程的时间顺序来表现，而在空间中铺展。这种技巧我们在中国画中也见到：那些画被分为多个段落，其间的时间可以完全不同，但在同一平面中展现。很明显的，时间和故事情节推进的观念极不发达。这很有可能和叙事体发展迟缓有关，只有当其他艺术经过巅峰期后它才兴盛起来。戏剧也一样，其主要的组成元素是抒情段落、个人咏叹；其间的行动和事件完全是边缘性质的。中国文学中这方面的特色实有待全面的比较研究，才有可能解释。

可以确定的是，中国抒情诗歌的发展和中国人的农耕生活有关。虽然《诗经》中的抒情诗歌是否真如传统所言是民歌，或者是在士大夫环境中摹写民歌所作，还存有疑问，但可以确定的是，这些诗歌的所有精神内核和所有的诗歌意象，皆源于与自然亲密相处的农业作息生活。这些诗歌内部具有循环往复永不间断的内在动力，与自然现象密切相关，由此诗人希望为读者创造一定的氛围，并为帮助读者进入主题做好情绪上的准备。直接或间接地，这些诗歌是农耕生活的产物，所有的注意力都放在自然现象之上，叙述自然的永恒轮回的不同阶段。自然是人类生命的施予者，而二者又互相关联。此中人的情感与命运紧紧缚系于自然的循环往复，深受自然的各种催化激发。相反，所谓的历史事件、战争、王朝更替等不过都是自然往复与生命循环的和谐生态受到偶发性或规律性的干扰。这也是为什么人们看历史时会从黍离麦秀、断壁颓垣的角度着眼，而不是从战车之上见敌人被碾压轮底，或四处掠夺战利品。在古代中国诗词中，关怀天下黎庶，远多于注目于少数封建贵族娱乐消闲；同样的，非历史的思考远多于历史思考，抒情的远重于史诗的。这也是为什么在中国古典诗词中早见到对邪恶统治者的尖锐讽刺，对战争的批判，对和平的赞颂，而不是对战争中英雄事迹的歌咏。这是中国诗歌的基础，在此之上是其整个未来的光荣建设。

然而，当谈及真正的正义之时，将中国农民爱好和平的脾性看作被动、怯懦和不善斗争是错误的；他们痛恨帝王无端征伐和诸侯逐利作乱以至民不聊生。例如杜甫的诗歌就清楚地记录下对藩镇战乱的怨愤：

> 万国尽征戍，烽火被冈峦。①

此外又有：

> 生常免租税，名不隶征伐。
> 抚迹犹酸辛，平人固骚屑。②

---

① 译按：杜甫诗《垂老别》之句。

② 译按：杜甫诗：《自京赴奉先县咏怀五百字》。

当压迫到了无法忍受的地步，中国农民知道如何拿起武器，自我保卫，猛烈报复。没有国家如同中国般，经受如此多次大规模的农民起义。

然而，这些革命完全不能改变旧的生产秩序，也从未能提升受压迫大众的地位。那些起义风暴、针对不义的疯狂报复之后，一切旧秩序又再恢复。所以他们的意识形态总是对盛世的盼望与期待，他们的领袖并未能制定有效的政治体制。①

这也是为什么（就我所知）在中国古代诗歌里我们找不到明确的革命之声，而是充满哀怨，以及对百姓忍受不公、贫苦无依的控诉。这些声音经常出现在杜甫的诗歌之中。杜甫身处中国历史上最为动荡的军事叛乱时期，唐玄宗（713—755）之世突厥混血安禄山叛变，长时间的战争使华北大片土地遭逢劫难。

农民起义的首领往往得到招安与种种赦免，并得授朝廷军职，而百姓民众还是在同样绝望的处境中生活。著名小说《水浒传》清楚地描绘了这样一场民间起义的历史和结局。

这样的处境时常引起诗歌中消极处世的意象和遁隐的期望。他们的理想形象是“隐士”，在深山幽静处，作艺术的沉思冥想。本书中例如李白的一些诗歌就是这种思想的响应。这种想望是特定历史环境下的结果，当环境改变后，随之也会消逝。

当新中国找到自己明确的政治与社会模式时，消极情绪一扫而光，我们找不到另一个国家如同中国这样，充满能量，对未来充满想象和信心。

---

① 原注：在我［普实克］的专著《中国人民为自由而战斗》（*Čínský lid v boji za svobodu*，布拉格，1949）中有详细陈述，见第 55—56 页。

在平常的日子，以农业为生的百姓之时间意识并非从一件大事到另一大事的动态发展，而是永远重复不停的轮替，其时间观念是循环而非线性的。我们可以说，中国抒情诗歌起源于乡野，在历史潮流之外的古老村舍作息生活。这些乡村的视野有自己的生命，虽然后世现实变易已久，但仍然寄寓为诗人的理想，未受外在世界干扰。

王禹偁在他的词里表达此意：

> 雨恨云愁，江南依旧称佳丽。水村渔市，一缕孤烟细。[①]

我们能感受到这些诗里的精神、抒情韵味，和中国古代语言的特质显著相关。古文中单音节字词恒定不变，它们在句中的功能由它们的位置决定。在句子以外，单音节词并没有语法功能上的区分，不是名词、形容词或者动词；更清楚地说，既可以是名词，也可以是形容词、动词，是词的意义把它们自然地分成不同类别。比如说“牛”根据本义，在我们的观念里是一个实义的名词，但是，它也作为名词表示“待人如畜生”之意。中文字（事实上我们不能以为中文的字等同于我们的词，不过这里没有空间进行语文学的思辨）比起我们的单词来有更宽泛的含义。我们的单词总是不能脱离事物的特定殊相。所以我们的单词“žena”（女人）仅指一个单独的人，并且精确限定性别，指向这个人与行动的所有关系。而中文中的“女”用法远为广泛。我们不知道它是指一个女人或是多个，

---

① 译按：王禹偁：《点绛唇·感兴》。

因为在中文中并不存在复数，如果我们要表达复数，我们必须在句子中加入别的字词。不过“女”也可以是一个形容词，比方说“女孩子”，是女性的小孩、女儿。我们也能找到一些其他用法。中文字词的应用范围和意象性明显要比我们的词语广泛得多。它是一个综合的意象，不会局限在某一实况。

这在动词的应用中尤其明显。从语法上区分人物、性别、时态以及动作形态时，我们的动词会准确指出每一个动作，甚至给静物特定的生命和活动。在我们的语言中，门是“站立”（**stávala**）的，桌子能“翻过身”（**stůl se převalil**），或者通过动词形态将一些静物人格化、动态化，视同生物。我们知道，语言中的这些特点作为诗歌的工具在何种程度上可以为描写带来生气，增添令人激动的色彩。中文单字“飞”，与“树”或者“黄”在形态上和意义效用上没有任何差别，它可以是在广泛意义上想象其为飞行的名词或者动作的指称。单个中文字不能显示语法时态、性别、数量等，只有在现代语言中，通过助动词的帮助，才能表达适当的语法意义。至于表达时态则须在句子中加入时间副词。由是，中文展现的是事况的特性，多于其不断变化的诸种状态。根据我们对中国文学的诸多观察，可见其静态意味，与我国文学永不止息的动态截然相反；我们以语言结构之不同作解释，相信离真相不远。当然，我们不能忽略，语言不外是思考的工具，它只反映思想需要表达的东西。据此可以说明中国诗人在面对现实时的基本立场。他们认为现实包含了恒定、普遍的现象，诗歌用以描绘静止的现实，所以通常是抒情的。不过对我们西方人来说，现实是动态的，我们注重不同时态和行动面向；对我们来说，一切都是过程，我们的取径是典型史诗的。

但是，差异并不光存在于构词学之中。我国语言的动词形态有深度发展，为复合长句（souvětí）铺平了道路；文学创作中动词形式的艺术表现（umělý tvar slovesný）见于句群的扩展构成之上。在中文里，因为动词是没有变化的，所以每个句子的构成与其他句子的构成几乎雷同；句子与句子之间主要是并列关系，只有在某些情况下才插入连接词以相联结。这样一来，就会很单调，需要用其他方法来调节——首先是减省句中字数以消除冗赘的感觉，再如在每句的固定位置替换词汇，在短语中增强其中的节奏感和平衡感。从我们的角度来看，这是创作诗歌而非创作散文的方法。缘此，中国文章中也通行一种讲求节奏的体式，相较散文似乎更靠近诗歌。这些特性也不利于叙事史诗的发展；从我们自己的经验可知，句子和句群构成的深度发展如何与成熟的史诗叙事直接相关。

此外，我们也应谈及声调，它为中文语句增添了非凡的音乐性，也是诗歌的重要“建筑材料”。每个中文字都有四声之一的声调（古代汉语甚至有七声），通过规律性的组合，中文能获得其他语言所没有的旋律性质。即使那些近于诗而远于歌的中国韵文，也可以被吟唱，以乐器伴奏。

对文学创作来说，中文特别的语音学结构非常重要。中文的一个特点就是大量的双元音，与之相反的是，辅音的数量相对较少。这也是中文具有旋律性的缘由之一，但更重要的特点是中文中突出的规律性，甚至可以说是一个音节（相当于一个词）的语音结构中的格式化（schematičnost）。与一组字词相关可以找到相对另一组押同韵母的字，比如说 zha（ča）、cha（čcha）、zhan（čan）、chan（čchan）、zhang（čang）、chang（čchang），有相对一组 da（ta）、ta（tcha）、dan（tan）、tan（tchan）、dang（tang）、tang（tchang）。

同样的，我们可以找出押头韵的 g（k）、b（p）以及不送气音 h（ch）、f 的字词组合。这些字词间微小的差异，比如 zhang（čang）、chang（čchang）、hang（chang）、shang（šang）等，只有一个辅音的差异，于是练字用词的思考更加细致，并且直接给艺术加工的秩序提供了诸多可能。在中文中，语言文字风格化的程度比起其他语言来说深得多。这种风格化的代价大概是语言上的无限的雅化。中国语言这些特别的规律结构很有可能导致了普遍性的格式化思维，恒存于中国人的思想之中，也引发了中国各种艺术对规律、节奏、均衡意象的追求。

这也是为什么中国诗比欧洲诗更注重艺术锤炼，用心于字词意象的琢磨、音律声调的细致调适。除了中国古典文学末期出现的崇雅轻俗的势利与偏执之风以外，中国文学家绝不是那些怀有偏见的 19 世纪欧洲观察者所描述的专门炫耀学问。相反，如果我们将欧洲人的文化生活与中国人的进行比较，中国的文化更为自然，总体的审美层次远高于欧洲人。证据之一，当我们欣赏在中国乡村常见的由大字不识的绣娘所做的刺绣，或者中国剪纸时，我们会惊讶于中国人无限丰富的想象力、超凡的构图能力、精奇的调色直觉，以及制作时无与伦比的耐心。我们可以在中国所有手工艺，甚至是所有生产制作中，找到这些特色。从与农业相关的纺织产品、家具、木雕，到艺术精品，如绘画、书法等，我们可以在任何地方观察到同样的基本特点：一方面是非常原始的工具，另一方面是出奇而精湛的手艺，无穷的耐心和一丝不苟的作品。农业，作为中国人的基本营生，因为有特别的中国式手段，从来不像欧洲要求大量体力；不过它需要大量经验、技巧、谨慎与耐心。这不单单是中国工匠技艺的特点，也是高雅艺术的特点。

从中国农民与手工艺匠的工具我们可以见到其中的基本：简单与平常。同样基本也可以在中国诗人笔下的意象见到，他们从周围各种平凡事物中汲取灵感。激情被喻为马车过后扬起的尘土，念头闪过好比灯光乍现，旧日的战争化为渔樵之歌，隐入杳冥。绝大多数诗歌意象的灵感源于自然：桑枝、柳絮、浪花、月盈月缺、日夜明晦、春风、碧空、荒岭，等等。最经艺术雕琢的意象直接来源于中国手工艺的创造：雀屏、翠帷、雕栏玉砌，等等。这些数量有限的常见意象经常被重复使用，都可以在诗韵类书中检索出来。中国诗人并不追求别出心裁或出人意表，就好像中国匠人，依仗传统技艺，在沿习的材料上施工；他只会在众所认同的传统框架内作精微的变化。

对诗歌艺术的更高要求（我们不能将此视同人工化或对繁缛装饰的追求，这在中国文学中是备受轻蔑的）使其广泛流传于社会各个阶层。在俄国，莱蒙托夫和普希金的杰出艺术受益于当时诗歌的普遍盛行。同样，陶渊明、李白、杜甫、苏东坡、欧阳修的伟大创作也基于此事实，在那些时代，文人在所有可能的场合创作诗歌，人们四处吟诵。那是沉浸在诗词中的环境，诗词已成每日之必需。在民间短篇小说各段落或者序言中插入的诗词的质量之高，也让我们讶异。说书人在市集中吟诵这些诗词，就引来观众。那些聚拢在市集的店员、苦力、游民得有多高的文艺水平才能欣赏如“桃李花落”的清丽雅致的抒情诗？大家名家之作自是更为风雅。可知诗人面对素有训练、有极高鉴赏力的读者时，必然会使用最精炼含蓄的语言和格调，用典用事于无形；雕章镂句、声色外露，反而不能中听入耳。读者则以灵敏之感觉去领会其间的幽微韵致。直到今日，举例而言，毛泽东在他赞美红军长征的超人伟力与艰难困苦时，并没有使用强力的语句，没有被激越的情绪淹没；他使用的是中国绘画的技法，以单一的笔触，牵引出整个诗歌空间：

五岭逶迤腾细浪，乌蒙磅礴走泥丸。
金沙水拍云崖暖，大渡桥横铁索寒。[①]

我们必须认识这样一个事实，高悬百米的泸定桥铁索下是世间最凶险的大渡河。红军爬过铁链时，敌人的机关枪正扫射过来。但是对于大诗人而言，最简单的词语已经足够，仅是一幅速写，就能抓住人类历史上一项最英勇的事迹！如果我们不懂使用情感和诗艺的放大镜来欣赏，中国诗词对我们来说自然不够戏剧化，过于虚幻且远离现实。当然，这个判断是完全错误的。谁能比范仲淹更会表达军人远戍塞外的凄苦无望：

人不寐。将军白发征夫泪。[②]

我也想不到有什么诗比杜甫的诗歌更写实同时更具诗意地描写饥荒的恐怖：

入门闻号咷，幼子饥已卒。[③]

我始终认为，比起欧洲的英雄悲剧，两首诗陈述这两宗简单但骇

① 译按：毛泽东《七律·长征》。
② 译按：范仲淹《渔家傲·秋思》。
③ 译按：杜甫《自京赴奉先县咏怀五百字》。

人的事件的方式更富人文性。又或者，诗人如何描写逃离兵痞肆虐的困苦？一些具体细节经由诗笔放大，呈现出人间困苦的完整意象：

> 痴女饥咬我，啼畏虎狼闻。①

这些引用已经足够。这些中国诗词是中国人的命运与情感生活最深刻的艺术上的评论。不过，我们要懂得如何阅读，要用心、仔细认真。中国诗不会一下子令人瞩目，它是纯粹而精致的；不过如果我们能够理解它，我们那受动词折腾并以夸张的表述为乐的诗歌，可以从多方面向中国诗词学习。我必须重申这一事实，就像其他每一种真正的古典艺术，中国诗词是教导我们有涵养、敛制内心情感而非以言词宣泄外露的老师。

我已在上文提到，相比欧洲词语，中文字词远远不只指向一个意义，或一桩桩具体事件；它导向一个普遍的意象，我们可以说此意象超越时间与空间的限制。中国诗词总是指向不朽与永恒，以及每时每刻到处存在的事实。它不仅仅是某一历史现实的表达，也呈现了一种普遍的现实，或者最低限度是最多人感受到的现实。这也是为什么中国抒情诗歌总是喜欢回归几个传统主题，这些主题充满情感力量，也具有普遍的意义。中国抒情诗歌的主要关怀，就是永恒。

毛泽东的诗词中也能看到这一事实。举例而言，他描写长征的著名诗歌并未谈及红军，而是说“三军”。这是来自邈远时代

---

① 译按：杜甫《彭衙行》。

的一种传统说法，当时帝国的军队往往分成三支编队。我们可以从杜甫的《瘦马行》找到相似的表达："众道三军遗路旁。""三军"的使用让整个主题进入了中国军事史之中。毛诗所描写的不只是1934年到1935年的红军，也是普通意义上的中国士兵。以同样精彩的方法，毛泽东将整部中国历史浓缩于他的一篇著名词作中：

> 北国风光，千里冰封，万里雪飘。望长城内外，惟余莽莽。大河上下，顿失滔滔。山舞银蛇，原驰蜡象。欲与天公试比高。须晴日，看红装素裹，分外妖娆。
>
> 江山如此多娇，引无数英雄竞折腰。惜秦皇汉武，略输文采；唐宗宋祖，稍逊风骚。一代天骄，成吉思汗，只识弯弓射大雕。俱往矣，数风流人物，还看今朝。①

这首词概括了中国的历史，并且暗示共产党与秦、汉、唐、宋和元的开国者不同。这种方法在古典诗词中随处可见。即使像"征人陇上尽思乡"的诗句②，也不单表达个人一时的情绪，作为一个传统主题，它不仅唤起了边塞士兵的悲苦，也普遍表达了远离家乡之人的忧郁愁思。中国诗词希望传达永恒与全人类的共通性。由此，我们可以解释，这些在时间与空间上距离遥远的诗歌使用一种生动明了的方式向我们倾诉，它表达了全世界同一的基本情感和人文态度，这些诗歌中充满了最为炽热的人文精神。

---

① 译按：毛泽东《沁园春·雪》。

② 译按：翁绶《横吹曲辞·陇头吟》。

三、普夏之辩：“文学科学”与“文学批评”

真诚努力地去把握这个整体复杂过程，
并以客观无私的方式将这复杂过程呈现。

——普实克

文学史家的第一任务，
永远是卓越之发现与鉴赏。

——夏志清

普夏二人的争辩

2004年《夏志清论中国文学》出版，作者夏志清教授（1921—2013）在序言里总结个人学术生涯，当中特别提到四十多年前的一场论争，并以自己当年论辩文章的结语说明他作为“中国文学批评者的立场”（my position as critic of Chinese literature）：

拒绝接纳未经检验的假设和习见的判断，愿意不带政治成见、无惧其后果，以开放的态度进行探索。①

夏志清所引述的文章发表于1963年，目的是回应捷克斯洛伐克汉学家普实克（Jaroslav Průšek，1906—1980）在年前（1962）出刊的《中国现代小说史》（*A History of Modern Chinese Fiction*）长篇书评。夏志清对这篇回应文章以及两人的辩论，显然非常重视，在后来的文章中一再追记此事。②事实上，此次交锋事关中国现代文学研究史的重要发展，也关乎两种文学研究思路的碰撞，③值得我们在半个世纪后的今天细说从头。

夏普二人可说站在中国现代文学研究之路的开端，其著述在西方固然有重大影响，④又通过中译和学界频繁引述，于中文学界也达致无人不识的境地。在进入"普夏之辩"理论意义的讨论之前，我们先简述这两位重要学者的文化背景及学术历程。

20世纪40年代后期，时任北京大学外文系助教的夏志清，考获奖学金到美国深造，辗转到了耶鲁大学攻读英国文学博士课

---

① C. T. Hsia, *C. T. Hsia on Chinese Literature* (New York: Columbia University Press, 2004), XI－XII.

② 除了2004年的《夏志清论中国文学》序言所记之外，还可参看：《〈中国古典小说〉中译本序》，《联合文学》，第133期（2002年），第135页；《东夏悼西刘——兼怀许芥昱》，《香港文学》，第30期（1987年），第26页。

③ Leo Ou-fan Lee, "Foreword" to Jaroslav Průšek, *The Lyrical and the Epic: Studies of Modern Chinese Literature* (Bloomington: Indiana University Press, 1980), xi－xii; David Der-wei Wang, "A Report on Modern Chinese Literary Studies in the English-Speaking World," *Harvard Asia Quarterly* 9. 1 & 2 (2005): 51－56.

④ 参考夏志清《耶鲁三年半》，《联合文学》，第212期（2002年），第94—115页。又参：Marián Gálik, "Jaroslav Průšek: A Myth and Reality as Seen by His Pupil," *Asian and African Studies* 7 (1990): 151－161.

程;[①]不久，国民党退走台湾，一些知识分子，包括曾与夏志清同在北京大学任教的兄长夏济安，选择离开中国大陆;[②]经此丕变，已经去国的夏志清，再也没有回归的企盼。预备撰写一部完整的中国现代文学史，最终完成的《中国现代小说史》，其主要内容基本上于1955年写好，经修订后于1961年出版，1971年再版，1999年三版。[③]这部著作与1968年出版的《中国古典小说》(*The Classic Chinese Novel: A Critical Introduction*),[④]奠定了夏志清在中国文学研究领域的殿堂地位。1991年夏志清退休，至2004年哥伦比亚大学出版社出版他在哥大任教期间的重要论文十六篇，合成《夏志清论中国文学》一集（*C. T. Hsia on Chinese Literature*)。除了这三本重要的英文著作之外，他还有不少长篇短论的中文文章在中国香港、台湾及大陆出版。[⑤]

普实克原先在布拉格的查理大学（Charles University, Prague）修读欧洲史，后来再到瑞典和德国攻读汉学，1932年获奖学金往中

---

① 参考夏志清《耶鲁三年半》，《联合文学》，第212期（2002年），第94—115页。

② 夏济安离开北京后，曾在香港短暂居留，再转到台湾大学任教，并创办了重要的文学刊物《文学杂志》(1956—1960)；这份杂志属自由主义知识分子阵营，主张民主思想与文学自由。虽然夏志清人在海外，也时以文章支持。参考梅家玲：《夏济安、〈文学杂志〉与台湾大学》，《台湾文学研究集刊》，创刊号（2006年），第1—33页。

③ C. T. Hsia, *A History of Modern Chinese Fiction* (New Haven: Yale University Press, 1961; 2nd edn., 1971; 3rd edn., Bloomington and Indianapolis: Indiana University Press, 1999). 中文本由刘绍铭等以第二版为据翻译，于1979年分别由台北传记文学出版社和香港友联出版社出版，2001年香港中文大学出版社再版；简体字删节本由复旦大学出版社于2005年出版。

④ C. T. Hsia, *The Classic Chinese Novel: A Critical Introduction* (New York: Columbia University Press, 1968).

⑤ 有关夏志清著述的细目，可参："Chih-Tsing Hsia (C. T. Hsia) Publications," *Chinese Literature: Essays, Articles, Reviews* 7 (1985): 217-223;《夏志清著作目录》，《联合文学》第213期（2002年），第164—172页。

国研究社会经济史。留学期间与中国文坛中人如胡适、冰心、郑振铎，艺术界人士如齐白石等都有交往，又与鲁迅书信往还。在中国居住两年后，他再到日本，于 1937 年取道美国返回布拉格。这次中国之旅让普实克对中国文学，以至语言、民俗、艺术等有了更深刻的认识，回国后马上出版了前冠鲁迅序文的《呐喊》捷克文译本，稍后又写成游记《中国——我的姐妹》（*Sestra moje Čina*, 1940）。[①] 1945 年起，普实克在布拉格查理大学中文系任教。他的兴趣广及中国思想、历史以至文艺美术；然而，他之所以成为欧洲知名汉学家，主要是因为他在以下两个研究领域有杰出贡献："中世纪民间文学"，尤其话本小说，以及"新文学"。1953 年普实克为捷克斯洛伐克科学院创立"东方研究所"，并致力推动汉学的国际交流。1968 年"布拉格之春"事件发生，他被禁足于东方研究所，不准发表文章，直至 1980 年去世。[②]他遗下著述非常多，[③]在英语世界流通最广的是《中国历史与文学研究》和《抒情的与史诗的——中国现代文学研究》两本论文集。[④]

综上所述，我们不难发现夏志清与普实克的身份和立场

---

① 此书之英译本和中译本在 20 世纪初先后面世：Ivan Vomáčka, trans., *China: My Sister* (Prague: The Karolinum Press, 2002)；丛林、陈平陵、李梅译《中国——我的姐妹》（北京：外语教学与研究出版社，2005）。

② 参考：Augustin Palát, "Jaroslav Průšek Sexagenarian," *Archiv Orientální* 34 (1966): 481 - 493; Milena Doleželová-Velingerová, ed. *Jaroslav Průšek, 1906 - 2006: Remembered by Friends* (Prague: DharmaGaia, 2006).

③ Boris Merhaut, "Jaroslav Průšek: Bibliography 1931 - 1956," *Archiv Orientální* 24 (1956): 347 - 355; Boris Merhaut, "Bibliography of Academician Jaroslav Průšek: 1956 - 1965," *Archiv Orientální* 34 (1966): 575 - 586; Jiří Šíma, *Jaroslav Průšek: Bibliography 1931 - 1991* (Prague: Oriental Institute, 1994).

④ Jaroslav Průšek, *Chinese History and Literature: Collection of Studies* (Dordrecht, Holland: Reidel, 1970); Leo Lee, ed., *The Lyrical and the Epic: Studies of Modern Chinese Literature*.

的差异。本文要探讨的普夏论战发生在普实克思想转变之前，当时以美国为首的资本主义“西方阵营”，与苏联主导的共产主义“东方阵营”，形成对垒的局面，已进入所谓“冷战时期”。

1961 年 3 月，耶鲁大学出版夏志清的《中国现代小说史》。这是以英语写成的第一本中国现代文学史著作。此前，西方学界对中国文学的关注点主要在于古代文学，零落的现代文学研究只能位处边缘，或者作为区域研究（area study）的分支细项，以配合当代政治社会状况的分析。[①]夏志清这部深具前瞻性的著作厚达 600 页，出版后得到芮效卫（David Roy）等的好评，认为现有各国文字书写的此类研究中，“此书为最佳”。[②]翌年，声望极高的汉学期刊《通报》（*T'oung Pao*）刊出普实克长达 48 页的书评，题为《中国现代文学史的根本问题与夏志清〈中国现代小说史〉》，对夏著作非常苛刻的批评。[③]夏志清当时刚入职哥伦比亚大学中日文系（即东亚语文系的前身），觉得这篇书评可能伤害他的学术前途，[④]于是为文反驳，写成同等篇幅长文《论中国

---

① Perry Link, “Ideology and Theory in the Study of Modern Chinese Literature: An Introduction,” *Modern China* 19. 1 (1993. 1): 4-6.

② 见夏志清:《作者中译本序》，见《中国现代小说史》（友联出版社中文版），第 11 页。

③ Jaroslav Průšek, “Basic Problems of the History of Modern Chinese Literature and C. T. Hsia, *A History of Modern Chinese Fiction*,” *T'oung Pao* 49 (1962): 357-404. 这篇文章也收入 *The Lyrical and the Epic*, pp. 195-230; 中译见李燕乔等译《普实克中国现代文学论集》（长沙：湖南文艺出版社，1987），第 211—253 页，译者署名“齐心”。本文引述根据《通报》原刊，并参酌齐心之中译。

④ 夏志清回忆说：“《中国现代小说史》1961 年 3 月出版时，我在欧美汉学界并无名气，而捷克学者普实克早已是欧洲的中国文学代言人，故要在汉学期刊《通报》上写篇长评，想把我击倒在地，再也站不起来。”见夏志清:《〈中国古典小说〉中译本序》，第 138 页。又参考：“Preface” to *C. T. Hsia on Chinese Literature*, XI.

现代文学的“科学”研究——答普实克教授》，刊于次年的《通报》上。[①]在两人交锋之余，我们还看到普实克的一位研究生史罗甫（Zbigniew Słupski）也为老师助拳，在另一份著名刊物《东方文献》（*Archiv Orientální*）上发表《读第一部中国现代小说史札记》，猛烈批评夏志清的小说史。[②]但这篇文章似乎未曾吸引夏志清的注意，夏氏没有作过任何回应。由于这篇文章与普实克论点密切相关，本文也将之纳入讨论范围之内。

意识形态的分野，再加上一些个人意气，使得普夏两人的论文都没有达致他们著述中的最高水平。[③]尤其当双方互相指摘对方“唯政治”观念之不可取时，争辩只停留在言说层面，各说各话。比方说，普实克批评夏志清声称“所用的标准，全以作品的文学价值为原则”，但实际品评作家高下时，却一依政治判断，而非艺术考虑。普实克又以为《中国现代小说史》汇集了大量新文学的材料，如果作者能减轻他的“政治怨愤”（political animosities），专注

---

① C. T. Hsia, “On the ‘Scientific’ Study of Modern Chinese Literature: A Reply to Professor Průšek,” *T'oung Pao* 50 (1963): 428 - 474；这篇文章曾作为《附录》收入 *The Lyrical and the Epic*，第 231—266 页，但本书的编辑不算严谨，当中有若干误植之处，故不宜作讨论根据。此文后来又收入 *C. T. Hsia on Chinese Literature*，第 50—83 页；中译见复旦大学出版社本《中国现代小说史》，第 325—356；页译者为吴志峰。本文引述根据《通报》原刊，并参酌吴志峰之中译。

② Zbigniew Słupski , “Some Remarks on the First History of Modern Chinese Fiction,” *Archiv Orientální* 32 (1964): 139 - 152.

③ 普实克在书评的开篇，还未正式入题讨论，就指夏志清之作充斥“教条式的严苛”(dogmatic intolerance)、“无视人性尊严”（disregard for human dignity）。如此一来，答辩的一方也很难静气平心，夏志清就回应说普实克所主是“教条式的科学方法”（dogmatic scientific approach）。Průšek, “Basic Problems of the History of Modern Chinese Literature,” 357; Hsia, “On the ‘Scientific’ Study of Modern Chinese Literature,” 429. 又参考：Gálik, “Jaroslav Průšek: A Myth and Reality as Seen by His Pupil,” 154 - 155.

于考析“现今中国发展中的伟大的文学进程”，则这些材料可以发挥更大的作用；可夏志清非是，因此“本书的价值大大降损”。普实克的学生史罗甫专意评核《中国现代小说史》论老舍的两章。和老师一样，他的文章也引述夏志清所讲“全以作品的文学价值为原则”，借以说明夏志清之表里不一，“没有放过任何机会去贬损左翼作家”；经过一番考查，史罗甫的结论是夏志清“以一己的政治爱恶来取代文学科学的标准”（substitutes for literary scientific standards his subjective political sympathies and antipathies），以致“全书无甚价值”（a book of practically very little value）。[①]

夏志清当然拒绝承认普实克加诸他身上的“教条式的严苛”（dogmatic intolerance）的指控。他以为若有所谓“严苛”，是对拙劣作品的严苛，这正可见到他于“文学准则”的执着，而不是“政治偏见”的结果。[②]

值得注意的是，双方互相指控对方充满“政治偏见”，而力陈己方才是文学的“艺术价值”守护者。在这些控诉之间，“文学”与“政治”之纠结夹缠，莫此为甚。当然自今视昔，20 世纪中叶的两位辩者对“文学”和“政治”的界划仍然有这样纯朴而认真的想象，实在值得敬佩。总之，我们要明白，“冷战”思维及其所寄托的政治言说，在这次论辩中占有一个非常重要的地位。但本文重点却不在此，而在于双方对“文学研究”的态度和取向，以及其间异同所予我们之启示。

---

① Słupski, “Some Remarks on the First History of Modern Chinese Fiction,” 142, 151 - 152.

② Hsia, “On the ‘Scientific’ Study of Modern Chinese Literature,” 431, 434.

“文学科学”与“文学的过程”

夏志清的回应题作《论中国现代文学的“科学”研究》，文章一开始就对普实克所主张的文学之“科学”研究表示怀疑：

> 我怀疑除了记述简单确凿的事实以外，文学研究是否可以如“科学”般严格和精准，我也怀疑我们能否以一套不变的法则去研究所有不同的文学时段。①

夏志清对普实克的批评根据不以为然，以为当中尽是一些“预设的假定”（presuppositions）、“政治的既定成见”（political prepossessions）。② 言下之意，普实克之所谓“科学”“客观”，并非文学研究的正道。

文学研究能否及应否追随科学研究的准则之成为一个问题，可以从许多不同角度去理解或探索，在此暂不细论。我们先尝试了解普实克论说的理论根源。

普实克于1937年秋天回国，1945年正式回到母校查理大学任教。但他在取得“大学授课资格”（Habilitation）之前，已加入以查理大学为基地、国际知名的“布拉格语言学会”（Prague Linguistic Circle），并在学会的例会上发表学术报告。③ 他和捷克结

---

① Hsia, “On the ‘Scientific’ Study of Modern Chinese Literature,” 428 – 429.

② Ibid., 459, 474.

③ 普实克在布拉格语言学会上曾作过两次报告：“On the Semantic Structure of a Chinese Narrative”（1939.6）；“On the Aspect of the Chinese Verb”（1948.12）；见：Bruce Kochis, “List of Lectures Given in the Prague Linguistic Circle（1926 – 1948）”, Ladislav Matejka ed., *Sound, Sign and Meaning: Quinquagenary of the Prague Linguistic Circle*（Ann Arbor: University （转下页）

构主义的核心成员如穆卡若夫斯基（Jan Mukařovský，1891—1975）、沃迪奇卡（或伏迪契卡；Felix Vodička，1909—1974）等有着共同的理论思想。①对布拉格学派成员来说，“科学”或者“科学研究”并不会令文学研究者惊恐；反之，这是文学研究者的应有的精神态度。我们检阅一下“布拉格语言学会”的报告例会讲题，可以见到如《文学史与文学科学》《语言艺术的科学及其与邻近科学的关系》《文学科学的细读方法》等。②事实上，这些题目上的“科学”一词，捷克语原文是“věda”，③相当于德文的“Wissenschaft”，其英译应该就是“science”，但却非专指自然科学，而是更广泛的，指由专心致志而获得的系统知识。④布拉格学派以为文学科学的目标

(接上页) of Michigan, 1978), 607 - 622; F. W. Galan, “A List of Lectures on Poetics, Aesthetics and Semiotics Given in the Prague Linguistic Circle, 1926 - 1948,” *Historic Structures: The Prague School Project, 1928 - 1946* (Austin: University of Texas, 1985), 207 - 214.

① 有关布拉格学派（The Prague School）的文学理论，请参阅陈国球：《文学·结构·接受史——伏迪契卡的文学史理论》及《文学结构与文学演化过程——布拉格学派文学史理论》，见陈国球《文学史书写形态与文化政治》（北京：北京大学出版社，2004），第326—361、362—387页。普实克与布拉格语言学会的渊源，可参：Lubomír Doležel, “Prague School Structuralism,” Michael Groden and Martin Kreiswirth, ed., *The Johns Hopkins Guide to Literary Theory and Criticism* (Baltimore: Johns Hopkins University Press, 1994), 592 - 595.

② J. V. Sedlák, “Literary History and Literary Science” (1929), F. Wollman, “The Science of Verbal Art and its Relation to Adjacent Sciences” (1935), and A. Bém, “Method of Detailed Observation in Literary Science” (1936); see Bruce Kochis, “List of Lectures Given in the Prague Linguistic Circle (1926 - 1948),” 607 - 622.

③ 参考 F. W. Galan, “A List of Lectures on Poetics, Aesthetics and Semiotics Given in the Prague Linguistic Circle, 1926 - 1948,” 207 - 214；所列题目为捷克语原文及英译；Galan 的英译都避开“science”一词不用，改作“study”。

④ 韦勒克在1960年发表的文章《文学理论、文学批评，与文学史》也有谈到德文的“Literatur wissenschaft”是指系统的知识；但他不赞成译作“science of literature”，因为英文的“science”指自然科学；见：René Wellek, “Literary Theory, Criticism, and History,” *The Sewanee Review* 68.1 (1960): 1 - 19. 又见：René Wellek, *Concepts of Criticism* (New Haven: Yale University Press, 1963), 1 - 20. 以下引述以后者为据。

是掀起文学的神秘面纱，尤其从文学的语言基础切入，理解语言的“文学性”（literariness）。正如雅各布森（Roman Jakobson，1896—1982；先是俄国形式主义学派的领袖，继后是布拉格语言学会的主要成员）说：“文学科学的研究目的不在文学而在‘文学性’”，①“文”可以成“学”。文学作为一种学问、知识，在欧陆传统中并不是一个难以接受的议题。②

回看普实克的书评，“科学［的］”（scientific）一词，显然被赋予正面的意义。文章起始，普实克就说：

> 每一位学者、科学家的态度和方法，都会多少受到主观因素，例如社会地位、所处时世，诸如此类的宰制，这是自然而然、可以理解的……然而，若果研究者没有把目标订定在揭示客观真相（objective truth），没有尝试超越一己之偏私和成见，则一切科学探索的努力都是徒劳无功的。

在文章结尾部分，他重申：

---

① Roman Jakobson，“On Realism in Art”（1921），qtd from Richard Bradford，*Roman Jakobson: Life*，*Language*，*Art*（London：Routledge，1994），127. 又见：Nicholas O. Warner，“In Search of Literary Science：The Russian Formalist Tradition，” *Pacific Coast Philology* 17. 1/2（1982. 11）：69 - 81；Jurij Striedter，*Literary Structure*，*Evolution*，*and Value: Russian Formalism and Czech Structuralism Reconsidered*（Cambridge Mass.：Harvard University Press，1989）：20 - 21.

② 李长之在翻译 Werner Mahrholz，*Literaturgeschichte und Literaturwissenschaft*（1933）的序文中说：“文学也是‘学’，是专门之学，是一种科学。”可以佐证欧陆传统中的“文学科学”观念之常见；见《李长之文集》（石家庄：河北教育出版社，2006）第 9 卷，第 135 页。又参考：René Wellek，“The Revolt Against Positivism in Recent European Literary Scholarship，” *Concepts of Criticism*，256 - 281.

> 从事这种撰述［按：指中国现代文学史的书写］的作者之先决要求是：真诚努力地去把握这个整体复杂过程（whole complex process），并以客观无私的方式将这复杂过程呈现。①

这些言论让我们明白普实克的想法是：

（1）文学研究是对知识的一种挚诚的求索；文学研究者其实和科学家没有太大区别，其目的都是揭示"客观真相"。

（2）文学史研究的对象不是一个显而易见的实体，而是一个有待深入探索的"整体复杂过程"。

第一点引发的问题——文学之中是否存在"客观真相"？——也是夏志清所关注的重点之一。对于普实克而言，中国现代文学史已是存有于世的事实，文学史家的责任是搜罗所有的线索，加以考察分析，以期揭示此一"客观的"及"真实的"过程。重点是，这个"过程"非常复杂，必须以中肯的、科学理性的思维，来作深入彻底的研究。所谓"科学［的］"，就是以这种态度为本，再创为恰切的研究方法，以完成这个文学史家的任务。

至于第二点所指向的"整体复杂过程"，在普实克的论述中，是一个关键的词汇，需要更多补充说明。将"文学"（以至"文学史"）理解为一个"超越个别殊相的复合体"（supraindividual complex），是布拉格学派的语言学及美学观念。"文学"不是指个别文学作品的总和，而是超乎个体的一种关系，一种"系统"（system）或者"结构"（structure）；而关系的性质是一种"部

① Průšek, "Basic Problems of the History of Modern Chinese Literature," 357, 404.

分—整体”的交互影响模式：“各部分的性质限定整体，整体也制约了部分的性质和各部分之间的关系。”①此外，布拉格学派的“结构”论还有两个非常重要的观点：第一，特别强调文学或者艺术“结构”的社会性，“文学结构”必须进入社会结构中才产生其意义；第二，认为“结构”是动态的，而非静态的，“文学结构”因应不同的力量的交互影响而恒常处于变动之中。②普实克的“整体复杂过程”就是这种多元动态结构的历史呈现；他之重视文学的社会意义，重视文学史的发展过程，其理论背景也可以由此彰明。

基于这种理论思考，普实克就批评夏志清“未能对一位作家的作品作出系统的分析，而只满足于将自己局限在纯属主观的视察”，“为了成就他的议论，故意强调某些事物而抑制或隐瞒另一些，又或者给事物增添了非原有的意义”。③换句话说，夏志清并不理解“整体”的概念。要从事作家研究，普实克认为：

> 我们不要局限在偶发的成分（accidentals），要对全部作品作系统性的分析，观察它的特质，不是只看孤例或偶然现象，而是看这些特质如何由作家的艺术性格（artistic personality）融合成艺术整体的组成部分。这些个别元素的主次位置就是由作家的意向（intention）决定，正如他以同样的方法组合运用这些元素以实现他的创作构思一

① 参穆卡若夫斯基于 1932 年接受杂志访问时说的话，转引自：F. W. Galan, *Historic Structures: The Prague School Project*（Austin: University of Texas Press, 1985）, 35.

② 参考 Galan, *Historic Structures*, 33 - 36; Peter Steiner, “The Conceptual Basis of Prague Structuralism,” Matejka ed., *Sound, Sign and Meaning*, 356 - 359；陈国球《文学结构与文学演化过程》，见《文学史书写形态与文化政治》，第 362—369 页。

③ Průšek, “Basic Problems of the History of Modern Chinese Literature,” 377 - 378.

> 样。这一意向，以及为实现他的构思所运用的艺术程序，反映了作家的哲学外观，即他面对世界、生活与社会的态度，以及他与艺术传统的关系，等等。这些态度的特性又由作家的意识形态和艺术个性所决定；我们视他为特定社会中的一个成员，同时也视他为别具特质的一位艺术家。①

普实克这样的论述，毫无疑问，是布拉格结构主义方法的应用；要进一步了解其中理论的建构逻辑，我们可以参看穆卡若夫斯基的《个体与文学发展》《艺术中的性格》《艺术中的意向性与非意向性》《艺术理论中的“整体”概念》等论文。②事实上，普实克对夏志清《中国现代小说史》的批评，撇开意识形态的部分，其主要理据都是来自这个学派的共同主张。同样的理论资源，也支持了普实克研究中国现代文学趋向的重要“发现”（或者“发明”），例如：“主观主义与个人主义，连同悲观主义与生活中的悲剧感，加上反叛和自毁的倾向”（《中国现代文学中的主观主义和个人主义》，1957）是抗日前现代文学的特色；③“优秀现代中国短篇小说——如鲁迅的短篇，其根源在于古代的诗”（《中国现代文学研究导论》，1964）；④“古代中国偏好抒情诗的思潮，也贯穿于新文学作品中，并往往突破了‘史诗的’形式”（《在中国文学革命的

---

① Průšek, “Basic Problems of the History of Modern Chinese Literature,” 377.

② Jan Mukařovský, “The Individual and Literary Development,” “Personality in Art,” “Intentionality and Unintentionality in Art,” “The Concept of the Whole in the Theory of Art,” *The Word and Verbal Art* (New Haven: Yale University Press, 1977), 161 - 179; *Structure, Sign, and Function* (New Haven: Yale University Press, 1977), 150 - 168, 89 - 128, 70 - 81.

③ “Subjectivism and Individualism in Modern Chinese Literature,” *The Lyrical and the Epic*, 3.

④ “Introduction to *Studies in Modern Chinese Literature*,” *The Lyrical and the Epic*, 56.

语境中对照传统东方文学与现代欧洲文学》，1964)；等等。[①]这些论断洞察深刻，为往后的中国文学史研究开出新路。正因为普实克注重文学传统之古与今的“关联”(link)，他的研究焦点之一也落在晚清时段。现今学界对晚清文学的关注，普实克和他的弟子们实有倡导之功。[②]从他的研究示范看来，所谓“科学的”方法，似乎也是有效及有启发作用的。

然而，当我们说“有启发作用”时，可能还要思考与“启发”同时牵动的“想象”。填补各处“关联”(link)，串联“趋势”(tendency)，以发现“过程”(process)，当中不乏“想象”的成分。因此，我们有必要认真思考普实克所谓“客观真相”的“客观”程度。

“文学史”即“文学批评”

回看夏志清的答辩。对一位黾勉经营，不遗余力，以成就开辟洪荒之业的学者而言，普实克所下“不科学”“主观”的评语难免令人愤愤不平。于是，夏志清就重新审核普实克所持的量尺，认为他所谓“客观”，其实是“未经批判地附从盛行的意见”；任谁偏离这种见解，他就指摘为“主观”“傲慢”“教条式严苛”。又指出普实克以“科学的”理论治现代中国历史与文学，“不改其习地据假设的意识形态意图(supposed ideological intent)以评价作品，而

---

① “A Confrontation of Traditional Oriental Literature with Modern European Literature in the Context of the Chinese Literary Revolution,” *The Lyrical and the Epic*, 84.

② 当然，他的论敌夏志清也是晚清文学研究的先锋之一。

屡屡被误导，把文本简单化，或错解其意义”。[1]夏志清又说：

> 无论我怎么“主观”，起码我尝试公正地对待每一个作者、每一件作品，而没有先行改变自己的真诚反应去配合一套关于中国现代小说的既定理论。[2]

夏志清着意于“客观”和“主观”之辨，认为普实克的“客观”并不客观，自己被描述为“主观”，但其实是公正无私。换句话说，夏志清没有因为反驳普实克的批评，而否定“客观”的重要性。他要强调的是“独立判断”。

所以，“客观评价”（objective evaluation）、“更为科学”（more scientific），其实也是夏志清的标准；问题是如何达致此一“客观”。

夏志清的“客观”是摆脱主流论述的支配，忠于自己对作品的阅读经验和判断。[3]换句话说，夏志清理想中的“客观”，一方面指尊重作为研究“客体”的文本、文学材料，另一方面是主体的“真诚”，不为成见所限囿。

缘此，我们大概可以理解夏志清为何对“文学史家的基本任务”有以下这个定义：

> 批判地审察某一时期的重要的、有代表性的作家，并

---

① Hsia, “On the ‘Scientific’ Study of Modern Chinese Literature,” 431, 474.

② Ibid., 474.

③ 原文是“should go about the task empirically”及“form his own opinion about the vitality and culture of an age”；见：Hsia, “On the ‘Scientific’ Study of Modern Chinese Literature,” 439.

> 简括综述其时代概况，让他们的成败在历史过程中被了解。

他又说：

> 作为综述中国现代小说的开创之作，我重申，首要的任务是区分与评价：直至我们从大量作品中清理出一定的秩序和模式，直至我们从优秀作家中区辨出伟大作家，从平庸作家中区辨出优秀作家，我们才有可能研究影响与技巧。①

很明显夏志清认为文学史家的工作重点是“批判地审察”（critical examination）、“区分与评价”（discrimination and evaluation）。因此，他对普实克所重的工作如“系统研究小说的现代试验与本土文学传统的关系”“系统研究西方文学对现代中国小说的影响”“对中国小说家的叙事技巧作广泛的比较研究”，都策略性地放置一旁。② 实际上，这个讲法更详细阐释了《中国现代小说史》原序的主张：

> 文学史家的第一任务，永远是卓越之发现与鉴赏。③

---

① Hsia, “On the ‘Scientific’ Study of Modern Chinese Literature,” 429.

② Ibid.

③ Hsia, “Preface” to *A History of Modern Chinese Fiction*, 3rd edn., xlvi.

于此，我们会发现夏志清与普实克的一个重大分歧：普实克认为文学史的目标是对“整体复杂过程”（whole complex process）作“系统的”、“客观的”探究，“文学史家”与“科学家”的工作态度并无不同；然而，夏志清则主张文学史首先要“客观地评价”个别作家和作品，“文学史家”可以互换的名号是“批评家”。普实克在他的书评中就批评说：“夏志清未采用真正的文学科学的方法，而满足于运用文学批评家——兼且是非常主观的批评家——的手法。”①夏志清却没有想过要把文学史家和批评家的工作范围作出区分；他的回应是引述韦勒克（René Wellek，1903—1995）的话：文学研究者“必须先是一位批评家，才可以成为文学史家”，因为，韦勒克认为文学作为艺术品，“本身是一个价值的结构”（structure of values），所以文学的研究就有“判断的必要”、要求有“审美的标准”。②

这个时期的韦勒克在耶鲁大学任教，思想与“新批评”学派非常接近；他对文学史和文学批评的论述，和夏志清的老师、“新批评”的健将，布鲁克斯（Cleanth Brooks，1906—1994）一样，对实证主义式的文学史书写表示不满。布鲁克斯在多年前，已写过一篇《“文学史”对比“文学批评”》（1940），批评当时的文学史研究

① Průšek, “Basic Problems of the History of Modern Chinese Literature,” 367. 普实克学生史罗甫的批评更苛刻：“The main characteristic feature of C. T. Hsia's work process is the absolute lack of systematic literary scientific viewpoints and the isolation of the studied subject from its historical connections. As a result, the conclusions he arrives at are distorted and superficial and are valid, at the very most, as subjective impressions of a reader.” Słupski，“Some Remarks on the First History of Modern Chinese Fiction,” 152.

② 见：Hsia, “On the ‘Scientific’ Study of Modern Chinese Literature,” 435; Wellek, “Literary Theory, Criticism, and History,” 14－15.

形似“科学”，摭拾堆砌那些不经评论的史实资料作为知识，他的结论是：

> 如果这个［文学］专业对“文学之为文学”（literature as literature）缺乏兴趣，它就会走进死胡同。①

夏志清对普实克的议论不以为然，大抵可以从“新批评”学派与自19世纪以来，以科学为尚的实证主义式文学史研究的抗争这个脉络去理解。不过，普实克的理论资源虽然讲“文学科学”，却与“新批评”所针对的科学主义并不相同，甚至同是站在其对立面；韦勒克在《欧洲近期文学研究中对实证主义的反抗》一文中，就举布拉格学派为反实证主义其中一个突出的例子。②夏普之间，或者“新批评”与“布拉格学派”之间，其实异中有同，都是以“文学之为文学”作为思考的中心；只是前者的文本中心意识比较强，而后者则以文学过程为重。两人的争议，其关键就在这不同的着眼点。值得注意的是，韦勒克的早期论文《文学史的理论》（1936）正好对这个环节作出区辨：

> 在文学评价这个问题上，文学史家和批评家没有什么不同；他们的真正分野在于一个重点：文学批评家究心于个别作品或者作家，而文学史家要追踪文学艺术的

---

① Cleanth Brooks, “Literary History vs. Criticism,” *The Kenyon Review* 2.4 (1940): 403 - 412.

② René Wellek, “The Revolt Against Positivism in Recent European Literary Scholarship,” *Concepts of Criticism*, 279 - 280.

发展。[1]

建构“伟大的传统”

在夏志清的意识中，文学史家本来就要肩负文学批评的责任，尤其以中国的现代文学而言，已有的文学史论述并不可靠，因此，他以公正的批评眼光，“重新估价”当中的重要作家和作品。缘此路往，夏志清渐渐体认出“新文学的传统”，甚或“中国文化的‘真传统’”。[2]这个思想历程，其出发点固然是“新批评”的文本中心论，但终站却是满怀道德热诚（moral intensity）的利维斯（F. R. Leavis，1895—1978）的“伟大的传统”观。[3]

在《中国现代小说史》中文版序文中，夏志清提到“英国大批评家利维斯那册专论英国小说的《大传统》（*The Great Tradition*，1948）”，说读后受惠不浅；《耶鲁三年半》一文再补充说自己治学受利维斯影响，早在上海时已读了利维斯的《重估价》（*Revaluation: Tradition and Development*，1936）及《英诗之新方向》（*New Bearings in English Poetry*，1932），撰写博士论文时深受其启发。[4]从《中国现

① René Wellek，“The Theory of Literary History，” *Travaux du Cercle Linguistique de Prague* 6 (1936)：191. 韦勒克原毕业于捷克查理大学，也是布拉格语言学会的成员，他的《文学史的理论》一文，是这个学派的重要理论文章；参陈国球：《文学结构与文学演化过程》，第367—369页。

② 夏志清：《中国现代小说史》，《作者中译本序》，第16—17页；《新文学的传统》，《自序》，第1—3页。

③ 参考：Anne Samson，*F. R. Leavis* (Toronto：Toronto University Press，1992)，151－152.

④ 夏志清：《中国现代小说史》，《作者中译本序》，第6页；《耶鲁三年半》，第111—112页。

代小说史》到他著名的"情迷中国"论("Obsession with China"),夏志清的人世关怀表露无遗,当中利维斯的影响亦不难察知。同此,普实克的文学论其实也不乏社会关涉的讨论,其思想根源可回溯到布拉格学派以文学为符号的"社会功能"论(social function of sign),再加上人本精神的马克思主义思潮(Humanistic Marxism)。普夏两位学者于社会人生关怀的异同表现,以至其思想渊源的比照,值得另文进一步讨论。本文先从文学史观之形构面向,就利维斯与夏志清的关联作一分析。

韦勒克在《现代文学批评史》中评述利维斯的贡献,说他是"艾略特之后最有影响力的英国批评家",称许他"以文化对抗文明、以体现价值的领悟(value-charged understanding)对抗科学的解释",完成了"每一位人文主义者所应履行的任务"。[①]我们在众多评论利维斯的文字中选择引述韦勒克之言,是因为韦勒克在该卷批评史出版之前半个世纪,曾经和利维斯有过一场笔战,[②]而这场笔战与夏志清及普实克的辩论又有其相近的地方。

1937 年韦勒克投书到利维斯主编的评论杂志《细察》(*Scrutiny*),对《重估价》一书提出意见,赞扬作者"秉持 20 世纪观点以重写英国的诗歌史";不过他希望利维斯可以为书中的评论基准作出"更清晰的"(more explicitly)和"系统的"(systematically)说明,对所站的立场作"更抽象的辩解"(to defend this position

---

① René Wellek, *A History of Modern Criticism 1750 – 1950*, Vol. 5 (New Haven: Yale University Press, 1986), 241, 264.

② 韦勒克在 1988 年就利维斯身后出版的一本论文选集所撰写的书评中,提及五十年前发生的笔战,说:"This polemic has pursued me all my life." René Wellek, "Review on *Valuation in Criticism and Other Essays*," *The Modern Language Review* 83.3 (1988): 707 – 709.

more abstractly)。[①]利维斯却不以为然，他以为抽象概括的解说只是"哲学"的要求；"文学批评"是另一种学科，重点是阅读作品的实际经验，"理想的批评家就是理想的读者……哲学是'抽象的'，而诗歌是'具体的'……文学批评家的工作是要取得一种完全的［读诗］反应，并尽可能将他的反应展现为评论"。[②]两人的争论在于对文学论述的不同要求。韦勒克主张文学史研究（他以为利维斯是在"重写英国诗歌史"）应该提升到概括的、抽象的思维，对所下的判断作出"系统的"解释；利维斯则认为自己从事文学批评，对象固是具体的作品，而所作的评论也是具体的阅读经验的文字呈现。他觉得韦勒克的要求只适用于哲学的范畴。[③]

利维斯主张批评家的职责在于实质的判断及具体的分析，大概同于夏志清之以作家作品的鉴别评论为《中国现代小说史》首要任务的想法。在言论上，利维斯从不认可文学史书写的重要性；反之，他却最能宣扬文学批评在现代文化中的意义，致力于以文学批评推动文学教育。[④]不过，从《英诗之新方向》《重估价》，到《伟大的传统》，以至不少其他论文，利维斯一直在重写英国（后来更

---

① René Wellek, "Literary Criticism and Philosophy," *Scrutiny* 5: (1937): 376.

② F. R. Leavis, "Literary Criticism and Philosophy," *Scrutiny* 6: (1937): 60 – 61.

③ 有关两人争辩的理论意义，可参考：Samson, *F. R. Leavis*, 101 – 108; Richard Storer, *F. R. Leavis* (New York: Routledge, 2009), 26 – 31.

④ 有学者这样评论利维斯："Leavis was supremely a publicist for criticism and the idea of criticism. ... Leavis placed literary criticism ... at the heart of English studies; historical scholarship became marginalized, a matter for specialists only. In the recent past criticism had been part of the profession of letters; after Leavis it seemed to be firmly rooted in the academy." Bernard Bergonzi, *Exploding English: Criticism, Theory, Culture* (Oxford: Clarendon Press, 1990), 56. 另见：Carol Atherton, *Defining Literary Criticism: Scholarship, Authority and the Possession of Literary Knowledge, 1850 – 2002* (Houndmills: Palgrave Macmillan, 2005), 143 – 150.

连及美国）文学史，表现出独到的文学史观。尤其影响夏志清《中国现代小说史》书写的《伟大的传统》，其一特色是只有少数几位小说家可以进入他所核定的“伟大的传统”。[①]他所采用的大概是“排除法”，[②]不少著名小说家，如劳伦斯·斯特恩（Laurence Sterne）、亨利·菲尔丁（Henry Fielding）、夏洛蒂·勃朗特（Charlotte Bronte）、威廉·萨克雷（William Thackeray）、托马斯·哈代（Thomas Hardy）等都不入其法眼。夏志清曾说：

> 英国维多利亚时代，还没有电影、电视这些娱乐媒介，当时读小说的人真多，而且可读的小说家数目也真大。但至今供人研读的为数不到十位，而且英语系统国家觉得每个读书人非读不可的大家只有两位：狄更斯和乔治·艾略特；连萨克雷和哈代也比较次要。一部严正的文学史不仅是为当代人写的，也给后代读者作了最谨严的鉴别。[③]

这个论调，基本上就是《伟大的传统》中的判断。利维斯的“最谨严的鉴别”，排除了许多知名作家，选列了非常有限的几位，当

---

① 利维斯书开卷所列举的大家是：奥斯汀（Jane Austin）、艾略特（George Eliot）、詹姆斯（Henry James）、康拉德（Joseph Conrad）；当中对艾略特的评价最高。书的最后一章讲狄更斯的《艰难时势》（*Hard Times*），后来利维斯再另写一本狄更斯专论（*Dickens the Novelist*, 1970），看来这个“伟大的传统”的名单还需要增补。

② 参考霍恩的说法：“Leavis's enterprise defines itself, to a startling degree, by its exclusions, its resounding negations.” Philip Horne, “F. R. Leavis and *The Great Tradition*,” *Essays in Criticism* 54.2 (2004): 166.

③ 夏志清《现代中国文学史四种合评》（1977），见《新文学的传统》（台北：时报文化公司，1979），第11页。

然是在打造“正典”（canon-making），建构一个可供体认的文学传统，重新书写文学史。还有一点值得注意，就是这个文学传统的结构方式，不在于被选定作家本身的谱系血缘，而在于利维斯根据自己的“细察”，判定个别小说家之为伟大，而将之集结成一个“传统”。除了艺术的考虑，利维斯最重要的基准是“一种充满生机地感应经验的能力，一种面对生活的虔敬虚怀，一种明显的道德热诚”。①

利维斯建构“伟大的传统”的思维，大概成了夏志清研究中国现代文学的楷模。他在《中国现代小说史》中文版序说：

> ［如果］我们认为中国的文学传统应该一直是入世的，关注人生现实的，富有儒家仁爱精神的，则我们可以说这个传统进入20世纪后才真正发扬光大，走上了一条康庄大道。②

《现代中国文学史四种合评》又说：

> 经得起时代考验的文学作品都和“人生”切切有关，揭露了人生的真相，至少也表露一个作家自己对人生的看法。③

---

① F. R. Leavis, *The Great Tradition: George Eliot, Henry James, Joseph Conrad* (London: Chatto & Windus, 1948), 9.

② 夏志清《中国现代小说史》,《作者中译本序》，第15页。

③ 夏志清《现代中国文学史四种合评》，第19页。

批评基准与利维斯相差不远，而《中国现代小说史》也开始在建立类似的一个“新的传统”。[①]当中的结构方式也很类似，《中国现代小说史》虽然有六百多页，但正面讨论的作家并不算多，特别是与常见的中国新文学史相较，其严选的意味很强烈。当然，夏著更惊世骇俗的是在这个严选的单子中收入张爱玲、钱锺书、沈从文、张天翼、师陀等当时文学史所疏略的名字。他回应普实克时说：

> 对他［文学史家］来说，一位与时流迥异、踽踽独行的天才，可能比大批随波逐流的次等作家，更能总括一个世代。[②]

“文学批评”或者“文学史”本来就离不开价值的判断；无论利维斯或者夏志清，在设定一个稳当的价值标准之后，就能够以之“断千百之公案”。夏志清当时的惊世之论，现在已广为学界接受，说明他不受前人论见所囿之可取。

我们说利维斯的“传统”是由批评意识所构建，表示其间存在某种勾连的作用力；虽则当中的个别单元数量仅是寥寥，但利维斯所赋予的“伟大”内涵，足以令这些个体互相勾连成“整体”。夏志清的《中国现代小说史》所论同样不多，他在原书序文说自己作为“文学史家”，从混沌中“清理出一定的秩序和模式”，以之与“共产主义论述中的现代文学传统”，以及“影响现代文学的西方

---

① 夏志清：《中国现代小说史》，《作者中译本序》，第16—17页；《新文学的传统》，《自序》，第1—3页。

② Hsia, “On the ‘Scientific’ Study of Modern Chinese Literature” 439.

传统”，作出比较。[1]这样说来，夏志清《中国现代小说史》虽然重点在于卓越作家和作品的“发现与鉴赏”，但其间思维既然有“传统”的意念存乎其中，则不能说完全没有“整体”的考虑，只是他也和利维斯不打算向韦勒克交代一样，认为不必要就此作系统概括的说明。

结语

至此，或者我们可以作一个简要的总结。夏志清与普实克同样对中国现代文学研究作出过重要的贡献。两人不但开风气之先，各自的研究成果至今仍有极大的参考价值。两位学者之间的论辩，代表了两种研究方法的碰撞。大家都认为研究应得出客观的、可供验证的成果。然而，究竟要怎样才能找到客观的“真相”？双方回应这个问题时就有不同的进路。普实克论述的前提是：文学乃一超越个别殊相的结构，随着时间的推移，文学又化成不断演变的过程结构；这过程的结构繁复多端，必须以“科学的”方法、“客观的”态度，才能发掘出结构的全貌，而这个全貌或者“整体”本来就与个别元素如作家和作品等，互为作用，非兼取不能得其真相。至于夏志清则主张研究由个体出发，“客观”的重心在于研究主体之不存偏见，对研究的客体作实证实悟的深入探究，由个别领会所得的经验，叠加积累，再慢慢掌握其间隐隐存在的传统。

从方法论而言，普实克背后的布拉格学派倾向精密系统的思

---

① Hsia, *A History of Modern Chinese Fiction*, xlvi. 类似的讲法又见：Hsia,“On the‘Scientific’Study of Modern Chinese Literature,” 430.

考，所照顾的层面比较周到；然而所设想的超越个体的“文学结构”，其存在模式毕竟难以实证，只能视作一种潜在的可能。尤其当时普实克认同中国的左翼革命论述，以之为议论推展的“事实”根据、“客观”基础，而不敢质疑，以致理想和现实界限不清。当论述的发展逻辑与现实走向有所分歧时，普实克所作的许多历史判断就因为这个可见的落差而失效。至于夏志清的进路，无论是出诸耶鲁学派之以文本为宇宙的学说，还是利维斯以文学包融人生、文学为人文精神枢纽的论述，其用心经营处都在于个别殊相与具体感应，批评家实证实悟的能力比所依仗的研究方法更为重要。精彩的批评家如夏志清，就立下不少实际批评的典范。然而，正如利维斯建构英国文学的“伟大的传统”，其存在的“现时性”比“历史性”强，夏志清《中国现代小说史》的功绩也不在于这一段历史过程的形塑，而在于“卓越的发现与鉴赏”。

如果我们要进一步解释普夏两人论述的表现，其背后牵连的意识形态当然不能抹掉，但我们也不应简单地以“冷战”思维的交锋作为终极答案。普实克和他的布拉格学派理论思想，其实与捷克以至中欧诸国的近代民族主义思潮有不可分解的血缘关系。在一战、二战期间，捷克、波兰等正经历奥匈帝国瓦解后的民族复兴期。前卫的文艺思潮与社会主义思想可以是同一政治理想的寄托，是民族解放的一种象征。①考掘那遥在东亚的中国文学史的“整体复杂过程”，特别其中与前卫思潮仿佛相似的“抒情精神”的传承，正能支持这种超越个体的结构式想象，而“科学”的方法则是想象变成

① 参考：Galin Tihanov, “Why Did Modern Literary Theory Originate in Central and Eastern Europe?” *Common Knowledge* 10.1 (2004): 61–81.

信念的基础。至于夏志清的出发点刚刚相反。他明显地对集体意识有所抗拒，对外加的秩序失去信心，于是他只能反求诸己，以个人的辨识能力加上“新批评”的理论基础去逐一观测新文学的作家和作品。如果我们换一个角度去体会夏志清的《中国现代小说史》，这种独行其是的文学史书写其实也是另一种“感时忧国”——竭一己之力为中国现代文学重铸那失衡天平的砝码。

普实克的弟子高利克（Marián Gálik）在多年后检讨这次普夏之争说：

> 这次对决没有所谓谁胜谁负。但我们有需要声明，普实克的其他研究比这次辩论表现好，所有中国现代文学的后学应该多花时间在他的其余著述之上。①

我们认为高利克言之有理。普实克的确有不少论文写得比这长篇书评好，对后来研究者启迪甚多。夏志清亦如是，他更成熟的观点，如“情迷中国”论，如“新文学的传统”说，在与普实克笔战时仍未发表。如果我们“让历史作裁判”，则这次对决还是各有胜负。就个别作家的评断而言，夏志清出众独到的眼光，得到后来文学史的肯定，这说明了有效的“文学批评”，足以令“文学史”改写。至于普实克的贡献，不在评价而在分析，他所描述中国现代文学史的“抒情的”与“史诗的”动向，对晚近的研究还有巨大影响。然而他对文学史发展趋势的把握，并非得之于逻辑运算或者科学测量，而是通过他对整体文学活动的感应体会加上细密观察而达致。

① Gálik, “Jaroslav Průšek: A Myth and Reality as Seen by His Pupil,” 155.

换句话说，他的贡献正好说明了“文学科学”不等同“自然科学”；“科学”在此的意义，回到“Wissenschaft”所具备的人文精神源头，也就是博学审问、慎思明辨。普夏之辩，意义固不在两人高下之分，而在于帮助我们思考文学史学（literary historiography）的弹性和幅度，是如何容纳不同面向的释义与评价活动的。